KB077523

투란도트의 **남편**

초판 1쇄 찍은 날 ｜ 2016년 7월 11일
초판 1쇄 펴낸 날 ｜ 2016년 7월 19일

지은이 ｜ 이수진
펴낸이 ｜ 서경석

편 집 책 임 ｜ 조윤희
편   집 ｜ 이은주
           최고은
디 자 인 ｜ 박보라

펴 낸 곳 ｜ 도서출판 청어람
등록번호 ｜ 제387-1999-000006호
등록일자 ｜ 1999. 5. 31
어람번호 ｜ 제5-448호

주소 ｜ 경기도 부천시 원미구 부일로 483번길 40 서경B/D 3F
       (우) 14640
전화 ｜ 032-656-4452 팩스 ｜ 032-656-4453
http://www.chungeoram.com
E—mail ｜ chungeorambook@daum.net

ⓒ 이수진, 2016

ISBN 979-11-04-90860-6   03810

투란
도트의
남
편

이수진 장편소설

도서출판 청어람

목 차

1

레몬 샤베트 색상의 매니큐어가 시원스럽게 손톱 위로 뻗어나
갔다. 그때마다 길고 우아한 손가락은 도도한 여왕처럼 하늘을
향해 고개를 들었다.

"예쁘죠?"

"응."

서린은 만족스러운 미소를 띠고 애완 고양이의 갈기를 쓰다듬
었다. 털북숭이 고양이는 기분이 좋은지 눈을 반달처럼 뜨고 가
르랑거렸다.

"제가 언제 기분이 좋은지 아세요?"

"글쎄."

"지금 바로 이 순간요. 이사님 네일에 아트를 할 때면 머리끝
에서 발끝까지 짜릿해져요."

"워터파크도 끊을 만큼?"

"에이, 그건 아니고요. 물놀이가 얼마나 재밌는데."

"그러니까 난 이쯤에서 그만."

서린이 손을 빼자 현영이 실실대며 서린의 손을 꽉 잡았다.

"우와! 언닌 정말 유머 감각이 막드 악조 수준이세요."

"막드 악조? 그게 뭔데."

"있어요. 아주 좋은 거. 흐흐. 자주자주 좀 오세요. 한 달에 한 번은 너무하셨어요."

"일하느라 바빴어. 현주가 말 안 해?"

"현주 입에 자물쇠 걸렸잖아요. 아무도 그 비밀번호를 모른다고요. 집에 와서도 단 한마디도 안 해서 내가 집에 들어온 건지, 깊은 산속 암자에 들어온 건지 헷갈릴 정도예요."

"아주 좋아."

서린은 기다란 손가락을 얼굴 가까이로 가져와 살펴보았다.

"그렇죠? 정성을 다해 발랐어요. 여기에 큐빅을 얹으면 상큼한 화려함이 연출될 거예요."

"아니, 현주가 내 비서라는 것."

"언니! 정말 이러기예요? 현주만 편애하고!"

"심현영, 이사님께 함부로 굴지 마."

어느새 그들 앞에 나타난 심현주가 서린 앞에 망고주스를 내려놓았다.

"뭐 어때? 너와 서린 언니는 주종관계이지만 난 동아리 후배란 말이야. 그것도 아주 돈독한……."

"너도 주종관계야."

"엥? 내가 왜요?"

"난 이 숍의 왕 같은 고객, 넌 날 관리해 주는 네일리스트."

"우와, 정말 섭섭하다. 우리 인연이 장장 10년인데, 그 세월을 순식간에 모른 척하다니!"

"세상은 본래 섭섭해."

서린은 변화무쌍한 표정의 현영을 빗겨 바라보며 스트로우를 빨았다. 네일의 색과 같은 상큼함이 입안으로 퍼졌다.

"앗!"

서린의 미간이 찌푸려졌다. 싸한 아픔이 손가락 끝에서 느껴졌다.

"핑! 너 제정신이야?"

현영이 경악하며 서둘러 하얀 고양이를 서린에게서 떼어냈다. 서린의 손가락 끝에 핏방울이 송골송골 맺혀 있었다.

"연고를 가져올게요."

현주가 티슈를 집어 서린의 손가락을 지혈했다. 그러고는 얼른 서린의 시야에서 사라졌다. 서린은 핏물이 사라진 손가락을 내려다보았다.

"너, 미친 거야? 귀엽다, 귀엽다 하니 할아비 수염까지 뽑을 작정이었어? 정말 못된 고양이구나. 벌을 줄 거야. 호락호락 넘어간다고 생각한다면 오산이야! 감히 서린 언니 손가락에 상처를 내다니!"

"부러졌어."

"어, 진짜 그러네요. 가운데 손톱이 생명인데. 언니! 핑, 요 녀석 정말, 정말 혼내줄게요. 이런 망극한 짓을 저질렀으니 석고대

죄를 하도록 할게요."

"석고대죄?"

"네. 하루 동안 금식시킬게요!"

"됐어. 난 핑이 토실토실한 게 좋아."

"그래도 훈련 차원으로다 벌은 줘야 해요. 그래야 두 번 다시 이런 짓 안 하죠."

"훗, 네 마음대로 해."

서린을 치료하고 어느새 재킷까진 챙긴 현주가 그녀 앞에 섰다.

"이사님, 이만 가시죠. 너무 늦었습니다."

"11시가 뭐가 늦어?"

"늦었어."

심현주가 싸늘한 시선을 이란성 쌍둥이 동생에게 내던지자 현영의 입이 슬쩍 다물어졌다. 서린은 실긋 웃어 보이고 소파에서 일어났다.

"특별 대우 해줘서 고마워. 심 사장, 잘 쉬었다 가."

"네. 앞으로도 언제 어느 때든지 방문하시면 성심성의껏 모시겠습니다. 조심히 가세요."

"응."

짧은 인사를 마지막으로 서린은 푸른 마 소재의 재킷을 걸치고 숍을 나왔다.

칠월의 더운 열기가 폐부로 훅 밀려들어 왔다.

차는 대로를 쭉쭉 뻗어나갔다. 도로 위의 가로등이 주황빛을 발산하며 이리저리 나부꼈다. 눈으로 한강의 검은 물결을 훑던 서린은 무거운 입을 떼었다.

"내일 병원 일정은 취소해 줘."

"괜찮으시겠어요?"

"괜찮지가 않아."

룸미러 안, 현주의 눈에 담긴 걱정의 빛을 읽어낸 서린은 실긋 웃었다.

"최고야."

"처방이라도 받아놓을까요?"

"아니, 아직 남았어."

"드시지 않을 정도로 좋아지셨던 거예요?"

"눈코 뜰 새 없이 바빴잖아. 잠을 잘 시간조차 아까워. 이럴 땐 불면증이 반가울 정도야."

"이사님!"

"가끔 보면 말이야. 넌 현영이뿐만 아니라 내 언니라는 생각이 들어."

"주제넘었다면 죄송합니다."

"날 걱정해 주는 것이 주제넘은 건 아니지. 나 같은 까다로운 상사를 모시려면 때론 연장자같이 굴어야 할 거야. 동문회가 내일이랬니?"

"네."

"어디랬지?"

"7시 메그레즈 호텔입니다."

"선여정이 어떤 얼굴을 할지 궁금한데?"

"참석하시려고요?"

"이겼으니까 구경해 줘야지."

"하지만 3년 동안 한 번도 참석하지 않으셨잖아요."

"그동안은 별 볼 일 없는 모임이었지만 이번엔 아니야. JS 홈쇼핑 선여정을 밟아줄 최고의 무대가 될 테니까."

서린의 아름다운 얼굴에 어린 비소가 꽤나 유혹적이었다.

차는 언덕배기를 올라 높은 담장 앞에 정차했다. 북한산이 지척이라 칠월의 후텁지근한 밤공기 대신 맑은 공기가 콧속으로 들어왔다.

"심 실장, 내일 점심 같이 먹자."

"네? 내일은 청담동 본가에 들르시는 날인데요."

"됐어. 엄마한테는 내가 말해놓을게. 기분이 좋으니까 엄마도 이해하실 거야."

"하지만 사장님께서는 일정을 미리 조정하셨을 거예요. 회장님도 기다리실 겁니다."

"상관없어. 12시야."

"네."

"그리고 진 선생에게 내가 동문회 나간다는 말도 잊지 말고 전해."

"네. 알겠습니다. 그럼, 쉬세요."

"근데 막드 악조가 뭐야?"

막 차에 타려던 현주가 드라이하게 말했다.

"막장드라마 악역 조연이라는 뜻입니다."

"별론데? 주인공이 아니잖아. 이왕이면 막드 악주가 더 좋았을 텐데."

현주의 눈빛에서 당황을 읽어내자 서린은 악동 같은 미소를 지었다.

"무엇이든 2인자는 마음에 안 들어."

"안녕히 들어가세요."

서린은 대문 안으로 들어섰다.

희미한 자동차 소리마저 사라진 후 완벽한 적막감이 감돌았다. 북한산 언저리에 위치한 이층집의 규모는 작았지만 어둠에 묻힐 때면 거대한 성채같이 느껴졌다. 평생을 화려함 속에 갇혀 살아온 서린은 가끔 이 집의 안온한 고요에 압도당할 때가 있다.

청량감이 감도는 넓은 정원도 처음엔 생소했다. 서울 한복판에서는 쉽사리 볼 수 없는 별들의 향연도 이질적이었지만, 집에 들어설 때면 마치 최서린이 최서린이 아닌 것 같은 착각이 들 만큼 가슴이 벅차 오를 때가 있었다.

무엇일까? 온몸에 숨어 있던 마지막 남은 전투력까지도 상실하게 만드는 이 평화로움은……

그래서 이 집이 마음에 들지 않았다. 그리고 그 집에서 함께 살고 있는 존재도 도무지 적응이 되지 않았다.

이 집을 선택한 것은 바로 그 남자, 라이언 류 혹은 류지헌이라 불리는 남편 때문이었다.

자정을 살짝 넘은 시각, 구름에 가려졌던 달빛이 조금씩 정원으로 쏟아졌다. 집 안에서는 한 조각 불빛도 새어 나오지 않았다. 익숙한 광경이었다. 어느새 불이 꺼진 캄캄한 집으로 들어가는 것이 어색하지 않았다. 외려 신혼 초 그녀를 맞이하는 환한 불빛이 서린을 자주 당황하게 만들었었다.

아마도 남편은 들어오지 않은 모양이었다. 근래에 들어 부쩍 귀가 시간이 늦어졌다. 현관문을 열고 들어서자 시원한 공기가 서린을 맞았다.

엄마의 충실한 고 집사가 서린이 퇴근할 때를 염두에 두고 돌린 에어컨의 냉기가 여전히 남아 있었다. 고 집사는 일주일에 삼일, 도우미 아줌마를 데리고 서린의 살림을 돌봐주기 위해 우이동을 방문했다.

벽면의 스위치를 켜자 실내가 환해졌다. 서린은 안방으로 건너가 편한 옷으로 갈아입고 와인을 냉장고에서 꺼냈다. 붉은 와인을 따르다 벽면을 차지하고 있는 커다란 웨딩 사진을 쳐다보았다.

순백의 웨딩드레스를 입은 자신과 검은 턱시도를 차려입은 남편이 다정한 연인인 듯 서로를 껴안고 있는 사진이었다. 신부는 무감한 눈빛인 반면 신랑의 눈동자는 사뭇 달랐다. 따스하고 환한 빛이 그 안에 들어 있었다.

서린의 입꼬리가 위로 말려 올라갔다.

"누가 보면 진짜 사랑하는 사이인 줄 알겠네."

서린은 시니컬하게 내뱉으며 달콤 쌉싸름한 와인을 홀짝였다. 사진 앞으로 걸어가 류지헌의 얼굴을 노려보았다.

"당신 누구야?"

사진 속의 남편은 미소만 남발했다.

"최서린 남편?"

서린의 눈이 날카로워졌다.

"아니, 최서린의 적."

자신의 제국을 빼앗으려는 남자.

서린은 남아 있던 와인을 단숨에 비워냈다.

조그마한 제조회사를 수십 개의 계열사를 거느린 거대 기업으로 키워낸 사람은 서린의 아버지 최성호 회장이었다. 예현그룹이 유통업계의 거대공룡이 될 수 있었던 이유는 아버지가 사활을 걸고 개국한 YH 홈쇼핑 때문이었다. 대한민국 최초의 홈쇼핑 방송은 사람들의 이목을 잡아채는 데 성공했고 주가는 연일 상종가를 쳤다. 홈쇼핑의 성공으로 예현은 단숨에 재계 20위권의 그룹으로 성장했다.

그런데 그 핵심 계열사의 사장 자리는 YH 홈쇼핑의 말단 사원에서부터 시작한 서린의 것이 아니었다. 3년 전 류지헌의 갑작스러운 등장에 서린은 아버지에게 신뢰받지 못한다는 생각에 좌절했었다. 무남독녀 외동딸이 아닌 타인에게 YH 홈쇼핑의 사장 직함을 물려준 것을 보면 아버지는 여전히 그녀를 나약한 딸로 취급하는 것이 분명했다.

아버지의 마음에 들기 위해 그토록 부단한 노력과 최선을 다해 왔건만, 아버지는 결국 서린을 그룹의 후계자로 인정하지 않았다.

"네 아버지는 아들을 원하셨어. 예현그룹을 물려줄 듬직한 아들 을……."

엄마의 탄식 소리가 귓가에 퍼지는 것 같았다.

"그래서 말 잘 듣는 데릴사위를 들이셨나요, 아버지?"

어디서 굴러먹었는지 알 수 없는 정체불명의 남자에게 애물단지 외동딸을 던져 줘버릴 만큼 아버지가 탐낸 것은 남편의 경영 능력뿐만이 아니었다. 그것은 바로 서린이 가지지 못한 남성성이다.

유년 시절 도미했다는 류지헌은 서른이 넘어서야 한국으로 돌아왔다. 아메리카 스타일에 버터 발음으로 뭉친 재미교포이겠거니 했는데, 의외로 한국말을 정확하게 구사했고 한국식 예절에도 발라 아버지의 마음을 흡족하게 만들었다.

서린이 조사한 라이언 류의 이력은 어마어마한 것이긴 했다. 라이언 류는 미국 하버드대를 우수한 성적으로 졸업하고 IT 관련 벤처 기업을 창업했다. 수백 가지의 기술 및 프로그램을 개발해 특허권을 가지고 회사를 경영하다 매출이 신통치 않은 인터넷 통신망 회사를 인수했다.

MS사에 자체 개발한 엔터테인먼트 관련 프로그램 기술의 특허권과 함께 저평가된 인터넷 통신망 회사까지 높은 가격에 매각함으로, 라이언 류는 일약 성공을 거둔 기업가로 유명세를 떨치게 되었다. 미국 40세 이하의 젊은 CEO 40인에 이름도 올리고, 각종 대중매체에서 방송 및 인터뷰 섭외가 끊이지 않았다.

그런데 성공 가도를 달리고 있던 라이언 류가 돌연 한국행을 선택한 것은 이해할 수 없는 결정이었다. 중원의 고수가 변방으로 눈길을 돌린 건, 세상 곳곳 어디에서라도 이름을 떨쳐야 한다는 오만함에서 비롯된 것일까?

어찌되었거나 라이언 류 혹은 류지헌으로 불리는 남자는 고국으로 돌아와 단 석 달 만에 예현그룹의 하나뿐인 사위가 되었다. 그리고 지난 3년간 아버지, 최성호 회장의 신임을 독차지하며 예현그룹의 차기 후계자로 급부상했다.

서린은 남편의 얼굴을 집요하게 주시하였다. 그의 첫인상은 사진 속의 웃음처럼 밝고 환한 것이었지만 그녀는 처음부터 그 미소를 믿지 않았다. 그의 미소 속에 갇힌 의뭉함이 서린의 신경을 갉아먹었다. 결국 그가 YH 홈쇼핑의 사장으로 부임했을 때 알 수 없던 불안감이 빵 하고 터졌다.

그의 시선의 끝은 바로 서린의 눈이 향하는 그곳.

예현이라 불리는 세상이었다.

아버지는 예현그룹의 장밋빛 미래를 류지헌을 통해 꿈꾸었지만, 서린은 침입자가 내뿜는 위선의 향기에 속지 않았다. 그 향기는 이성을 잃게 만드는 맹독이었다.

간단히 샤워를 하고 넓고 푸른 침대에 몸을 뉘였다. 그간 쌓인 피로가 팬케이크 위 버터처럼 사르르 녹는 듯했다.

지난 6개월간 공들인 프랑스 유명 패션 브랜드 비쥬(bijou)의 한국 홈쇼핑 입점은 오로지 서린의 성과였다. 명품 브랜드 중 사소한 영역이라도 콧대를 꺾지 않는 브랜드가 바로 비쥬였다. 그런 비쥬를 한국 소비자들의 눈앞에 세우겠다는 야심찬 포부는 선여정에게는 비웃음거리였다.

그런데 서린이 비쥬의 창업자를 만나게 되면서부터 선여정의 비소는 점점 사라졌다. 그리고 서린의 구상이 실현 가능하다는 것을 알게 되자마자 가증스럽게도 돈으로 장난을 쳤다. 예현에서 제시하는 금액의 두 배를 제시하니, 돈이라면 배가 불러 터질 것 같은 비쥬의 경영진들도 자부심을 버리고 결국 돈을 밝히는 벌레가 되었다.

그러나 서린은 그들에게 돈을 제시하지 않았다. 대한민국 홈 쇼핑의 시발인 예현. 그 아름다운 자존심으로 비쥬의 창업자를 직접 만나 조롱했다. 이맛살을 찌푸리지도 않고 우아한 미소를 입가에 흩뿌리며 프랑스의 유서 깊은 브랜드라는 이름은 개나 줘 버리라고 독설을 날렸다.

그녀의 한마디에 비쥬의 창업자는 노발대발했고 경영진들은 머리를 조아리며 서린에게 백기 투항을 했다. 강아지처럼 꼬리를 흔드는 비쥬의 협상단과 약이 올라 씩씩거리는 선여정의 얼굴만 떠올려도 며칠 동안 밥을 먹지 않아도 배가 부를 것만 같았다.

또 한 사람. 입으로는 응원한다고 했지만 속내는 서린이 실패할 것이라고 여긴 그 남자. 그녀의 남편, 류지헌. 어느새 그의 얼굴이 가물가물해졌다.

서린의 입가에 만족스러운 미소가 파도처럼 잔잔히 퍼져 나갔다. 눈을 뜨려고 해도 눈꺼풀의 무게는 천근만근이고 몸은 연체동물처럼 침대에 붙어 있었다. 불을 꺼야 하는데 끌 수가 없다. 서린은 천천히 잠의 세계로 나아갔다.

그때, 침실 문이 열렸다.

잠의 세계로 뻗어가려던 의식이 찬물을 맞은 듯 화들짝 깨어났다. 눈을 꼭 감고 있었지만 보지 않아도 그가 누구인지 훤히 알 수 있었다. 남편은 안방에 딸린 드레스룸으로 곧장 걸어갔다. 옷을 갈아입으려는 듯했다. 먼 거리인데도 남편의 미세한 움직임이 느껴지는 것 같았다. 몸이 저절로 굳었다. 정말 이해할 수가 없었다. 환청이 들리는 걸까? 보이지 않는 남편의 일거수일투족에 긴장하며 독 오른 뱀처럼 굴고 있다니!

옷을 다 갈아입었는지 남편은 침대 쪽으로 다가왔다. 서린은 깨어 있는 것을 들킬세라 규칙적인 숨소리를 냈다.

눈을 꼭 감아 보이지 않는데도 그가 자신을 지켜보고 있다는 것을 명확하게 알 수 있었다. 그의 청량한 향수 내음이 콧속으로 스며들었으니까. 한동안 시간이 어떻게 지나갔는지 모르겠다. 어쩌면 기껏 1분여의 시간이 흘렀는지도 모른다.

서린은 눈을 뜨고 싶다는 욕심을 주저앉혔다. 그와 대면하여 승리의 개가를 부르고 오만한 눈으로 설전을 벌일 수도 있겠지만, 이미 몸은 노곤했고 만족스러운 밤은 시작되었다. 이 향연을 굳이 망치고 싶지 않았다.

하지만 남편의 몸에서 느껴지는 위압감이 자신의 신경을 조금씩 침투하고 있었다. 그 느낌이 싫어 서린은 미간을 찌푸렸다.

자고 있지 않다는 것을 눈치챈 것일까.

그는 여전히 그녀의 눈 위에서 사라지지 않았다. 굳이 눈을 뜨지 않아도 그로 인해 불빛이 암막에 갇혀 있다는 것을 감긴 시야로 느끼고 있었다. 이불 속 손가락에 힘이 들어갔다. 더 이상 견딜 수 없다고 여겼을 때, 남편은 불을 끄고 방을 나가 버렸다.

순식간에 고요해지고 숨이 막힐 것 같아 서린은 눈을 번쩍 떴다. 눈은 어둠에 익숙해지지 않았다. 그녀는 상체를 일으켰다.

남편은 더 이상 이 방으로는 돌아오지 않을 것이다. 안도감이 몸 구석구석 퍼지는 것을 느꼈다. 마음에 들지 않았다. 그녀가 남편을 피해야 할 이유는 어떠한 것도 없었다.

서린은 옆을 흘깃거렸다. 푸른 물결 같은 침대의 한쪽은 남편의 자리였다. 벌써 석 달이 넘어가고 있다. 그가 침실을 나가 버리고 다시 돌아오지 않은 밤이 고개를 내민 것이……

그래서 그것이 자신에게 상처가 되었나.

전혀.

어둠 속에서도 서린의 입꼬리는 하늘을 향해 있었다. 그녀가 소원하던 시간이었다. 어느 것도 그녀를 흔들 수 없게, 완벽하게 혼자 있을 수 있는 시간을 열망했다.

그런데도 찜찜한 기분이 드는 건, 남편의 속셈을 알 수가 없다는 것이었다. 서린은 신경질적으로 머리카락을 흩뜨렸다. 축배를 들 오늘 밤에 남편으로 인해 기분을 망칠 수가 없었다. 잠들고 싶었다. 조금 전 분명 잠이 그녀를 찾아왔으니까 오늘은 충분한 수면 시간을 채울 수 있을 것이다.

다시 자리에 누워 베개를 꼭 잡아 베었다. 푹신한 촉감에 머리를 뉘여 봐도 한번 깨어버린 신경은 제자리로 돌아오지 않았다. 재깍재깍. 벽시계의 초침이 머릿속으로 들어온 것만 같았다.

하나, 둘, 셋……

도저히 잠을 이룰 수가 없다.

서린은 몸을 일으켜 화장대로 걸어갔다. 화장대 서랍 깊숙한 곳에는 수면제와 안정제가 들어 있었다. 손을 뻗으면 손쉽게 잠을 얻을 수 있다는 유혹의 손짓이 시작되었다. 입술을 깨물었다.

비쥬와의 콜라보레이션을 진행하는 지난 몇 달 동안 수면제가 필요하지 않았는데, 협업이 성공적으로 끝나자마자 다시 불면이 찾아왔다. 집 나간 동생이 귀향한 것처럼. 오랫동안 복용한 약이라 섭취하는 걸 꺼리는 편이었다. 약의 힘을 빌려 잠을 자는 건 왠지 반칙처럼 느껴졌다.

일이나 무엇엔가 몰두하면 스스로를 잊어버려 자지 못해도 괴롭지는 않았다. 어떻게 하면 수면제 없이 잠들 수 있지. 지금 내가 무엇을 할 수 있을까.

심장이 일순 쿵쾅거렸다. 눈이 향한 곳은 방문 저 너머였다. 자신을 잠들게 할 수 있는 유일한 남자. 남편과 잠자리를 가진 밤이면 늘 어렵지 않게 깊은 잠에 빠져들기 일쑤였다.

잠들어 있던 욕망이 전율을 일으키며 깨어났다. 극심한 허기가 몰려들었다. 몸 중심부에 피어나는 아지랑이가 이성을 마비시키려고 한다. 서린은 화장대를 움켜잡고 버텨냈다. 거울 안에는 창백해진 최서린이 초점 없는 눈을 하고 있었다.

왜 갑자기 이런 말도 안 되는 생각이 드는 것일까?

류지헌은 그녀의 인생에서 몰아낼 적. 그 이상도 그 이하도 아니야. 서린은 이미 박자를 놓친 가슴을 움켜잡고 가까스로 침대로 걸어가 쓰러졌다.

잠들지 않아도 좋아. 이 미친 소용돌이가 잠잠해질 수만 있다면…….

어디선가 바람이 불어온다.

서린은 눈을 떠 바람이 어디서 들어오는지 확인했다. 고요한 달이 둥그렇게 떠 있는 밤, 무형의 바람이 레이스 커튼을 스치며 침실 안을 맴돌고 있었다.

창문을 열어놓았던가? 기억이 나지 않았다. 바람의 손길이 꽤 선선했지만 겨우 잠의 세계에 들어간 몸을 움직이고 싶지 않았다. 베개에 얼굴을 파묻고 서린은 잠을 청했다.

하지만 잠을 이룰 수가 없었다. 바람이 등을 간질였기 때문이다. 이상하다. 열린 창문으로 들어오는 바람은 한기를 품고 있었는데, 등 뒤에서 느껴지는 바람은 따뜻하고 습했다.

바람이 어깨와 목덜미를 어루만지더니 척추를 더듬다 허리께에서 멈춰 섰다. 뜨거운 사막의 태양빛이 내리쬐는 것처럼 그곳에서 열기가 풍풍 솟아올랐다.

야릇한 흥분감이 등줄기를 타고 올라와 뇌를 치받는다.

바람은 깃털로 변해 등을 터치했다. 닿을락 말락 하는 애타는 듯한 감촉에 서린은 신음성을 흘리고 말았다.

"하!"

어둠 속에 퍼져 나간 소리는 민망할 정도로 색정적이었다. 무형의 바람이 어느새 유형의 단단한 무언가로 변해 있었다. 그것은 감미롭게 서린의 등과 옆구리, 엉덩이와 넓적다리까지 마사지를 하듯 쓸어내려 갔다.

이 감각을 알고 있다. 시작은 부드럽지만 끝에는 짐승처럼 헐떡이게 만드는 위험한 그것! 그렇다고 몰아내고픈 생각은 손톱만큼도 들지 않았다. 홀로 어둠 속에서 야한 상상을 하며 신음을 내뱉는 것이 수치스러워 시트 자락을 입에 물었다. 하나, 허기진 욕구는 바람에 투영되어 머릿속에서 떠나지 않았다.

문득 남편의 근육질 몸이 떠올랐다. 그 몸을 가둬놓을 수 있다면……. 최고의 자축이 될 텐데. 결코 그럴 수는 없었다. 남편에게 달려가 자고 싶다고 말하느니 차라리 불면으로 고통 받는 것이 훨씬 더 나았다.

바람의 손길이 점점 대담해졌다. 매트리스에 눌린 젖가슴으로 파고들어 서린은 '헉' 하고 신음을 쏟았다. 풍성한 살덩이를 주물럭거리는 놀림은 바람이 아니었다. 남자의 손이라는 것을 깨닫자, 방 안으로 누군가가 들어와 있다는 것을 눈치챘다.

서린은 몸을 돌려 그를 확인했다. 그 남자는 그녀의 남편, 류지헌이었다. 또 다른 이름으로는 라이언이라고 불리는 남자.

은은한 달빛이 침실의 어둠을 물리쳤다. 그가 만드는 강한 실루엣에 가슴이 떨렸다.

"여긴 어쩐 일이에요?"

서린의 귀로 자신의 목소리가 이질적으로 들렸다.

침대에 앉아 있는 지헌은 대답하지 않고 물끄러미 응시하기만 했다. 어둠 속에서 안광이 반짝인다고 착각이 들 만큼 그의 눈동자는 강렬했다. 그 불꽃의 서슬에 놀라 저도 모르게 숨을 멈추었다.

무엇을 원하는 것일까? 답이 필요 없는 질문이었다. 지헌은 그녀의 몸을 원하고 있었다. 뱃속 깊은 곳에 잠재워 놓았던 정염이 용솟음쳤다. 차가운 이성이 꾸짖었다. 이 남자와의 잠자리에서 항상 패배하는 주제에, 분수를 모르고 날뛰다 수치를 당해봐야 정신을 차리겠냐고 호통쳤다.

하지만 정염은 들불처럼 일어나 마지막 이성을 불태워 버렸다.

서린은 굶주린 눈으로 지헌의 상체를 더듬거렸다. 아무리 힘을 줘도 들어가지 않을 것 같은 단단한 가슴팍, 적당히 울퉁불퉁한 팔뚝, 그리고 굵고 긴 손가락. 저 손가락이 휘저어준다면! 선정적인 상상에 기억하고 있던 쾌감이 중심부에서 꿈틀거렸다.

"나, 나는……."

'당신을 이겼어요'라는 말은 채 완성되지 않았다. 남편의 손이 동그란 어깨를 감싸 안았기 때문이다. 뭉툭한 손끝이 만들어내는 신비로운 촉각. 서린은 게슴츠레 눈을 뜨다 깜짝 놀라고 말았다.

자신이 실오라기 하나 걸치지 않은 알몸이라는 것을 깨달았기 때문이다. 남편이 언제 옷을 벗겨 버린 것일까? 설마 그도 나와의 섹스를 원했을까? 서린은 남편 또한 나체라는 것을 깨닫자 흥분되었다.

3년간의 결혼 생활에 적응된 것이 있다면 그것은 짜릿한 섹스였다. 몸과 몸이 만들어내는 황홀한 화음. 그 순간만큼 남편이 대적처럼 느껴지지 않는 순간도 없었다. 한데 그 화음을 잊고 살아온 지 벌써 수개월째였다. 아이러니하게도 그 기간 동안 남편도 먼저 육체관계를 요구한 적이 없었다. 비쥬와의 합작 건 준비로 수면제 없이 잘 수 있는 경우가 많아졌고, 더 이상 어두운 밤이 두렵지 않았다. 자연스럽게 각방을 쓰기 시작하면서 몸은 욕망에 귀 기울이지 않았다.

그런데 모든 것들이 끝이 나자 거짓말처럼 불면이 틈탔다. 서린은 남편의 몸이 무척이나 필요했다. 서린은 남편이 단 한마디도 하지 않았다는 사실조차 잊고 욕망에 매몰되었다. 그가 어깨를 쓰다듬다 쇄골 라인을 손가락으로 더듬었다. 감질나는 느낌에 애가 탔다. 지헌의 양손이 젖가슴으로 향하자 서린의 손도 그 손을 따라갔다.

지헌이 몽글몽글한 젖가슴을 잡고 빙빙 돌렸다. 상하, 좌우, 그리고 모양이 이지러지게 쥐어짰다. 그의 손과 함께 서린도 자신의 가슴을 애무했다. 그가 어서 빨리 쾌락의 열매를 만져 주기를 기대했지만 지헌은 굼뜨기만 했다. 한동안 가슴 애무에 집중하던 그가 손을 내려 갈비뼈를 간질이다 엉덩이골로 사라졌다.

그의 손이 닿는 곳마다 불길이 치솟았지만 서린은 만족할 수가 없었다. 더 강렬하고 뜨거운 무언가가 필요했다. 허리와 몸을 비틀며 남편에게 의사를 전달했지만, 남편은 도무지 그곳에 손을 대려고 하지 않았다.

지헌에게 결코 애원하고 싶지 않았다. 섹스의 주도권은 항상 자신이 가지고 있었다. 애원하는 쪽은 언제나 남편이었다. 그런데 오늘 밤의 남편은 여유로운 눈빛으로 무심한 듯 굴고 있었다. 그녀가 알고 있던 남편이 아니었다.

여성 깊은 안쪽이 조여드는 야릇한 흥분에 서린은 결국 입을 떼고 말았다.

"키스해 줘요."

남편이 슬쩍 웃는 것 같다. 침대로 올라온 지헌은 서린의 벌어진 입술에 입 맞추었다. 타액으로 젖은 남편의 입술을 맞아들이면서 서린은 전율했다. 잊고 있던 아찔한 느낌들이 세포 구석구석으로 침입해 날카로운 쾌락의 창을 세웠다.

남편의 까슬까슬한 혀가 지나간 곳이 부르르 떨렸다. 치열을 세심하게 쓰다듬더니 입안 점막까지 헤치고 더욱더 깊이 키스해 들어갔다. 마치 섹스 같은 농염하고 격정적인 키스에 서린은 본능적으로 남편을 끌어당겼다.

지헌의 입술이 관자놀이에 키스를 하고 귀로 향했다. 더운 입김을 불어넣으며 귓바퀴를 야릇하게 더듬었다. 말랑한 귓불에 촉촉한 키스를 남기고 목덜미로 입술을 내렸다. 서린은 고개를 반대편으로 꺾으며 남편의 입술을 느끼느라 여념이 없었다.

기억하고 있던 것보다 훨씬 좋았다. 지헌이 빗장뼈를 혀로 간질이다 젖가슴의 둔덕으로 향했다. 혀 전체로 아이스크림을 먹듯 핥아주었다. 조금 전의 애무와 마찬가지로 젖꼭지를 외면하자 서린은 불만스러운 신음을 질렀다. 그는 눈을 감고 유륜 주위로만 혀를 빙글빙글 돌리고 있었다.

그녀는 적극적으로 단단하게 솟은 유두를 남편의 입가로 가져갔다. 남편이 움직이려고 하지 않자 서투르게 그의 입술에 유두를 비벼댔다. 경미하기도 하지만 짜릿한 쾌감을 느껴 눈을 질끈 감았다.

"아."

서린의 신음 소리에 지헌은 입을 벌려 젖꼭지와 유륜을 동시에 삼켰다.

"아웃!"

강도가 더해진 서린의 음성이 어두운 밤의 고요를 깨웠다. 질척하게 빠는 소리가 굉장히 에로틱했다. 지헌은 부드럽게 혹은 짜릿하게 빨아대다 반대편 젖가슴으로 고개를 돌려 이내 그곳도 점령했다. 서린의 젖가슴을 모아 깊은 계곡을 만든 지헌이 그곳에 코를 박았다. 이미 축축하게 젖은 그곳에 격렬한 키스를 퍼부었다.

견딜 수 없어진 서린은 두 다리를 지헌의 허벅지에 비벼댔다. 그래도 그는 꿈쩍도 하지 않은 채 자신의 행위에 집중했다. 서린은 남편이 선뜻 주지 않는 쾌락이 고통스러울 지경이었다. 한계에 다다랐다고 생각될 즈음, 전신이 긴장으로 활시위처럼 팽팽해

졌다. 그가 주지 않으면 단번이라도 끊어져 울음을 터뜨릴 것만
같았다.

그때, 지헌의 빳빳한 남성이 서린의 여성 입구를 문질러댔다.
미약하지만 남성의 공격에 서린의 비밀스런 그곳이 파르르 떨렸
다. 뭉툭한 남성의 끝이 위로 비벼질 때 둘러싸인 진주를 자극하
자 서린은 쾌락으로 몸부림 쳤다. 언뜻언뜻 깊게 찔러오는 그 감
각을 더 느끼고 싶어 본능적으로 허리를 쳐들었다.

그 바람을 알아차렸는지 지헌의 손이 음모 위를 배회하며 진
주를 어루만졌다. 신속한 놀림으로 여러 번 자극을 주자 그곳이
도톰하게 부풀어 올랐다. 그와 동시에 서린의 두 다리 사이에서
감당할 수 없는 눈물이 뚝뚝 떨어졌다. 흥분한 그곳에 지헌의 검
지와 중지가 살며시 정탐하며 들어갔다.

서린은 더욱 짜릿해져 남편을 열렬히 맞았다. 좁은 그곳을 드
나드는 손가락의 행위에 교성이 절로 터졌다.

"아흣! 아아웃, 하윽!"

그러자 지헌의 입술이 서린의 입술을 덮었다. 서린은 입안으로
성마르게 혀를 집어넣는 남편의 혀를 맞아들이고 날름날름 핥아
댔다. 그러자 지헌의 목 깊은 곳에서도 억눌린 신음이 터져 나왔
다. 서린은 지헌의 목을 으스러져라 껴안고 하체를 더욱 밀어붙
였다.

은밀하던 남편의 손길이 폭풍우처럼 변했다. 전신의 감각이 절
정을 향해 내달렸다. 거친 숨결, 부푼 젖가슴, 바짝 조이는 여
성. 하지만 절정은 쉽사리 오지 않았다. 지헌의 손이 움직임을
딱 멈추었기 때문이다.

"왜?"

울 것 같은 심정으로 남편을 올려다보니, 그의 눈이 요구하고 있었다. 애원하라고. 죽기보다 더 하기 싫은 것이 남편에게 굴종하는 것인데, 항복하지 않으면 극치감을 느낄 수가 없었다. 마침내 본능이 마지막 남은 이성을 일거에 제압해 버렸다.

"제발, 제발 들어와서 날 채워줘요."

떨리는 음성으로 애원하자 남편이 씨익 웃는 것이 보였다. 승자의 오만한 표정을 하고서 딱딱하게 일어난 남성을 서린의 깊은 샘으로 밀어 넣었다. 조금씩 들어오는 몸에 서린은 도리질하며 몸부림 쳤다. 완전히 그곳을 물고 싶었다. 지헌이 들어오기 쉽게 다리를 활짝 벌린 후 그가 가득 들어왔다고 생각했을 때 다리를 모았다. 그녀가 옥죄는 힘에 지헌의 입에서 신음이 터져 나왔다.

"흑."

자만심이 서린을 기쁘게 했다. 그러나 상황은 곧 역전되었다. 얕게 전진과 후퇴를 반복하는 남편의 움직임에 서린은 주체할 수 없는 쾌락의 파도에 넘실댔다. 남편이 강하게 들어올 때면 심해를 허우적거리는 것 같았다. 그의 몸이 부딪쳐 올 때마다 여성은 희열로 오므라들고 있었다.

"아아앙! 아앗!"

아이의 울음소리와 같은 교성을 내지르며 서린은 엉덩이를 높이 쳐들었다. 서린의 골반을 잡고 몸을 집어넣는 지헌의 얼굴에도 쾌락의 땀방울이 흘러내리고 있었다.

남편이 들어와 휘젓고 나갈 때마다 한 번도 경험해 보지 못한 쾌감이 차곡차곡 몸에 쌓였다. 언제 터질지 모르는 풍선처럼 그렇게 쾌락은 서린의 몸에 주입되었다. 부싯돌처럼 치골과 치골이 부딪쳤다. 붉은 정염의 불꽃이 금세 피어올랐다.

"아핫! 더! 더!"

더 이상 참을 수 없어졌을 때 서린은 스스로 상체를 일으켜 남편을 꼭 껴안았다.

"날 원해? 그래?"

덤벼오는 서린의 체중을 감당하며 재빠르게 체위를 바꾼 지헌은 그녀의 엉덩이를 움켜잡았다. 서린의 하얗고 매끈한 두 다리가 지헌의 단단한 허리를 옥죄었다.

"네! 원해요!"

스스로가 무슨 말을 하는지 알지 못한 채 서린은 엉덩이로 원을 그리며 외쳤다.

지헌은 서린의 엉덩이를 위로 쳐들며 남성을 더욱 깊이 삽입했다. 남편의 거친 몸놀림에 서린 또한 협조하며 허리를 들썩였다. 두 사람의 입술이 겹쳐지고 사나운 키스가 이루어졌다. 그러다 지헌은 서린의 젖꼭지를 삼키고 강하게 흡입했다.

너무 날카로운 쾌락에 서린은 지헌의 어깨를 놓쳐 버렸다. 허리를 쭉 뒤로 젖히며 가슴과 은밀한 곳에서 폭포수처럼 떨어지는 쾌감을 고스란히 흡수했다.

남편은 지칠 줄 모르게 몸을 움직였다. 전후좌우, 어느 한 군데도 방심할 수 없게 쿵쿵 부딪치며 쫀쫀한 쾌감을 만들어냈다.

더 이상 버틸 수 없었다. 롤러코스터를 탄 것처럼 자잘한 언덕 넘기를 수차례. 서린의 눈앞에 번쩍이는 빛의 태산이 나타났다. 그 산의 정상을 향해 딘숨에 달음질해 올라간 순간, 그녀의 입에서 비명이 터져 나왔다.

"아아아앗!"

아찔한 감각과 함께 깊은 곳에서 뭉근하고 은밀한 경련이 시작되었다. 그와 동시에 들썩이던 지헌의 얼굴도 일그러졌다. 그는 더욱 채찍질하더니 서너 번의 몸짓 만에 '컥' 하고 포효했다.

서린은 휘몰아쳐 오는 열락에 몸을 내맡겼다. 부르르 떨리는 그 느낌을 음미하고 음미했다. 그때 거친 호흡을 몰아쉬던 남편이 으르렁거렸다.

"이 싸움에서는 내가 이겼어. 최서린!"

지금 이 순간, 그런 건 아무래도 좋다고 서린은 생각했다. 여전히 몸을 채우고 있는 남편의 후희에 서린은 그 뒤로 몇 번이나 더 감각의 세계를 헤엄쳐야만 했다.

강렬한 황홀경에서 빠져나온 서린은 눈을 번쩍 떴다.

사위는 조용하고 캄캄했다. 검은 하늘의 만월은 여전했는데, 창문은 열린 적이 없다는 듯이 굳게 닫혀 있었다.

어리둥절한 눈으로 주위를 둘러보았다. 조금 전까지 함께 격렬한 정사를 나눈 남편은 연기처럼 사라지고 없었다. 침실 안은 여전히 서린 혼자였다. 가슴 한구석으로 허무함이 몰아닥쳤다. 모든 일이 꿈이라고 인지한 그 순간, 서린은 까무룩 잠이 들었다.

여름의 햇살이 오전부터 뜨거운 열기를 가득 품고 침실을 두드렸다. 스르르 망각의 세상에서 벗어난 서린은 시계를 바라보았다. 10시가 훌쩍 넘은 시간이었다.

이맛살이 찌푸려졌다. 차라리 잠들지 않는 편이 나았을 텐데.

늦잠으로 하루를 시작하면 그날의 페이스가 엉망진창이 된 느낌이었다. 지난밤의 관능적이고 뜨거운 꿈이 불쑥 뇌리를 강타했다. 서린의 뺨이 당혹감으로 붉게 물들었다. 마치 실제 섹스를 했다는 듯 아랫도리가 욱신거리는 느낌이다.

미쳤나 봐. 짐승과 다를 바 없어. 어떻게 남편을 상대로 그런 꿈을 꿀 수가 있는 거지? 욕구불만인 적은 단 한 번도 없었다. 아무래도 과도한 긴장이 풀어지면서 생긴 불면증 때문인 모양이다. 희한하게도 꿈속에서 남김없이 불태운 탓인지 어젯밤에는 숙면을 취했다.

꿈속의 남편도 떠올렸다. 독점욕 강하게 몰아치던 그가 씨근덕거리며 내뱉은 말.

"이 싸움에서는 내가 이겼어. 최서린!"

아무리 꿈속이라도, 쾌락에 미쳐 날뛰었어도 남편으로부터 '이겼다'라는 말을 허용한 것에 대해서는 용납하고 싶지 않았다. 현실이든 꿈이든 언제나 자신이 승리해야 한다. 서린은 체머리를 흔들며 망상으로부터 벗어나고자 했다.

단지 꿈일 뿐이야. 아무 의미 없어. 더 이상 생각하지 말자. 여태까지 그걸 원하지는 않았잖아? 비록 개운함이 몸 구석구석 포진하였지만 서린은 경계의 끈을 놓지 않았다.

욕실에서 샤워를 마치고 나온 서린은 본래의 당당함으로 무장되어 있었다. 귀밑 언저리까지 오는 머리카락이 수분을 한껏 머금어 윤기 있게 달라붙어 있었고, 민소매 블랙 원피스는 육감적인 몸매를 아주 잘 드러냈다.

옅은 화장을 끝낸 서린은 원피스의 화이트 깃을 손으로 매만지며 싱긋 웃었다. 시작은 엉망이었지만 왠지 기분 좋은 하루가 될 것 같았다. 어제의 영광이 남편에게는 치욕적인 왕관이 될 수도 있었으니까.

침실 문을 연 서린의 콧속으로 향긋한 내음이 스며들었다. 저도 모르게 코를 찡긋했다. 시장기가 몰려들었다.

눈앞으로 주방의 아일랜드 앞에 서서 커피를 내리고 있는 지헌이 나타났다. 하얀 셔츠를 둘둘 말아 걷어 올리고 헐렁한 카키색 면바지를 걸친 지헌은 통유리 창을 뚫고 들어오는 햇빛을 고스란히 받고 있었다. 빛살이 그의 검은 머릿결에서 탱글탱글 춤을 추었다.

불쑥 열기가 명치를 치받았다. 꿈 때문이었다. 서린은 재빨리 차가운 이성으로 열기를 제압하고 그에게 다가갔다.

지헌이 서린을 발견하고 커피 유리 주전자를 들어 보였다.

"한 잔 줄까?"

"고마워요."

"별말씀을."

서린의 눈이 향한 곳은 녹음이 짙은 정원이었지만 언뜻언뜻 남편에게로 시선을 돌리기도 했다. 지헌은 늦은 아침 식사를 하려는 모양인지 바싹 구운 토스트와 버터를 준비하고 이미 조리가 끝난 써니 사이드 업 계란 후라이를 접시에 담고 있었다.

"아침은?"

"생각 없어요."

"알았어."

분명 남편은 달라졌는데 그 미묘한 퍼즐 조각은 쉽사리 수면 위로 떠오르지 않았다.

지헌이 서린 앞에 커피를 내려놓았다.

"라떼네요."

서린의 콧잔등에 주름이 생겼다. 언제부터 그에게 그녀의 커피 취향을 바꿔도 된다는 권한이 생겼지? 그러고 보니 이렇게 함께 아침을 맞는 것은 정말 오랜만인 것 같았다. 콜라보로 분주했던 서린은 새벽에 일어나 남편이 눈을 뜨기 전 부리나케 출근을 했었다. 프랑스로 한 달간 출장을 간 것까지 더하면 석 달이 넘는다.

"피곤할 땐 우유가 제격이잖아."

"생각해 주는 거예요?"

"난 언제나 당신 생각을 하고 있어."

토스트에 버터를 바르는 지헌의 목소리는 마치 사막 위를 걷고 있는 것처럼 메말랐다. 미세한 금 하나가 서린의 뇌리에 새겨졌다.

빵을 씹으며 지헌은 신문을 펼쳐들었다. 재미난 기사라도 본 것인지 미간을 모으고 신문에 집중했다. 그러다 은색 메탈 안경을 썼다.

안경?

"시력이 나빠졌어요?"

"조금."

"언제부터요?"

"몇 달 됐어."

귀찮아하는 그의 어투에 '왜'라는 질문이 서린의 목구멍에서 삼켜졌다. 아무것도 관여하지 않는 것이 결혼 생활의 철칙인데, 갑자기 내가 무슨 짓을 하는 거람? 아마도 안경을 쓴 류지헌이 꽤나 달라 보여서 호기심이 인 것이 분명했다.

서린은 내키지 않은 눈으로 라떼를 바라보다가 한 모금 마셨다. 우유의 고소함과 부드러움이 서린의 입안에서 마블링되었다.

그는 여전히 신문 기사에 눈을 못 박은 채 커피를 입가에 가져갔다.

"새로운 기사가 있나 봐요?"

"별로."

지헌의 대답에 서린은 실소를 금할 수 없었다. 그녀가 성공시킨 합작이 날개를 달고 창공을 떠돌고 있는데, 어느 정신 나간 기자가 그녀의 콜라보 성사를 대문짝만하게 싣지 않았을까?

"축하 안 해줘요?"

지헌은 신문에서 눈을 떼 서린을 쳐다보았다. 깊은 갈색 눈동자는 별다른 빛을 띠고 있지 않았다. 그러다 갑자기 생각난 듯 안경을 매만졌다.

"아, 그렇군. 축하해."

"당신에게 깊은 감명을 주지 못한 모양이군요."

"큰 감명을 받았지. 역시 최서린이라고 생각했으니까. 잘했어."

"정말 그렇게 생각해요?"

서린의 말에 빈정거림이 묻어 있는 줄 알면서도 지헌은 항상 듣던 그 목소리 톤으로 말했다.

"난 언제든지 준비가 되어 있어. 설마 당신은 그렇지 않은 거야?"

그 물음이 무엇을 뜻하는지 잘 아는 서린은 가슴이 동요하지 않도록 쌀쌀맞게 말했다. 능글맞은 인간.

"어제는 너무 바빠서 정신이 없었어요. 피곤하기도 했고요. 당신과 축배를 들지 못해서 정말 아쉬웠어요."

"동감이야."

지헌은 다시 신문에 눈을 주고 커피를 마셨다.

서린은 지헌의 입매가 비틀어지는 것을 놓치지 않았다. 날 비웃고 있어. 작은 성과를 크게 부풀려 갖고 싶은 것을 내놓으라고 생떼를 부리는 애가 된 느낌이었다. 그에게 주도권을 빼앗긴 것 같은 기분이 들어 찝찔했다.

서린은 라떼를 한 모금 마셨다. 입안에 텁텁함이 감돌았다. 마치 류지헌처럼⋯⋯.

맛을 보는 게 아니었다.

"오늘은 청담동에 안 가도 돼요. 쉬고 싶다고 엄마에게 전화했어요."

"장인어른이 기다리실 텐데. 어제의 성과도 자세히 말씀드려야 하잖아."

"아버지는 알고 계세요. 퇴근 전에 잠깐 찾아뵈었어요."

"오케이. 알았어."

서린은 남편이 아버지의 반응을 궁금해하지 않는다는 걸 깨닫고 푸시시 김이 새는 느낌이었다. 어제의 성과가 아버지의 마음을 단번에 움직이지 못할 것이라고 여긴 걸까.

"당신은 회사로 갈 거예요?"

"주말이잖아. 쉬어야지."

"집에 있을 거예요?"

"아니, 약속이 있어."

"약속?"

"궁금하면 얘기해 주고."

남편이 서린을 똑바로 쳐다보았다. 여태껏 무표정했던 그의 얼굴에 웃음이 그려졌다. 서린은 들키지 않게 이맛살을 살짝 찌푸렸다. 남편의 말투는 온화하고 자상한데 무언가가 첨가되어 있다. 가식?

"내게 일일이 다 보고할 필요는 없잖아요. 난 당신의 상관이 아니니까."

"그렇지. 당신은 내 아내였지?"

무신경하게 말하며 지헌의 눈이 다시 신문에 못 박혔다.

그에게 느껴지는 거리감이 서린의 피부에 와 닿았다. 뭔가 찜찜한 느낌을 지울 수가 없었다. 서린은 왠지 남편이 그녀를 무시하고 있다는 생각이 들었다. 그의 아성을 순식간에 뒤흔들 만만찮은 상대라고 여겨 태도를 바꾼 것일까?

수수께끼 같은 남편의 행동이 마뜩잖았다. 지금 이 순간 서린은 진한 에스프레소가 마시고 싶었다.

2

[늦게라도 들러.]

"동문회가 늦게 끝나요."

[그러니까 늦게라도 들르라고 하는 거잖아?]

"엄마, 안 된다고 어제 말씀드렸어요. 허락해 주신 걸로 아는데요?"

[엄마와의 약속이잖아! 일주일에 한 번 얼굴 보여주는 게 그렇게 힘드니?]

"솔직히 힘들어요. 엄마. 나, 노는 사람 아니잖아요. 예현에서 마케팅을 담당하고 있는 최서린 이사라고요. 그동안 비쥬와의 합작을 성공시키느라 바쁘고 힘들었어요. 그럴 때도 엄마와의 약속 한 번도 어긴 적 없고요."

[그래서 엄마가 너무한다는 거야?]

'너무하세요'라는 말이 하마터면 입 밖으로 나올 뻔했다. 서린은 가까스로 삼키고 차갑게 대꾸했다.

"내일 들를게요. 됐죠?"

[알았다. 내일 보자꾸나.]

서린의 모친 임효정 여사가 전화를 먼저 끊었다.

서린은 작게 한숨을 내쉬었다. 엄마의 집착은 1년 전부터 더욱 심해졌다. 어렸을 때부터 서린은 엄마의 아픈 모습을 보고 자라왔다. 병약한 엄마는 서린을 늘 곁에 두고 싶어 했고, 서린이 아무 말 없이 사라질 때면 신경쇠약에 걸린 사람처럼 불안해했다.

서린은 갑자기 모든 게 짜증스러워졌다. 어제의 승리로 한껏 고양되어 있었는데, 웬일인지 아침부터 심드렁해졌다. 게다가 엄마는 아이처럼 칭얼거리기 바빴다. 겉으로는 이성적이고 침착하여 태산이 무너져도 눈 하나 깜짝하지 않을 것 같지만 실상은 태풍을 감추고 사는 사람이 바로 서린이었다.

왜 이렇게 기분이 저조하지? 잔뜩 부풀린 공에서 푸시시 바람이 빠지는 듯한 느낌이 든다.

"이사님?"

서린은 비서 현주의 부름에 퍼뜩 정신을 차렸다.

"미안. 먼저 먹어."

서린이 현주와 식사를 하는 이곳은 이태원에서 브런치로 유명하다는 한 레스토랑이었다. 서린은 현주가 자신의 말에도 포크를 들지 않자 형식적인 미소를 지었다.

"만약 현영이었다면 눈앞에 있는 팬케이크가 본래의 모습을 갖추지 못했을 거야. 금방 난도질을 당했겠지."

"현영이의 그런 면을 마음에 들어 하시잖아요."

"맞아. 그런 현영이가 좋아. 직설적이고 솔직하지. 하지만 난 널 더 믿어."

현주는 서린의 2년 대학 후배였다. 경영학과에 눈에 띌 만한 예쁜 쌍둥이가 입학했다는 말을 들었을 때, 서린은 심현주, 심현영 자매들과 이렇게 가까이 지낼 줄은 꿈에도 생각하지 않았다. 그런데 하나는 발랄하고 생기 있는 아름다움으로, 하나는 도도하고 정중한 아름다움으로 서린에게 다가왔다. 우연한 기회에 서린과 친분을 쌓은 그녀들은 예현이라는 제국의 공주님에게 없어서는 안 될 중요한 사람들이 되었다. 그녀들은 서린의 친구와 다름이 없었다.

특히 현주는 빈틈없는 날카로운 일 처리로 서린의 오른팔이 되었다. 예현에서 서린이 일적인 면에서 당당히 살아남을 수 있었던 것도 현주의 뒷받침이 컸다. 현주의 과묵한 면은 신임 받을 만한 조건 중에서도 최고의 조건이었다.

"숍 예약이 몇 시랬지?"

"4시입니다."

"동문회 시간에 딱 맞췄네."

"네."

"5시로 늦춰."

"예?"

"주인공은 원래 마지막에 나타나는 법이잖아."

서린의 목소리가 일순간에 낭랑해졌다.

"네. 그렇게 하겠습니다."

현주는 서린의 뷰티숍 예약 시간을 바꾸기 위해 자리에서 일어났다. 그때까지도 서린은 브런치에는 손도 대지 않고 탁자만 노려볼 뿐이었다.

화선여고 동문회가 열리는 곳은 메그레즈 호텔 스카이라운지 '헤븐'이었다. 재계에서 행세깨나 한다는 사람들과 셀러브리티들이 선호하는 곳으로 유명했다. 바로 이런 '헤븐'이 오늘은 오랜만에 만나는 동문들의 만남의 장소가 되었다.

화선여고는 강남에서 알아주는 사립명문고였다. 매년 열리는 동문회가 '헤븐'에서 개최된다는 것만 보더라도 화선여고의 인맥과 금력은 어마무시했다.

화선여고의 동문회를 장악하고 있는 사람은 '로즈버드'의 회장 출신들이었다. '로즈버드'는 스노보드 동아리로 여고에서는 좀처럼 볼 수 없는 활동적인, 약간은 과격한 클럽 활동이었다. 스포티한 동아리 성격만 보고 학생들이 가입을 기피한다고 여긴다면 그것은 대단한 오산이었다. 외려 '로즈버드'는 아무나 쉽게 가입할 수 있는 동아리가 아니었다. 가입 조건이 매우 까다로워 신입생들은 입학과 동시에 좌절을 맛보기도 했다.

'로즈버드'의 19대 회장이자 현 동문회 회장인 선여정은 자부심 가득한 당당한 워킹으로 '헤븐' 안으로 들어섰다. 그녀의 붉은 드레스는 그녀가 자랑스러워 마지않는 동아리의 이름을 형상화한 것이었다. 정말 개화 직전의 장미 봉오리 같았다. 그것도 무척 농염한…….

화선인의 밤은 곧 '로즈버드인'의 밤과 다를 바 없었다. 쟁쟁한 선배들을 제치고 회장에 당선된 선여정은 JS그룹의 외동딸이었다. 그녀는 현재 JS 홈쇼핑 영업본부장 상무이사였다. 미스코리아를 능가할 만한 키와 잘생겼다고 말할 수 있는 시원한 이목구비는 여정의 대담하고 추진력 있는 성향을 대변했다.

15년 전 '로즈버드' 겨울캠프 때 여정이 보여준 스노보드의 회전은 후배들 사이에서 전설의 UFO턴이라고 회자되고 있었다. 겨울 하늘에 날아든 번쩍이는 동선이었다. 거짓말 조금 보태 동계올림픽 스키 점프에 출전할 만큼이었다고 한다.

운동이면 운동, 미모면 미모, 일이면 일. 모든 부문에서 완벽한 그녀에게도 유일한 아킬레스건이 있었으니, 그것은 바로…….

"여정아. 왔어?"

동문회 총무를 맡고 있는 수연이 여정을 반갑게 맞았다.

"준비는?"

"완벽하지. 누구 명이라고?"

"초대장 확인은 철저하게 진행했겠지?"

"당연하지. 보안업체가 삼엄하게 경비를 보고 있어. 후후. 경호실장이라는 사람 되게 잘생겼다?"

여정은 나사가 하나 빠진 듯한 미소를 짓고 있는 수연을 한심하게 쳐다보았다.

"초대 가수는 언제 온대?"

"총회 끝나고 식사할 때 즈음 도착한다고 연락 왔어."

"설마 아이돌은 아니겠지?"

"아니야. 얘! 작년에 그토록 네게 타박을 당했는데, 내가 또 그러면 무뇌아지, 안 그래? 요즘 힛하다는 발라더야. 물론 네가 원하는 품위도 있어. 그 이미지로 유명해졌대."

"잘했어. 선배님들은 어디 계셔?"

"로열 룸에 계셔."

"알았어. 인사하고 갈 거니까 진행 준비나 매끄럽게 잘 해놔."

"염려 붙들어 매. 근데 서린이 말이야. 오늘도 역시 안 오겠지?"

지나치려던 여정은 걸음을 멈추고 수연을 노려보았다.

"무슨 소리야?"

"아니. 들리는 소문에 의하면 너 서린이한테 완전히 발렸다고 하던데."

왠지 고소하다는 뉘앙스가 풍겼다. 여정은 눈꼬리를 치켜 올리며 그동안 수연의 기를 너무 살려놨다는 생각이 들었다.

"누가 그런 소리 해?"

"우리 그이가. 서린이가 차려놓은 밥상을 날름 먹으려다가 된통 당했다면서?"

"그래서 네 남편은 남의 일에만 신경 쓰느라 작년에도 회사를 말아먹었다니? 재기를 하려면 자기 일에만 집중해야지."

"뭐! 우리 그이 얘길 왜 여기서 꺼내? 그이는 재계 동향을 알아보다가 우연히 알게 된 것뿐이라고."

"시야가 좁기도 하지. 재계 동향을 알아본다면서 왜 JS와 YH에만 관심을 가질까? 그것도 잘못된 정보를 가지고 말이야. 처가가 너무 빵빵해서 앞뒤 분간도 못 하고 주절대는 건가?"

"야! 선여정. 말이 심하잖아."

"너나 입 조심해. 백수연. 오늘이 무슨 날인지 안 보여? 화선인의 밤이라고. 일 년에 단 한 번 있는 중요한 날에 그런 시답지도 않은 말은 내뱉고 싶어도 집어 삼켜야지. 아무리 네가 내 친구라고 해도 내 눈 밖에 나면 친구도 뭐도 안 되는 수가 있으니까."

싸늘하게 말을 내뱉으며 여정은 앞으로 걸어갔다. 후배들이 그녀를 알아보고 인사를 건넸다. 여정은 의전용 미소를 지으며 고개를 까딱였다. 그러자 그녀의 앞으로 홍해가 갈리듯 동문들이 길을 비켜주었다.

"저 기집애, 코가 납작해지는 꼴을 한 번만 보면 소원이 없을 텐데."

수연은 상처 입을 말만 골라 하는 여정이 꼴사나웠다. 씩씩거리던 그녀의 뇌리로 조금 전 한 통의 전화가 떠올랐다.

"어쩌면 오늘이 그날이 될지도 모르겠네. 후훗."

동창인 진선미가 초대장을 잃어버려 초대장 없이도 '헤븐'에 들어올 수 있도록 로비에 요청했다. 진선미가 온다면 최서린도 올지 모른다. 수연은 경호실장에게 단단히 일러놓았다. 초대장이 없는 입장객 중 진선미와 최서린이라고 밝히는 사람은 지구가 두 쪽 나는 한이 있더라도 정중하게 안으로 모시라고……. 선여정의 아킬레스건인 최서린이 행차하실지도 모르니까 말이다.

화선여고의 겨울 여왕, 최서린.

그녀의 시크하고 우아한 회전이 간절히 보고 싶은 백수연이었다.

동문회의 시작을 알리는 선여정의 인사말이 끝난 후 임원들의 사업 빛 결산 보고가 이어졌다. 모교의 지속적인 발전뿐만 아니라 사회 상류계층으로서의 화선인의 사회 사업은 일개 동문회가 벌이는 사업치곤 규모가 큰 것이었다.

"선여정 대단하지 않아? 회사 일도 바쁜데, 언제 동문회 일까지 이렇게 해냈대?"

"그러게. 예전이나 지금이나 지치지 않는 정력은 여전해."

"여정이 그거 자뻑이야. 저 말고는 이렇게 할 수 있는 사람 아무도 없다는 걸 증명하고 싶은 병이라고."

"어쨌거나 슈퍼 우먼은 맞잖아."

"외계인이지. UFO턴을 할 때부터 알아봤어."

"그렇지?"

여정에 대한 동창생들의 말들이 살금살금 입에서 입으로 전해졌다.

실내악의 고전적인 선율이 귀를 자극하고 프렌치를 기본으로 한 뷔페가 동문회의 화려함을 극치로 이끄는 그때.

"저기, 진선미 아니야?"

"그러네. 그렇다면, 혹시?"

"세상에! 최서린이잖아!"

"최서린? 진짜 서린이야."

"무려 3년 만이야. 서린이 결혼하고 나서는 한 번도 동문회에 나온 적 없었지?"

"응. 한 번도 없었어."

"오늘 계 탔네. 라이벌 선여정이 회장으로 있는 동문회 행사에 참석하다니. 정말 흥미진진한데?"

"그러게. 근데 겨울 여왕의 아성은 그대로인 것 같지?"

"네 말이 맞아. 겨울 여왕은 언제나 도도해. 근데 저 드레스는 어디거야? 올해 S/S 오트쿠튀르 콜렉션에서 한 번도 본 적 없는 드레스인 것 같은데. 넌 본 적 있니?"

"아니. 처음 봐. 빨리 가서 아는 척하자. 다른 애들한테 선수 빼앗기기 전에."

서린을 알아본 무리들이 조심스럽게 그녀를 향해 다가갔다.

선미는 등장하자마자 좌중을 휘어잡는 서린의 마력을 실감했다. 삼 년 만의 등장인데도 어제 본 것처럼, 졸업하기 전 서린을 흠모하고 동경하던 눈빛들이 여기저기서 반짝거렸다. 선미는 쇼를 제대로 즐길 작정인 서린의 고약함을 사랑했다. 하긴 가끔은 돌출 행동도 해줘야 인간미가 느껴지는 법이다.

"파티가 한창이네."

서린의 낮은 톤이 선미의 귓가에 울렸다.

"진 선생. 파티에 올 때는 예를 갖춰야지. 너무 고리타분한 거 아니야? 벗겨놓으면 몸매는 이곳에서 제일일 테면서."

서린은 남성 턱시도에서 영감을 받은 듯한 진선미의 슈트를 아래위로 훑어 내렸다.

"그건 너와 여정이가 없을 때 하는 말이지."

"진부해."

"너무 많이 들어서?"

"아니, 네 겸손."

서린은 우아한 걸음으로 앞장섰다. 벌써부터 그녀를 알아본 몇몇 친구들이 서린에게로 달려왔다.

화선여고 입학과 동시에 뛰어난 외모와 성석, 운동 실력으로 단번에 '로즈버드'의 선배들을 사로잡은 서린은 신입생 중 유일하게 면접을 보지 않고 '로즈버드' 멤버가 된 최초의 케이스였다.

그해 겨울. 서린의 스노보드 실력은 유감없이 발휘되었다. '로즈버드'의 위명에 아주 걸맞은 아름답고 안정적인 스노보드의 자세. 채공 시간은 상당했고 공중에서 보여주는 정적이면서 놀랍도록 빠른 스피드의 회전은 타의 추종을 불허했다.

서린은 제18대 '로즈버드'의 회장으로 선출되었지만 고2 여름방학 때 돌연 사퇴했다. 그리고 사퇴와 동시에 동아리에서도 탈퇴했다. 화가 난 선배들이 그녀를 불러내어 위협했지만 서린은 눈 하나 깜짝하지 않았다. 한 번 작심한 것은 목에 칼이 들어와도 바꾸지 않는다는 것이 바로 서린의 신념이었다.

이후 제19대 회장으로 선임된 선여정은 2학년이 회장직을 수행해야 함에도 반쪽짜리 회장이 되기 싫어 3학년까지 악착같이 회장직을 유지했다. 그리고 보란 듯이 교내에서 '로즈버드'의 회장으로 목소리를 내며 봉사 등 갖가지 일을 벌였다. 그녀로 인해 '로즈버드'는 더욱 명성을 더해갔다. 그때부터 여정의 사업은 시작된 것이나 다름없었다.

동창들은 서린을 유심한 눈으로 관찰했다.

다들 서린의 패션에 대해 궁금해하는 눈치였다. 저 큼지막한 삼각형 귀걸이는 어디서 샀을까? 포마드를 잔뜩 바른 단발 헤어스타일은 단정하고 세련됐다. 그 헤어스타일 앞으로 메탈 귀걸이가 독특하게 빛나며 찰랑거렸다. 특이하게도 반대편 귀걸이는 언밸런스한 형태의 작은 마름모꼴 형태의 귀걸이였다.

드레스는 또 어떠한가? 은어처럼 반짝이는 드레스는 목을 완전히 감싼 형태였지만 하늘하늘한 재질로 가슴 부위에 드레이퍼리한 주름을 만들었다. 하반신은 풍만한 골반을 유감없이 드러내는 밀착된 디자인이었다.

정숙하고 우아한 이미지라고 여기려는 찰나, 서린이 앞으로 걸어갔다. 그녀를 따라가던 수많은 눈들이 서린의 드러난 맨 등을 보고 눈이 휘둥그레졌다.

옆에서 보면 젖가슴의 둥근 형태가 보일락 말락 하는 무척이나 과감하고 섹시한 드레스였다. 웬만한 영화제에도 손색없을 만한 패션 감각에 동문들은 서린의 숍이 어딜까, 궁금증이 일었다.

"미스코리아 납셨네."

로열 룸에 서린과 선미가 들어가자마자 여정의 비아냥거림이 날아들었다. 로열 룸에는 화선여고 동문회의 현 임원 인사들과 몇몇의 선배들이 앉아 있었다. 서슬 퍼런 여정 때문에 룸 안에 있는 사람들은 서린을 쉽게 알은 체 할 수 없었다.

서린은 아랑곳하지 않고 여정이 마주 보이는 곳에 착석했다.

"오해는 하지 말라고. 선미더러 한 말이니까. 선미야, 오랜만이야. 병원은 잘 되지? 요즘은 워낙 마음이 아픈 사람들이 많아서. 찾아보면 우리 가까운 곳에도 있을지 몰라."

"오해는 무슨? 고릿적부터 들어왔던 농담인데. 진선미 하면 미스코리아지."

정신과 의사인 선미는 쿨하게 대답하며 서린의 오른편에 자리를 잡았다. 서린은 여정을 일별하지 않고 웨이터가 따라준 와인을 음미했다.

"어왕님께서 진히 행차하시니 보기 힘든 우리 진 박사님도 동문회를 다 나오시고 말이야? 이거 참 무궁한 영광이라고 해야 되나?"

수연은 치밀어 오르는 웃음을 참고자 입술을 꽉 깨물었다. 여정의 도발은 절박해 보일 정도였다. 서린은 여정을 투명인간 취급하고 있는데, 여정 홀로 분기탱천하며 겨울 여왕을 자극하고 있었다. 그것도 사람 좋은 만만한 선미를 방패막이 삼아서……. 오랜만의 재미있는 구경거리였다. 도도한 선여정을 서린이 어떻게 개박살 낼 것인지 자못 궁금해졌다.

"무슨 바람이라도 불었니?"

여정은 줄기차게 싸움을 걸었지만 서린은 와인 한 잔을 비우고 웨이터가 내어온 애피타이저를 입에 넣었다.

"맛있네."

룸 안으로 들어온 후 서린이 처음으로 내뱉은 말은 고작 '맛있네'였다. 여정의 표정은 활화산 폭발 직전이었다. 덩달아 룸 안은 찬물을 끼얹은 듯 싸해졌다.

"사람 말이 말 같지도 않아? 3년 만에 동문회에 나타나 놓고선 묻는 말에는 대답도 하지 않은 건 또 어디서 배워먹은 버르장머리일까? 선배님들도 와 계시는데."

서린은 께느른한 고양이처럼 포크로 음식을 뒤적이다 선배들의 면면을 둘러보며 인사를 나누었다.

"다들 잘 지내셨죠?"

선배들은 마지못해 서린과 눈을 맞추었다. 그러곤 서린은 서비스된 메인 디쉬에 집중했다.

"네가 뭔데 이 자리에 끼는 거야? 아무것도 아닌 주제에?"

서린이 나이프와 포크를 갑자기 내려놓고 여정과 시선을 맞추었다.

"화성인이 되어보려고."

수연은 서린의 그 한마디에 '풋' 하고 웃음이 터졌다. 기름에 불을 붙인 듯 여정의 얼굴이 더욱 매섭게 변했다. '화성인이 되어보련다'의 뜻은 화선여고의 동문회 회장이자 UFO처럼 스노보드를 타던 여정을 한마디로 비웃는 단어였다.

"어서 여기서 나가! 네 자리는 로열 룸이 아니라 바로 저곳이라고!"

용케 서린의 도발을 참아낸 여정은 턱짓으로 넓은 홀을 가리켰다. 동문회 참석자들이 친구들과 반가움을 표시하는 일반석으로 가라는 뜻이었다.

"자리는 맞게 찾아온 것 같은데?"

"제정신이 가출한 모양이구나. 무책임하게 회장직에서 사퇴한 네가 무슨 낯짝으로 이 자리에 앉아 있는 거야? 선배님, 후배들 보기에 부끄럽지도 않니?"

"내가 그만두지 않았더라면 넌 '로즈버드'의 우두머리가 될 수 있었을까? 아마도 평생 그 자리에 못 앉았을걸?"

"뭐야?"

"밥이나 먹어. 기운 없는데 큰소리까지 내면 동문회는 엉망진창이 될 거야."

"내가 왜 기운이 없어?"

"있었어? 아, 그렇지? 밥 안 먹어도 힘이 나겠네. 어제 그렇게 물을 많이 먹었으니까."

"이게 어디서 굴러와 가지고 난장을 쳐?"

드디어 폭발한 여정은 탁자를 치며 벌떡 일어났다.

"사실이잖아. 너 어제 물 먹었어. 나한테."

"공과 사 구분 못 해? 이곳은 동문회라고!"

"공과 사 구분하시는 분이 남의 것, 제 것은 구분 못 했나 보네. 남이 공들인 걸 날름 가로채 가겠다고 상도덕 따윈 개에게 줘버렸지 않나?"

서린이 쏘아붙이는 말들은 이미 말이 아닌 얼음 파편이었다. 나오는 족족 여정의 얼굴에 꽂혔다. 이미 평정심을 잃은 여정의 안색은 터질 듯이 피가 모여들었다.

"야!"

"왜?"

두 사람의 언쟁에 선미와 수연을 비롯한 사람들이 슬그머니 자리에서 일어났다. 개와 고양이와 다름없는 앙숙지간의 싸움이 발발할 터였다. 마지막으로 룸을 나선 선미는 난처한 미소를 띠우며 그녀들의 품위 유지를 위해 룸의 문을 닫아주었다.

룸에는 졸지에 두 사람만 남겨졌다. 여정은 이글이글 타오르는 눈으로 살벌하게 서린을 노려보았다.

"발린 기분이 어때? 선여정?"

"내가 언제 발렸다고 그래!"

"기억력에 문제가 생겼나 봐? 너 어제 꽤 장렬했었어."

독사 같은 년!

여정은 심하게 벌렁거리는 가슴을 겨우 주저앉혔다. 사실 여정은 오늘 서린의 방문을 예감하고 있었다. 고등학교 시절부터 시

작된 공방전은 지루하게도 성인이 되어서도 이어져 왔는데, 문제
는 서린이 여정을 라이벌로 보지 않는다는 것이었다. 그것이 더
자존심 상했다. 그래서 그렇게 서린을 이기려고 기를 쓴 건지도
모른다.

공교롭게도 동종업계에서 서린의 회사와 그녀의 회사도 세기의
라이벌로 엎치락뒤치락 하고 있었다. YH 홈쇼핑을 찍어 누를 만
한 아이템이 없다는 것을 깨닫자마자 여정은 무슨 일이 있어도
YH의 독주만은 막겠다고 노선을 선회했다. 그것은 바로 서린의
앞길을 막는 최선의 방안이었다.

여정이 서린을 미워하는 또 다른 이유는 바로 서린의 남편, 라
이언 류 때문이었다. 그를 알아본 여자는 서린이 아니라 여정이
먼저였다. 여정은 뉴욕 유학 시절 라이언 류라는 남자의 존재를
발견하고 그를 몰래 짝사랑한 전적이 있었다. 그와의 만남을 노
리던 여정에게 라이언 류의 한국행은 장밋빛 미래를 예감케 했
다. 어쩌면 그와의 운명적인 만남이 있을지도 모른다는 생각에
가슴이 설레었다.

그런데 라이언 류가 YH 홈쇼핑의 사장으로 취임하고, 귀국한
지 석 달도 지나지 않아 서린과 결혼하였을 때, 여정은 서린과는
절대 휴전조차 없을 것이라고 선언했다.

그토록 빛나는 남자와 결혼을 하게 되었는데도 서린은 진심으
로 웃지도 감사해하지도 않았다. 제 손에 든 다이아몬드를 자갈
처럼 취급하는 서린에게 보석은 가당치가 않다. 서린에게 지기
싫은 마음이 앞서 여정도 곧 맞선을 봤고 두 달 뒤에 결혼식을 올
렸나.

3년 전의 일도 어제 일처럼 느껴지는 건 모두 눈앞의 최서린 때문이었다. 서린 앞에서 여정이 주워 삼킨 단어는 열패감, 자기 비하, 자존감 저하와 같은 죄다 부정적인 것들이었다.

　여정은 서린의 얼음 가면을 벗길 수만 있다면 악마에게 영혼을 팔아도 좋을 심정이었다. 그런데 그 행운이 바로 여정에게 굴러 들어 왔다.

　'그러니까 침착해야지. 선여정! 다 된 밥에 코 빠뜨리지 말고. 그깟 비쥬와의 콜라보 실패는 일 분기 영업 실적만 날아갈 뿐이지만 이건 다르잖아? 최서린의 인생을 시궁창에 집어 처넣을 수 있는 절호의 기회라고!'

　여정은 심호흡을 하며 서서히 제 페이스를 찾았다.

　"맞아. 승리는 네 거야. 축하해, 최서린."

　서린은 자신의 시나리오에 들어 있지 않은 여정의 태도에 눈살을 찌푸렸다. 여정을 밟아주리라 결심했고 차근차근 실천하고 있는데, 마음에 들지 않게도 여정은 금세 침착함을 찾았다.

　재미없는데?

　"그런데 말이야. 서린아, 결혼 반지가 안 보이네?"

　결혼 반지? 여정의 뒤바뀐 말투가 심하게 거슬렸다.

　"소중한 반지잖아. 잃어버릴 수는 없지."

　"일하는데 거추장스러워서 빼놓은 건 아니고?"

　서린은 대답 대신 입을 앙다물었다.

　"바이어가 보면 너 미혼인 줄 알 거야. 아, 이건 그냥 노파심에 하는 소리이고. 신성한 결혼 반지를 빼놓는 사람치고 제대로 된 결혼 생활을 하는 사람이 없더라고. 내가 이런 말까지는 안 하려고 했는데 말이야?"

서린은 잠자코 여정을 주시했다.

"남편 단속이나 잘해."

청천벽력 같은 말이 서린의 뒤통수를 가격했다. 번쩍하는 번개가 눈앞에서 치는 것 같았다. 여정이 무슨 말을 하는지 전혀 이해가 가지 않았다. 하지만 한 가지 분명 한 것은 지금 칼자루를 쥐고 있는 사람이 선여정이라는 것이다.

"일하느라 정신 팔려서 남편이 무슨 짓을 하고 다니는지도 모르지?"

서린의 손에 힘이 들어갔다. 여정의 말에 휩쓸리지 않으려고 주먹을 말아 쥐고 떨림을 제어하려고 노력했다.

전세역전.

"넌 알고 있고?"

"알다마다. 궁금하면 내가 말해줄까?"

"말해봐. 들어줄 테니까."

"그냥 말해도 되나 몰라?"

여정은 얄미운 고양이 흉내를 내고 있었다. 서린의 한쪽 입매가 하늘을 향해 올라갔다. 손에 쥔 패를 가지고 거래를 하시겠다? 거래는 응하지 않으면 성립이 되지 않지.

"그럼 너만의 소중한 비밀로 간직하시든가."

서린은 의자에서 일어났다. 클러치 백을 집어 들고 룸 밖을 나가려는 순간 여정의 목소리가 들려왔다.

"다른 사람도 아니고 남편과 관련 있는데도 그냥 가시겠다고? 역시 최시린이야."

"맞아. 네가 이기고 싶어 안달하는 최서린이 바로 나지."

"못된 계집애!"

"칭찬 고마워."

"언제까지 잘난 척하는지 내가 두고 보겠어."

"잘난 척하는 게 아니라 네 눈에 내가 잘나 보이는 건 아니고?"

"하! 감정 없는 로봇도 너보단 나을 거야. 이러니 어느 남자가 밖으로 안 돌겠냐고? 사람들은 네 면상에 자신들이 속고 있다는 걸 몰라. 얼굴이 반반하니까 마음도 반반할 거라 생각하지만 너만큼 모난 애도 없어."

"난 네가 알고 있는 이야기에 흥미가 있었지, 네 이야기에 흥미가 있었던 건 아냐."

"그래. 계속 그렇게 살아. 눈과 귀를 막고 천상천하 유아독존으로. 그러다가 피눈물 흘려봐야 정신 차리지."

여정의 악담은 수위가 점점 높아졌다. 냉정함으로 가장하고 있었지만 서린의 서늘한 가슴에도 분노의 불꽃이 사라락 튀어올랐다.

하나, 둘, 셋. 서린이 여정과 다른 점이라면 감정을 쉽사리 드러내지 않는다는 것. 그래서 그녀는 언제나 우위에 서 있을 수 있었다.

"오랜만에 만나 반가웠어. 여정아. 난 네가 여전해서 고맙고 즐거워."

서린은 홱 등을 돌렸다. 더 이상 여정과 말을 섞을 이유가 하등 없다고 판단 내렸다. 결정을 하면 어떤 결과가 놓여 있더라도 번복이 없는 것이 서린의 무서운 점이었다. 궁금증은 두말할 것도 없다.

"네 남편에게 여자 있더라? 꽤 깊은 사이로 보였어."

여자?

누군가 '푹' 하고 심장을 린치하는 것 같았다.

남편 단속이니, 밖으로 돈다느니 하는 말로 짐작컨대 그 예상까지 안 한 바 아니지만 여정의 입에서 회자되는 여자라는 말은 꽤 이질적이고 듣기에 불쾌했다. 그리고 무엇보다 자존심이 상했다.

"막장드라마를 많이 본 모양이네. 지금 네 말을 믿으라는 거야? 날 흠집 내지 못해 안달인 네 말을?"

"때론 적군이 아군이 될 수도 있어. 다른 여자와 바람을 피우는 네 남편의 부도덕한 현장을 눈앞에 보이는 것처럼 가감 없이 아주 실감나게 전달할 수 있거든."

"바람?"

"네 남편 아주 좋아 보이던데?"

"헛소리 작작해."

여정은 서린의 입에서 쏟아지는 분노감이 마음에 들었다. 우연히 접한 상황을 놓치지 않고 유리한 패로 만든 것은 꽤 잘한 일이었다. 여정은 서린의 남편에게 미행을 붙여두었다.

"남편을 믿어."

"원래 믿는 도끼에 발등 찍히는 법이다?"

"네가 지어내는 이야기 이제 더 이상 못 들어주겠어. 천박해."

"지어내는 이야기? 천박? 웃기지도 않아."

서린은 여정의 확신에 찬 비웃음에 가슴이 선득해졌다. 가슴에 구멍이 났고 알 수 없는 소용돌이가 그곳을 메웠다.

"이걸 보고서도 그런 말이 나올까? 실은 나, 너 오늘 이 자리에 올 줄 알았어. 내 앞에서 으스대면 바로 던져 주려고 가지고 왔지. 후훗."

여정은 자신만만하게 말하고 핸드백에서 봉투 하나를 꺼내 서린 앞으로 내던졌다.

서린은 봉투에서 사진을 꺼내들었다. 그 사진의 주인공은 바로 류지헌이었다. 그녀의 남편. 서린은 사진을 넘겨보았다.

환하게 웃고 있는 이 남자는 누구지? 서린은 생경하게 느껴지는 남편의 웃음을 근래에 들어 좀처럼 보지 못했다는 것을 깨달았다. 남편의 웃는 모습은 벽에 걸린 웨딩 사진 속에만 남아 있었다.

사진 속의 남편은 혼자가 아니었다. 단아하게 생긴 여자와 시종일관 미소를 잃지 않고 이야기를 나누고 있었다.

여긴 또 어디지? 아마도 이 여자의 집인 것 같다. 어느 주택가에서 나오는 남편의 모습, 여자와 백화점을 들락날락하는 모습. 참 많이도 찍혔네.

서린의 굳어가는 모습을 여정은 흥미진진하게 쳐다보았다. 겨울 여왕 최서린이 곧 공룡처럼 불꽃을 뿜는 모습을 볼 수 있게 되리라. 기대가 되었다.

"뭐라고 말 좀 해보시지?"

서린이 좀처럼 입을 열지 않자 여정은 서린을 조롱했다.

"믿는 남편이 벌인 불륜 현장이라 말이 안 나와?"

서린은 그제야 사진에 못 박힌 눈을 여정에게 주었다.

여정은 서린의 눈동자에 멈칫거렸다. 예상과는 다르게 서린의 눈동자는 어떠한 감정도 스며들지 않았다. 무생물 같아. 블랙홀에 빠져 아무것도 생각할 수 없는 것처럼. 저게 정상적인 반응이야? 여정은 서린의 반응이 마뜩잖았지만 그래도 충격을 받아 더욱 사람 같지 않게 변한 것이라고 믿고 싶었다.

"뭐야? 너! 왜 아무 말도 안 해?"

"……"

"그 여자, 꽤 예쁘지? 너처럼 무뚝뚝하고 쌀쌀맞아 보이지도 않지? 애교도 있어 보이는 게 평생 보호해 주고 싶은 천생 여자랄까?"

"……"

"충격이 꽤 큰 모양이구나. 남편은 너무 믿는 게 아니야. 말 그대로 남, 편, 이니까. 결국 헤어지면 남남이야."

서린의 눈이 꿈틀거렸다. 여정은 자신이 고대하던 서린의 이성 상실의 모습을 곧 보게 될 것이라고 생각해 잔뜩 흥분했다.

"그래서 너처럼 하라고?"

"나?"

여정은 얼른 상황이 이해되지 않았다. 서린의 말은 애매모호하기 짝이 없다.

"무슨 소리야?"

"너, 그 여자 재기할 수 없도록 밟아놨잖아."

여정의 얼굴에 어린 웃음이 급속도로 사라졌다.

"아마 비서였다지?"

"야! 최서린!"

"목소리 낮춰. 밖에서 다 듣겠어. 밝혀지면 좋을 것 없잖아. 너에게도 나에게도."

여정은 숨을 쉴 수가 없었다. 저 앙큼한 년이 어떻게 자신의 남편의 외도를 알았을까. 그리고 그것은 벌써 3년 전의 일이었다.

"내가 어떻게 알고 있는지 궁금한 모양이네."

"어떻게 알았어?"

"네가 비쥬와의 우리 합작에 슬며시 끼어든 것처럼."

여정은 얼어붙었다. 3년 동안이나 알고 있었으면서 전혀 내색하지 않았다. 내밀한 여정의 사정까지 알아냈다면, 서린이 심어 놓은 스파이는 회사의 기밀사항까지도 모두 알고 있었을 것이다. 그런데 왜 서린은 여태껏 아무런 행동도 취하지 않은 걸까? 손에 넣은 정보가 유용한 까닭은 상대방을 쓰러뜨리기 위함인데.

하룻강아지를 적수로 취급하지 않는 범 앞에서, 하룻강아지 홀로 경쟁자랍시고 범에게 까분 격이다. 부지불식간에 날아든 모욕감이 여정을 비참하게 만들었다.

"날 적수로 생각한 적은 있니?"

"물론. 그러니까 내가 여길 왔지."

울어야 될지 웃어야 될지 알 수 없었다. 여정은 쉽사리 말문을 열지 못했다. 남편의 불륜을 남의 입을 통해 전해 들었는데도 평상시와 별반 다를 바 없는 저 태도. 설마 사랑하지 않는 건가? 사랑하지 않아도 분은 날 텐데. 진짜 외계인은 최서린이라고!

"여정아."

퍼뜩 생각의 고리를 끊은 여정은 서린을 쳐다보았다.

"오늘 일, 너와 나만 아는 거야."

여정의 눈살이 찌푸려졌다.

"더 이상 말 나오는 건, 원치 않아."

"지금 부탁하는 거야?"

"마음대로 생각해. 난 널 최소한 친구라고는 생각하니까."

그래서 자신의 불미스러운 일도 입을 꾹 다물고 있었던 걸까. 아니면 그럴 가치도 없는 일이었던 게 아닐까. 아무리 머리를 굴려봐도 서린의 꿍꿍이를 알 수 없어 답답한 여정이었다.

"생각 그만하고 계속 즐거운 시간 보내."

서린은 이제 낙낙한 미소까지 짓고 있었다. 여정은 허를 찔린 느낌이었다.

뭐지? 칼자루를 쥐고 있는 사람은 난데, 최서린이 아니라 엉뚱한 곳에 분풀이한 이 지저분한 느낌은?

룸 밖으로 나가는 서린을 쳐다보는 여정의 머릿속은 더욱 복잡해졌다. 그렇게 이기고자 애를 썼는데, 결국은 발뒤꿈치도 따라가지 못한 것 같은 찝찝한 느낌이 여정에게 달라붙었다. 남편의 불륜 사실에도 여정과 완전 딴판으로 반응한 서린. 죽을 때까지 안 되는 거야, 뭐야? 그럴 바에는 차라리 휴전하는 것이 낫지 않을까?

머리가 지끈지끈 아팠다. 그냥 편할 대로 생각하는 게 정신 건강에 좋을 듯싶었다. 서린이 자신에게 부탁했다고. 그래야 정리가 될 것 같다고 생각하는 여정이었다.

3

서린은 무감한 눈으로 사진을 내려다보았다.

남편은 웃고 있었다. 진심을 담아…….

눈가에 미세한 실금이 그려졌다. 마음에 들지 않는다.

지독하게.

동문회에서 나온 서린은 즉시 집으로 돌아왔다. 언제나처럼 집의 불은 꺼져 있었다. 10시가 넘은 시각이었다. 서린의 회사 일이 마무리되었고, 오늘은 주말 밤이었는데도 남편은 역시 귀가 하지 않았다. 오늘 아침, 약속이 있다는 남편의 말이 떠올랐다.

물어보았어야 했나?

'궁금하면 이야기해 줄까' 하던 지헌의 말이 기억났다. 물어보 았으면 이 여자와의 약속이라고 바른대로 말했을까?

가슴에 치미는 불쾌함, 폐부가 터질 것 같은 답답함, 그리고 알 수 없는 마음의 뒤틀림. 피가 거꾸로 솟는 것 같은 느낌은 뭔지 자신답지 않은 감정이었다.

왜 이런 기분을 느끼는지 알 수 없어 복잡하게 얽힌 생각을 정리해 보려고 애를 썼다. 그래. 비록 사랑은 처음부터 없었지만 엄숙한 결혼의 서약으로 묶인 부부니까. 어느 한쪽이라도 세상으로부터 지탄받을 행동을 해서는 안 된다.

그런 면에서 서린은 떳떳했다. 비록 남편에 대한 사랑은 없을지언정 결혼 서약에 위배될 만한 어떠한 행동도 한 적이 없다.

그런데 이 남자는 달랐다. 남편이라는 타이틀을 달고 있으면서 외간 여자와 불륜을 저질렀다. 충격의 여파가 생각보다 오래가는 건 이 남자를 믿어서일까. 적지 않은 세월 동안 겪어본 바로 남편이 적어도 이런 파렴치한 짓은 하지 않을 것이라는 믿음은 있었다.

무엇보다 충격적인 건 이 웃음이다. 서린은 지헌의 웃음을 처음 보았던 그날을 생생하게 기억하고 있었다.

서린은 약속 시간에 한 시간이나 늦었다. 급히 처리해야 하는 일이 있어 늦겠다고 미리 문자를 넣었지만 이렇게 늦은 것은 뜻밖이었다. 내키지 않는 맞선이라고 해도 아버지가 주선한 것이라 상대방으로부터 책잡힐 행동은 하고 싶지 않았다.

호텔 지하 주차장에 주차를 한 서린은 잠시 숨을 골랐다.

한창 바쁜 시기에 맞선이라니?

서린은 대학 졸업과 동시에 YH 홈쇼핑 말단 사원으로 입사했다. 6년의 시간 동안 그녀의 위치는 여전히 대리에 불과했다. 아버지의 뒤를 잇겠다는 큰 포부는 나날이 쪼그라들고 있었다.

실무를 익히기 위해 보낸 시간들이 결코 짧은 것이 아니었음에도 아버지는 흡족하지 않으신 것 같았다. 서린은 그런 아버지의 뜻에 순종하며 실적을 쌓기 위해 열심히 뛰었다. YH 홈쇼핑의 경쟁사인 JS 홈쇼핑의 선여정은 벌써 임원급으로 승진하여 실질적인 영향력을 행사하고 있었다.

서린은 서른을 목전에 두었지만 결혼으로 불안해한 적은 없었다. 하지만 아버지의 생각은 달랐다. 서린이 미혼으로 서른을 맞이하는 게 염려되었는지 스물아홉 살이 되는 새해 벽두부터 맞선을 종용했다.

"놓치기 아까운 자리이니까 꼭 나가봐."
"아버지 저, 올해 아홉수인데요?"
"넌 그런 걸 믿니?"
"그럴 리가요? 그냥 그렇다고요."

농담을 가장한 진심을 표현해 보았지만 허사에 불과했다. 서린은 아버지의 심기를 거스르지 않으려고 늘 노력했다. 하지만 아버지는 못 미더워 하시는 것 같았다.

내가 아버지의 딸이 아니라서 그런 것일까?

서린은 호텔 커피숍 안으로 들어갔다.

금요일 저녁, 서린과 비슷한 처지의 여자들이 몇몇 앉아 있었다. 한껏 차려입고 나온 그녀들은 맞선 상대 앞에서 방긋방긋 미소를 잘도 짓고 있었다.

서린은 그제야 자신의 옷차림을 둘러보았다. 카키 면바지에 아이보리 터틀넥 니트, 검정 코트 하나를 걸쳤을 뿐이다. 게다가 일하느라 바지는 구겨질 대로 구겨져 있었다. 지워진 화장기에 아무렇게나 올린 머리는 또 어떠한가?

서린은 커피숍의 넓은 창에 비친 자신의 모습을 보고 얼굴을 찡그렸다. 딱 책잡힐 옷차림이었지만 너무 늦었다. 한숨을 작게 내쉬고 맞선남을 찾았다.

홀로 있는 남자는 단 두 명, 서린과 마주 보이는 곳에 앉아 있는 말끔한 슈트 차림의 남자와 서린에게서 뒷모습만 보이고 있는 남자. 서린은 걸음을 옮겨 먼저 뒷모습을 보인 남자를 살펴보았다.

검은 후드 집업 점퍼를 걸친 그 남자는 길쭉한 다리를 자랑하며 앉아 있었다. 그는 밝게 염색한 펑키한 스프링펌의 헤어스타일을 하고 독서에 집중했다. 카키브라운에서 오렌지빛이 언뜻 보이는 특이한 머리 색깔이었다. 서린은 테이블에 놓인 책의 제목을 읽었다. 원피스? 만화책인가?

서린은 실소를 머금고 가뿐하게 그를 지나쳐 슈트를 갖춰 입은 남자의 앞자리에 앉았다.

"죄송해요. 오래 기다리셨죠?"

서린은 트레이드마크인 무표정한 얼굴에 가식 미소를 그려 넣었다. 이곳에서 맞선을 보는 여느 여자들처럼……

"월말이라 마무리해야 할 일이 많았어요. 기다려 주신다고 해서 정말 감사했어요."

"네?"

"이렇게까지 늦을 생각은 아니었는데, 마침 퇴근 시간대잖아요. 금요일 저녁이기도 하고요."

서린은 맞선 상대의 얼굴에 어안이 벙벙한 표정이 나타나자 더욱 상냥하게 대해야겠다고 생각했다. 아버지가 소개한 사람이라 그런지 상대방도 그렇게 싫은 티를 내지는 않고 있었다. 예의는 있어 보이는 남자였다.

"소개가 늦었죠? 정식으로 인사할게요. 최서린입니다."

"저기……."

그때 서린의 핸드폰이 울렸다. 액정 화면을 바라보니 발신번호는 맞선남이었다. 이상했다. 그는 바로 앞에 앉아 있는데. 서린은 자신에게 전화를 건 눈앞의 맞선남이 핸드폰을 들고 있지 않다는 것을 깨달았다.

그럼 이 전화는 뭐지?

덜컥 내려앉는 심장의 소리를 애써 무시하고 전화를 받았다. 귓가로 가져가자 맞선남의 밝은 목소리가 들렸다.

[반가워요, 최서린 씨. 근데 그쪽이 아니라 이쪽인데?]

서린은 뒤를 돌아다보았다. 지나쳐 왔던 후드 집업 남자가 활짝 미소를 띠고 그녀를 향해 머리 위로 손을 흔들어 보였다.

아뿔싸!

서린은 고개를 돌려 눈앞의 남자를 바라보았다. 그의 똥그란 눈에 황당함이 그득했다.

"실례했습니다."

서린은 고개 숙여 결례를 사과하고 즉각 일어났다. 그러곤 아무 일도 없었다는 듯이 후드 집업의 남자 자리로 건너가 그 앞에 앉았다. 그녀는 코트와 핸드백을 정리한 후 그를 쳐다보았다.

새까만 눈동자가 서린을 신기한 동물 보듯이 바라보고 있었다. 남자는 현기증이 날 만한 외모를 지녔다. 범상치 않은 머리 색깔과 블랙 집업 운동복, 그리고 나이키 운동화. 이 차림새는 결코 맞선에 나올 옷차림이 아니다. 호텔 휘트니스 센터에서 가볍게 운동하고 나온 연예인 느낌이 난다. 옆자리에는 만화책이 서너 권 쌓여 있다.

서린은 만화책을 쳐다보며 저도 모르게 미간을 찌푸렸다.

"이건 서린 씨가 늦는다고 해서 시간 때우기 용으로 가져왔어요."

"죄송합니다. 이렇게 늦을……."

"리바이벌은 안 해도 돼요. 조금 전에 저쪽에서 한 말 다 들었으니까."

"네."

서린은 저도 모르게 얼굴을 붉혔다. 이런 실수는 한 번도 한 적이 없는데.

"덕분에 원피스 최신 권까지 읽었어요. 이 만화책 읽어봤어요?"

"아니요."

"아주 재미있는데."

"만화책은 저와 맞질 않아서."

"만화가 안 맞는 사람이 어디 있어요? 혹시 만화가 이야기를 걸어올까 봐 두려워서 처음부터 안 맞다고 선을 그은 것 아니에요?"

"만화가 두렵다니요?"

"빠져 버릴까 봐…… 두려운 거죠."

"네?"

"그래서 만화책을 읽는 건 시간 낭비야. 유치한 내용으로 가득하잖아, 그렇게 스스로를 설득하는 거 아니냐고요?"

서린은 맞선 자리에서 왜 이런 대화를 나누고 있는지 이해가되지 않았다. 이 남자 설마 오덕후야? 심상치 않은 옷차림과 상황에 맞지 않는 대화. 점점 귀찮아졌다.

"그게 아니라 전 그냥 안 맞아요."

"시도해 봐요. 안 맞는다는 편견을 한번 깨보라고요."

"제가 왜 그래야 하는데요?"

"날 만났으니까요."

맞선남의 나지막한 목소리가 꽤 달콤했다. 쿵쾅. 서린의 가슴에서 이상한 떨림이 감지되었다. 짜증이 난 거라고, 피곤하고 배도 고픈데 엉뚱한 소리를 하는 남자와 맞선을 보게 돼서 그런 것이라고 스스로를 다독였다. 조금만 참으면 된다.

"최서린입니다. 나이는 스물아홉 살이에요."

"맞선만 보자는 뜻이군요. 쓸데없는 이야기하지 말고."

서린은 그녀의 의도를 단번에 간파하는 남자의 기민함이 짜증스러웠다. 세상물정 모르는 청소년처럼 '나는 자유만 만끽하겠어'라는 옷차림을 하고선 그녀의 심리 상태를 단 몇 마디의 말에서 분석해 내고 있다. 정체가 뭐지? 심리학과 교수? 도사 같이구는 건 정말 밥맛이다. 언젠가 지금 상황을 똑같이 경험했다는 묘한 기시감까지 들었다.

그러고 보니 아버지로부터 전해 들은 정보가 거의 없었다.

"성함이 류지헌 씨죠?"

서린은 사무적인 어투로 물었다.

"맞아요. 류지헌입니다. 미국 이름은 라이언 류라고 하죠."

라이언?

서린은 그에게 딱 어울리는 이름이라고 생각했다. 갈기 같은 헤어스타일 하며 사람을 사로잡는 눈동자는 마치 동물의 제왕, 사자와 다를 바 없었다. 장난기 다분한 눈인 줄 알았는데 그 안에 숨은 엄청난 힘은 어느 곳에서도 당당함을 잃지 않는 서린까지 떨리게 만들었다. 저런 눈은 뭐라고 부르면 좋을까? 그래, 마성의 눈이다.

"미국에서 귀국하신 지 얼마 안 됐다고 들었어요."

"이틀 됐어요."

"시차에 적응하기도 전에 선이 들어와서 피곤하시겠어요."

"아버님께서 아무 말씀 안 하신 모양이에요?"

"네?"

"내가 맞선 보자고 졸랐는데."

서린은 눈앞의 류지헌을 물끄러미 쳐다보았다. 이 남자가 왜? 그녀는 곧 궁금증을 버렸다. 어차피 두 번 볼 사람이 아니었기에.

"아니면 관심이 없었던 건 아니고요?"

"후자에 가깝겠네요."

서린은 저도 모르게 본심을 털어놓았다.

"그럼 내가 어떤 사람인지 아직 모르겠네요?"

"오늘 이 자리에 나왔으니 차차 알아가면 되겠죠."

느닷없이 지헌은 웃음을 터뜨렸다. 서린의 눈이 가늘어졌다.

"날 계속 만나볼 생각은 아닌 것 같은데, 차차 알아갈 시간이 있을까요?"

"네?"

그렇게 티가 났나? 서린은 책잡힐 행동을 해서는 안 되었다. 아버지가 주선한 선 자리이므로 상대방이 딱지를 놓았으면 했다. 예의 바르게 행동하지만 무관심으로 일관하면 그녀에게 호감을 보이는 이성은 대충 뜻을 알아채고 알아서 관심을 접었다.

"우리 아버지와는 원래 아는 사이였어요? 왠지 그런 느낌이 들어서."

"차차 알게 될 겁니다, 최서린 씨."

서린이 화제를 돌린 걸 알아챘는지 류지헌은 사람 좋은 웃음을 보이며 그녀가 한 것처럼 모호하게 대답했다.

"저, 가족 관계는……?"

"여기요!"

지헌이 번쩍 손을 들었다. 그러자 웨이트리스가 쟁반을 들고 나타났다.

"주문하신 라떼와 샌드위치입니다."

"고마워요."

지헌의 달콤한 목소리를 웨이트리스도 알아들은 듯했다. 그녀는 눈을 반짝이더니 볼을 살짝 붉히며 목례를 보이고 사라졌다.

서린은 왠지 기분이 나빴다. 아무 여자에게나 방긋방긋 웃어주는 남자라니.

"들어요."

그녀는 맞선 자리에 어울리지 않는 샌드위치를 주시했다.

"저녁 식사 시간인데 맞선 장소가 호텔 커피숍이라서 출출할 것 같아서요. 처음 만나는 낯선 남자와 식사까지 할 성격은 아니신 듯해서."

세심한 배려가 있는 남자다.

"제가요?"

"그래 보였어요. 내게 보낸 문자가 워낙 정중해서. 아니라면 지금이라도 밥 먹으러 레스토랑으로 올라갈까요?"

"전 배고프지 않은데요?"

"에이, 설마? 내 눈에는 당 떨어진 얼굴로 보이는데. 헬쑥하고 하얘요."

"이건, 화장기가 사라져서 그런 거예요!"

내가 지금 무슨 말을 하고 있는 거람! 서린은 지헌의 독심술에 화가 났다. 배가 엄청 고픈 것도 사실이고 얼굴이 엉망이라는 것도 방금 저 남자의 입을 통해 전해 들었다. 그렇지만 이렇게 여자로서 자존심을 버리고 단박에 인정하기는 싫었다.

"일하다가 와서 그래 보이는 거라고요."

"알았어요. 그러니까 힘들잖아요. 먹어요, 서린 씨."

부드럽고 따뜻한 목소리에 화를 내는 건, 지는 것이라는 생각이 퍼뜩 들었다.

"잘 먹을게요. 배고프지는 않지만 성의를 생각해서."

그렇게 최대한 오만하게 말했는데 그녀의 뱃속에서 '꼬르륵' 하는 소리가 늘렸다. 서린은 그가 그 소리를 늘었는지 그렇지 않은지 궁금했지만 모른 척하고 샌드위치를 들고 입으로 가져갔다.

"근데 그거 알아요?"

서린은 따뜻한 샌드위치를 한입 베어 물고 그를 쳐다보았다.

"화장기 없어도 예쁘다는 거."

샌드위치가 목구멍에 걸려야 정상인데, 빵 조각은 아이스크림처럼 사르르 녹고 있었다.

"그거 다 먹을 때까지 말 안 시킬게요. 내가 빤히 쳐다보면 체할 수도 있잖아요. 물론 내가 한 입만 달라고 할 수도 있고. 하지만 그 샌드위치는 오롯이 서린 씨 몫이니까 그래선 안 되죠."

지헌은 씨익 웃어 보이고는 만화책에 눈을 못 박았다.

이상한 맞선이었다. 한 사람은 먹고, 또 한 사람은 읽고.

서린은 샌드위치와 라떼를 마시며 그를 훔쳐보았다. 이건 선이 아니라 편한 친구와 함께 카페에 있는 느낌이었다. 그는 집중했는지 미간을 모르고 흠뻑 만화책에 빠져 있었다.

재미있나? 원피스?

서린의 허기가 점점 사라지고 마음도 한결 편안해졌다. 마지막 남은 라떼 한 모금을 깨끗이 비우고 잔을 내려놓았는데, '아' 하는 지헌의 음성이 들렸다. 무슨 일이 있나?

그는 창밖을 쳐다보고 있었다. 그녀의 눈이 그의 시선을 따라가려고 하는 찰나 지헌이 서린의 눈을 그에게로 붙들어두었다.

"눈이 와요."

"네?"

"일어나요, 서린 씨."

"네에?"

지헌은 벌떡 일어나 다짜고짜 서린의 손목을 잡아당겼다. 그는 성큼성큼 호텔 커피숍을 벗어나 로비로 걸어갔다. 그러곤 단번에 바깥으로 그녀를 이끌었다.

검은 하늘에서 하얀 함박눈이 펑펑 내렸다.

진짜 눈이다! 서린은 눈을 주시하다가 얼굴을 찡그렸다. 집에 갈 때는 그쳐야 할 텐데. 빙판길을 운전하는 건 내키지 않았다.

서린은 여전히 그에게 잡힌 손목을 내려다보았다.

"이 손 좀 놓아주시죠, 지헌 씨? 류지헌 씨?"

그제야 그는 서린의 손을 놓고 하늘을 향해 고개를 들었다. 그가 하늘로 기지개를 켠다.

"야호!"

지헌은 아이처럼 방방 뛰었다.

풋, 서린은 저도 모르게 웃음을 흘렸다.

"서린 씨. 첫눈이에요."

이 남자가 제정신인가? 지금은 1월 말, 서울에 눈이 내리는 건 벌써 다섯 번이 넘는다.

"첫눈 내리는 날 그 눈을 같이 맞으면 사랑이 이루어진다고 하잖아요. 어쩌면 우리가 그럴지도 모르겠는걸요?"

"미안하지만 이건 첫눈이 아닌데요? 그리고 우린 연인 사이가 아니고요."

서린은 건조한 음색으로 정정해 주었다. 그러자 지헌은 그녀의 눈을 지그시 응시했다. 지헌의 눈에 불꽃이 피어오르고 그의 입가에는 아찔한 미소가 떠올랐다.

"이 눈은 우리 두 사람이 함께 처음 맞는 첫눈이잖아요. 안 그래요?"

그녀는 눈살을 찌푸렸다. 잘도 갖다 붙이네.

"그리고 우린 맞선 본 사이니까, 어쩌면 결혼하게 될지도 모르
잖아요?"

"뭐라고요?"

서린은 무슨 그런 논리가 있느냐며 따지려고 입을 뗐다. 그런
데 지헌이 눈 오는 날 신이 난 강아지처럼 다시 방방 뛰어오르자
어이가 없어 그만 피식, 웃고 말았다.

인생 최초의 맞선에서 차갑고 무뚝뚝한 겨울 여왕으로 일컬어
지는 서린이 맞선남에게 두 번의 웃음을 보이고 마는 순간이었다.

한파로 인해 기온이 뚝 떨어진다며 라디오에서는 옷깃을 여미
라는 방송이 연신 흘러나왔다. 내일은 다시 전국적으로 눈이 내릴
지도 모른다는 뉴스가 나오자 서린은 일주일 전 맞선을 떠올렸다.

류지헌이라는 남자. 이상한 사람이었어.

신호 대기에 걸린 서린은 잠시 잊고 있던 지헌의 얼굴을 그려보
았다. 그녀에게 그토록 솔직하고 꾸밈없이, 어려워하지도 않고
다가온 사람은 그 남자가 처음이었다. 그리고 아주 제멋대로이기
도 하다. 서린에게 관심 있다는 눈빛을 보내더니 정작 그녀에 대
해서는 별다르게 물어본 것도 없다.

한동안 눈을 보고 좋아하던 그는 갑자기 재채기를 해댔다. 그
러곤 얇게 입은 옷을 탓하며 두 사람은 다시 커피숍 안으로 들어
왔다. 그런데 그가 그녀의 등을 떠밀며 '눈이 오니까 오늘은 여기
까지 하죠?'라고 말하며 작별의 인사를 건넸다.

마주 앉아 이야기한 건 30분도 채 되지 않았는데 맞선 종료라니? 그에 대해서 아는 것이라곤 이름 석 자와 얼마 전에 귀국했다는 것밖에 없었다.

서린은 좋아해야 하나, 말아야 하나를 잠깐 고민했다. 그러다 지헌의 '오늘은 여기까지'라는 말의 의미를 깨닫고 눈살을 찌푸렸다. 서린이 관심이 없다는 것을 알리기도 전에 자신이 묵고 있는 곳이 바로 이 호텔이라며 그는 서린에게 손짓으로 바이 바이 했다.

꼭 도깨비에 홀린 것 같은 맞선인 듯 맞선 아닌, 맞선 같은 시간에 서린은 혼이 쏙 빠지는 것 같았다. 하지만 명확한 것 하나는 있었다. 그가 자신에게 조만간 연락을 할 것이라는 것. 그렇다면 서린은 다음의 만남에서 의중을 확실하게 말할 작정이었다.

결혼은 현재 그녀의 인생에 없다고.

그런데 희한하게도 일주일이 넘도록 그에게서는 그 흔한 메시지 하나, 전화 한 통이 없었다. 서린의 입장 표명은 무기한 연기될 수밖에 없었다.

지하 주차장에 주차를 하고 엘리베이터에 올라탔다. 지이잉. 엘리베이터의 상승하는 기세가 무서웠다. 서린은 가슴이 두근거렸다.

어쩌면?

모락모락 피어오르는 기대감을 숨길 수가 없다. 2월 7일. 인사발령 공고가 있는 날이었다. 오너의 딸임에도 초야에 묻혀 묵묵히 YH 홈쇼핑의 충직한 사원으로 열심히 일해왔다. 오늘은 어쩌면 그간 보류해 둔 꿈들을 보상받을 수 있는 날일지도 모른다.

엘리베이터에서 내려 홍보부 사무실 문을 열었다.

펑! 폭죽이 날아들었다.

"축하해요, 대리님!"

"축하해, 최 대리. 아니, 최 이사님."

사무실 직원들과 부장님의 말에 서린은 그제야 졸인 가슴을 풀었다.

"감사합니다."

"선배, 축하해요."

현주였다.

"넌 어떻게 됐어?"

"이사 비서실 발령입니다."

서린은 왠지 아버지의 인정을 받는 느낌이었다. 6년 동안 제 위치를 지키며 성실하게 일한 대가는 역시 배신하지 않았다. 며칠 전 만약 승진하게 된다면 현주를 비서로 데려가고 싶다고 아버지에게 뜻을 밝혔다. 하지만 반신반의했다. 진짜 아버지가 자신의 요구를 들어주실 줄은 몰랐다. 비록 겉으로는 엄하시지만 속으로는 봄 햇살 같은 자애로움으로 자신을 살펴주신 것이다.

서린은 아버지의 기대를 깨뜨리지 않겠노라고 다짐했다.

이제부터가 시작이야. 꿈이 눈앞으로 성큼 다가왔다.

YH 홈쇼핑의 사장 자리에 앉는 것이 그녀의 최종 목표이자 오랜 꿈이었다. 그 자리에 오르면 완전한 아버지의 인정과 사랑을 받을 수 있을 것이다.

[지금 사내에 계신 사우분들과 간부님들은 속히 강당으로 모여 주시기

바랍니다. 곧 사장님의 취임식이 있겠습니다.]

취임식이라니?

아버지의 오랜 수족인 정 사장이 일선에서 물러난다는 소식은 전해 들은 바가 없었다. 서린은 의아한 빛으로 부장님을 쳐다보았다.

"우리도 어제 저녁에 전해 들었어. 정 사장님께서 물러나신다고."

"갑자기 왜?"

"글쎄 우리도 자세한 내막은 몰라. 다만 정 사장님이 YH 유통의 전무이사로 발령이 났다는 소식은 들었어."

"좌천되신 건가요?"

"그런 셈이지. 자세한 건 취임식에 가봐야 알겠지. 간부들도 새로운 사장님에 대한 정보는 전혀 전해 들은 바가 없으니까. 근데 정말 서린 씨도 몰랐어? 회장님이 아무 말씀도 없으셨던 거야?"

"네."

"우리 회장님, 역시 공과 사는 확실하게 구분하는 분이시군. 그룹의 수장다운 면모를 지니셨어."

사람 좋은 홍보부 부장은 최성호 회장에 대한 칭송을 끝으로 부하 직원들과 사무실을 나섰다.

누굴까? 새로운 사장이라는 사람은.

서린은 아버지가 어젯밤 서재에서 뵈었을 때도 자신에게 아무런 언질을 주지 않았다는 사실을 애써 모른 체했다. 아버지의 인정을 받았다고 생각한 오늘의 기쁨을 괜한 생각으로 망치기는 싫었다.

사옥 15층에 위치한 YH 강당 홀로 속속 사람들이 모여들었다.

아침 햇살이 통유리 창을 비스듬히 통과해 들어왔다. 햇빛의 잔상이 망막에 남아 있을 즈음 서린은 저 멀리 걸어오는 몇몇 사람들을 보았다. 보안요원의 경호를 받으며 걸어오는 사람은 다른 사람들보다 훌쩍 키가 컸다. 몸에 딱 맞는 잿빛 슈트를 입고 임원들과 이야기를 하고 있는 남자. 유난히 검은 머리카락이 햇빛에 반짝인다고 생각하는 순간, 그는 날렵한 걸음으로 강당으로 들어갔다.

멀리 있어서 그의 얼굴을 확인할 수는 없었지만 서린은 그가 새로 취임할 사장일 것이라고 짐작했다.

서린은 계단식 강당 안으로 들어가 부장 옆에 자리를 잡았다.

"정 사장님 퇴임식도 못 하고 취임식이 먼저라니, 대체 누구지?"

부장의 혼잣말에 서린도 아버지의 무책임한 처사에 고개를 갸웃거렸다. 사내에 공고도 하지 못할 만큼 급박한 일이라도 있었던 걸까?

영업부의 상무가 나와 취임식을 진행했다. 갑작스러운 정 사장의 퇴임은 그의 건강상의 이유라고 간략하게 밝혔다. 오랜 기간 동안 YH 홈쇼핑을 위해 일한 전임 사장에 대한 마지막 예우라고 보기엔 초라한 면이 없지 않았다.

"오늘부로 YH 홈쇼핑의 사장님으로 부임하신 라이언 류 사장님의 취임사가 있겠습니다."

서린은 귀가 번쩍 뜨였다.

라이언 류?

서린은 무대 한편에서 단상 중앙으로 자신 있게 걸어가는 그를 뚫어지게 쳐다보았다.

"와우. 엄청 젊어요. 게다가 잘생기기까지!"

"능력이 대단한가 봐요."

"라이언이라면 외국인인가?"

홍보부 직원들의 짧은 환호성과 감탄 섞인 말들이 서린의 귀로 오고 갔다.

"라이언 류입니다. 한국 이름은 류지헌이고요. 여러분들과 함께 일하게 돼서 반갑고 기쁩니다. 이름만 듣고 재미교포가 아닐까 생각되시겠지만 우리나라 국방의 의무까지 마친 엄연한 한국 사람입니다. 앞으로 여러분과 함께 YH 홈쇼핑에서 동고동락할 것이 무척 기대가 되는데, 여러분들은 어떠신가요? 물론 모두 저와 같은 생각은 하시지 않을 겁니다. 하지만 제가 여러분에게 주문하고 싶은 단 한 가지는 있습니다. 그것만은 여러분들이 이해하고 따라와 주길 바라고 있습니다. 무한 경쟁 시대에서 살아남으려면 흔히 빼앗고 짓밟고 훔치라 하죠? 그것이 돈을 버는 미덕이라고. 그런데 그건 단기간의 성과를 낼 뿐, 장기적으로 봤을 때는 여러분이 몸담고 있는 YH 홈쇼핑의 근간을 해치게 되는 것이죠. 제가 뭘 말하고 싶기에 이렇게 장황하게 말할까, 궁금하지 않습니까? 정답은 바로 여러분들의 옆자리에 있습니다."

장내가 술렁거리며 옆자리를 돌아보았다. 그들의 옆자리에 있는 건 동료.

"냉정하고 거친 이익사회에서 살아남고자 한다면 내 옆의 동료들을 떠올리십시오. 그들을 믿고 의지할 때만이 치열한 경쟁의 시대에서 우리가 최후의 승자가 될 수 있을 것입니다. 여러분의 또 다른 가족, YH 홈쇼핑의 이름이 더욱 빛날 수 있도록 저 또한 책임자로서 노력하겠습니다."

좌중의 이목을 단숨에 집중시키는 단호한 어조, 형형한 눈빛, 확고함이 느껴지는 경영 철학까지. 지금의 이 남자, 류지헌이 일주일 전의 나사 하나 빠진 듯한 이상한 남자가 아니라는 것만은 확실했다. 논리적으로 혹은 감정적으로 다가오는 그의 취임사에 YH 홈쇼핑의 임직원들이 어느새 고개를 끄떡이기 시작했다.

"라이언 류, 나이 32세. 하버드 경영대 졸. 2012년 미국 40세 이하 젊은 CEO에 뽑힌 경영의 귀재. 세상에! 단 3년 만에 자산 100억 달러 돌파. 이력이 어마무시한데요?"

홍보부의 한 직원이 스마트폰으로 검색한 내용을 조용히 읊었다.

"전문 경영인이네요. 정말 세상은 공평하지 않다니까. 저 외모에 저 실력에 벌써 사장이라니."

또 다른 직원의 자조 섞인 말에 동료가 그의 어깨를 두드리며 위로했다.

"길고 짧은 건 대봐야 안다잖아요. 더더구나 인생은 끝까지 살아봐야 아는 거라고요. 힘내요."

서린은 단상의 남자를 살벌하게 노려보았다.

그는 아버지가 원한 전문 경영인이었다. 전임 사장에 대한 예우도 차리지 못하게 할 만큼 실력으로 아버지를 매혹시켰다. 그리고 그런 그를 서린은 일주일 전 맞선자리에서 만났다. 아버지의 속내가 읽히는 것 같아 서린은 불쾌했다. 아버지가 그를 가족으로 삼고 싶어 한 이유는 그가 가진 능력 때문이었다. 아버지는 류지헌이 YH 홈쇼핑에서 꼭 필요한 사람이라는 것을 깜짝쇼를 통해 만인들에게 선포했다. 서린은 마음의 아귀가 뒤틀리는 느낌을 받았다.

어쩐지 그는 자신의 적이 될 것만 같았다.

"선배, 아니 이사님. 어디 가십니까?"

"내 자리로."

서린은 차갑게 내뱉었다. 그녀가 자리를 떠나자 심현주 또한 서린의 뒤를 쫓았다.

서린의 얼굴에는 찬바람이 쌩쌩 불어 닥쳤다. 그녀와는 달리 회의실에 모인 임원들은 시종일관 미소를 머금고 새로 취임한 사장의 말을 귀담아 듣고 있었다. 그들은 사장의 성격과 업무 스타일을 파악하고자 주력했다. 나이 어린 해외파 전문 경영인이라 자유분방하다고 생각하고 가볍게 여긴 것은 실수였다. 그는 자신보다 훨씬 연장자인 내로라하는 중역들을 제 입맛대로 요리했다. 라이언은 타고난 리더였다.

그러나 서린은 그의 말을 한 귀로 듣고 한 귀로 흘려들었다. YH 홈쇼핑의 꼭대기에 서고자 하는 그녀에게 라이언은 넘어야 할 또 하나의 버거운 산일 뿐이다.

드디어 사장과 새로운 임원 인사들의 안면을 터는 회의가 끝이 났다. 몇몇 중역들이 곧 라이언 류를 에워쌌다. 서린은 인기 폭발인 그를 일별하지도 않고 걸음을 떼었다.

"최서린 이사님은 자리에 남아주세요."

라이언 류의 명령이 서린의 귓가에 안착했다. 서린은 할 수 없이 라이언 류를 쳐다보았다. 임원들에게 호방한 웃음을 보이고 있는 지헌의 눈이 그녀를 바라보고 있었다. 서린의 작은 주먹에 힘이 들어갔다. 그 눈동자에 드리워진 권위와 힘, 사람을 압도하는 무언의 마력은 언제 어디서나 당당한 서린조차도 떨리게 만들 정도였다. 아무 대꾸도 없이 서린은 다시 제자리에 앉았다.

이윽고 마지막 임원이 밖으로 나가고 회의실에 두 사람만 남게 되자 지헌은 넥타이를 느슨하게 잡아끌었다. 그가 자신에게 걸어오는 것을 보지 않아도 느낄 수 있었다. 여유가 넘쳐 거드름까지 느껴지는 걸음걸이는 마치 사자의 그것과 다를 바 없었다.

서린에게 다가온 지헌은 긴 팔을 쭉 뻗어 그녀가 앉아 있는 탁자를 양손으로 짚었다.

"서린 씨, 이제 날 좀 봐주죠?"

그제야 서린은 그를 올려다보았다.

지헌의 눈이 그녀를 물끄러미 바라보고 있었다. 서린은 그 눈동자에서 일주일 전에 만난 남자를 찾아보았지만 어디에도 그 남자는 없었다. 바뀐 머리색만큼 단단하고 빈틈없는 새카만 눈으로 그녀를 파악하려는 기민함만이 엿보였다. 심연의 그늘 같다는 느낌이 들었다.

"하실 말씀이 뭔가요, 사장님?"

쌀쌀한 어투에 지헌의 눈썹이 하늘로 치켜 올라갔다. 마음에 들지 않는다는 뜻이었다.

"이런, 화가 났군요?"

"무……."

'무슨 소리냐?'며 차갑게 응수하려던 서린은 멈칫거렸다.

순간 그의 까만 눈동자에 환한 빛살이 스며들었기 때문이다. 지헌의 눈이 초승달처럼 변했다.

"미안해요. 속일 의도는 없었어요."

지헌의 목소리는 일주일 전 들었던 목소리와 다를 바 없었다. 마시멜로를 먹는 것처럼 달콤하고 상냥했다. 좌중을 휘어잡던 남자가 어느새 솜사탕같이 변해 있었다.

서린은 단정한 머리를 흩뜨리는 지헌을 보고 나락으로 떨어지는 기분을 느꼈다. 심장이 알코올에 취한 것처럼 둥둥거렸기 때문이다.

"다만 재미있을 것 같아서. 서린 씨 얼굴이 꽤 궁금하기도 하고."

장난기 다분한 어조로 돌아온 그 모습에 서린은 대체 어떤 모습이 진짜냐고 묻고 싶은 걸 꿀꺽 삼켰다. 질문은 무의미했다. 그는 그녀의 관심 밖에 존재하는 남자였다.

"서프라이즈가 성공한 것 같은데?"

"하실 말씀이 끝났으면 나가봐도 될까요?"

그의 찌푸린 표정에 가슴이 또 철렁 내려앉았다. 류지헌은 진정으로 무서운 남자였다.

"점심 같이 먹어요, 서린 씨."

"회사에서는 직함을 불러주세요, 사장님."

"싫다면요?"

"싫어도 불러주셔야죠, 사장님이시니까. 동료를 믿고 의지하라면서요? 그렇다면 관계의 기본은 배려와 예절 아닌가요?"

"우리 둘밖에 없는데도?"

"그럼 더더욱 예의를 지켜주셔야죠."

"왜 그래요? 진짜 화가 난 거예요?"

"아뇨, 화 안 났어요. 제가 어떻게 사장님께 화를 내겠어요? 근데 이게 제 진짜 모습인데 어쩌죠? 일주일 전에 보셨던 제 모습은 오늘의 서프라이즈를 위해 숨겨둔 거였어요. 지금의 사장님처럼요."

서린은 날카롭게 말하고 그를 지나치려고 했다. 지헌은 금세 그녀의 손목을 낚아챘다.

"서린 씨, 내가 잘못했어요. 진심으로 사과할게요. 내가 어떻게 하면 화를 풀래요?"

서린은 입을 앙다물었다. 그의 얼굴에 어린 사과의 빛은 진짜였다. 하지만 그녀는 그를 바라보지 않았다. 지헌의 뒤에 서 있는 거대한 그림자. 그녀의 아버지 최성호 회장의 마수가 보였다. 서린은 냉소를 머금었다.

"더 이상 사장님과 사사롭게 엮이는 일 없었으면 합니다. 점심은 함께 못 하겠네요. 그럼, 이만."

서린은 그에게 잡힌 손목을 확 빼고 밖으로 나갔다. 지헌의 얼굴이 굳어졌다.

4

자정이었다. 남편은 여전히 귀가하지 않았다.

열두 시를 댕댕 알리는 벽시계 소리가 을씨년스럽게 거실 안으로 울려 퍼졌다. 서린은 어둠 속에 고요히 앉아 있었다. 거실 소파에 꼿꼿하게 앉아 분산되는 정신을 움켜잡았다.

남편에게 여자라니…….

가슴이 선득한 불에 덴 듯 차갑고 아팠다. 남편을 사랑한 건 절대 아닌데, 어째서 이토록 배신감이 드는 것일까? 잘 벼린 쇠 꼬챙이에 난자당한 기분은 침잠하다 불쑥 솟아 마음을 마구 찔러댔다.

조금 전까지 눈을 괴롭히던 남편의 불륜 사진은 갈가리 찢겨 쓰레기통으로 직행했다. 만약 이 사실을 아버지가 아신다면 어떤 반응을 보이실까. 그토록 믿고 의지하는 사위가 저지른 비도덕적인 행동을 용납하실까. 그 사위가 YH 홈쇼핑의 명예를 바닥으로 패대기치며 증권가 찌라시의 주인공이 되어도 가만히 계실까. 설마 남자들이 흔히 저지르는 실수이고, 지나가는 바람이니 눈감아주라고 설득하실까. 오만 가지 생각이 머릿속을 떠돌았다.

서린은 밝은 것들이 증오스러웠다. 특히 벽에 걸린 사진 속의 그의 미소. 결혼의 행복을 응축시켜 놓은 그 미소는 보는 사람으로 하여금 같은 미소를 입가에 띠게 한다. 그런데 그 미소의 유효기간도 삼 년이라는 시간을 넘지 못했다.

근래에 들어 남편이 웃는 것을 본 적이 없다. 서린은 흐트러지는 호흡을 고를 수가 없었다. 검은 공간에 떠도는 그녀의 숨소리는 마치 울음이 섞인 것도 같다.

내가 왜?

남편의 불륜은 절호의 기회였다. 남편에게 쏠린 아버지의 신임을 그녀에게로 오롯이 되돌릴 수 있는 기회. 그런데도 그 사실이 반갑지가 않았다.

서린은 거실 소파에 꼿꼿하게 앉아 남편을 기다렸다.

어느새 눈가에 물기가 쏠렸다. 눈물 한 방울이 뚝 아래로 떨어졌다. 서린을 지탱해 온 견고한 자존심을 단 한 방울의 눈물이 무너뜨렸다.

결혼하고 싶지 않았다. 다만 YH 홈쇼핑의 수장이 되고 싶을 뿐이었다. 그런데 아버지는 결혼 없이는 그 자리를 물려줄 수 없다고 확언했다.

분노에 찬 서린은 생전 처음으로 아버지에게 대들었다. 류지헌이라는 남자의 도움 없이는 회사를 가질 수 없다고 말하는 아버지의 생각은 해괴망측한 망상이었다. 그녀가 여태껏 이뤄놓은 커리어를 한 방에 무너뜨리는 아버지의 발언은 충격 그 자체였다.

"결혼해."

"싫어요!"

"결혼을 하지 않겠다면 네가 예현에서 더 이상 서 있을 자리는 없을 게다."

"아버지! 대체 왜 이러시는 거예요? 제가 그렇게 못 미더우세요?"

"넌 회사를 이끌고 갈 재목이 못 돼."

"그 남자는 되고요?"

"라이언은 이미 제 실력으로 증명했어."

"아버지 자식은 그 남자가 아니라 바로 저라고요!"

"회사를 무능한 가족에게 맡기는 것만큼 아둔한 것도 없지. 난 회사를 위해서라면 가족을 버리는 게 낫다고 생각한다. 가족은 몇 명에 불과하지만 예현은 수만 명의 직원을 거느리고 있으니까."

"증명해 보이겠어요. 제가 무능하지 않다는 것을요. 그러니까 제게 기회를 주세요. 아버지가 조금이라도 빨리 발령을 내주셨더라면 얼마든지 실력을 보여드릴 수 있었을 거예요!"

"난 네게 기회를 줬어. 하지만 넌 지금 그 기회를 날려 버리려고 하고 있다."

"무슨 말씀을 하시는 거예요?"

"무능하지 않다고 말하면서 무능을 드러내고 있는 꼴이잖니? 라이언은 네게 기회야."

"아버지!"

"결혼하지 않겠다면 더 이상 할 말 없다. 이 집에서, 내 회사에서 나가거라."

서린은 아버지의 최후통첩이 기억나 이를 악물었다. 그때 아버지의 잔인한 일언지하에 하늘이 무너지는 절망감을 맛보았다. 사랑도 없는 정략결혼을 하는 것도 억울한데, 결혼을 하지 않겠다면 나가라니! 그것은 바로 아버지의 세계에서 서린을 축출해 내고 말겠다는 굳은 의지였다.

내가 만약 아버지의 진짜 딸이었어도 그렇게 반응하셨을까?

혈통이 뭐가 그렇게 중요하기에!

서린은 자신이 아버지의 사랑을 받지 못하고 있다는 것을 일곱 살 때부터 어렴풋이 눈치채 왔다. 다른 아이들의 아버지들처럼 아버지는 자신을 살갑게 대해주지 않았다. 이따금 아버지의 눈초리에 어리는 경멸과 분노를 감지했다.

서린이 겉으로는 시크하고 무뚝뚝해 보였지만 상처에 예민한 아이라는 걸 어느 누구도 알아채지 못했다. 자기의 상처만 싸매기에 급급한 어머니는 물론 냉정한 아버지 또한 서린에게 관심이 없었다.

사랑받지 못하는 이유가 아버지의 핏줄이 아니기 때문이라는 걸 안 것은 아홉 살 때의 일이었다. 스키 캠프에서 돌아오던 겨울의 어느 날, 부모님들의 격렬한 싸움에서 그 이야기를 몰래 엿들었다.

"서린이는 당신 자식이 아니야! 그 애는 오직 내 딸이야. 당신은 내 딸의 아버지가 될 자격이 없어. 언제까지 내가 이 집에서 그 여자의 환영과 같이 살아야 하는 거지?"

"제정신이야? 지금 무슨 말을 하고 있는 거야!"

"이제야 사람 같아 보이네. 왜? 서린이가 당신 딸이 아니라고 하니까 놀랍기는 한 모양이지?"

"당신은 미쳤어!"

"그래, 미쳤어. 당신의 사랑을 갈구하다가 끝내 돌아버린 거라고. 근데 당신도 미쳤어! 10년 전의 일로 여전히 날 단죄하잖아. 당신이 날 선택한 이후로 한 번도 편하게 숨을 쉰 적이 없어. 내가 지은 죄를 당신에게 들킬까 봐. 조마조마하게 살아왔는데, 그 죽은 여자의 위력이 얼마나 무서운지, 살아 있는 날 이토록 움쭉달싹하지 못하게 만들어. 그래! 내가, 졌어! 당신에게 두 손 두 발 다 들었으니까 제발 날 그만 좀 괴롭혀!"

"서린이가 내 딸이 아니라고?"

"다행인 거 아니야? 당신은 서린이를 사랑하지 않으니까."

서린이 돌아온 것도 모른 채 두 사람은 서로를 비난하기에 급급했다. 서린은 2층 방으로 조용히 올라갔고 벌을 서듯이 우두커니 서 있었다. 밤마다 무서울 때면 끌어안고 자던 토끼 인형도 그 순간은 서린을 지켜주지 못했다.

늦은 오후. 거실로 내려갔을 때 집 안은 유령이 사는 곳처럼 고요했다. 일을 도와주시는 할머니가 서린에게 부모님들이 출타

중이라 일러주었다. 싸우다 지친 부모님은 그들의 상처를 달래느라 제각각 뿔뿔이 흩어졌다. 도우미 할머니에게 친구 집에 다녀오겠다는 거짓말을 하고 집 밖으로 나갔다.

어둑한 놀이터. 겨울바람이 살을 에는 그 슬프고 무서운 저녁에, 서린은 애지중지하던 토끼 인형을 버렸다. 스스로 지킬 수 없다면 아무도 지켜주지 않는다.

서린에게 친아버지의 존재는 큰 충격이 아니었다. 그 사람은 애초에 없는, 투명인간일 뿐, 어떠한 영향력을 미칠 수 없었다. 다만 서린은 아빠의 친딸이 아니라는 사실이 너무 가슴 아팠다.

그날 흘린 눈물의 통증을 서린은 똑똑히 기억했다. 그리고 따뜻했던 붕어빵도.

서린은 흘러내리는 눈물을 손으로 닦아냈다. 이를 악물며 더 이상 눈물을 흘리지 않으려고 눈을 깜빡였다. 지금 이 순간의 눈물은 어린 시절의 그때와는 다르다. 남편의 불륜으로 흘리는 눈물의 무게가 그날의 무게와 같을 수는 없었다.

서린은 처음부터 류지헌을 믿지 않았고 의지하지 않았으니까. 그가 YH 홈쇼핑의 사장으로 취임하면서 내뱉은 말들은 뇌리에 남아 있지 않았다. 그러니 배신이라고 생각하는 이 감정 자체가 어불성설이라는 것이다.

하지만…….

지헌에게 안길 때면 파스텔빛의 따뜻한 꿈을 꾸곤 했다. 사방이 환하고 평화로워서 깨고 싶지 않은 꿈이었다. 부드러운 잔영이 현실로 기어 올라와 일순간 마음을 안온하게 감싸주기도 했다.

그러나 남편은 사랑한다고 말한 적이 없다. 서린 역시 그 말을 기대하지도 않았다. 그것은 관심 밖의 일. 결혼은 YH 홈쇼핑의 사장이 되기 위한 발판일 뿐이고, 류지헌이라는 남자는 꿈을 이룰 도구이자 인생의 장식품 같은 그런 존재.

그 남자가 무얼 말하고 무얼 원하고 무얼 생각하는지 전혀 궁금하지 않았다. 그런데도 그 남자는 표현했다. 사랑할 때 온몸으로, 일상에서는 장난기 다분한 언어로, 회사에서는 자신감 있는 눈으로 자신을 거리낌 없이 원했다. 나무토막으로 만들어진 인간이 아닌 이상, 서린도 지헌의 마음을 눈치채고 있었다.

결혼하게 되었을 때 그의 위에서 군림할 수 있을 것이라고 예상했다. 신경을 쓰지 않아도, 아니, 무관심으로 일관하고 계약 운운하며 못되게 굴어도 그는 여느 때와 다름없는 그 미소를 보이며 언제나 그 자리를 지키고 있을 것이라고 생각했다.

그날처럼…….

"여긴 도살장 아닌데? 제주도인데?"

지헌의 빨간 컨버터블 자동차가 깨끗한 아스팔트 위를 시원스럽게 질주했다. 제주도의 푸르른 바다가 그들 옆으로 달려왔다.

"미안하다고 말하진 않을 거예요."

서린은 정면에서 눈을 떼 지헌을 쳐다보았다. 오월의 바람이 그의 머리카락을 부드럽게 쓸어 넘겼다. 번갯불에 콩 구워 먹듯 그들은 만난 지 3개월 만에 결혼했다. 이제 옆에 앉아 있는 남자는 진짜 그녀의 남편이 되었다. 바로 오늘.

서울에서 식을 올린 후 그들은 제주도로 신혼여행을 왔다.

"미안한 상황인 것을 알긴 알고요?"

"물론 알죠."

"뭐가 미안한데요?"

"결혼을 원하지 않는 당신을 여기까지 끌고 온 것."

"잘 아시네요."

"서린 씨……."

"피곤해요. 호텔까지는 조용히 가죠, 우리."

제주도의 아름다운 풍광이 비수가 되어 눈에 꽂혔다. 결혼할 수밖에 없었던 그 순간들이 기억나 서린은 눈을 꾹 감았다.

지헌은 그런 그녀를 힐끗거리다 운전에 집중했다.

중문단지에 위치한 호텔에 도착했다. 서린은 지헌과 함께 호텔 방으로 올라갔다. 지헌이 카드키로 방문을 열고 먼저 들어가라고 손짓했다. 서린은 얼른 안으로 들어가 쉬고 싶었다. 하늘은 벌써 오후의 붉은 햇살을 가득 품고 있었다.

"서린 씨?"

고개를 돌리는 순간 몸이 공중으로 붕 떴다. 균형을 잃은 서린은 황급히 지헌의 목에 팔을 걸었다.

"이게 무슨 짓이에요?"

"오늘은 우리의 첫날이니까. 신랑이 신부를 안고 들어가지 않으면 불법입니다."

"장난치지 말고 내려줘요."

"내려주면 쌩하고 날 지나치려고?"

"지헌 씨!"

"반갑네요, 그 이름. 잊어버린 줄 알았거든요."

서린은 버둥거렸지만 그럴 때마다 지헌은 그녀를 안은 팔에 힘을 주었다.

근사한 스위트룸의 내부를 둘러볼 틈도 없이 서린은 푹신한 침대에 눕혀졌다. 몸을 일으키려고 하자 지헌은 튼튼한 허벅지로 서린의 골반을 움쭉달싹하지 못하도록 힘을 주었다.

그 모습은 마치 초원을 지배하는 동물의 제왕, 사자와 다를 바 없다. 지헌의 눈동자에 어린 열렬함은 무엇을 향한 것일까. 어느새 그의 눈이 만들어낸 세계가 눈앞에 펼쳐진다. 깊고 아늑해서 빠져 버릴 것 같다. 감당할 수 없는 이율배반적인 감정에 서린은 눈을 감았다.

"우리 계약합시다."

귓가를 달콤하게 자극하는 목소리. 서린은 눈을 떴다. 어느새 지헌이 눈앞에 다가와 있었다. 외면하고자 한 그 눈동자에 자신의 눈부처가 보였다.

"무슨 말이죠?"

"나와 마음에도 없는 결혼을 했으니까. 서린 씨도 내게서 원하는 것을 얻어야죠."

"내가 원하는 것?"

"당신이 원하는 내 자리 말이에요."

서린은 저도 모르게 숨을 멈추었다. 한 번도 내색하지 않았는데, 이 남자는 어떻게 알고 있을까. 독심술을 하는 것일까.

"난 당신의 것을 빼앗으려고 온 게 아니에요. 난 그저 당신이 필요해. 그러니까 날 믿어줬음 좋겠어요."

"내가 필요하다는 건 회사가 필요하다는 뜻이 아닌가요?"

"아니, 아니에요!"

"어떻게 당신을 믿을 수 있죠? 내 것을 탐내지 않겠다는 걸 어떻게 믿을 수 있냐고요?"

"서린 씨, 최 회장님의 완고한 뜻은 나도 꺾을 수 없는 것이었어요. 당신을 얻으려면 그분이 내건 조건을 받아들일 수밖에 없었어요."

"아뇨. 당신의 마음이 하는 소리를 잘 들어봐요. 당신이 가지고 싶은 게 내가 아니라 회사일 수도 있어요."

"반했으니까."

서린은 눈을 크게 떴다. 그의 그윽한 눈동자에 어디론가 사라지고 싶다는 충동을 느꼈다.

"바, 반했다고요? 누구에게요?"

"'누구에게요'라고 묻는 사람."

"……."

"믿지 못하는 눈이네."

지헌의 입매가 하늘로 호를 그렸다.

"야속하게도 서린 씨는 자신이 얼마나 아름다운지 내게 말할 기회조차도 주지 않았어요. 결혼을 준비하는 3개월 동안 날 외면하고 싸늘하게 대해도, 난 당신 눈동자에 마치 화상이라도 입은 것처럼 따끔거리고 두근거렸어요."

"특이한 취향이시네요."

"서린 씨, 당신이 날 그렇게 만든 거예요."

"그래서요? 지헌 씨가 말하고 싶은 게 뭔데요?"

"당신이 열망하는 걸 줄 테니까, 내 아내가 되어줘요."

"난 벌써 당신 아내잖아요? 지금 지헌 씨가 하는 말은 앞뒤가 안 맞아요. 그래서 더욱 믿지 못하겠어요."

"앞으로 서린 씨와 내가 함께할 인생, 그 안에서 나와 사랑하고 내 아이를 낳고 일상을 이야기하면서 같이 울고, 웃는 그런 아내가 되어달라는 말이에요."

서린은 말문이 막혔다. 지헌이 그리는 결혼은 그런 것인가? 비록 결혼을 했지만 지헌이 원하는 그런 삶은 서린과는 무관한 것이었다.

"결혼하면 좋든 싫든 모든 사람들이 그렇게 살아요."

서린은 본심을 들키기 싫어 그의 눈을 외면하고 얼버무렸다.

"서린 씨와 난 평범하게 시작하지 않았으니까 우리가 서로 알아가야 할 많은 것들이 우리를 시험하고 넘어뜨릴 수도 있죠."

서린은 지헌의 말이 진심이고 진지하다는 것을 깨달았다.

"그래서 계약을 하자고요?"

"원하는 걸 가질 수 있도록 서린 씨 편에 서서 돕겠어요. 확실한 조력자가 되겠다고 맹세할게요. 그러니까 당신도 내가 원하는 아내가 되겠다고 말해요."

"정말 내가 원하는 걸 줄 수 있나요?"

서린의 음성이 가느다랗게 떨렸다.

"결혼은 신뢰가 바탕이 되어야 하니까 지금부터 내 말은 모두 진짜가 될 거예요. 믿지 못하겠다면 변호사에게 공증이라도 받아놓을까요?"

이 남자와 평범하게 시작할 수 있을까? 지헌이 원하는 관계는 진짜 가족이다.

마음의 문을 열고 서로 믿고 의지하는…….

그런데 자신이 없다. 서린은 누군가를 믿고 의지하고 사랑하고 사랑받는 데 익숙하지 않았다. 가족이 있지만 가족이 없는 것처럼 황량한 벌판 위에 홀로 서 있다고 생각하며 살아온 시간이 대부분이다. 엄마는 아이처럼 징징거렸고 아버지는 핏줄이 아니라는 이유로 서린을 외면했다. 무너지지 않으려고 최선을 다해 버텼다. 상처를 받지 않으려면 버림받기 전 먼저 버리는 게 상책. 서린의 마음의 문은 언제나 굳게 닫혀 있었다.

저 하늘에 멀리 뚝 떨어진 별처럼 홀로 차가운 빛을 내뿜으며 겨우 견뎌왔는데, 다시 그런 블랙홀 같은 관계로 들어가라고?

서린의 마음은 서서히 얼어붙기 시작했다. 불가능했다. 지헌을 알지도 못하고 믿을 수도 없는데 어떻게 그가 말하는 관계가 될 수 있을까?

하지만 YH 홈쇼핑이라는 조건은 꽤나 유혹적이었다. 류지헌이라는 장애물이 떡 버티고 있는 이상 아버지는 서린을 결코 인정하지 않을 것이다. 만약 지헌이 아버지의 제안을 거절한다면 아버지도 더 이상 그를 후계자로 고집할 수 없을 터였다. 그를 아군으로 만들어야 하는 이유는 충분했다.

지헌은 계약이라고 했다. 계약이라면 굳이 진심이 들어가지 않아도 된다. 적당히 가족인 척 연기하면 될 것이다. 이건 비즈니스와 다름없으니까.

"그래요, 그럼. 우리 계약해요."

지헌의 눈에 비치는 건 기쁨이었다. 서린은 눈살을 찌푸렸다.

반칙이다. 이런 얼굴을 하는 건……. 그녀는 자신의 견고한 마음의 성문을 더욱 굳세게 달았다.

"서울로 돌아가면 정식으로 계약서 작성하고 공증도 받아요."

"정말 공증까지?"

"공증을 받아도 된다고 한 사람은 당신이었어요."

"그냥 해본 말인데."

"뭐예요? 그럼 계약은 없어요!"

서린이 발끈하며 일어나려고 하자 지헌이 그녀를 꼭 껴안았다.

"알았어요. 서린 씨 뜻대로 해요. 관계를 설명하는 계약서가 왠지 웃겨서. 서린 씨 꼬드기려고 말은 꺼냈지만 내 진심을 충분히 믿을 수 있다고 생각했어요. 난 지키지 못할 약속은 하지 않는 사람이니까."

"난 당신을 몰라요."

서린의 말에 지헌은 그녀의 눈을 응시했다.

"내 잘못이네. 알았어요. 날 알 수 있도록, 날 믿을 수 있도록 내가 노력할게요."

서린은 왠지 뒤가 켕기는 기분이 들었다. 그녀의 거짓 약속은 입 밖으로 나온 적이 없지만 열렬한 지헌의 눈동자가 그녀를 찔렀다.

"계약서 제 1조 1항에는 이것부터 넣어요."

지헌은 달콤하게 속삭였다.

"친해지기."

"친해지는 것도 시간이 필요한 거예요?"

"빨리 친해졌으면 좋겠어요. 지금 당장."

"불가능해요."

"가능해. 서린아?"

서린은 눈을 휘둥그레 뜨고 지헌을 바라보았다. 그가 부르는 제 이름이 낯설게 느껴졌는데 한편으로는 이상하게도 친근하게 들렸다.

"'서린아'라뇨?"

"진작부터 반말하고 싶어서 미치는 줄 알았어."

"그래도……."

"우리가 낭비한 3개월을 따라잡으려면 말부터 놔야 돼. 날 오빠라고 불러줘."

"싫어요."

"내게 반말해도 된다니까."

"싫다니까요! 어색해요."

"알았어. 마음대로 해. 하지만 이건 진짜 포기 못 해."

그 말을 끝으로 서린의 시야는 암흑이 되었다.

오직 느껴지는 건 그녀의 입술을 덮고 있는 지헌의 따뜻한 입술뿐이었다. 그의 단단한 치아가 서린의 입술을 깨물었다. 짧은 통증이 느껴져 '아' 하고 소리를 냈다. 그 틈을 타서 그의 부드러운 혀가 몰아닥쳤다. 야릇한 감촉이 서린의 입안에서 폭발했다. 단단하게 몰려왔다가 서린의 정신을 아찔하게 만들 만큼 강하게 흡입하고서 사라진다. 안심하는 그 순간 다시 밀려와 그의 셔츠 자락을 붙들 만큼 애원하게 만들었다.

아득하고 감미로운 접촉. 몸이 붕 뜨는 이런 감촉은 처음이었다.

서린은 폭풍처럼 감도는 그를 감당할 수 없어 피해 다녔다. 또다시 붙잡히면 그가 만들어낸 감각의 세계에 빠져 버려 최서린을 잃어버릴 것 같은 불안감이 엄습했다. 하지만 곧 그에게 맥없이 끌려갔다. 그의 입술이 만들어낸 마법은 서린을 끝 간 데 없이 몰고 갔다.

멈춰야 해. 그러지 않으면 흔적도 없이 사라질 것 같아.

서린은 몰아쳐 오는 그의 아랫입술을 깨물었다. 격렬한 키스를 멈추게 만든 경미한 고통이었다.

"멈춰요. 모, 못 하겠어요."

"멈출 수 없어."

지헌의 탁한 목소리가 귓가에 울렸다. 둥둥거리는 고동 소리는 누구의 것일까.

"나중에요. 씻어야 하잖아요."

서린은 있는 힘껏 지헌을 밀어보았지만 허사였다. 지헌의 가슴팍은 단단한 벽이었다.

"만지게 해줘, 서린아."

지헌의 손이 블라우스 안으로 들어와 서린의 피부를 쓰다듬었다. 그의 손은 뜨거웠다. 서린은 화들짝 놀라 몸을 움직였지만 그의 손길을 피할 길이 없었다.

"지헌 씨!"

서린은 더 이상 말을 할 수 없었다. 그의 입술이 다시 서린의 입술을 막았다. 두려움은 지헌이 만들어내는 감각의 파도에 이내 휩쓸려 갔다. 멈추라고 말하는 건 무의미했다. 그의 키스와 손길에 서린은 자신이 여자라는 사실을 지독하게 깨달았으니까.

서린은 온기를 놓칠 수 없어 그의 목에 양팔을 걸었다. 그러고는 저도 모르게 미친 듯이 지헌에게 키스를 되돌렸다.

아찔한 느낌에 그의 입안으로 돌진했다. 타인의 혀가 이렇게 뜨겁게, 촉촉하게, 야하게 느껴지다니. 한동안 두 혀가 깊은 동굴 안에서 뒤엉키고 엎치락뒤치락 서로를 애무했다. 흡반처럼 달라붙어 에로틱한 느낌을 선사했다.

"하!"

이따금 들리는 서린의 숨소리.

지헌의 손이 대담하게 서린의 브래지어를 끌어 올리고 말랑거리는 젖가슴을 한가득 손에 쥐었다. 서린은 등을 쓰다듬는 지헌의 손길에 금방 익숙해졌다. 지헌의 손이 불룩한 동산 위를 헤쳐 꽃망울을 찾아냈다. 주위를 은근히 탐색하다 엄지로 꽃망울을 슬쩍 문질렀다. 생경한 전율이 서린의 온몸에 짜릿짜릿한 불을 놓았다.

"이러고 싶어 죽는 줄 알았어. 당신을 만지고 싶은 걸 참아내느라 너무 힘들었어."

오랜 연인들처럼 키스할 때마다, 서린을 만질 때마다 지헌이 퍼붓는 말들은 최음제와 다를 바 없었다. 서린의 세포가 예민하게 그 말에 반응했다. 서린의 관자놀이, 귀, 턱, 목덜미에 입 맞추며 지헌은 능숙하게 그녀의 블라우스 단추를 끌렀다.

"나, 나는……."

서린은 말을 잇지 못했다. 드디어 드러난 그녀의 둥근 젖가슴에 지헌이 키스했기 때문이다. 한 번도 느껴보지 못한 쾌감에 신음 소리가 나올 뻔해 황급히 입술을 깨물었다.

서린의 탐스러운 젖가슴을 지헌의 입술이 집요하게 유린했다. 애를 태우듯 혀가 젖가슴을 빙빙 돌며 세심하게 핥아갔다. 감질나는 느낌이 두 다리 사이 검은 덤불 속 쾌락의 진주에서도 피어오르는 것 같았다.

제발! 제발! 무언으로 애원하며 서린은 허리를 비틀거렸다. 더 깊고, 더 짜릿한 무언가가 나타나 덮쳐 주길 원했다. 그녀의 바람을 알아차렸는지 지헌이 서린의 유두를 입안으로 넣었다. 순간 서린은 얼굴을 일그러뜨렸다. 꼿꼿하게 변한 젖꼭지에서 엄청난 쾌감을 느꼈기 때문이다.

"읏."

앙다문 서린의 입술에서 교성이 새어 나왔다.

지헌은 서린의 반응을 즐기며 유두에서 입을 떼고 그의 타액이 묻은 그것을 사랑스럽게 바라보았다. 앙증맞은 젖꼭지는 매혹의 여신이었다. 묵직한 아랫도리가 터질 것처럼 팽팽해졌다. 하지만 아직은 아니었다. 쾌감에 물드는 서린의 표정이 너무 예뻐 계속 핥고만 싶어졌다.

지헌은 고개를 숙여 반대편으로 혀를 가져갔다. 단단하게 세우고 서린의 유륜을 할짝거리다 바르르 떨고 있는 유두를 입안으로 집어삼켰다.

"하읏, 아아!"

흡입할 때마다 쾌감이 눈덩이처럼 불어 서린은 신음을 내뱉을 수밖에 없었다. 서린은 눈을 힘껏 감았다. 가슴을 애무하는 그의 모습까지 망막에 새겨져, 감당할 수 없는 쾌락이 다리 사이에서 요동치고 있었다.

그를 받아들이고 싶었다. 미칠 정도로 지헌의 몸을 원했다. 서린은 지헌의 품 안에서 작은 짐승처럼 꼬물거렸다.

지헌은 서린을 부여잡고 입술과 손으로 정염의 불꽃을 일으켰다. 서린은 몸이 자신의 것이 아닌 것 같다는 착각에 빠졌다. 쾌락에 조종당한 몸은 본능의 충실한 노예였다. 서린은 두 다리 사이가 축축해지자 당황했다.

지헌의 손이 사타구니로 내려와 미끈거리는 그곳을 점령했다. 서린은 덜덜 떨며 그의 손을 잡았다. 부끄러웠다.

"지헌 씨!"

서린은 욕망으로 탁해진 지헌의 눈을 쳐다보았다. 희열에 몸부림치고 있는 사람은 자신뿐만이 아니었다. 그의 눈도 뜨거운 열기에 사로잡혀 있었다.

지헌의 손을 막았던 서린의 손이 스르르 풀어졌다. 지헌은 싱긋 웃으며 서린의 깊은 곳을 무람없이 매만졌다. 취한 것 같은 뭉근한 쾌감이 다리 사이에서 피어났다. 지헌이 검지와 중지를 슬며시 밀어 넣자 서린의 두 다리에 힘이 들어갔다.

"들어가게 해줘. 부탁이야."

어느 여자가 이토록 간절한 요청을 거절할 수 있을까. 그는 세상의 중심이 마치 서린이라도 된다는 듯이, 의지를 버린 노예처럼 그렇게 애원했다.

서린은 몸에 힘을 뺐다. 탐험하던 손가락이 깊게 들어가 내벽을 매만졌다.

"하앗!"

열락이 서린의 몸을 덮쳐 왔다. 간질간질하던 것들이 빵, 터질 것 같은 전율로 변해 버렸다. 서린은 터져 나오는 비명을 막을 길 없었다. 미친 듯이 지헌의 몸을 붙들었다.

볼록하게 솟은 그곳을 그가 지그시 누르며 원을 그릴 때마다, 비밀의 동굴을 습격할 때마다, 그의 입술이 게걸스럽게 혀를 빨아 당길 때마다, 자신의 몸을 부드럽게 혹은 거칠게 만질 때마다.

서린은 지헌과의 결합을 원했다. 움찔움찔 저절로 움직이는 사타구니를 그에게로 밀착시키자 지헌은 다급하게 바지를 벗었다. 그의 단단하고 거대한 몸이 다리 사이를 찔러오자 서린은 그의 이름을 애타게 불렀다.

"지헌 씨. 제발……."

그를 품 안에 가두고 싶다는 본능이 서린을 막다른 곳으로 내몰았다. 그는 조금씩 들어오며 깊은 곳을 채웠다. 서린이 힘들어하지 않도록, 질주하고 싶은 갈망을 애써 참으며 느릿하게 움직였다.

겨우 그를 품은 서린은 에로틱한 결합에 심장이 둥둥거렸다. 얼굴이 벌겋게 달아오른 지헌이 서린과 눈 맞춤을 하며 아랫도리를 야릇하게 움직였다. 천천히 속도를 내던 행위가 어느새 절박해졌다. 서린은 지헌의 허리에 두 다리를 감은 채 그가 만들어낸 리듬을 고스란히 받아들였다.

"아흑!"

그가 밀려올 때면 생각지도 못한 뜨거움이 몰려온다. 치받는 그의 몸은 아찔한 창이었다. 그녀 안의 감각을 깨워 쾌감을 곳곳에 심어놓았다. 불씨를 품은 쾌감은 언제 터질지 모르는 풍선처럼 계속 부풀어 올랐다. 그 순간이 빨리 왔으면 좋겠다고 생각하다, 이 은밀한 느낌이 사라지지 않고 지속되길 바랐다.

"서린아."

지헌이 흥분된 목소리로 자신의 이름을 불러주는 것은 어떤 신음 소리보다 듣기 좋았다. 서린에게 지헌은 완전한 남자였고, 지헌에게 서린은 완전한 여자가 되었다.

맞물린 그곳에서 느껴지는 완벽한 충만감. 서린은 울고 싶어졌다. 지헌으로 알게 된 새로운 세계가 그녀에게 어마어마한 영향력을 행사할 것이고, 그녀는 그를 잊지 못하게 될 것이라고 엄중하게 경고했다.

"서린아!"

"아앗!"

억누르다 터져 나온 그의 부름에 서린은 신음을 토하며 눈을 감았다. 환희가 자잘한 물결처럼 밀려왔다. 수면 속으로 침잠하다 순식간에 붕 떠올라 극치감을 맛보았다. 서린은 두 다리에 꼭 힘을 줬다. 그가 빠져나가지 못하도록⋯⋯.

서린의 안에 모든 걸 묻은 지헌의 거친 숨소리가 자장가처럼 들려왔다.

"서린아?"

대답할 기운이 없었다. 노곤함이 몰려왔다.

지헌은 그녀의 등을 가만히 쓸어주었다. 따스하고 아늑한 온기에 눈꺼풀이 저절로 내려왔다. 그녀에게서 그가 빠져나갔다. 싫었다. 한데 지헌은 다시 돌아왔다. 서린은 그가 다정한 손길로 그들이 만들어낸 사랑의 샘물을 부드럽게 닦아내는 것을 느꼈다. 서린은 그의 행동에 마음이 울컥했다. 알지 못하는 남자인데 오래전부터 알고 있었다는 친밀한 느낌이 든다. 지헌은 그녀를 제 몸처럼 아껴주고 있었다.

한참 동안 잠이 든 모양이다. 서린은 따뜻한 침대 속에서 일어나기 싫었다. 바뀐 업무와 하루아침에 결정된 결혼으로 신경을 곤두세우느라 잠을 잘 자지 못했다. 모처럼의 숙면은 서린의 몸을 깃털처럼 느끼게 만들었다.

누군가가 그녀의 어깨에 키스를 했다. 촉촉하고 감미로운 느낌이었다. 머리카락을 쓸어 넘겨주고 토닥토닥 어깨도 두드려 주는 이 사람은 누구일까?

그는 서린의 입술에 짧게 뽀뽀했다. 그제야 서린은 그가 오늘 남편이 된 지헌임을 깨달았다. 결혼했다는 사실이 이상하게 느껴졌다.

"서린아? 최서린."

눈을 감고 있는데도 보이는 듯했다. 그가 얼마나 다정한 눈빛으로 자신을 쳐다보고 있는지.

눈을 떴다. 바로 눈앞에 지헌의 얼굴이 있었다.

"일어났네. 잠꾸러기 아가씨."

그의 장난꾸러기 같은 미소가 가슴에 푹 박혔다.

"당신이 일어날 때까지 기다리느라 배고파 죽는 줄 알았어."

그는 말쑥한 차림이었다. 캐주얼 면바지와 셔츠를 받쳐 입고 있었다. 그에 반해 서린은 알몸이었다. 속옷 한 장도 몸에 걸치고 있지 않았다. 분명 사랑을 나눌 때는 몸에 옷을 걸치고 있었다.

급박한 그의 욕망이 미처 서린을 나신으로 만들지 못했던 탓이다.

서린은 시트로 가슴을 가리고 침대에서 일어났다.

"내 옷은요?"

"미안. 불편해 보여서 내가 벗겼어. 새롭고 짜릿한 경험이었지."

한두 번 해본 솜씨가 아닐 거면서. 지헌 같이 자유롭고 섹시한 남자가 여자의 옷을 벗기는 게 새로운 경험이라고? 그에 반해 서린은 미숙했다.

서린은 찬물을 뒤집어쓴 듯 마음이 가라앉았다. 불과 몇 시간 전에 그에게 매달린 자신이 생각나서였다. 주도권은 언제나 자신에게 있어야 한다.

로브 가운을 펼쳐 들고 지헌은 서린에게 다가왔다.

"입혀주고 싶어."

"내가 입을게요."

"해주고 싶은데."

"어색해서 그래요."

"보고 싶어. 안 돼?"

"네. 안 돼요. 뒤돌아 있어요."

"알았어."

지헌은 호기심을 접은 아이처럼 서린에게 가운을 전해주고 얌전하게 뒤를 돌았다.

"보면 안 돼요."

"말 잘 들었으니까 언젠가는 보여줄 거지?"

"네?"

"약속 안 하면 뒤돌 거야."

"멈춰요! 그대로 있어요."

"알았어. 다음에는 꼭 기회를 준다는 뜻이로군."

서린은 제멋대로 구는 지헌 때문에 혼이 쏙 빠져나가는 것 같았다. 서린은 가운을 걸치고 캐리어를 찾아보았지만 보이지 않았다. 아마도 지헌이 정리를 한 모양이었다. 옷장으로 가려는데 지헌이 외쳤다.

"안 돼! 더 이상은 못 기다려. 밥 먹어야 해."

서린은 지헌에게 손목을 잡혀 스위트룸 탁자 앞에 앉혀졌다. 먹음직한 음식들이 차려져 있었다.

"죽, 이네요."

"오늘 하루 종일 신경 썼잖아. 소화 안 될 것 같아서. 별로면 다른 거 시킬까?"

"아뇨. 먹을게요."

"남김없이 다 먹어."

"다 못 먹어요."

"다 먹어. 이번엔 내 말을 듣는 거야."

"부대껴서 싫은데."

"힘 써야 하니까. 오늘 밤 내내."

"네?"

서린의 뺨에 붉은 기가 몰려들었다.

"내가 당신을 가만 두지 않을 예정이거든."

"지헌 씨!"

"고기로 먹여야 하는데."

"장난 그만 쳐요."

"쿡쿡. 알았어. 당신 얼굴 변화무쌍해지는 게 재밌어."

"놀림 받는 거 좋아하지 않아요."

"나도 안 좋아해."

"그런데 왜 이래요?"

"당신이니까."

서린은 종잡을 수 없는 지헌의 말에 한숨을 폭 내쉬었다. 모든 질문의 귀결이 저라는 건 무슨 뜻일까. 알고 싶지 않다. 지금은 생경한 경험만으로도 벅찼다.

지헌은 한동안 서린만 말똥말똥하게 쳐다보았다. 서린은 부담스러워져 불쑥 내뱉었다.

"당신도 먹어요. 나만 보지 말고."

"지금 날 챙겨주는 거야? 감동인데?"

서린은 '내가 말을 말자'라는 정신으로 죽만 떠먹었다. 지헌과 이야기를 나누다보면 어느새 그의 페이스에 말려가 자신이 자신이 아닌 것처럼 되었다. 그것은 정말 싫다.

"저기, 많이 아프지는 않았지?"

지헌의 눈 속에 이내 염려가 스며 있었다.

섹스에 대해 묻는 걸까. 서린을 놀리던 여유 만만한 어투가 조심스러워진 걸 보니 지헌도 쑥스러워하는 듯했다.

"자제할 수가 없었어. 내가 너무 거칠었어."

서린은 비교 대상이 없으니 뭐라고 대답해야 하는지 알 수 없었다.

"괜찮아요."

"당신은 처음이었잖아."

부드러운 죽이 목에 탁 걸리는 것 같았다. 물론 성 경험은 이번이 처음이었다. 그렇다고 그 사실을 저렇게 꼬집어서 말해줄 필요는 없지 않은가? 순진하다고 비웃는 걸까? 29년을 살아오면서 날파리처럼 남자들이 꼬여들었지만 그들은 그녀의 차가운 태도에 슬금슬금 뒷걸음질 쳤다.

서린은 남자들의 관심이 귀찮았다. 이성에 대한 호기심은 성 호르몬이 왕성한 십대 때에도 생겨나지 않았다. 한때는 남성혐오증이 아닐까 의심한 적도 있었다. 솔직하지 못하고 나약하며 미성숙한 남자애들은 도무지 말이 통하지 않았으니까. 그렇다고 친구가 많은 것도 아니었다. 이성 친구는 물론 동성 친구도 거의 없었다. 서린에게 그나마 있는 친구라곤 진선미와 심 자매들이 전부였다.

사람에 대한 관심도 없었다. 서린이 유독 신경을 쓰는 존재는 아버지. 그리고 아버지의 회사였다. 아버지에 대한 기대와 애정도 일찌감치 자취를 감춰 버렸다. 아버지의 딸이 아니라는 것을 안 그 순간부터…….

그래도 눈앞의 이 남자에게 처음이라는 것을 들켜 버렸으니 짜증이 밀려오긴 했다. 뭔가 지고 들어간다는 이 기분. 약점을 잡혔다는 찝찝함. 아무 하고라도 섹스를 했어야 했나? 하지만 서린은 그 누군가가 자신의 몸을 만진다는 상상만 해도 소름이 끼쳤다.

그런데 몇 시간 전 시헌의 애부는 자연스럽게 받아들였다. 그

107

러고 보면 섹스를 혐오하지는 않는 모양이었다.

"실망했어요?"

"뭐?"

"내가 처녀라서요."

"아니, 그런 뜻이 아니야."

"처음이었어도 즐길 만큼 즐겼으니까. 날 걱정하지 마요. 난 당신이 생각하는 그런 어린애가 아니에요."

"즐겼어?"

서린은 지헌의 기쁜 기색이 언뜻 이해되지 않았다. 또 다른 방식의 놀림인가?

"내가 잘했어? 잘했던 거야?"

"그, 그런 셈이죠."

"정말 다행이네."

지헌은 꼬마처럼 해사하게 웃었다. 꾸밈없는 웃음에 수상쩍어 하던 서린의 기분이 조금 풀렸다.

"이건 선물이야."

서린은 지헌이 내민 작은 케이스를 쳐다보았다. 와인빛 케이스의 크기를 가늠하자니 목걸이인 듯했다. 뚜껑을 열어보았다. 반짝반짝한 금 목걸이였다. 하트 펜던트가 식상하긴 하지만 체인은 나름 독특하고 예뻤다.

"고마워요."

"그렇게 보여도 18K야."

"네."

"내가 걸어줄까?"

서린은 지헌을 빤히 쳐다보았다. 몸을 섞었다고 해서 금방 친해지지는 않을 텐데. 서린이 대답을 놓친 사이 지헌은 서린에게 다가와 목걸이를 걸어주었다.

"당신 목에 걸리니까 더 빛나는 것 같아. 예뻐."

서린은 서로 사랑해서 결혼한 부부들처럼 평범한 대화와 행동을 하고 있다는 게 이상했다. 류지헌이라는 남자를 알게 된 것은 고작 석 달인데, 이 남자는 꽤 자연스럽고 행복해 보인다. 지헌에게 결혼 생활이 꿈에 그리던 소원이었나 싶을 정도로…….

"우리 엄마 유품이거든."

서린은 예상치 못한 그의 말에 가슴이 철렁거렸다. 그걸 왜 나에게?

"유품이라면 당신 것이잖아요. 내가 아니라 지헌 씨가 가지고 있어야죠."

"우리 엄마가 살아 계셨다면 며느리에게 주고 싶어 하셨을 거야. 그리고 이 목걸이는 당신에게 더 어울려. 당신이 지니고 있어 줄 거지?"

부담스러운 요청이었지만 서린은 단번에 '아니요'라는 말을 할 수가 없었다.

"그럴게요."

"고마워."

서린은 지헌의 아늑한 눈빛에 심장이 쿵쾅거렸다. 그의 눈동자는 온갖 감정이 자유자재로 묻어난다. 키스할 것처럼 고개를 숙이던 지헌이 서린의 귓가에서 입술을 달싹거렸다.

"흠흠, 이건 비밀인데, 니도 치음이있어."

"뭐가요?"

"섹스."

서린은 깜짝 놀라 지헌을 바라보았다. 그는 얼굴이 빨개진 채로 제자리로 돌아가 먹는 데 집중했다. 내가 잘못 들은 걸까? 자유분방하게 보이는 그가 처음이었다고? 그걸 나보고 믿으라고? 서린은 그가 놀리고 있는 것이 분명하다고 생각했다. 이건 장난이다. 진짜 기분 나쁜 장난이었다. 자신의 처녀를 색다르게 모욕하는 건가? 지헌은 분명 조금 전에 아니라고 했었다.

"왜 처음이에요?"

서린은 얼음이 뚝뚝 떨어질 것 같은 음성으로 물었다.

"내 말을 믿지 못하는군."

"당연하잖아요. 당신같이 매력적인 남자가 처음이라고요? 지나가는 개가 웃겠어요. 날 놀리는 건 이쯤에서 그만둬요. 그다지 유쾌하지 않아요."

"매력적인 남자라는 것만 접수. 당신을 놀리는 게 아니야. 진짜니까."

"지헌 씨!"

"다른 여자와는 하고 싶은 마음이 든 적 없어."

"놀리지 말라고 했어요!"

"난 당신도 나처럼 기뻐할 줄 알았어. 이렇게 심각해질 줄 알았다면 밝히지 말 걸 그랬어. 티도 안 났으니까."

서린은 말문이 막혔다. 지헌의 눈에 떠오른 감정은 진짜였다.

"왜?"

"내가 경험이 없어서 실망했어? 그럼, 당신은 왜 처음이었어?

당신같이 아름답고 예쁜 여자가? 내 질문에 대답할 수 있어?"

서린은 고개를 내저었다. 자신의 물음이 그에게 어리석게 들렸다는 걸 인정했다.

"지헌 씨는 처음 같지 않았단 말이에요."

"당신이 그걸 어떻게 알아? 처음이었으면서."

"그, 그건 감으로 알 수 있는 거라고요."

"칭찬 고마워. 당신도 처음 같지 않았어. 내 욕망을 다 받아줬으니까. 게다가 즐기기까지 하고?"

귓불이 불타오르는 것 같았다. 서린은 그의 눈을 외면하고 죽을 먹었다.

"서린아?"

"네."

"셋은 어때?"

"뭐가요?"

"우리 아이들."

서린은 어안이 벙벙했다. 눈앞의 남자를 닮은 아이를 내가 낳을 수 있을까? 상상도 되지 않았다. 이제 겨우 결혼을 하고 몸을 나눴을 뿐이다. 그는 여전히 모르는 남자였다.

"너무 많아요."

"그럼 당신은 몇 명을 원해?"

"지헌 씨, 이런 얘기는 차차 나눠요. 결혼한 것도 이상한데 아이 이야기까지 하려니 머리가 복잡해요."

"미안, 내가 너무 성급했지? 우리를 닮은 아이를 빨리 보고 싶어서."

서린은 자신은 그와 다르다는 말을 입 밖으로 꺼내려다 말았
다. 굳이 자신의 계획을 말할 이유가 없었다. 자신의 인생은 오
롯이 자신의 몫이었다.

"다 먹었어?"

"네."

"힘이 나?"

"네."

"그럼, 일어나."

"왜요?"

"날 먹을 시간이니까."

능글맞은 목소리에 서린의 얼굴이 홍시처럼 달아올랐다. 하지
만 더 이상 그의 페이스에 말리긴 싫어 그를 찌릿, 노려보았다.
그런데 방긋방긋 미소 짓는 지헌이 보였다.

서린은 그만 눈을 감고 말았다.

5

　지헌은 차고에 차를 주차했다. 손목시계는 어느새 한 시를 가리키고 있었다. 그는 손으로 뒷목을 주물렀다. 장시간의 운전에 전신이 뻐근하였다. 빨리 샤워를 하고 눕고 싶었다. 지헌은 자동차 문을 잠그고 어둠 속에 홀로 서 있는 이층집을 쳐다보았다.

　온기가 없는 집.

　지헌의 눈이 무감해졌다. 처음 이곳에 신접살림을 차렸을 때만 해도 그의 가슴이 이토록 죽어버릴지는 예감치 못했다. 그때는 오랫동안 염원하던 사람과 함께 살게 된 기쁨으로 매일이 새로웠고 두근거렸고 행복하기만 했다.

　하지만 행복은 흐린 날 짧게 고개를 내민 태양과 같았다.

　가지고 싶은 걸 가졌다고 해서, 오랜 꿈을 이루었다고 해서, 행복은 그 자리에 머물지 않았다. 잡으려고 안달하면 할수록 얼굴을 숨긴다. 그러다 그 실체가 실은 혼자만의 꿈, 환영이었다는 것을 알게 된다.

지헌은 지쳐 있었다. 눈이 아팠다. 익숙하지 않은 안경을 벗고 손가락으로 미간을 눌러댔다. 두통이 또 시작될 것이다. 한때의 꿈이었다고 생각하고, 그 시간을 누린 것에 감사하며, 본래의 그의 시간으로 돌아가고 싶었다.

외로웠지만 생기가 있던 그 시간으로……

어둠이 깔린 집 안은 정적이 무겁게 쌓여 있었다. 마치 사람이 살고 있다는 느낌이 들지 않을 정도였다. 습관적으로 주방으로 걸어가 냉장고 문을 열었다. 흑암이 쌓인 집 안을 미미하게 밝히는 불빛조차 이질적으로 느껴졌다.

목이 탔다. 지헌은 냉장고에서 물을 꺼내 병째로 마셨다. 어둠 속에서는 그가 무슨 짓을 해도 아무도 모른다.

탁!

지헌은 갑작스럽게 밝아진 사방에 눈살을 찌푸렸다. 주방으로 들어선 사람은 아내였다.

한결같이 아름답고 도도한 그의 아내, 최서린.

괴물로 변하기 전의 메두사처럼, 고혹적이고 우아한 그녀의 아름다움에는 도무지 면역이 되지 않는다. 하지만 메두사의 눈을 쳐다본 이들은 모두 돌로 변했다. 아내의 눈빛에 저주 받은 지헌의 심장도 딱딱하게 변했다. 더 이상 그의 심장은 뛰지 않았다.

피그말리온의 기도는 이루어지지 않았다.

지헌은 입가에 형식적인 미소를 띠웠다.

"안 잤어?"

"늦었네요."

"응."

지헌은 다가오는 아내에게서 시선을 돌렸다.

"물 줄까?"

"아뇨. 커피 마시려고요."

"커피?"

지헌은 미간을 찡그렸다.

"늦은 시간이잖아. 잠이 안 올 텐데?"

"안 잘까 봐요."

지헌은 입을 다물었다. 왜라고 물을 필요가 없었다. 아내는 일 중독자였다. 지난 3년간 이뤄놓은 성과가 눈부실 만도 한데 아내는 여전히 만족을 몰랐다. 프랑스 명품 브랜드 '비쥬'와의 합작도 오로지 서린의 손끝에서 나온 결과였다. YH 홈쇼핑만이 아내의 중심이었다.

지헌은 몹시 피곤했다.

"내일이 일요일이긴 하지만 너무 무리하지 마. 난 자러 들어갈게."

"서재로 가려고요?"

지헌은 걸음을 멈추고 그제야 아내를 바라보았다.

"응."

"불편하지 않아요?"

"괜찮아. 익숙해졌어."

지헌이 다시 걸음을 뗐을 때 서린이 물었다.

"오늘 누구 만났어요? 약속이 있다고 했잖아요."

"친구."

"어떤 친구예요?"

"오래된 친구."

"내가 아는 사람이에요?"

서린의 물음에 지헌의 눈빛이 일순 차가워졌다.

"당신이 아는 내 친구는 없잖아?"

"그러네요."

"당신이 모르는 사람이야."

"네."

지헌은 건목같이 의미 없는 대화가 귀찮아졌다. 다행히 서린은 더 이상 묻지 않았다. 언제부터인가 아내와의 일상이 갑갑해졌다. 목이 졸리는 것 같은 기분이 들면 그저 도망가고 싶을 뿐이다.

지헌은 침실이 아닌 그가 몇 달째 묵고 있는 서재로 향했다.

문이 닫히는 소리가 들렸다.

서린은 서재로 들어가는 남편의 뒷모습을 우두커니 지켜보았다. 남편의 얼굴에 떠오른 감정은 아무것도 없었다. 감정이 묻어나던 눈빛은 굳게 문을 닫았다.

화를 내고 소리를 질러야 할 사람은 자신인데 남편의 얼굴을 마주하고 있자니, 차가운 분노 대신 눈물이 불쑥 솟아올라 동요했다. 불륜을 저지른 남편에게 화가 난 것이다. 자신의 위신까지 진창에 쑤셔 박은 남편의 배신에 모멸감을 느꼈을 뿐이다.

절대 상처를 받은 것이 아니었다. 나약함은 오래전 토끼 인형과 함께 버려졌다. 그리고 그때 서린은 상처 따위에 흔들리지 않겠노라고 결심했다.

그런데 왜 이렇게 아픈 것일까.

서린은 입술을 아플 정도로 깨물고 머신에서 에스프레소를 내렸다. 그녀는 멍하니 커피를 내려다보았다.

의례적이고 형식적인 말들이 전부였어.

겉으로는 여전히 친절하고 따뜻한데 진심이 결여된 말. 남편은 확실히 변했다. 그 명징한 사실만이 머릿속에 꼬리에 꼬리를 물고 맴돌았다.

그는 '왜'라고 묻지 않았다. 서린이 잠을 자지 않겠다고 말했을 때 무슨 이유로 그러냐고도 되묻지 않았다. 하다못해 일하느냐는 말도 하지 않았다. 남편은 나름대로 규정을 내리고 무리하지 말라는 말만 남기고는 시야에서 사라졌다.

진하고 검은 커피는 쓰디썼다. 한 모금 마시고 개수대에 흘려보냈다. 커피를 마시지 말라는 권유의 말도 하지 않았고 아침처럼 우유를 타보라는 말도 하지 않았다.

"서린아, 아침 먹고 가. 그냥 가면 속 버려."
"블랙커피가 위장에 얼마나 안 좋은데. 무조건 집에서는 우유야. 많이 먹고 많이 자라, 내 신부. 미안, 미안. 놀리지 않을게. 맹세!"
"동창회가 있어. 같이 갈 수 있겠어?"
"나 혼자 자기 싫은데. 당신 꼭 안고 자고 싶어."

한 번도 서린에게 중요하지 않았던 무의미한 말들이 귓가에 메아리쳤다. 귀찮기만 하던 말들이었는데……. 서린의 얼굴이 백지 장처럼 하얘졌다.

어째서?

지금 그 말들이 상처가 되는 거지?

남편은 아무 상관이 없는 사람처럼, 낯선 사람처럼, 지나가는 사람처럼 행동하고 있었다. 그의 친절과 거죽은 그대로였지만 그와 함께 살아온 서린은 그 미묘한 차이를 구분해 냈다. 남편에게 그녀는 이방인 같은 존재. 그 이상도 그 이하도 아니다.

'내 친구를 알고 있느냐?'라는 힐난하는 말과 남편의 차가운 눈빛에 앞이 막막해진다. 마치 그녀를 모르는 사람처럼 대하는 눈. 아무것도 알지 못하면서 아내랍시고 함부로 그의 세계를 침범하는 행동을 경고하는 그 눈빛.

잠깐이었지만 남편의 본심이 읽혀졌다. 그에 대해서 아무것도 모르는 그녀를 비웃기라도 하듯, 그의 목소리는 냉정하기가 이루 말할 데가 없었다. 그 순간을 어떻게 견디어냈는지 알 수 없다. 오랫동안 잊고 있던 지저분하고 복잡한 감정들이 한꺼번에 수면 위로 치솟아 올랐다.

남편의 사생활에 터치하지 않겠다고 결심했는데, 달라진 남편의 태도에 서린은 스스로의 다짐마저 잊고 말았다. 생소한 느낌에 당황한 서린은 곧 그녀의 견고한 성채에 철벽을 쳤다. 여기에서 밀리면 끝까지 밀리게 된다.

하지만 내쳐진 것 같은 소름끼치는 이 기분은 또 무엇이란 말인가? 남편의 불륜을 맞닥뜨렸을 때의 고통과는 또 다른 차원이었다. 서린의 눈매가 심연 속으로 가라앉았다.

대체 누구 때문일까.

서린의 뇌리로 불과 서너 시간 전에 찢어버린 사진의 얼굴이 선연하게 떠올랐다. 그녀의 작은 주먹에 힘이 들어갔다.

그 여자 때문이다. 남편이 변한 것은…….

지헌은 푸른 기가 남아 있는 이른 아침에 번쩍 눈을 떴다. 장시간의 운전에 피로가 쌓였음에도 불구하고 몸은 태엽시계처럼 정확했다. 오늘은 일요일이었다. 쉬는 날이면 어김없이 늦잠을 잤다. 한 주를 워커홀릭처럼 보내다 주말에 모자란 잠을 몰아 자는 버릇은 미국에서 지낼 때부터의 습관이었다.

그러나 요 몇 개월간 몸은 과거의 버릇을 깡그리 잊어버렸다. 지헌은 신경 쇠약에 걸린 사람처럼 예민해져 있었다.

지헌은 자리에서 일어나 머리카락을 쓸어 넘겼다. 서재의 간이침대에서 잠을 청한 지 3개월이 넘어가고 있었다. 아내의 중요한 프로젝트가 시작된 이후 각방을 쓰기 시작했다. 서린의 프로젝트 이전에도 홀로 있는 시간이 많았다.

섹스리스 부부가 된 지도 반년이 넘어간다. 그 이전에도 격렬한 충동이 일 때를 제외하곤 아내와 몸을 나누지 않았다. 발정난 짐승처럼 아내를 덮치던 신혼도 오래가지 않았다. 합일의 충만함을 만끽한다고 생각한 것은 혼자만의 완벽한 착각이었던 거다.

성욕을 느낄 때면 아내는 나무토막처럼 뻣뻣하게 다리를 벌려 줄 뿐이고 그는 아내의 몸 위에서 헐떡이다 내려왔다. 마치 배고프다고 칭얼대는 아이에게 비스킷 하나 던져 주는 것처럼 아내는 별다른 감흥을 보이지 않았다.

그때의 기분은 정말 최악이었다. 남자의 자존심은 구겨질 대로 구겨지고 아내와 그의 사이에는 넘을 수 없는 높은 벽이 세워졌다.

지헌은 안약을 점안했다. 6개월 전에 녹내장을 진단받았다. 약물치료를 중단하면 안압이 높아져 실명하게 되는 병. 두통과 오심, 시야가 흐릿해져 안과를 방문했더니 녹내장이라는 병명을 전해 들었다.

지헌은 담담하게 병을 받아들였다. 이모가 돌아가신 후 혈혈단신이 된 그에게 가족은 아무도 없었다. 어렸을 때부터 제 앞가림을 할 줄 알았고, 어떠한 시련과 어려움에도 냉철한 포커페이스를 유지했다. 그 결과 지헌은 미국에서 엄청난 부와 성공을 이루어냈다.

그러나 그의 긍정적이고 낙천적인 성향은 본디 그대로였다. 다만 드러내지 않았을 뿐.

유일하게 솔직한 모습을 드러낸 사람은 바로 아내였다.

결혼을 하면 단란하고 따뜻한 가정을 이룰 것이라 여겼다. 그 꿈을 수도 없이 마음에 되새기며 달려왔는데, 손에 잡혔다고 생각한 꿈은 이제 사라지고 없었다.

신혼여행을 다녀왔을 때를 제외하곤 아내에게 우선순위는 항상 회사였다. 지헌은 무모했다. 달콤한 행복에 젖어 그 자신을 모두 내어주었다.

그의 심장의 주인인 최서린에게…….

하지만 일 년이 지나고 이 년이 지나고, 삼 년이 되었을 때 그는 깨달았다. 최서린은 그를 믿지도, 믿어본 적도 없다는 것을. 회사의 실질적인 주인은 최서린이라고 정확히 명시를 했다고 해서, 아내의 신뢰를 얻었다고 여긴 것은 그의 대단한 자만이었다.

신혼여행의 최면에서 깨어나는 데에는 삼 년이나 걸렸다. 어쩌면 자신을 보아줄 것이라고, 믿어줄 것이라고 다독이며 연장했던 유예기간도 이제 끝이 났다. 희망 고문도 사라졌다.

그는 지쳤고 패배했다.

최서린은 더 이상 그의 진짜 가족이 아니었다. 아니, 진짜 가족이라고 착각한 적은 있었지만 그것은 그저 허울에 불과할 뿐이다. 서린은 그의 아내가 되길 원치 않았다. 처음부터 그랬는데 사랑에 눈이 먼 지헌은 자신이 무슨 짓을 벌이는지 알지 못했다.

그런 서린에게 녹내장이라는 병을 이야기할 필요는 없었다. 어제 아침에서야 서린은 그가 안경을 끼고 있음을 알아차렸다. 그 사실조차 이제 그에게는 대수롭지 않았다.

기대도 없으면 실망도 없는 법이니까.

과거에도, 지금에도 그는 늘 혼자였다.

지헌은 지독하게 외로웠다.

책상 위의 안경을 집어 썼다. 흐릿하던 시계(視界)가 또렷해졌다. 지헌은 서재를 나가 집 안을 둘러보았다. 넓은 거실은 썰렁했다. 무더위도 침입하지 못할 만큼 차가운 느낌이었다.

따뜻한 커피가 간절했다. 싱크대 개수대에 씻지 않은 에스프레소 잔이 덩그러니 뒹굴고 있었다. 눈에 저절로 힘이 들어갔다. 하지만 지헌의 얼굴은 곧 무표정하게 변했다. 쓸데없는 참견은 사절이다.

지헌은 침실의 문고리를 돌렸다. 그의 옷들은 여전히 침실 안 드레스룸에 있었다. 한때는 사랑의 기운이 넘실대던 안방도 황량한 사막으로 변해 있었다. 아무 감정도, 아무 생각도 들지 않는 방. 언제까지 이 안경처럼 익숙하지 않은 거추장스러움을 걸쳐야만 하는 것일까.

방문을 열었다. 아내는 침실에 없었다. 의외였다. 새벽까지 일을 했다면 오전 내내 잠을 자고 있어야 할 터인데. 벽시계를 쳐다보았다. 7시가 약간 넘은 시각. 아내는 어디를 갔을까. 지헌은 이미 해답을 알고 있었다.

분명 서린은 아침 일찍 회사에 나갔을 것이다. YH 홈쇼핑을 손에 넣기 위해, 그를 몰아내기 위해, 그녀는 지난 3년을 맹렬하게 불태웠다. 서린이 이룬 실적은 가히 경이로웠다. 경쟁사인 JS 홈쇼핑의 추격은 일찌감치 따돌렸다. 선택받은 고객만 YH 홈쇼핑에서 물건을 살 수 있다는 귀족 마케팅을 내세워 한 달 내내 완판이라는 전무후무한 기록 행진을 이어갔다.

이제는 프랑스 고급 브랜드 '비쥬'와의 합작까지 이루어냈으니, 그룹 내에서 서린의 독주를 막을 수 있는 사람은 아무도 없었다. 서린의 아버지인 최성호 회장도 그녀를 호락호락하게 여길 수 없게 되었다. 그런데도 서린은 여전히 만족을 몰랐다.

지헌은 아내의 욕망이 역겨웠다. 서린의 격렬한 노력은 빛을 발하지 못할 것이다. 그녀에게 그를 꺾을 기회를 주지 않을 테니까. 지헌은 장인어른의 눈을 속이며 차근차근 주변을 정리하고 있었다.

정적을 깨뜨리는 핸드폰 소리가 들렸다. 지헌은 서재로 건너가

액정화면을 바라보았다. 해원이었다.

"여보세요."

[아저씨!]

쨍쨍하게 울리는 목소리는 아이의 그것이었다. 지헌은 저도 모르게 미소 지었다.

"안녕. 꼬마 아가씨?"

[아저씨! 언제 와요?]

"그새 아저씨가 보고 싶어졌어?"

[네. 무지 보고 싶어요.]

"아저씨도 지유 보고 싶어."

[그럼, 오늘 당장 보러 오면 안 돼요?]

"어쩌지? 오늘은 아저씨가 약속이 있는데."

[히이잉. 아저씨 빨리 보고 싶은데.]

"내일 만나러 갈 테니까, 조금만 기다려."

[네. 근데 아저씨, 만날 때 쵸파도 같이 오는 거 맞죠?]

지헌은 지유의 말에 껄껄 웃음을 터뜨렸다. 귀여운 아가씨는 아저씨보다 쵸파 인형에 더 마음이 쏠린 것 같았다.

"물론이지. 쵸파가 지유 집에 빨리 가고 싶대."

[와! 신난다. 지유도 쵸파 얼른 보고 싶다고 전해주세요.]

"응."

[내일 만나요, 아저씨.]

"지유야."

지헌은 전화를 끊으려는 아이를 붙잡았다.

[네.]

"엄마는 뭐 하시니?"

[가게에 가셨어요.]

"지유는 어디야?"

[집이요.]

"엄마가 핸드폰을 놔두고 가셨니?"

[네. 게임한다고 졸랐거든요.]

"좋은 엄마네. 아저씨 딸이었으면 어림없어."

[그러니까 지유가 우리 엄마 딸이죠. 우리 엄마는 세상에서 제일 예쁘고 제일 착한 엄마예요.]

"아저씨도 그렇게 생각해."

[히힛. 내일 꼭 봐요. 아저씨, 쵸파 데리고 오세요!]

지헌은 맑은 지유의 눈을 떠올렸다. 올해 일곱 살. 발그레한 뺨은 깨물어주고 싶을 만큼 귀여운 여자아이. 해원의 아이였다.

지헌은 욕실로 들어갔다. 오늘 해야 할 일은 장인어른을 찾아 뵙는 것이었다. 비밀리 진행한 그의 선택과 결정을 이제는 장인 어른께 알려 드려야 할 때였다. 최성호 회장은 그를 친아들처럼 믿어주었다. 회장의 신뢰를 저버리는 것 같은 죄책감이 들기도 했지만 지헌의 결심은 바래지지 않았다.

최 회장은 지헌의 인생에서 커다란 빛이었고 훌륭한 조언자였으며 은인이기도 했다. 마음이 무거웠지만 지헌은 더 이상 미룰 수가 없었다.

"언니, 얼굴이 왜 이래요?"

현영은 새하얘진 안색으로 숍 안으로 들어서는 서린을 쳐다보았다.

"혼자 왔어요? 아, 맞다. 내 정신 좀 봐. 현주는 지금 자고 있지?"

여름이라 사방이 밝은 편이긴 하지만 일요일 아침 7시는 사람들이 게으름을 피울 시간이었다. 이른 시간에 서린의 난데없는 방문을 받은 현영은 의구심을 가졌다.

"언니, 여기까지 어떻게 왔어요?"

"택시."

"누가 보면 캐스퍼인 줄 알겠네."

"캐스퍼?"

멍한 눈빛으로 서린은 현영을 쳐다보았다.

"유령이요, 유령. 언니 지금 얼굴이 딱 캐스퍼야. 2층으로 올라가요. 한여름인데 얼어 죽을 것 같은 얼굴이잖아."

현영은 서린의 어깨를 감싸 안고 2층으로 인도했다.

심 자매의 이 층짜리 주택은 규모는 작았지만 아기자기한 맛이 있는 그런 집이었다. 일 층은 현영의 네일숍이었고 정원인지 텃밭인지 정체를 알 수 없는 마당도 있었다. 이 층은 단아하게 꾸며져 자매들의 피곤하고 바쁜 일상을 포근하게 품어주는 보금자리였다.

그곳에 들어서자 서린은 안도감을 느꼈다. 집에서는 도저히 잠을 잘 수가 없었다. 어둠에 먹혀 버린 집에 있다가는 자신도 먹혀 버릴 것 같았다. 심장이 터질 듯했다. 결국엔 심장이 멎지 않을까 하는 극심한 공포가 서린을 덮쳐 왔다.

날이 밝기 시작하자마자 서린은 미친 사람처럼 택시를 잡아타고 목동으로 달려왔다.

현영은 서린을 자신의 방으로 이끌고 보일러를 틀었다. 잠깐 잡아본 서린의 손은 냉기 그 자체였다. 현영은 서린에게 홑이불을 덮어주고 서둘러 주방으로 갔다. 처음 보는 서린의 얼이 빠져버린 모습에 당황했지만 내색하지 않았다. 현주를 깨워볼까 하다 그만두었다. 서린이 흐트러진 눈빛을 수습한 후 알려도 무방할 것이다. 현주는 서린을 지나치게 걱정하는 면이 없지 않아 있었다.

"언니, 캐모마일이에요. 좀 마셔봐요."

현영은 모락모락 김이 올라오는 찻잔을 서린 앞에 두었다. 서린은 벽에 기대어 눈을 감고 있었다.

"언니?"

현영은 그녀의 어깨를 살짝 두드렸다. 아무런 기척이 없자 현영은 서린이 잠이 들었다는 것을 깨달았다.

"이 언니, 오늘 따라 왜 이렇게 안쓰럽지?"

혼잣말을 중얼거리며 현영은 서린을 부축해 침대 위에 올려놓고 이불을 덮어주었다. 현영은 조심스럽게 방문을 닫았다.

대학 시절부터 도도하고 깐깐한 선배로 소문난 언니였다. 경영학과 내에서 미모라면 미모, 실력이면 실력, 짱짱한 집안 배경까지. 내로라하는 교수님들도 서린 앞에서는 절절맸다. 그건 아마도 눈이 부신 미모에 간혹 어린 서기(瑞氣) 때문이 아닐까라고 현주에게 말했다가 핀잔을 먹은 적도 있었다. 어쨌든 현영에게 서린의 첫인상은 무서운 선배 언니였다.

그런데 우연한 기회로 서린과 이야기를 나누다보니 서린이 매우 섬세하고 예민한 사람이라는 것을 알아차렸다. 당차 보이는 외양은 상처받기 쉬운 이면을 숨기기 좋은 포장지인지도 모른다. 현영의 레이더 같은 눈에 걸려든 서린은 소문보다 훨씬 좋은 사람이었다. 그 이후로 현영은 서린에게 마음의 문을 열었다. 서린이 뭐라고 그러든, 어떤 반응을 보이든, 아랑곳없이 그녀의 뒤를 졸졸 따라다녔다. 덕택에 현주까지 서린의 신망을 받아 서린의 충직한 오른팔이 되었다. 그리고 자신은 왼팔이라고 자처했다.

현영은 서린에게 필시 사달이 벌어졌음을 직감했다.

회사 일 때문일까? 아니면 아버지?

도대체 무슨 일일까?

서린은 눈을 떴다. 눈앞에 보이는 천지창조 벽지는 그녀의 방에 그려진 그림이 아니었다. 침대에 몸이 빨려 가는 느낌이었다. 두어 번 눈을 깜빡인 서린은 현영의 방을 둘러보았다.

이곳은 현영의 집이었다. 몇 시나 되었을까?

어제 한숨도 잘 수 없었다. 불면증이 다시 시작되려고 하고 있었다. 종종 불면증이 있긴 했지만 그럴 때마다 치료를 받아왔고, 최근 '비쥬'와의 콜라보를 진행하면서 자연스럽게 사라졌다.

그런데 또다시 불면증은 거머리처럼 서린에게 달라붙었다. 방문이 열리고 현영의 얼굴이 삐죽 보였다.

"아, 언니. 깨어났네요. 조금만 기다려요."

잠시 후 다시 나타난 현영은 조그만 밥상을 들고 들어왔다.

"언니를 위해서 준비했죠. 일어나 봐요."

서린은 솜이 물을 먹은 듯한 몸을 일으켜 침대 아래로 내려왔

다. 현영은 양은 냄비의 뚜껑을 열었다. 익숙한 내음이 방 안에 퍼졌다

"짜잔! 라면!"

현영은 자신만만하게 말하고 TV 리모컨을 눌렀다. 조용하던 실내가 TV 속의 사람들로 인해 왁자지껄해졌다.

"몸이 안 좋을 땐 라면만큼 입맛 돋우는 음식이 없잖아?"

서린은 물끄러미 현영을 바라보았다.

"네, 네. 잘못했습니다. 잘못했어요. 말꼬리 잘라먹어서. 하늘 같은 선배님에게 그럼 안 되는데…… 요!"

서린은 조잘조잘 떠드는 현영의 익살에 설핏 미소를 지었다.

"언니, 먹어봐요. 먹을 수 있어요."

현영은 라면을 퍼서 서린 앞에 놓아주고 젓가락을 쥐어주었다.

"완전 맛있을 거예요. 오징어도 넣었어요. 콩나물도."

"해장 라면이네. 술 마신 적 없는데?"

"마시면 되죠."

현영은 소주병을 흔들어 보였다.

"언니를 위한 특식."

"특식?"

"자자, 받으시오. 받으시오."

현영은 서린에게 잔을 쥐어주고 소주를 따랐다. 찰랑거리다 넘쳤다.

"어머, 사랑이 넘쳤네. 쭉 들이키시오. 쭉."

"현영아."

"언니, 마음이 어지러울 때는 그냥 마시는 거예요. 언니는 일탈이라곤 해본 적이 없어서 모르겠지만, 유경험자가 일러주는 거니까 무턱대고 한번 믿어봐요."

"내가 그렇게 보여?"

"얼굴에 다 쓰여 있어요. 아니라고 말해도 안 믿어줄 거예요."

서린은 현영의 말에 투명한 술을 단번에 마셨다. 식도가 타들어가는 것 같았다. 소주는 생전 처음 마셔보는 것이었다.

서린이 잔을 내려놓았을 때 현영이 물개 박수를 치며 기뻐했다. 현영은 서린에게 라면 그릇을 내밀었다.

"먹어요. 엄청 쓰죠?"

"응."

서린은 라면을 한 젓가락 집어 먹었다.

"국물도 쭈욱."

서린은 얌전한 아이처럼 시키는 대로 했다.

"근데요, 언니. 소주 뒤에 먹는 라면만큼 맛있는 건 없어요. 언니도 방금 느꼈죠?"

"홋, 그러네."

"인생도 그래요."

서린은 장난기 가득한 현영의 눈을 바라보았다. 장난기만은 아니었다. 그 눈에 담긴 염려를 읽었다.

"소주같이 고통스럽다가도 라면 국물이 위로해 주는 것처럼. 곧 좋은 일이 생길 거예요. 인생지사 새옹지마라고 하잖아요."

"왜 그런 말을 해?"

"용기가 필요한 것 같아서."

서린은 잠자코 라면을 먹었다. 어젯밤 내내 냉기와 싸웠는데 라면으로 인해 금방 몸이 따뜻해졌다.

"설마 라면을 처음 먹는 건 아니죠? 소주는 처음 마실 것 같고."

"날 바보로 보니?"

"헤헤. 그런 뜻은 아니었어요. 그럼, 소주도 처음 아니에요?"

"처음이야."

"에이, 쫄았잖아요. 근데 동창회에서 무슨 일 있었어요?"

"일이라니?"

"동창회에 언니 여고 라이벌 있다고 했잖아요. 혹시 그 언니한테 일격을 당한 거예요? 빵! 하고. 그래서 이렇게 언니답지 않은 거?"

"내가 어떤데?"

"에?"

"방금 그랬잖아. 나답지 않다고."

"어? 언니는 언제나 이성적이고 언제나 바른 말만 하고 언제나 차갑고 언제나 도도하고 일할 때는 사람이 아닌 것 같고, 가끔 재수 없기도 하고. 헉."

현영은 입을 가리고 서린의 눈치를 봤다.

"맞아. 내가 그래."

"하지만 그게 다는 아니에요."

서린은 심각한 척 표정을 짓는 현영을 바라보았다.

"언니에게는 채워주고 싶은 구석이 있거든요."

"채워주고 싶은?"

"이 사람은 내가 없으면 안 되는구나, 하는 그런 마음이 들 때가 있어요. 그래서 언니가 아무리 구박해도 내가 꿋꿋하게 곁에 있는 거라고요."

"구박?"

"아니라고 하지 마요. 이렇게 구박당한 자가 눈앞에 버젓이 있으니까."

"구박 덜 당했나 보네."

"에?"

"속마음은 그렇게 다 말하면 안 돼. 상처로 돌아올 수 있어. 언제든 들키지 않아야 하는 법이야."

"휴, 돌아왔네. 돌아왔어."

"뭐?"

"아, 이건 혼잣말. 겨울 여왕으로 돌아왔다고요."

겨울 여왕이라? 타인들이 자신에 대해 이러쿵저러쿵 떠드는 것을 신경 쓰지 않았다. 그런데 오늘은 그 별명이 신경 쓰였다. 겨울 여왕은 차갑기만 한 것일까? 남편도 그렇게 느꼈었나?

서린은 씁쓸해졌다.

"와. 미쳤네. 미쳤어."

서린은 어느새 TV 드라마에 심취한 현영을 쳐다보았다.

"뭔데 그래?"

"방금 여주인공이 불륜을 저질렀어요."

"무슨 드라만데?"

"금기애라고. 요즘 시청률 1위인 미니시리즈예요. 언니, 고이다 알죠? 작년에 혜성같이 나타난 여배우."

"몰라."

"정말 몰라요? 동무, 북에서 왔서?"

"장난치지 마."

"하긴 현주도 모를 거예요. 소재가 아침드라마 용인데, 시청률 황금시간대인 미니시리즈로 제작된다고 해서 사람들이 말이 많았거든요. 게다가 감독도 차현석 감독이고. 차현석은 들어봤죠?"

"몰라."

"언니! 다른 사람에게도 관심 좀 가져 봐요."

"이건 드라마잖아."

"드라마만큼 다른 사람들이 관심 가지는 것도 없잖아요. 같은 드라마를 보면 얼마나 공감대 형성이 잘 되는데?"

"여주인공이 불륜을 저질렀다고?"

"네. 남편이 있는데 옛사랑과 해후하고 흔들리더니 지금 막 불륜을 저질렀어요. 내 저년을 그냥!"

서린은 모니터 안에서 열연을 펼치고 있는 두 남녀 배우를 쳐다보았다.

불륜은 드라마에서만 일어나는 게 아니었다. 현실에서도 버젓이 일어났고 그녀의 삶에서도 일어나는 흔한 일이었다. 서린은 완전 몰입한 현영을 무감한 눈으로 바라보았다.

"언니! 남편 역을 맡은 배우가 요즘 내가 좋아하는 배우거든요. 남자주인공도 아니고! 왜 이런 드라마를 맡아가지고 불쌍한 남편이니, 뭐니 동정표 받고 있잖아요. 우리 신 배우 저런 나약한 역할을 할 배우가 아닌데."

서린은 TV 속에서 휠체어를 타고 있는 잘생긴 배우를 주시했다.

"극중에서 하반신 마비로 나와요. 그래서 그 흔한 복수도 제대로 못 하는 캐릭터예요. 복수를 해야 제맛인데, 나중에 잔혹한 복수를 하려나?"

"복수라고?"

"네. 복수. 보통 막장드라마에서 남편이 바람을 피우면요, 내연녀를 찾아가서 머리끄덩이를 휘어잡고 육탄전 벌이잖아요. 그리고 나중에 점 하나 찍고 나타나서 모조리 박살내는 거죠. 그게 묘미인데, 이 드라마는 남편이 피해자예요. 그냥 내연남 찾아가서 주먹이라도 선방 날려야 하는데 하필 내연남이 사촌동생인 거 있죠?"

"막장이네."

"그렇죠. 막장 오브 더 막장이죠."

"복수하면 풀려?"

"풀리죠. 복수는 본능이니까. 배신에 대한 대가를 누구에게라도 치르게 하고 싶은 마음. 보통 그 피해를 내연녀들이 많이 당하지만 아무렴은 어때요? 성인군자 흉내 내다가 스트레스 받아서 돌아버리는 것보다 낫지. 아무에게나 푸는 거예요. 누가 잘못했네, 따지면 재미가 없어지니까. 그래서 드라마 작가들이 머리끄덩이를 잡게 하거나 물이라도 뿌리게 만드는 거예요. 하긴 저 상황에서 이성적으로 나가면 인간 아니죠. 부처거나 아니면 남편이든 아내든 한순간도 사랑하지 않았거나 믿지 않았다는 거지."

현영의 말이 가슴에 콕 박혔다. 사랑하진 않았지만 서린은 적어도 남편을 믿고 있었던 거다.

"그럴까 그럼?"

"네?"

"몇 시쯤 됐어?"

"11시 좀 넘었어요."

"현주는?"

"일요일만 되면 쿨쿨 자요."

"갈게."

"현주 깨울게요. 언니 모셔다 드리라고."

"아냐. 괜찮아. 휴일까지 현주를 부려먹을 수는 없어."

현영은 기운을 차린 서린이 안심이 되었다.

"그럼, 택시 부를게요."

"괜찮아. 알아서 갈게."

"조심히 가요."

"현영아. 오늘은 너까지 언니같이 보여."

"그거 칭찬이죠? 아니면 늙었다고 디스하는 거?"

서린은 입가에 웃음을 띠우고 인사했다. 현영은 서린을 배웅하고 2층으로 올라갔다. 현주가 방에서 나왔다.

"이사님 가셨어?"

"응."

현영의 얼굴이 자못 심각해졌다.

"근데 무슨 일 있는 것 같은데. 정말 몰라? 진짜 어제 동창회에서 아무 일도 없었어?"

"없었어."

"서린 언니 저런 모습 처음 봐."

"나도 그래."

"일단 너는 모른 척해. 언니 성격에 네가 알고 있다고 하면 자존심 상할 거야. 서린 언니, 약한 모습 보이는 거 싫어하잖아."

"알았어."

현주는 차분하게 말했다. 서린이 현영의 방에서 곤히 자고 있을 때부터 깨어나 그녀를 걱정스럽게 쳐다보던 현주였다. 서린의 일거수일투족을 함께하고 있는 현주로서도 서린의 느닷없는 오늘의 행동이 이상하게만 느껴졌다.

문득 짚이는 것이 있어 현영이 물었다.

"근데 현주야. 요즘 두 사람 사이는 어때?"

"누구?"

"사장님과 서린 언니. 괜찮아 보여?"

"한결같지."

"사장님은 언제나 언니를 바라보고, 언니는 여전히 회사만 바라보고?"

현주는 뭐라고 대답할 수가 없었다. 일에 빠진 서린이 남편을 나 몰라라 한 지 벌써 3년이 다 되어 갔으니까. 현영은 대답을 듣지 않아도 현주의 얼굴을 보고 답을 얻어냈다.

"앞으로 두 사람 사이에 무슨 일이 일어날지도 모르겠어."

현영의 말에 현주의 표정도 어두워졌다.

6

청담동 집에 들어서자 고 집사가 서린을 반갑게 맞았다.

"아가씨, 오셨어요? 사모님께서 많이 기다리셨어요."

"엄마 점심은요?"

"아가씨와 같이 드신다고 아직 안 드셨어요."

"아버지는요?"

"회장님께서는 오전에 골프 약속 있다고 하셨어요."

"골프 약속이요?"

누구와? 아버지의 행방을 모두 다 알 필요는 없는데도 묘하게 신경이 쓰였다.

"전 주방에 있을게요. 엄마에게 전해주세요."

"네, 아가씨."

서린은 주방으로 들어갔다. 식탁에는 정갈한 음식들이 얌전히 놓여 있었다. 까다로운 엄마의 식성에 고 집사가 고생이었지만 처녀 적부터 엄마를 모신 고 집사는 불평하지 않았다.

"이제야 왔니?"

서린은 엄마가 주방으로 들어오자 자리에서 일어났다. 서린의 엄마 임효정 여사는 만석꾼 외할아버지로부터 지대한 사랑을 받아온 외동딸이었다. 뼈대 있는 양반가에서 태어나 금지옥엽으로 자란 엄마는 뼛속까지 특권 의식으로 물들어 있었다. 그런 엄마가 가진 거라곤 열정과 패기밖에 없던 아버지와 결혼을 했다니 아이러니가 아닐 수 없었다. 외할아버지가 운영하던 제조회사의 말단 사원에 불과했던 아버지의 어떤 면이 엄마의 마음을 움직였을까.

분명한 건 아버지는 아직도 엄마에게 조금의 관심도 없다는 것이었다. 그에 반해 엄마는 아버지를 제 자신보다도 더 사랑했다는 것이다. 지금 그 사랑은 지독한 증오로 탈바꿈되었지만 여전히 그 증오의 기반은 사랑이었다.

그때 서린은 아버지의 사랑을 갈구하던 엄마를 잊을 수 없었다. 엄마는 사랑에 미친 짐승 같았다. 그녀의 폭언과 함께 핵폭탄급 비밀이 터져 서린까지도 상처를 입었으니까. 서린은 가정에 충실하고 행동이 고상하다고 칭송받는 엄마가 외도를 저질렀다는 사실이 아직까지도 믿어지지 않았다.

서린이 믿지 않아도 현실에 벌어진 일들이 사라지지는 않는다. 엄마의 눈앞에 외도의 참혹한 결과물이 떡 버티고 있으니 말이다. 그런데도 엄마는 자신이 눈앞에 보이지 않으면 불안해했다. 인생은 아이러니의 연속인 게 맞는 모양이었다.

"꼴이 그게 뭐야?"

서린은 평범한 옷을 내려다보았다.

엄마는 여전히 우아한 오드리 햅번 스타일을 고수했다. 어렸을 때 흑백 사진에 보던 엄마는 천생 공주님이었다. 고저 없이 기품 있게 말하는 엄마의 말투를 따라해 보려고 거울 앞에서 흉내내던 것이 떠올랐다. 그때의 엄마는 서린의 롤 모델이었다. 하지만 엄마의 비밀을 알게 된 이후 서린은 엄마가 원망스러웠다. 아버지의 딸이 아닌 게 너무 고통스러웠기 때문이다. 그 이후로 서린은 엄마의 눈 밖에 나기 위해 별짓을 다했다. 엄마가 기함하는 스노보드도 미친 듯이 탔다.

"아줌마, 오늘 메뉴는 뭐예요?"

"냉면입니다."

"주세요."

임 여사는 서린을 마뜩잖은 눈으로 쳐다보았다.

"엄마와 말도 섞기 싫다는 뜻이니?"

"그럴 리가요?"

"냉정한 것."

서린은 반응하지 않고 냉면을 집어 올렸다. 식욕이 없었지만 엄마를 위해서 입에 넣었다. 병색이 완연한 엄마는 우울증으로 정신과 치료 중이었다. 그 기간이 꽤 길었다. 엄마는 어렸을 때부터 몸이 허약했는데 정신과 약을 복용하면서부터 식욕까지 뚝 떨어져 이제는 뼈마디가 보일 정도로 앙상해져 있었다.

"드시고 싶은 게 있으시면 말씀하세요. 사올게요."

"일하느라 바빠서 어미를 내팽개치는 네가? 일주일에 한 번 정해진 시간에 밥 한 끼 하자는 약속도 못 지키면서."

"엄마!"

"엄마가 그렇게 귀찮니? 회사가 그렇게 중요해?"

"엄마도 잘 아시잖아요. 맞아요. 제 전부예요."

"최서린! 남보다 더 못해, 네가. 내 속으로 낳은 자식이 남보다 더 못하다고!"

"그 남을 엄마는 좋아하시잖아요."

"내가? 류 서방을 좋아한다고?"

"아니세요?"

서린은 결혼과 동시에 장모님에게 예쁨 받는 사위가 된 남편을 떠올렸다. 그는 엄마의 비위를 잘 맞추며 문지방이 닳도록 처가를 들락거렸다. 엄마도 그런 남편을 기특하게 여기고 좋아했었다.

"미쳤구나. 류 서방은 네 적이야."

엄마의 입에서 나온 '적'이라는 말이 꽤 생경하게 들렸다.

서린은 대학을 졸업했을 때, 아버지가 자신을 후계자로 생각하고 있지 않다는 것을 알고 절망했었다. 엄마는 서린이 아들이 아니라서 그런다고 위로했지만 서린은 믿지 않았다. 아버지는 당신의 핏줄이 아닌 서린이 회사를 차지하는 게 끔찍이도 싫었던 것이다. 그래서 아버지의 마음에 흡족한 데릴사위를 들여 서린을 팔아버리고, 그 사위를 회사의 후계자로 삼을 계략을 꾸미고 있었다.

그런 면에서 엄마는 서린이 회사를 물려받길 원했다. 엄마가 훌륭한 조력자라는 사실은 변함이 없었지만 오늘 엄마의 어조에서 느낀 남편에 대한 감정에는 분명 적의가 숨어 있었다. 생경한 느낌에 서린은 의문을 품었다.

"피임은 잘 하고 있지?"

"무슨 말씀이세요?"

"임신하지 말라고 그러는 거야."

"그건 제가 알아서 해요."

"결혼한 지 3년이나 되었는데 아직 아이가 없다는 건, 처음부터 피임하고 있다는 거 아니었니? 아니면 너 난임이야?"

"엄마! 제 사생활이에요. 이 문제에 간섭하시는 건 용납하지 못하겠어요."

"내 말대로 해. 확실해지기 전까지는 절대로 임신은 안 돼!"

엄마의 표정은 무시무시하게 변했다. 위로 치켜 올라간 눈에서 불이 이는 것 같았다. 무엇이 확실해지기 전이란 말인가?

"그리고 이거."

서린은 엄마가 식탁 위로 내민 물건을 내려다보았다. 작고 붉은 봉투였다. 서린은 봉투를 열어보았다. 하얀 종이 위에 붉은 글자가 기묘하게, 어지럽게 적혀 있었다.

"이건 부적이잖아요."

"그래. 네게 나쁜 기운이 드리우는 걸 막아줄 거야."

"상담은 규칙적으로 받으시는 거죠?"

"날 미친 사람 취급하는 거니?"

"그런 게 아니라 평소에 안 하시던 행동을 하시니까……."

"유비무환인 거야. 만사불여튼튼이라고 그랬어. 용한 무속인이 적어준 거니까 품에 넣고 다녀."

"이런 건 믿지 않아요."

"네가 모든 걸 다 알고 있다고 생각하지? 네 인생까지도? 아니야. 어느 것 한 가지도 제대로 알지 못하고, 한 치 앞도 못 보는 게 사람이야. 확언하지 마. 세상에 그런 것은 없어."

서린은 엄마의 병세가 악화된 것은 아닌지 걱정스러웠다. 망상까지 생긴 것은 아닌가 하는 의심이 들었다.

"그런 눈으로 볼 필요 없어. 난 지극히 정상이니까. 일종의 환기라고 생각해. 줄곧 걸어온 길이 바르지 않고 굽어졌다는 걸 알게 됐을 때, 무언가를 잡고 의지하고 싶을 때가 있는 거야. 그래, 이건 일종의 증거물이 될 거야. 두 번 다시 속지 않겠다는 뜻이지. 마침 그 사실을 알려준 사람이 무속인일 뿐 더 이상의 의미는 없어. 나와 다르다고 무조건 틀렸다고 배척할 필요는 없다는 뜻이기도 해."

서린은 엄마의 말이 도무지 이해가 되지 않았다. 엄마가 보고 있는 건 서린이 보지 못하는 저 너머의 세상일까? 그런데 지금 이 순간 엄마의 얼굴은 그 어느 때보다 침착해 보이고 확신에 차 있었다.

"알았어요."

엄마의 장광설이 더 길어지기 전에 서린은 재깍 대답했다.

"사모님, 회장님 들어오셨습니다."

고 집사의 말에 효정은 자리에서 일어나 현관으로 다가갔다. 서린도 아버지를 마중하기 위해 엄마 옆에 나란히 섰다.

"다녀오셨어요?"

서린은 엄마와 함께 아버지를 맞았다. 최성호 회장이 서린을 흘깃 쳐다보았다.

"안 그래도 부르려고 했는데 먼저 와 있었구나."

"서린이는 왜요?"

임 여사의 음성에는 날이 서 있었다.

"할 말이 있어. 넌 서재로 따라오너라."

"네."

서린은 입을 꾹 다물고 아버지의 뒤를 따랐다.

아버지의 서재는 깊은 동굴 같았다. 예현그룹과 YH 홈쇼핑의 중요한 사항들이 결정되어지는 비밀스러운 곳. 서린은 서재에 들어올 때마다 아버지의 큰 그림자를 엿보는 것 같았다. 위압적인 느낌에 기가 죽을 법도 하건만 서린은 굳은 의지로 아버지의 카리스마를 버텨냈다.

최성호 회장은 마호가니 책상 앞에 근엄한 표정으로 앉아 있었다. 아버지는 언제 어느 때든 사적인 감정을 보여준 적이 없었다. 하물며 그 대상이 자식이라고 해도 동일했다. '비쥬'와의 콜라보를 치하할 때도 웃음기는 없었다. 덩달아 서린의 얼굴도 딱딱해졌다.

"하실 말씀이 무엇이세요?"

"서린아. 네 인생의 목표는 예현그룹이냐?"

서린은 갑작스러운 아버지의 질문에 눈을 가늘게 떴다.

"아니면 홈쇼핑에 불과한 거야?"

"홈쇼핑 사장 자리에 올라야 예현그룹을 가질 수 있잖아요."

서린의 당돌한 말에 그제야 성호는 희미한 웃음을 입가에 그려 넣었다.

"그 길을 정하신 분은 바로 아버지시죠. 그러니까 현재 제 목표는 홈쇼핑일 수밖에 없는 거고요."

"네 목표를 내가 정해줬다, 이런 뜻이냐?"

"네. 그룹을 손에 넣고 싶은데, 아버지는 제가 자식이라도 확신을 주시지 않았으니까요."

"넌 그렇게 생각하고 있었구나."

서린은 아버지의 느릿한 어투가 마음에 들지 않았다. 넘어져도 일으켜 세워준 적 없는 아버지였다. 울고 있어도 왜 울고 있냐며 엄하게 꾸짖기만 했지 보듬어준 적이 없었다. 그런데 이제 와서 아버지는 모르쇠로 일관하고 있었다.

"3년 전에 아버지가 명확하게 하신 걸로 아는데요?"

"네 결혼 말이냐?"

"네. 아버지의 뜻대로 하지 않으면 예현그룹은 꿈도 꾸지 말라고 선포하셨어요."

"그래, 내가 그랬지. 그럼 다른 식으로 물어보지. 네 행복은 무엇이냐?"

"행복이라뇨?"

"네가 생각하는 행복 말이야. 그 행복에도 회사가 여전히 크게 차지하고 있니?"

"네. 홈쇼핑 사장 자리에만 오른다면 행복할 수 있을 거예요. 제 오랜 꿈이었으니까요."

물론 그 자리에 아버지의 강압도, 류지헌의 도움도 아닌, 오직 그녀 혼자만의 힘으로 올라가야 한다는 전제가 붙는다.

"꿈과 행복은 다른 건데도?"

"무슨 말씀이세요?"

"회사를 가지면 네 꿈이 이뤄지는 것이지, 그게 곧 네 행복과 직결되는 것은 아니라는 말이다."

"제겐 같은 거예요. 꿈을 이룰 때 가장 행복해질 수 있을 테니까."

성호는 고집스러운 딸아이의 말에 눈살을 찌푸렸다. 남에게 지지 않으려고 악바리같이 달려드는 서린의 기질이 못마땅했다. 서린은 분명 아프고 힘들 텐데도 절대로 도와달라는 말을 하지 않았다. 어릴 때부터 그랬는데 스스로 주장하고 결정내릴 수 있는 나이가 되었을 때는 강도가 세졌다. 사람을 곁에 두지 않으려는 서린의 방식은 결코 성공할 수 없었다.

"네가 보여준 그간의 성과는 괄목할 만한 것이었다. 그래서 말인데……."

뜸을 들이는 아버지의 말이 서린의 신경을 미묘하게 자극했다. 아버지가 덧붙일 뒷말은 결코 긍정적인 것이 아닐 것이다. 그녀 자신이 여전히 미흡하고 불신의 존재라는 것을 일깨우는 거짓의 말이겠지.

"아이를 낳아."

"네?"

"아이를 낳으라고."

"아버지!"

"이제 손주가 보고 싶구나."

"지금 무슨 말씀을 하시는 거예요?"

"회사 내에서 네 존재를 각인시키고 실력을 유감없이 발휘했으니, 이제 모두가 널 인정할 거다. 하지만 아이가 없으면 안 돼."

서린은 한동안 아버지를 노려보았다. 아버지의 말뜻을 곰곰이 따져보았다.

"아버지는 아니란 말씀이군요."

"그래."

"아이가 없으면 넌 결코 예현을 손에 넣을 수 없을 게다. 아울러 네가 그토록 갖고 싶어 하는 홈쇼핑의 사장 자리도 없어."

"어째서요? 이제까지 아버지가 시키는 대로 다 해왔잖아요. 피를 토할 정도로 채찍질하고 채찍질해서 이 자리까지 올라왔단 말이에요! 그런데 아이가 없으면 예현을 가질 수가 없다고요? 그동안 아버지가 도와주신 것이 뭐가 있으세요? 전 오너의 딸이라도 어떠한 혜택도 입지 않고 다른 사람들과 똑같이 경쟁해 왔단 말이에요!"

"혜택을 입지 않았다는 네 주장은 어불성설이다. 과연 같은 출발선이라고 말할 수 있을까? 이사 자리는 다른 사람 같으면 보통 20년은 되어야 오를 수 있는 직위야."

"그래서 아버지 뜻대로 결혼을 했잖아요!"

"하지만 네 본분을 다하지는 않았잖니?"

"그게 아이란 말씀이세요?"

"아이가 없으면 예현도 없다."

"왜! 제게 왜 이러시는 거예요? 제가 뭘 그렇게 잘못했다고요?"

명백한 답을 알고 있었지만 서린은 제 입으로 말하지 않았다. 아버지의 진짜 딸이 아니기에 이런 대우를 받고 있다는 것을 차마 입에 올릴 수 없었다. 그것은 영원한 패배를 의미하니까.

"넌 불완전한 존재야. 아이를 키워보지 못한 네가 예현이라는 거대한 그룹을 이끌어 나갈 수 있다고 보느냐? 천만에! 넌 못해."

"그렇게 단언하시지 마세요! 아버지가 제 안에 들어와 보셨어요?"

"다른 이의 꿈과 바람은 깡그리 무시하고 꿈만 좇는 넌 어린애에 불과해. 그런 네게 예현을 맡기라고? 그건 공멸을 의미하지. 하지만 아이를 키워내면 가망성은 있어. 세상의 중심이 너에게서 타인으로 옮겨가는 것일 테니까."

"제가 여태껏 들어본 아버지의 말 중에서 가장 해괴하고 몰지각한 말씀이시네요. 세상에 아이가 없는 부부도 많아요. 그 사람들이 모두 불완전하다고 말할 수는 없죠. 그 사람들 중에는 분명 그룹 오너도 있을 거라고요."

"이게 바로 너와 나의 차이지. 넌 내 의견을 묵살하는 데 급급할 뿐 내가 왜 그런 조건을 내걸었는지에 대한 고민은 일말도 없지. 다른 사람과 소통 없이 경영하는 것만큼 위험천만한 일도 없다."

"일방적인 분은 바로 아버지세요. 처음부터 지금까지! 저와 한 번도 소통해 주신 적이 없으시잖아요!"

서린의 항변에 최성호 회장은 미간을 모았다. 그의 기분이 상당히 언짢다는 신호였다.

"너와 합의 없는 입씨름을 계속할 의향은 없다. 내 말을 귀담아 듣지 않고 계속 네 주장만 할 것이라면 여기서 나가."

"3년 전에도 이러셨어요."

"나가라고 했다. 현재 예현을 좌지우지할 힘은 네가 아니라 내가 가지고 있으니까."

"아버지!"

"번복은 없다."

쌀쌀맞게 말한 최 회장은 의자를 돌려 버렸다. 더 이상 말하기 싫다는 아버지의 확연한 뜻이었다. 서린은 분노와 모멸감에 몸을 부들부들 떨었다.

아이라고! 마른하늘의 날벼락이었다. 꿈을 이루는 고지가 얼마 남지 않았는데, 아버지의 명령은 서린을 예현의 후계자로 인정하지 않겠다는 또 하나의 선언이었다. 지옥이 있다면 바로 이 순간, 이곳일 터.

아이를 낳고 기르게 되면 자연스럽게 경영 일선에서 물러나게 된다. 그래서 서린은 결혼 초부터 남편 몰래 피임을 해왔다. 아이를 원하는 지헌의 의견은 그녀의 전도에 거치적거리는 방해물일 뿐이었다. 어느 누구도 서린의 앞을 가로막을 수 없었다.

엄마는 피임을 해야 한다고 서린을 단속했고, 급기야 나쁜 기운을 막아준다는 부적까지 몸에 지니라고 했다. 그런데 아버지는 아이를 낳으라고 하고 있었다. 어느 장단에 맞춰야 하는지! 아니, 어떠한 장단에도 놀아날 이유가 하등 없다.

나쁜 기운을 막아주는 부적이라고? 체! 벌써부터 효험이 없었다. 이 같은 아버지의 가혹한 말만큼 나쁜 건 없으니까. 서린은 종잡을 수 없는 아버지의 언행이 도무지 이해가 되지 않았다. 맞아. 결국은 내가 예현의 주인 자리에 앉는 게 싫으신 거다.

절벽 끝에 내몰려 사력을 다해 기어 올라왔더니, 그곳에서 기다리던 아버지는 가뿐하게 서린의 손을 구둣발로 짓이기고 있었다. 결국 아버지는 서린이 절벽 아래로 떨어지길 바라는 것이다.

서린은 거친 호흡을 다스렸다.

"예현을 미끼로 협박하시는 것 이제 그만 좀 하세요! 정말 지긋지긋해요."

"나가보라고 했다."

"이번에는 절대 아버지 뜻대로 되지 않을 거예요. 예현을 류 서방에게 주시든, 다른 사람에게 주시든 아버지 마음대로 하시라고요!"

서린은 표독스럽게 내뱉었다. 그녀는 차가운 고소를 머금고 성큼성큼 서재를 걸어 나갔다.

서재의 문이 '쾅' 하고 닫혔다. 실내는 어느 새 괴괴한 정적으로 포화되었다.

최 회장은 감고 있던 눈을 떴다. 깊고 무거운 한숨이 절로 새어 나왔다. 고집불통 같으니.

간만에 사위와 골프를 치러 나갔다. 시종일관 굳은 사위의 얼굴에 신경이 계속 쓰였는데, 아니나 다를까 18번 홀에 당도했을 때 지헌은 정중하게 요청했다.

"아버님, 사임하고 싶습니다."

"그게 무슨 소리야?"

"회사는 제가 없어도 앞으로 무궁무진하게 발전할 겁니다. 그 중추적인 역할을 담당할 사람은 바로 최 이사고요."

"사임을 하면 앞으로 어떻게 지내려고?"

"미국으로 돌아가겠습니다, 아버님."

"미국이라니? 류 서방, 서린이와 별거라도 하겠다는 말인가?"

"이혼, 하겠습니다. 정말 죄송합니다."

"이혼? 갑자기 왜? 두 사람 잘 지내고 있었잖아."

"지쳤습니다, 아버님. 제가 지쳐서 도저히 서린이와 한집에서 살 수가 없습니다."

"이게 다 무슨 소리야?"

"결혼만 하면 저를 바라봐 줄 줄 알았는데 아니었습니다. 제가 처음부터 착각했던 거예요. 아내는 처음부터 결혼을 원치 않았습니다. 서린이를 변하게 만들 수 있을 거라는 자신감은 돌이켜 보니 일방적인 제 자만이었을 뿐이고요. 아내와 저, 서로를 위해서 헤어지는 것이 맞다고 생각합니다."

"서린이가 자넬 많이 힘들게 했나 보군."

"사랑하지 않는 사람과 결혼하게 만들고, 사랑하라고 강요한 건 바로 접니다. 사랑이 생기지 않았다고 해서 그게 모두 서린이 잘못이라고 할 수는 없습니다."

"그렇게 따지면 내 욕심도 과했지. 자넬 내 사람으로 만들고 싶어서 서린이를 윽박질렀으니까."

"처음부터 잘못 끼워진 단추였어요. 이제라도 서로에게 상처를 남기지 않으려면 잘못된 것은 바로잡아야죠."

"하지만 서린이에게는 꼭 자네가 곁에 있어야 하네. 그 미련한 것이 한 치 앞을 보지 못하고 있는 건 모두 내 잘못이야. 하니 생각을 돌려보게."

"최 이사를 믿으세요. 혼자서도 잘해낼 겁니다. 지난 3년간 그랬던 것처럼요. 어쩌면 아버님께서는 최 이사를 과소평가하시는지도 모르겠습니다."

"지헌아!"

사사로운 부름에도 지헌의 어두운 낯빛은 본래의 색을 찾지 못했다.

"서린이를 정말 이대로 보내 버릴 거야? 네가 서린이를 얻기 위해 포기했던 수많은 기회와 이곳의 터전들은 어쩌고?"

"아버님! 저 죽을 것 같습니다. 기대하다 실망하고 다시 기대할 수밖에 없는, 그 시간들이 끝이 보이지 않아서 미칠 것 같아요."

"서린이는 이런 자네의 마음을 알고는 있나? 내가 자네 심정을 그 애에게……."

"아니, 그러지 마세요! 그동안 아내의 말은 충분히 듣고 들었습니다. 제가 아무리 불러도 아내에게서는 차가운 메아리만 돌아왔으니까요. 사랑은 결코 노력해서 얻어지는 게 아니라는 거, 이번에 확실히 배웠습니다. 두 번 다시 그런 실수, 하고 싶지 않습니다."

"지헌아, 그렇다고 실수라니? 네 결혼은 실수가 아니다."

"실수, 맞습니다. 전 지금이라도, 할 수만 있다면 아내에게서 멀리 도망치고 싶으니까요!"

최 회장은 더 이상 지헌을 붙들 말이 생각나지 않았다. 대체 어디서부터 잘못된 것일까.

"아내는 아직 모릅니다. 제 결정을 말할 기회가 없었어요. 아내가 제 결심을 먼저 알든, 나중에 알든 어느 것도 중요하지 않습니다. 제 마음은 이미 돌아섰으니까요. 아버님께 먼저 제 솔직한 심경을 알려 드리는 게 도리일 것 같아 먼저 말씀드리는 겁니다."

"아닐세. 서린이도 분명 충격이 클 게야."

"아버님, 서린이에게 저는 아무 의미도 없는 사람입니다. 아내에게 의미 있는 건 회사밖에 없어요. 제가 이혼을 통보해도 서린이는 놀라지 않을 겁니다. 아내는 스스로를 새장에 갇힌 새라고 여기고 있으니까요. 외려 이제라도 결정을 내려줘서 고맙다고 말할 거예요. 모든 것이 정리되면 서린이는 저와 관련된 것은 가뿐히 떨쳐 버리고 창공으로 훨훨 날아갈 수 있을 겁니다. 그것만이 한때 남편으로서 제가 해줄 수 있는 마지막 선물이 될겁니다."

최 회장은 창백하고 스산한 지헌의 미소가 선연하게 떠올랐다. 지헌이 그토록 힘들어하고 있을 줄은 꿈에도 생각해 보지 않았다. 항상 밝고 씩씩한, 긍정적인 미소를 짓고 있는 아이였으니까.

보육원에서 처음 만났을 때 지헌의 미소를 잊지 못한다. 총기 있는 눈동자가 최 회장을 주시했을 때, 최 회장은 무슨 일이 있더라도 이 아이를 그의 곁에서 한시도 떨어지지 않게 하겠노라고 결심했다. 지헌이 꿈을 이룰 수 있게 모든 제약으로부터 보호해 줄 수 있는 울타리가 되어줄 것이라고 맹세했다.

지헌은 최성호가 그토록 찾아 헤매던 아이였다.

최 회장의 첫사랑이자 마지막 사랑인 은영의 유일한 조카가 바로 지헌이었기 때문이다. 동향 출신으로 서로 사랑했던 최성호와

은영은 결혼을 약속한 사이였다. 작은 제조회사에 취업해 서울로 상경한 성호는 은영을 서울로 데려오기 위해 몇 년간 이를 악물고 일에만 매진했다. 그런 성호를 눈여겨본 사람은 회사의 대표이사 임택환 사장이었다.

임 사장은 성호에게 그의 무남독녀 외동딸을 인사시켰고, 성호에게 첫눈에 반한 임효정은 성호에게 저돌적으로 달려들었다.

그리고 단 하룻밤의 실수로 최성호의 인생은 완전히 뒤바뀌었다. 효정이 성호의 아이를 임신한 것이다. 최 회장은 도무지 기억나지 않는 그 밤으로 인해 효정과의 결혼을 강요받았다. 효정을 선택하면 탄탄대로가 그의 앞에 펼쳐질 터이지만, 성호는 연인인 은영을 외면할 수 없었다.

업계에서 매장당할 각오를 하고 임 사장에게 반항했는데, 사달은 다른 곳에서 일어났다. 효정이 은영을 찾아가 임신했다는 핵폭탄을 터뜨렸던 것이다. 사랑하는 사람의 배신에 고통스러워하던 은영은 스스로 목숨을 끊었다. 그 사실을 알게 된 성호는 짐승처럼 울부짖었다.

죽을죄를 지은 사람은 성호였는데, 그 죄과를 대신 치른 사람은 은영이라고 자책하고 또 자책했다. 성호는 효정의 뱃속에서 자라는 생명을 끔찍하게 미워했다. 그 아이만 없었더라면 성호의 사랑은 죽지 않았을 것이라고 되새김질했다.

그런 성호에게 불현듯 날아든 낭보는 은영의 조카인 지헌의 존재였다. 은영은 미혼모였던 언니의 아들을 키우고 있었다. 은영의 언니는 쓸쓸한 자신의 인생을 비관하며 자살했다. 그리고 힘겹게 생을 이어가던 은영도 희망이 사라지자 세상을 버렸다.

아이는 먼 친척에게 맡겨졌다. 죄책감에 시달리던 성호는 생전 은영이 그랬던 것처럼 지헌을 살뜰히 보살펴 마음의 짐을 덜어보려고 노력했다. 얼마 동안 은영의 먼 친척과 왕래했고 가끔 세 살배기 지헌을 만나고 올 때면 죽은 연인이 생각나기도 했다. 쓸쓸하고 안타까운 목숨들이었다.

그리고 성호는 어쩔 수 없이 효정과 결혼했다. 그의 발목을 잡은 아이가 하루가 다르게 세상에 제 존재를 알려왔기 때문이다. 울며 겨자 먹기로 효정과 결혼 생활을 시작한 성호는 장인의 사업체를 이어받고 일에만 몰두하기 시작했다.

은영의 변고로 인한 상처가 아물어갈 때 즈음 성호는 지헌을 만나러 갔다. 그런데 지헌을 키우던 그 사람들이 묘연하게 종적을 감추었다. 아무리 수소문 해봐도 지헌을 찾을 수 없었다. 옅어지던 상처가 다시 벌어졌다. 성호는 또다시 죄책감에 시달려야만 했다. 죽은 연인이 사랑한 조카마저 지키지 못했다는 자책이 그를 움쭉달싹하지 못하게 만들었다.

그러나 성호는 아이를 찾는 것을 포기하지 않았다. 영원히 풀지 못하는 숙제라 할지라도 그가 숨이 다하는 그날까지 은영의 혈연을 찾겠다고 다짐했다.

성호의 소원은 몇 년 후 경주의 한 보육원에서 이루어졌다. 성호는 자신을 똘망똘망한 눈으로 쳐다보는 아홉 살 아이와 시선을 맞추었다.

"아저씨가 제 아빠가요?"

"아니."

"그럼 누구세요?"

"널 많이 사랑해 준 사람을 많이 사랑한 사람."

"우리 엄마를 사랑하셨나요?"

"아니."

"날 많이 사랑해 준 사람은 우리 엄만데?"

"아저씨가 사랑한 사람은 네 이모였어."

"이모라고요?"

"네 친엄마는 네가 백일 때 돌아가셨고 네가 엄마라고 기억하고 있는 사람은 이모야. 이름은 류은영이라고 해."

"은영이 이모? 그럼 아저씨는 이모부예요?"

"아니, 아저씨는 그냥 아저씨야. 많이 자랐구나, 지헌아."

"절 아세요?"

"물론. 아저씨가 네 기저귀도 갈아주고 우유도 먹여주기도 했단다. 비록 짧은 시간이었지만."

"기뻐요! 아저씨가 제 가족이 아니라도 괜찮아요. 우리 엄마, 아니 우리 이모를 기억해 주셨으니까요. 정말 고맙습니다."

성호는 환하게 웃는 지헌의 얼굴에 눈시울이 붉어졌다. 미혼모였던 은영의 언니, 그 언니의 자식을 제 자식으로 키웠던 은영. 그리고 은영을 닮은 지헌까지. 성호가 평생 감싸 안아 가야 할 삶의 무게였다.

"이제는 아저씨가 지켜줄게. 함께 살 수는 없지만 네가 이 세상에 혼자라는 느낌이 들지 않게 아저씨가 널 지켜줄 거야."

"와아!"

"응. 어디 한 번 안아보자. 지헌아."

아이의 작은 몸이 그에게 온기를 전해주었다. 그 이후로 쭉 지헌은 성호의 희망이 되어주었다.

최 회장은 아련한 추억 속에서 찾아낸 지헌의 얼굴을 떠올렸다. 타인들의 차가운 세상 속에서도 웃음으로 꿋꿋하게 버텨낸 지헌이었다. 그런 지헌이 서린과의 결혼 생활이 힘들다며 그만두려고 하고 있었다. 어디에서 잘못된 것일까.

최 회장은 서린과의 결혼을 갈망한 지헌의 얼굴을 똑똑히 기억하고 있었다. 이제 지헌의 얼굴에서는 그때의 기쁨의 빛이 보이지 않는다. 최 회장은 조금 전 서재를 뛰쳐나간 서린의 분노도 기억해 냈다. 딸아이는 결혼 초나 지금이나 별다른 점이 없었다.

지칠 만도 하지.

최 회장의 시름이 더 깊어졌다.

7

　해원은 달달한 아이스 믹스커피 두 잔과 오렌지 주스 한 잔을
가지고 가게로 나왔다. 그녀의 딸 지유가 심각한 표정으로 벽을
노려보고 있었다. 연둣빛으로 물든 벽에 오렌지 색감의 액자의
균형을 맞추고 있는 지헌은 엉거주춤한 자세였다.

　"아냐, 아저씨. 오른쪽이 더 내려갔다고요."

　"이렇게?"

　"어휴, 완전 삐뚤어졌잖아요."

　"미안, 어딜 올리라고?"

　"오른쪽이요! 아니, 그거 하나 어떻게 딱딱 못 맞추는 거예요?"

　"딱딱 맞춰야 해?"

　"그럼요. 희야 할머니가 딱딱 맞춰야 잘 산다고 했단 말이에
요. 우리 집에서 밥 먹는 사람이 밥 먹다가 고개를 돌렸는데, 그

림이 비뚤어져 있어봐요. 그림을 보려고 머리를 비스듬히 이렇게 해야 하잖아요."

일곱 살 지유는 직접 시범을 보였다. 지유의 머리가 90도로 기울어져 귀가 어깨에 닿았다.

"우와, 우리 지유, 정말 잘한다."

"아이참, 아저씨! 재미있으라고 한 거 아니잖아요. 이렇게 되면 밥 먹는 손님들이 체한단 말이에요. 그럼 우리 집 밥 먹으면 속이 안 좋다고 소문날 거고, 그럼 우리 엄마 돈 많이 못 벌잖아요."

"아저씨가 그건 정말 몰랐어."

"그러니까 좀 딱딱 잘 맞춰봐요."

"알았어. 아저씨가 이번에 잘할게."

"이렇게 하면 되지?"

"음, 조금 전보다 나아졌어요. 가르친 보람이 있네."

"뭐? 하하하, 하하하."

"왜 그래요? 아저씨! 일을 해야죠, 일을!"

지유는 귀엽게 얼굴을 찡그리며 볼멘소리를 냈다. 해원은 딸 아이의 어른 흉내가 우스웠지만 지헌을 너무 함부로 대하는 것 같아 주의를 주었다.

"공지유, 아저씨에게 말버릇이 그게 뭐야? 지헌 아저씨는 네 친구가 아니라고."

"알아요. 내 친구 아니고 아저씨란 거."

"알면서 버릇없이 친구 대하듯 말하는 거야?"

"하지만 아저씨가 너무 못해서!"

"못해도 칭찬을 해드려야지. 쵸파 인형, 누가 사주셨어?"

"지헌 아저씨요."

"예쁜 인형 선물도 주셨는데 네가 자꾸 아저씨에게 예의 없이 말하면 마음 상한 아저씨가 다음에도 쵸파 인형 같은 선물을 해 주실까?"

"헉. 그런가? 아저씨! 인형 선물 또 안 해줄 거예요?"

지헌은 모녀의 대화를 재미있게 쳐다보다가 빙그레 웃었다.

"아니, 우리 귀여운 공주님에겐 언제나 선물을 가져다줄 건데?"

"와! 정말이죠?"

"응."

해원은 엄한 표정을 풀지 않고 딱딱하게 말했다.

"인사 제대로."

"공수! 정말 고맙습니다."

지유는 앙증맞게 지헌에게 배꼽인사를 했다.

"자, 여기 오렌지 주스. 그리고 이제 쵸파랑 놀아."

"네, 엄마."

지유는 양갓집 규수처럼 얌전히 대답하고 오렌지 주스를 받았다. 그리고 쪼르르 가게 구석으로 달려가 쵸파 인형과 놀고 있었다.

지헌은 그런 지유를 바라보다 의미심장한 눈으로 시선을 해원에게 돌렸다.

"지유가 누굴 닮았나 했더니 바로 해원이 너였구나?"

"네?"

"처세를 이렇게 가르치네. 예절을 빙자해서."

"호호, 오빠도 참. 뭘 그래요? 새삼스럽게. 이게 다 인생사 아니겠어요? 달달한 다방 커피 대령입니다요."

해원은 방긋 웃으며 지헌에게 아이스 커피를 건넸다.

"맛있네. 시럽은 잘 안 넣어 먹는데 네 덕택에 설탕에 중독되겠어."

"달달하면 잠깐이나마 세상 근심 잊을 수 있잖아요."

커피 한 모금을 마시고 해원은 지헌의 눈치를 살폈다. 가게에 도착한 지헌의 낯빛은 어두운 기색이 어려 있었다. 지헌에게는 드문 표정이긴 했지만 워낙 포커페이스인 탓에 해원이 아니라면 쉽게 알아차릴 수 없었다. 지헌은 어렸을 때부터 그랬다. 남들이 염려할까 그 자신이 고아임에도 그늘진 티는 고사하고 늘 밝고 씩씩하게 말했다. 그는 그 당시에도 보기 드문 의젓한 소년이었다.

"오빠, 근데 회사는 안 가도 돼요?"

"당분간 휴가야."

"사장님이라면서요?"

"사장은 휴가를 가면 안 되나?"

"아니, 그런 건 아니지만 아직 휴가철도 아닌데."

"그냥 쉬고 싶었어."

"좋겠네. 사장님은 쉬고 싶을 때 막 쉬어도 되는구나?"

"너도 이제 사장님이야."

지헌은 입술을 삐쭉이는 해원의 이마를 검지로 장난스럽게 밀었다. 가벼운 접촉이었는데도 해원의 심장이 두근거렸다.

미쳤나 봐. 주책이야! 해원의 얼굴이 발갛게 달아올랐다.

"왜 그래? 얼굴이 상기되었잖아. 사장님으로 불릴 생각을 하니까 그렇게 좋아?"

"네? 네, 물론이죠. 서럽던 비정규직에서 오너가 되는데."

"기뻐하는 건 좋은데, 마음 한구석은 항상 긴장으로 붙들어 매라고 그랬지? 자영업은 그렇게 녹록지가 않아."

"알아요. 오빠가 하도 말해서 귀에 딱지가 앉을 정도라고요."

"내가 도와줄 수 있는 건 다 도와줄게. 넌 내 하나밖에 없는 여동생이니까."

해원은 지헌의 말에 억지 미소를 보였다.

지헌에게 그녀는 언제나 이십여 년 전 같은 보육원에서 자란 여동생일 뿐인데, 해원의 심장은 그와 조우한 지 불과 육 개월도 못돼 엇박자로 뛰고 있었다. 지헌을 욕심내는 건 정말 말도 안 된다. 하지만 그의 다정한 미소를 보고 있자면 저절로 눈은 그에게 향했다.

남편과 사별하고 오 년 동안 해원은 딸 지유와 아픈 노모를 봉양하며 힘겹게 생활해 왔다. 지유를 키우기 위해 험한 일도 마다하지 않고 악착같이 돈을 모았다. 지유와 함께 따뜻한 보금자리를 꾸리겠다는 각오가 해원을 인내하게 만들었다. 그리고 올해 해원은 그녀의 꿈을 목전에 두고 있었다.

갑작스러운 교통사고로 사망한 남편이 남겨준 보험금과 해원이 그간 모아온 돈으로 한적한 우이동 어느 주택가에 전세를 얻었다. 일 층 상가를 손수 인테리어 해서 소박하지만 따뜻하고 맛있는 밥집을 열 계획이었다.

그러던 어느 날, 해원은 어릴 때 자란 보육원을 우연히 방문했다. 그곳에서 그녀는 20년도 더 전에 미국으로 유학을 떠난 지헌과 해후했다. 단박에 시간은 수레바퀴처럼 돌고 돌아 그녀를 잊고 있던 기억 속으로 초대했다.

유난히 친절했던 지헌은 보육원에서 왕따를 당하고 있던 해원에게도 손을 내밀어주었다. 아홉 살 해원은 거짓말을 잘하고 영악했다. 그런 해원을 기피하던 아이들을 달래며 해원에게 다가온 지헌은 천사였다. 그의 곁에 있으면 언제나 즐겁고 신나는 일들이 일어났다. 해원은 열렬한 지헌의 추종자로 변신했다. 지헌의 칭찬을 듣기 위해 착한 아이로, 성격 좋은 아이로 탈바꿈했다. 해원은 친오빠 따르듯 지헌을 졸졸 따라다녔고 급기야 진짜 오빠가 되어달라고 부탁했다.

"알았어. 이제부터 넌 내 여동생이야."

해원은 지헌이 미국으로 유학을 떠나기 전까지 정말 행복한 시간을 맛보았다. 하지만 짧은 행복은 2년을 넘지 못했다. 지헌이 후원자의 도움을 받아 미국으로 유학을 떠나게 된 것이다. 보육원의 모든 아이들이 지헌과 헤어지기 싫어 울음을 터뜨렸다. 해원도 마찬가지였다. 작별의 시간 때 지헌은 해원에게 악수를 청했다. 언제 어디든 이해원으로 밝게 살아가라고, 미국에서도 응원하겠다고. 자주 연락하자고.

그러나 해원과 지헌의 연락은 곧 끊겨 버렸다. 가세가 기울어 보육원에 딸을 맡길 수밖에 없었던 해원의 부모들이 형편이 나아지자 딸을 데리러 왔던 것이다.

"에어컨은 내가 놔줄게."

"아니에요. 그러지 마세요."

"가게 꾸미느라 돈 많이 들어갔잖아. 부담 말고 받아."

"안 돼요. 오빠한테서 그동안 너무 많이 받았어요. 오빠가 우리 엄마 치료비도 내줬잖아요."

"네 어머니는 내 어머니와 다름없으니까."

지헌은 항상 눈시울이 붉어질 정도로 따뜻했다. 해원은 언감생심 품고 있는 마음을 들킬세라 그의 시선을 피했다.

사별 후 해원에게 관심을 표하는 남자들이 종종 있었다. 하지만 해원은 그녀에게 또 다른 사랑은 없다고 여겨 그들의 대시를 모두 거절했다. 해원에게 필요한 사람은 오직 그녀의 딸, 지유뿐이었다. 그런데 자꾸 지헌은 해원으로 하여금 꿈을 꾸게 만들었다.

"미국으로 언제 돌아가요?"

"곧."

해원은 아랫입술을 살짝 깨물었다. 물어보기 힘든 질문이 혀 끝에서 맴돌았다.

"오빠 부인은 알고 있어요?"

"이제 말해야지."

"많이 놀랄 거예요."

"그렇지 않아. 아내는 그럴 사람이 아니야."

"정말 그럴 거예요? 다시 한 번……."

"신중히 내린 결론이야. 바뀌지는 않을 거야."

지헌은 단호하게 말했다. 해원은 지헌의 결혼 반지를 물끄러미 바라보았다. 몇 개월만 있으면 지헌의 손가락에서 저 반지는 자취를 감출 테지. 그러면 지헌도 한국을 떠나게 된다. 해원은 초조했다. 지헌을 보내기 싫었다. 그 마음이 여자의 마음이라는 것을 해원은 힘겹게 인정했다. 더 이상 제멋대로 자라게 해서는 안 되는데…….

지헌은 욕심낼 수 없는 남자였다. 자꾸만 자라나는 욕심을 제어할 수 있는 건 지헌의 반지밖에 없다. 만약 그 반지마저 없다면 해원은 자신이 어떻게 변할지 알 수 없어 무서워졌다. 현재의 단란한 이 우정이 깨어질까 두려웠다.

"개업 당일에는 못 오겠다."

"괜찮아요."

"경주에 들러야 돼."

"보육원 공사 끝났어요?"

"응. 그날 준공식이야."

"원장님 정말 좋아하시죠? 오빠가 금의환향했다고 그렇게 기뻐하셨는데."

지헌은 대답 대신 미소로 갈무리하고 자리에서 일어났다.

"가려고요?"

"응. 그리고 도움이 필요하면 언제든지 연락해."

"이제 그럴 것 없어요. 오빠가 힘 많이 써줘서 이만큼 정리됐잖아요."

"그래도."

"알았어요."

"지유야, 아저씨 이제 가. 다음에 또 올게!"

지헌은 지유를 향해 손을 흔들어 보였다. 시유가 함박웃음으로 지헌에게 바이 바이 했다.

가게 밖까지 배웅 나온 해원은 고민하다 앞치마에서 봉투를 꺼냈다.

"오빠."

"응?"

"이거."

"이게 뭔데?"

"선물이에요. 그동안 도와줘서 너무 고마워서요."

"아냐. 됐어."

"별거 아니에요. 오페라 티켓이에요."

"이런 건 비싼 거잖아."

"이 정도는 나도 할 수 있어요. 일하러 가는 집 사모님이 관계자라서 싸게 구매했으니까 걱정 마요. 만날 오빠한테서 받기만 해서 염치가 없어지는 것 같아. 얼른 받으세요."

해원은 그의 손에 봉투를 쥐어줬다.

"이걸 받으면 네 마음이 편해지겠니?"

"물론이죠. 오고 가는 게 있어야 더 돈독해지는 법이잖아요. 마침 오빠 휴가라니까 티켓 날짜 보고 관람하면 되겠다!"

"알았어. 고마워. 잘 볼게."

"네, 오빠. 그럼 조심히 가요."

해원은 지헌에게서 돌아서며 떨리는 가슴을 부여잡았다.

영악하다고 해도 어쩔 수 없었다. 그녀는 크게 한숨을 들이쉬었다. 봉투 안에는 두 장의 티켓이 들어 있었다. 지헌이 공연에 갈 것이라면 한 사람을 더 데리고 가야 한다. 현재 부인은 그의 안중에서 사라진 것 같고, 특별히 가까이 지내는 가족이 없으니, 어쩌면 해원에게 요청할지도 모른다.

'해원아. 함께 갈 사람이 없어. 같이 가줄래?'

희박한 그 가능성까지 염두에 둔 얄팍한 보답이었다. 만약 지헌이 티켓을 타인에게 줘버린다고 해도, 해원은 실낱같은 어리석은 기대를 포기할 수 없었다.

지헌은 운전석에 올라타 해원이 건네준 봉투를 바라보았다. 부담을 주고 싶지 않았는데 그의 친절이 그렇게 느끼게 한 모양이었다. 그는 봉투를 열어보았다. 메모가 붙어 있었다.

–오빠! 잠시라도 편안한 휴식 누려요. 힘내요. 해원.

해원의 마음 씀씀이에 설핏 미소를 지은 지헌은 오페라 제목을 보고 미소를 거뒀다.

투란도트.

얼음의 공주, 죽음의 공주!

그대는 슬픔에 가득 찬 하늘에서 내려온 사람!

위선의 망토를 벗으시오!

잘 보시오. 당신의 냉혹함을…… 저 피는 그대로 인해 뿌려진 것이오!

〈푸치니 투란도트 오페라 중〉

지헌의 눈동자에 어리는 깊은 그림자는 아득한 추억의 한 갈

피를 찾아 들어가고 있었다.

그때, 그 공연장으로······.

❖

"충성! 병장 류지헌은 2003년 2월 25일부로 전역을 명받았습니다. 이에 민간인이 되었음을 아저씨께 제일 먼저 신고합니다!"

"허허허. 이게 누구야? 지헌이 아니냐?"

지헌은 너털웃음을 터뜨리며 다가오는 최 회장에게 안겼다. 최회장은 지헌의 등을 두드리며 해후의 기쁨을 표현했다.

"잘 지내셨죠?"

"나야 잘 지냈지? 오늘이 전역이었어?"

"네."

"미리 말이라도 하지. 그랬으면 마중을 나갔을 것 아니야? 입대도 알리지 않더니 제대도 이러기야? 계속 이러면 아저씨, 섭섭해."

"아저씨는 회장님이라 바쁘시잖아요."

"회장이라고 못 갈 이유 없잖니?"

"그런가요? 많이 서운하셨어요?"

"서운하고말고."

"그럼, 다시 군대 한 번 더 갔다 오겠습니다. 충성!"

"뭐! 이 녀석 말하는 것 좀 보게? 남자들이 꾸는 악몽이 다시 군대 가는 꿈이야. 근데 방금 제대한 녀석이 겁도 없이 군대를 다시 간다고? 이것 참, 허허허."

"체질인가 보더라고요. 한국 사람들과 같이 훈련도 받고 밥도 먹고, 부대끼는 게 좋았어요. 지난 2년이 참 재미있었습니다."

"이 녀석 한술 더 뜨고 있잖아? 허허허."

최 회장의 비서실장이 들어와 중역 회의 시간이 임박했다고 알려왔다.

"지헌아, 잠깐만 기다리고 있어. 아저씨와 저녁 먹자꾸나."

"네."

최 회장이 집무실 밖으로 나간 후 지헌은 홀로 소파에 앉아 있었다. 비서가 들어와 그에게 따뜻한 모과차를 내어주었다.

"감사합니다."

지헌은 향긋한 향을 음미하다 차를 마셨다. 미국에서 학업을 중단하고 군복무를 위해 한국으로 돌아왔다. 2년이란 시간은 힘겨웠지만 고국의 사람들과 함께할 수 있는 멋진 시간들이었다. 그리고 그는 모레면 다시 미국으로 출국한다. 자신의 이루고 싶은 꿈을 위해서…….

그 꿈을 이룰 수 있게 도와준 은인은 바로 최성호 회장이었다. 그는 지헌을 물심양면으로 후원해 주는 후견인이었다.

지헌의 뇌리로 문득 떠오른 얼굴 하나. 그는 자리에서 일어나 최 회장의 집무실을 두리번두리번했다. 어딘가에 있을 텐데. 지헌은 최 회장의 책상 너머 책장 위에서 그 얼굴을 발견했다.

최서린.

지헌은 작은 액자 속 사진의 주인공을 쳐다보았다. 그의 입가에 미소가 걸렸다.

"여전하네. 꼬마 아가씨, 잘 지냈어?"

중학생으로 보이는 여자애는 렌즈가 아닌 엉뚱한 곳을 응시하고 있었다. 찍기 싫은 사진을 억지로 찍어 짜증이 난 듯한 얼굴. 냉기가 폴폴 풍기는 그런 사진이었다. 그런데도 2년 전 이 사진을 보고 지헌은 사춘기 청소년처럼 가슴이 두근거렸다.

"어떻게 변했을까?"

지헌은 그보다 한참 꼬맹이였을 때의 서린의 사진도 바라보았다. 최 회장이 집무실에 두고 있는 딸의 사진은 두 장. 이제 막 걸음마를 시작한 통통한 아기가 보석 같은 웃음을 터뜨리고 있었다. 따뜻하고 행복해 보이는 그 사진에서 눈을 떼어 중학생 서린을 쳐다보았다. 이런 표정을 짓고 있는 건 중2병 때문인가?

지헌은 한동안 그 사진을 보고 즐거워했다.

문이 벌컥 열렸다. 최 회장이 눈살을 찌푸린 채 들어왔다.

"어, 지헌아. 이를 어쩌지? 회사에 문제가 생겨서 회의가 길어질 것 같구나."

"전 괜찮아요. 출국 전에 아저씨 뵐 수 있었던 것만으로 좋은걸요? 전 혹시 출장이 있으시면 어떡하나 했어요."

"출국이 언제지?"

"모레입니다."

"왜 그렇게 빨라? 어차피 학업을 다시 시작하려면 몇 달은 더 기다려야 되잖아."

"구상해 놓은 것들이 있어서 일찍 들어가서 공부 좀 하려고요."

"그래, 그랬구나. 내일이라도 시간 빼보도록 하마."

"바쁘시면 안 그러셔도 돼요, 아저씨."

"아니, 아니야."

최 회장은 손사래를 쳤다. 비서실장이 집무실로 들어왔다.

"회장님, 박 사장 소재지를 파악했다고 합니다."

"당장 본사로 들어오라고 해. 사고 친 인사가 그렇게 무책임하게 도망가면 쓰나! 명색이 사장이면서 이게 뭔가? 일단 사고 수습이 먼저니까 설득해서 데리고 와. 박 사장에 대한 징계는 그다음 일이고."

"네. 알겠습니다."

최 회장의 언짢은 기색에 지헌은 자신이 자리를 피해주어야 한다는 것을 깨달았다. 지헌이 막 작별의 인사를 하려고 고개를 숙이는 찰나 최 회장이 '끙' 하는 소리를 냈다. 그의 안색이 단번에 나빠졌다. 또 다른 큰일이 생긴 모양이었다.

"아저씨, 바쁘신 것 같은데 전……."

"지헌아, 오늘 저녁 시간 있지?"

"네?"

"아저씨 부탁 좀 들어줘."

"네."

지헌은 얼떨떨하게 대답했다.

지헌은 오페라 하우스에 도착했다. 곳곳을 밝히는 황금 불빛은 아늑하고 우아해 보였다. 투란도트 오페라의 공연을 알리는 거대한 현수막과 붉은 홍보용 깃발들이 건물을 잠식했다.

지헌은 초조한 마음으로 전화를 걸었다.

"오늘 딸아이와의 약속이 있는 걸 깜빡했어. 지헌아, 미안한데 서린이와 오페라 좀 같이 봐주겠니? 이번에도 펑크를 내면 서린이가 많이 실망할 거야. 그 애가 신신당부했었거든."

여전히 통화연결음만 들렸다. 오페라를 관람하기 위한 인파들 속에서 지헌은 서린을 찾기 위해 기민하게 움직였다. 얼마쯤 걸어가다 한 기둥 뒤에 서 있는 여자가 그의 눈으로 들어왔다. 지헌은 핸드폰을 들고 그녀를 주시하며 뚜벅뚜벅 걸어갔다. 그녀는 손에 쥐고 있던 핸드폰을 바라보더니 귓가로 가져갔다.

최서린!

[여보세요?]

지헌은 대답하지 않았다.

[여보세요? 김 비서님?]

지헌은 서린의 뒤쪽으로 다가가 그녀의 어깨를 톡톡 두드렸다.

"최서린 씨?"

그녀는 사진 속의 여학생이 아니었다. 훨씬 아름답고 성숙한 여자가 되어 있었다. 지헌은 그대로 얼어붙었다.

"누구시죠?"

"아, 저는……."

"김 비서님이 보낸 모양이네요."

"네? 네."

"아버지에게 또 일이 생기셨어요?"

"네. 어떻게 알았어요?"

서린은 지헌의 핸드폰을 가리켰다.

"김 비서님 핸드폰이네요. 거기 서린 아가씨라고 적혀 있잖아
요."

지헌은 그녀의 침착함과 관찰력에 혀를 내둘렀다. 낯선 사람이
앞에 있는데도 그가 누구인지, 왜 제 앞에 서 있는지에 대한 답
도 스스로 찾아내고 있었다.

"김 비서님이 직접 오지 못할 정도의 일이란 말이군요."

서린의 목소리가 왠지 쓸쓸하게 들렸다.

"제 이름은……."

지헌은 자신을 그냥 지나치는 서린의 손목을 낚아챘다.

"무슨 짓이에요?"

서린의 목소리가 지헌의 가슴에 푹 박혔다. 날카롭고 차가운
칼처럼…….

지헌은 떨리는 가슴을 주체할 수가 없었다. 그의 쿵쾅대는 심
장 소리가 손을 통해 그녀에게 고스란히 전달될 것만 같았다.

"오페라 안 볼 거예요?"

"네."

"보고 싶은 오페라라서 두 달이나 기다렸다면서요?"

"그쪽과는 아니죠."

"갑시다."

"네?"

지헌은 서린의 손목을 잡아끌며 성큼성큼 앞으로 걸어가기 시
작했다. 그의 힘에 끌린 서린은 종종걸음을 치며 그를 따라갔다.
서린은 지헌의 손아귀에서 벗어나고자 손에 힘을 줬다.

"놔주세요. 처음 보는 사람과 공연을 보고 싶진 않아요!"

"쉿! 조용히."

그들은 어두운 공연장으로 들어갔다. 지헌은 입장권에 표시된 VVIP석으로 걸어가 서린에게 안쪽 자리를 안내하고 그 옆자리에 앉았다.

웅장한 음악과 함께 투란도트의 서막이 열렸다. 사람의 영혼을 쥐어흔드는 화려하고 아름다운 투란도트가 특유의 차가운 미소를 머금고 정전을 굽어본다. 그녀의 아름다움에 취한 청혼자들이 그녀의 이름을 격렬하게 외쳤다.

꿈같은 시간이 지나갔다. 지헌은 공연 틈틈이 서린을 훔쳐보았다. 팔짱을 낀 오만한 자세로 서린은 공연에서 눈을 떼지 않았다. 무대 위의 투란도트가 바로 지헌의 옆에 앉아 있는 것만 같았다.

차가운 공주님.

마지막 커튼콜을 끝으로 투란도트 공연은 막을 내렸다. 관람객들이 썰물처럼 빠져나가고 로비는 이내 한산해졌다.

"오페라 어땠어요?"

"……."

"재미있었어요?"

서린은 지헌을 찌릿, 한 번 쳐다보더니 이내 공연장 바깥으로 나갔다. 지헌은 서린의 뒤를 서둘러 쫓아갔다.

"이런."

낭패감이 가득한 서린의 음성에 지헌은 밖을 쳐다보았다. 주위로 주홍색 불빛이 아롱거렸다. 어느새 차가운 겨울비가 후드득 내리고 있었다.

"난 되게 흥미로웠는데."

지헌의 말을 들은 체 만 체 한 서린은 하늘을 바라보았다. 그리고 작게 한숨을 내쉬더니 이내 빗속으로 걸어 들어갔다. 지헌은 넋을 잃고 그 모습을 바라보았다. 아무 거리낌 없이 차가운 비를 맞으며 당당히 걸어가는 서린은 투란도트의 현신이었다.

어느새 지헌의 입가에 미소가 그려졌다. 그는 재빨리 입고 있던 블랙 코트를 벗어 저만치 앞서가는 서린의 머리 위로 펼쳐 들었다. 서린은 걸음을 멈추고 지헌을 올려다보았다.

"재미있게 해줄까요?"

"네?"

"뛰어요. 저기 편의점까지."

지헌은 다짜고짜 서린의 손을 잡았다. 그 바람에 서린은 시야를 가리는 지헌의 코트를 움켜잡을 수밖에 없었다.

두 사람은 곧 편의점 앞에 도착했다. 지헌은 헐떡이는 서린을 쳐다보며 장난스럽게 말했다.

"우리 조인성과 손예진 같았죠?"

"재미없어요."

"클래식이었는데. 우리 방금 영화 찍은 거예요."

지헌은 일그러지는 서린의 얼굴에 왠지 섭섭했다. 그는 서린을 먼저 편의점 안으로 밀어 넣었다. 비에 젖은 코트를 수습하고 지헌도 편의점 안으로 들어갔다.

"군인이었어요?"

코트 안에 보이는 군복을 보고 서린이 물었다.

"네. 오늘 전역했죠."

지헌은 놀란 듯한 서린의 동그란 눈이 귀여웠다. 아무리 도도하고 어른인 척하는 서린이라도 이제 갓 스물이 된 어린 여자일 뿐이었다. 심장이 터질 것 같은 느낌에 지헌은 서린을 계속 바라볼 수가 없었다.

"몰랐어요?"

"내가 어떻게 알아요? 오늘 처음 봤는데."

"무엇이든 그렇게 확신하는 건 위험해요."

"대체 누구세요?"

"우산이 어디에 있나?"

지헌은 매대를 살펴보며 안으로 걸어 들어갔다.

"누구냐고요?"

"여기 있었네. 배 안 고파요?"

그는 우산 대신 컵라면을 들어 보였다.

"안 고파요."

"거짓말."

"거짓말 아니에요!"

"세 시간도 넘는 공연을 그렇게 집중하고 봤는데, 배가 안 고프다고? 이슬만 먹는 사람인가?"

지헌은 라면 두 개와 비닐우산 두 개를 들고 계산대로 갔다.

"이제 먹어요. 불었을 거예요."

지헌은 꼼짝도 하지 않고 있는 서린을 힐끗 바라보다 컵라면 뚜껑을 뜯어 면을 섞었다. 그러고는 서린에게 내밀었다. 라면 김이 모락모락 피어오르고 있었다. 서린은 못마땅한 눈으로 라면을 내려다보기만 했다.

"이제 그만 노려보고 먹죠. 완전 맛있는데."

지헌은 라면을 큼지막하게 한 젓가락 입에 넣고 우물거렸다.

"정말 누구세요?"

"맞춰봐요, 내 이름. 동이 틀 때까지 내 이름을 맞추면……."

"지금 칼리프 흉내 내는 거예요?"

"정답."

"하?"

서린의 기막혀 하는 모습도 정말 귀여웠다. 지헌은 라면 국물을 후루룩 마셨다. 서린은 여전히 손도 대지 않고 있었다.

"먹고 이야기해요. 허기질 때는 진실을 이야기해도 거짓으로 들리니까."

그녀는 주저하듯이 젓가락을 들더니 라면을 먹기 시작했다. 배가 고팠는지 서린은 한동안 잠자코 먹기만 했다.

"여기 볶은 김치도. 맛있죠?"

서린은 지헌의 말에 대꾸도 하지 않고 김치에 젓가락을 가져갔다. 그런 서린을 지헌은 턱을 괴고 쳐다보았다.

"칼리프라고 불러줘요. 난 서린 씨를 공주님이라고 부르죠."

"정말 제멋대로네요."

"그런 편이죠. 이런 기회는 흔치 않으니까. 서린 씨와 오페라도 함께 봤잖아요."

"절 아세요?"

"물론이죠. 최성호 회장님의 따님이잖아요."

"그럼, 아버지가 부탁하신 거예요?"

"네. 코트와 머플러는 김 비서님이 빌려주셨고요. 오페라 공연에 군복은 좀 아닌 것 같다고 하셔서. 이 핸드폰도 김 비서님의 것이고요."

"모르는 사람을 보낼 정도면 회사에 긴박한 일이 일어났다는 뜻이군요."

"그럴지도요."

"아버지를 대신해 주신 건 감사하지만 이럴 필요까지는 없었어요."

"투란도트를 보고 싶어 했잖아요."

그녀의 실망하는 기색에 지헌은 눈을 가늘게 떴다. 혹시 공연이 보고 싶었던 것이 아니라……

"투란도트 오페라는 예전에도 봤어요."

"그랬어요?"

지헌은 서린이 그녀의 아버지와 공연을 보고 싶어 했다는 것을 눈치챘다.

"난 처음이었는데 감동적이었어요. 차가운 공주님에게 참된 사랑을 일깨워주는 류의 희생적인 사랑이 무척 흥미롭고 아름다웠어요. 결국 사랑만큼 위대한 건 없으니까."

"따분하고 진부한 사랑이죠."

"에?"

"가진 게 없는 사람들은 그런 사랑밖에 할 수 없어요."

"무슨 뜻이에요?"

"몰락한 왕자와 그 왕자를 사랑하는 노예가 뭘 할 수 있겠어요? 사랑밖에 없잖아요? 자신을 잊어버리게 만드는 그런 흔해 빠진 감정에 취해 버려서 결국 이성적이지 못한 선택을 했죠."

"청혼자들의 피를 원한 공주는 이성적이고요?"

"선대의 복수를 위해 잔인한 규칙을 만들고 냉혹한 규칙을 이행했으니까. 적어도 스스로를 죽이진 않았어요."

"하지만 결국 공주도 칼리프와 사랑에 빠졌어요. 칼리프의 이름을 바른대로 말하지 않았다고요."

"그래서 사랑이 해답이라고요?"

"그래요."

"사랑이 잔인하지 않다고 누가 그러던가요?"

"서린 씨?"

지헌은 서린이 마치 울 것 같은 표정으로 화를 내는 것을 의아한 눈으로 지켜보았다.

"있을 줄 알았던 사랑이 처음부터 없었던 것이라면 그건 누구 잘못이에요? 사랑한다 해놓고 안심시키더니 사랑이 없었대. 그게 사랑이에요? 투란도트의 칼리프에 대한 사랑도 누군가가 죽어야만 깨달을 수 있는 그런 사랑이었잖아요. 누군가의 눈물과 피가 필요한 게 사랑이면 그게 무슨 사랑이야? 난 그런 사랑 따윈 필요 없어요!"

지헌은 그녀의 눈가에 어리는 물방울에 마음이 아팠다. 서린이 살아온 인생의 시간을 잘 알지도 못하지만 사랑이 필요 없다고 말하는 그녀의 마음이 느껴져 가슴이 아팠다.

"내가 잘못했어요."

"지금 날 놀리는 거예요?"

"서린 씨를 놀리는 것 절대 아니에요!"

그녀는 가만히 지헌을 응시하고 있었다. 그 눈빛은 '이 남자 도대체 정체가 뭐지?' 하는 의문이 강했다.

"내가 그런 말을 한 건, 내가 잘못했으니까. 서린 씨에 대해 잘 모르면서 내 생각이 맞다 잘난 척했잖아요."

서린의 눈동자에 당혹감이 어렸다. 듣기가 싫은 중심을 들켜버렸다는 낭패감이 그녀의 얼굴에 퍼져 갔다. 비밀은 공유할 수 없는 건데 생전 처음 보는 사람에게 공유했다는 당황까지.

"갈래요."

"바래다줄게요."

"아니요. 한 발자국도 더 내게 다가오지 말아요."

"서린 씨?"

"당신이 누구인지 모르지만 더 이상 내게 다가오지 말라고요!"

서린은 싸늘하게 얼굴을 굳힌 채 편의점 밖으로 나갔다. 지헌은 우산을 펴들고 걸어가는 그녀를 지켜보았다. 사랑이 필요 없다는 서린에게 지헌은 그의 사랑을 주고 싶다는 생각이 들었다. 언제까지나, 흔들림 없게, 변함없이……. 그래서 서린이 스스로의 동굴로 숨어들지 않고 세상 밖으로 나와 사랑을 믿어보기를…….

지헌은 가만히 서린을 따라갔다. 그녀가 안전하게 귀가할 때까지.

8

　초록 잎사귀가 짱짱한 햇빛에 반질반질한 오후. 한적한 주택
가의 울창한 느티나무 안에서 매미들이 맴맴, 합창을 해댄다. 이
따금 지나가는 동네 주민들과 서행하는 자동차. 느티나무 아래
평상 위에는 더위를 피하려고 집 밖을 나온 노인들이 삼삼오오
둘러앉아 내기 바둑을 두고 있었다. 평화롭고 정겨운 풍경이었
다.
　붉은 벽돌에 하얀 지붕을 얹은 아담한 주택 앞에는 고급스러
운 크림색 자가용 한 대가 서 있었다. 잠시인 줄 알았는데 벌써
30분째 정차 중이었다.
　서린은 짙은 선팅 너머로 지척으로 보이는 북한산 산등성이를
바라보았다. 쪽빛 같은 하늘 위로 하얀 구름이 유유히 지나간다.
　핸드폰이 울렸다. 액정화면의 번호를 확인한 후 서린은 선화

를 받았다.

"최서린입니다."

상대방의 말을 차분히 들으며 서린은 검은 선글라스를 꼈다.

"요구하는 가격대로 구매하세요. 오늘 중으로요. 네. 완료되면 다시 연락주시고요. 알겠습니다."

통화를 마친 서린은 룸미러를 통해 가게를 지켜보았다.

소담한 밥. 식당의 이름이었다. 점심시간에도 드문드문 손님들이 들어갔을 뿐, 끼니를 훌쩍 놓친 시간에는 개미 새끼 한 마리도 얼씬하지 않았다. 하긴 현재 시각은 무더위가 정점에 오른 오후 3시였다. 텁텁한 바람이 이따금 나무 잎사귀를 스쳐 지나가는 것만 빼면 사물들은 모두 축축 늘어져 있었다.

서린은 시동을 끄고 차 문을 열었다. 굽이 높은 매혹적인 샌들에 휘감긴 서린의 발목이 보였다. 후끈 달아오르는 지열이 느껴졌다. 서린은 녹색의 장원으로 들어가는 듯한 가게의 문고리를 잡았다.

딸랑거리는 소리가 났다. 서린은 가게 안으로 들어갔다. 그녀를 제일 먼저 맞은 건 쾌적한 에어컨 바람이었다. 테이블이 네 개정도 놓여 있는 실내는 아담했다. 아기자기한 장식품과 창가의 화분들이 이곳을 마치 카페처럼 보이게 했다.

"어서 오세요."

서린은 그녀를 환대하는 가게 주인을 바라보았다. 선글라스 안의 서린의 눈이 싸늘하게 변했다. 그녀는 사진 속의 여자가 맞았다. 남편의 다정한 눈길을 한 몸에 받던 그 여자.

"이쪽으로 앉으세요."

서린은 잠자코 한 곳에 자리를 잡았다.

"저희 집은 처음이신가요? 이게 메뉴랍니다."

서린은 메뉴판을 내미는 여자를 올려다보았다. 그녀의 방긋방긋한 미소가 심히 거슬렸다. 서린은 떨리는 손을 무시하고 메뉴판을 들여다보았다. 고운 미색 한지 위에 정성스러운 글씨체가 쓰여 있었다. 심플하고 깨끗한 메뉴판이었다.

"이 집에서 제일 맛있는 게 뭐죠?"

"저희 집은 밥집이라서 정식밖에 없답니다."

"그럼 메뉴판이 있을 필요가 없는데, 비효율적이네요."

"그렇게 보일 수도 있겠지만 알러지가 있는 분들을 위해서 정식에 들어가는 메뉴의 재료들을 일일이 표시해 놨어요. 대체 가능한 반찬들도 있고요. 그리고 정식이 별로이신 분들을 위해선 죽을 준비해 놨답니다. 오늘의 죽은 호박죽이에요. 매일 메뉴판을 만들어야 하는 번거로움은 있지만 손님들을 위한 일이라 즐겁기도 해서요."

"그렇군요. 정식 주세요."

"네, 손님. 제가 주방까지 봐야 해서 좀 기다리셔야 할 것 같아요. 괜찮으시죠?

"네."

그 여자가 주방으로 사라진 후 서린은 실내를 찬찬히 둘러보았다. 이곳은 가게가 아니라 마치 포근하고 아늑한 가정집 같은 느낌이었다. 파스텔 톤의 벽에는 작은 액자들이 옹기종기 걸려 있었다.

서린은 수방으로 나 있는 창문을 통해 음식을 만들고 있는 여자를 훔쳐보았다. 서글서글한 눈매의 따뜻한 미소가 인상적인 여자였다. 부드러운 목소리에는 자기 주관이 뚜렷하게 실려 있었다.

왜 나는 지금 이곳에 있는 것일까.

서린은 손가락으로 식탁을 톡톡 두드렸다. 겨우 봉인시킨 불쾌함이 스멀스멀 기어오르고 있었다. 비서인 현주 몰래 흥신소에 의뢰해 남편 내연녀의 거주지를 알아낸 다음 직접 차를 몰고 찾아왔다. 등잔 밑이 어둡다더니! 남편이 여자를 숨겨놓고 들락날락한 집은 바로 우이동이었다. 서린의 집과 내연녀의 집은 차로 불과 20여 분밖에 되지 않았다.

이곳까지 온 것은 확인이 필요해서였다. 남편의 불륜을 알게 된 다음, 서린을 괴롭히던 감정의 정체를 알고 싶었다. 차가운 분노와는 또 다른, 그녀를 안절부절못하게 만드는 감정의 색깔은 붉디붉었다.

질투.

남편의 배신으로 인해 땅이 꺼지는 듯한 막막함과 공허함을 느끼는 대신 생각지도 못한 시기를 담은 분노가 솟아올랐다. 서린의 것을 어떤 여자가 훔쳐갔다는 생각이 그녀를 이곳으로 이끌었다. 현영의 말대로 복수를 한다면 찐득하게 달라붙은 불쾌함이 사라질까.

남편의 내연녀는 천박하지 않다. 돈을 보고 남편에게 접근하지 않은 것은 확실했다. 인적 드문 한가로운 동네에 소박하고 편안한 가정식백반 가게를 오픈한 것은 자신감의 표현이었다. 음식 솜씨에 대한 자부심과 사업 철학이 없다면 결코 도전하지 않을 길이었다.

뒷조사에 의하면 저 여자, 이해원은 조리사 자격증을 가지고 있으며, 유명 한정식 식당에서 수년 동안 요리를 했다. 부주방장으로 승격되려는 찰나 식당을 그만두었다. 가게를 오픈하기 전까지는 좀 산다고 명함깨나 내미는 집안의 대소사에 불려 다니며 생계를 유지했다. 가족 관계는 아픈 노모와 딸아이 하나. 남편과는 오 년 전에 사별했다.

저 여자의 어떤 점이 남편의 마음을 훔쳐간 것일까.

그들은 도대체 언제 어떻게 만난 것일까.

봉인되었던 질문과 심장을 마구 휘젓는 감정들이 무너지는 둑처럼 쏟아 나오기 시작했다. 서린은 물 잔을 들어 바싹 마른 목을 축였다. 구수한 숭늉이었다. '맛있다'라는 생각이 들자 기분이 나빠졌다.

남편의 내연녀에 대한 생각으로 지난 며칠 동안 서린은 유령처럼 살았다. 눈을 뜰 때마다 밥을 먹을 때마다 심지어 일을 할 때조차 여자의 얼굴이 머릿속에서 사라지지 않았다.

"많이 기다리셨죠? 맛있게 드세요."

정갈한 밥상을 내려다보았다. 음식들은 도자기 그릇에 얌전히 담겨 있었다. 훈김이 나는 현미밥, 매콤한 순두부찌개, 애호박볶음, 소불고기, 시원해 보이는 김치, 상추쌈과 견과류 쌈장이 적당한 양으로 보기 좋게 나무 쟁반 위에 어우러져 있었다. 9,000원이라는 착한 가격에 정성스러운 집밥을 대접받는 느낌. 서린은 나무 수저를 들고 머뭇거렸다.

이런 선개는 선혀 예상하지 못했다. 드라마에서 보는 불륜녀들은 안하무인에 이기적인 성격이라, 조강지처가 따귀를 날리고 머리끄덩이를 잡아도 아무도 손가락질을 할 수 없는데. 이 여자는 대체?

음식에서 느껴지는 여자의 느낌은 무척 예의 바르고 착하다는 것이다. 어느 것 하나 트집을 잡을 수가 없어 마음이 착 가라앉았다. 이래서는 아무것도 할 수가 없다.

딸랑. 문 열리는 소리가 들렸다.

"엄마."

아이의 목소리에 서린은 천천히 고개를 돌렸다. 흙먼지를 뒤집어쓴 꼬맹이가 울음이 터져 나올 것 같은 얼굴로 여자를 쳐다보고 있었다.

"왜 그래 지유야?"

"유정이가 밀었어요."

"유정이가 무슨 일로?"

"쵸파 인형 만지고 싶다는 걸 싫다고 했더니 막 밀었어요! 이렇게!"

"다친 데는 없어?"

"응."

"그럼 됐어. 눈물 뚝."

"엄마?"

아이는 서운하다는 듯 시무룩해졌다.

"근데 지유야, 유정이가 쵸파 인형 만지고 싶다고 하면 만지게 해주면 되잖아. 왜 싫다고 그랬어?"

"망가질 것 같아서요."

"지유가 몰랐구나. 쵸파는 튼튼하게 만들어져서 한 번 만진다고 망가지지 않아."

"실은 유정이가 만지는 게 싫었어요. 쵸파는 지유만의 친구란 말이에요."

"흠, 지유야. 이렇게도 생각해 볼까? 유정이는 여기로 이사 온 후 제일 먼저 사귄 친구잖아. 유정이와 친구 됐다고 엄마에게 자랑하던 거 엄마는 생각나는데, 넌 기억 안 나?"

"나요."

"쵸파도 소중하지만 유정이도 소중한 친구잖아. 소중한 친구들은 똑같이 사랑하고 대해주어야지. 유정이도 한 번만 만지게 해달라고 하는데도 네가 안 된다고 해서 속상한 마음에 널 밀었을 거야. 만약 네가 유정이었다면 어땠을 것 같아?"

"……마음이 안 좋아서 유정이에게 화를 냈을지도 몰라요."

"그래. 바꿔 생각해 보니 유정이 마음도 이해되지?"

"네."

"친구들과 서로 양보하고 나눠 쓰면 나만 가지려고 했을 때보다 더 기쁘고 행복해질 수 있어. 그러니까 다음에 유정이 만나면 쵸파랑 놀게 해줘."

"하지만 엄마, 이건 지헌 아저씨가 선물로 준 거란 말이에요."

"아저씨도 우리 지유가 친구에게 양보하면서 사이좋게 지내길 바라고 계실걸?"

"정말요?"

"그럼, 엄마가 지헌 아저씨를 오랫동안 알아서 잘 알아. 분명 그렇게 말씀하실 거야."

"네. 내일 유정이 만나면 미안하다고 할게요."

"어유, 우리 딸 착하다. 덥지? 엄마가 아이스크림 가져다줄게."

서린은 입안의 밥알이 모래알처럼 느껴졌다. 저 모녀 입에서 회자되는 남편의 이름이 자신이 모르는 사람의 이름처럼 들렸다.

이해원이라는 여자는 엄마로서도 현명하고 다정했다. 엄마가 주방으로 들어간 후 의자에 얌전히 앉아 다리를 흔들던 아이는 서린을 호기심 어린 눈으로 쳐다보고 있었다. 서린은 아이와 눈을 마주했다. 아이가 자리에서 일어나 서린에게 걸어왔다.

"아줌마?"

아이의 눈은 초롱초롱했다.

"TV에 나오는 아줌마죠?"

"뭐?"

서린은 아이의 엉뚱한 질문에 적잖이 당황했다.

"연예인 아줌마요."

"연예인?"

"네. 아줌마처럼 검은색 안경 낀 예쁜 아줌마들을 연예인이라고 부르잖아요. TV에서만 볼 수 있는데. 우리 집에는 왜 왔어요? 밥 먹으려고요?"

"응."

"맛있어요? 우리 엄마 밥 진짜 맛있는데."

"맛있어."

"우리 엄마 밥 먹으면 모두가 행복해진다고 지헌 아저씨가 그랬어요."

꼬마 아이의 입에서 나오는 남편의 이름이 이질적으로 들렸다. 아이의 환한 웃음이 서린의 명치를 때렸다. 잊고 있던 남편의 따뜻함이 기억나서였다.

"지헌 아저씨가 그렇게 말했어?"

"네. 그래서 지유는 행복해질 수밖에 없다고 그랬어요."

"그 아저씨는 누군데?"

"엄마 친구분요. 지유를 아주 많이 예뻐해 주세요."

"지유는 그 아저씨가 좋아?"

"네. 너무너무 좋아요. 우리 아빠였으면 정말 좋겠어요."

심장이 덜컥 내려앉았다. 지헌은 아이를 무척 좋아했다. 신혼 초부터 아이를 갖자고 귀찮을 정도로 졸라댔었다. 그런 남편이 예뻐하는 아이. 그리고 남편이 아빠였으면 좋겠다는 이 아이. 서린은 멍하니 지유를 쳐다보았다.

"지유야, 손님 식사하실 때 방해하면 안 돼. 이리 와."

마침 주방에서 나온 해원이 아이스크림을 식탁 위에 놓아두고 지유를 서린에게서 떼어냈다. 해원의 얼굴을 마주한 서린은 선득한 기분을 맛보았다. 남편의 입을 유혹하는 요리 실력과 천사 같은 아이를 가진 여자. 전신의 힘이 야금야금 빠져 버리는 것 같았다.

서린은 불쑥 자리에서 일어났다.

"손님, 그만 드시려고요? 아직 그대로인데."

"많이 먹었어요."

"한술 뜨신 것 외에는 안 드신 것 같은데요? 입에 맞지 않으셨어요?"

그녀의 다정하고 친절한 목소리가 마치 올가미처럼 느껴졌다. 서린이 쥐고 왔던 칼들이 그물에 걸려 모두 무용지물이 되었다. 화가 났다.

"맛있었어요."

서린의 차가운 대답에 해원은 눈을 똥그랗게 떴다. 서린은 해원에게 밥값으로 현금을 내밀었다.

"아뇨, 손님. 받지 않겠습니다. 맛있다고 하시면서 음식은 모두 남기셨잖아요. 손님 입맛에 맞지 않는 음식이었으니 돈을 내실 필요가 없으세요."

"받으세요. 지금 자존심 내세울 때가 아닌 것 같은데. 무료 사업 하는 거 아니잖아요?"

"네?"

"그렇게 일일이 손님의 기분까지 맞춰주다가는 망하기 십상이에요."

"그래도 전 제 나름대로의 운영 방식이 있습니다. 이 음식들은 제 긍지예요. 제 음식에 불만이신 손님의 돈은 받지 않겠습니다."

"그게 자존심을 지키는 방법인가요? 잊은 게 있는 것 같은데 당신의 요리는 내 앞에 나온 그 순간부터는 당신의 요리가 아니에요. 그걸 맛보고 판단하고 남기는 것 등의 권한을 모두 나에게 넘긴 거죠. 그러니 내가 무엇을 하든 당신은 받아들여야만 해요."

"손님!"

"서비스업을 하려면 마인드를 바꿀 필요가 있어 보이네요. 먹고 살려고 돈을 버는 게 목적인지 예술을 하는 게 목적인지 불분명해 보이는데, 안 그래요?"

해원의 얼굴에 당혹감이 어리는 것을 서린의 재빠른 눈은 놓치지 않았다. 저렇게 물러 터져서 어떻게 장사를 한다고? 탁자 위에 현금을 내려놓고 등을 돌려 바깥으로 나갔다.

더운 기운이 훅 덮쳤다. 그런데 전혀 덥지가 않았다. 살갗이 오슬오슬하게 돋을 정도로 몸이, 아니, 마음이 시렸다.

아이러니. 불륜을 한 사람들은 저 사람들인데 왜 자신이 가해자 같은 느낌이 드는지 도무지 알 수가 없었다. 그들의 행복을 깨뜨리는 막장드라마 악역이 바로 자신 같다는 생각이 들었기 때문이다.

서린은 모녀의 옆에 남편이 서 있는 모습을 상상해 보았다. 완벽한 트라이앵글. 온화한 미소를 머금은 남편과 여자 그리고 여자의 해맑은 아이. 모르는 사람이 본다면 그들은 단란한 가족이었고 서린은 이방인일 뿐이다.

말도 안 돼. 내가 지금 무슨 생각을 하는 거지?

서린은 서둘러 시동을 걸고 차를 출발시켰다. 정면의 광경들이 눈에 잘 들어오지 않았다. 마음을 가다듬으려 심호흡을 했다. 그러나 숨소리는 더욱 거칠어졌다. 심중에 떠도는 망상들을 바스러뜨렸지만 이내 조각난 것들이 다시 형체를 갖추었다. 핸들을 잡은 손이 부르르 떨렸다.

서린이 가지지 못한 것, 아니 갖고자 애를 써도 포기할 수밖에 없던 욕심들. 사람을 따뜻하게 바라보는 시선, 작은 것에도 최선을 다하고자 하는 용기, 그리고 그 무엇보다 서로를 믿고 의지하는 사랑하는 가족. 남편은 저 모녀의 아름다움에 동화된 것일까. 그럴지도 모른다는 생각이 들자 참고 참았던 눈물이 눈가에 가득 찼다. 도무지 그들이 이루는 관계에 끼워들 틈이 없다. 서린은 절망했다.

아니야! 내 남편이야. 처음부터 저 여자의 것이 아니야.

어쩌면 잃어버릴지도 모른다. 서린은 울지 않기 위해 입술을 세게 깨물었다. 남편과의 지난 시간을 떠올렸다. 서린의 얼굴이 하얘졌다. 남편을 적으로 치부하고, 무생물처럼 대하고, 타인처럼 내팽개쳐 놓은 자신이 떠올랐다. 자신은 남편에게 가족이 아니었다. 격렬한 통증이 가슴에 일었다.

쾅!

서린의 몸이 앞으로 급격하게 쏠렸다. 일순간의 충격에 핸들에 머리를 처박았다. 그녀는 고개를 천천히 들었다. 시야에 앞차의 트렁크가 위로 들린 게 들어왔다. 덩치 있는 한 남자가 뒷목을 잡고 운전석에서 내렸다.

"이봐, 아가씨. 지금 안 내리고 뭐해?"

왜 이런 일이 나에게 생긴 거지?

"뒤에서 갖다 박았으면 재깍 내려서 사과를 해야지. 차 안에서 왜 가만히 앉아만 있는 거야? 어라? 문을 잠갔네. 이봐, 아가씨!"

성이 난 남자는 서린의 차 문을 거칠게 잡아당겼다. 서린의 냉철한 이성은 연기처럼 흩어지고 없었다.

그 사람을 가지지 못할 거야, 넌!

네 자신조차 믿지 않고 사랑하지 않으니까.

"비싼 외제차 몰고 다니면 세상이 모두 당신 발밑에 있는 것 같지? 엉? 이 여자가 진짜!"

고래고래 소리 지르는 남자의 목소리에 이내 주변의 사람들이 사고를 알아보고 몰려들었다. 서린은 덜덜 떨리는 가슴을 주체할 수 없었다. 소란 떠는 남자의 사나운 말이 물속에서 들려오는 것처럼 웅웅거렸다.

사고가 났고 빨리 해결해야 한다는 생각이 들었지만 몸이 말을 듣지 않았다. 서린은 힘겹게 백에서 핸드폰을 찾았다. 보험회사를 불러야 된다고 생각했다. 번호가 기억나지 않았다. 누구에게 연락을 해야 하는 거지? 연락처를 뒤지다 '류지헌'이라는 이름을 발견했다.

목구멍이 꾹 막힌 듯한 느낌이었다. 더 이상은 어떤 말로도 변명의 여지가 없었다. 남편이 아니라 류지헌이라고 적혀 있었다. 결혼 상대자로서의 권리도 이미 스스로 포기하고 있었던 셈이다.

그 사실을 깨닫자마자 서린의 남아 있던 이성은 자취를 감추고 말았다. 겨우 가둬놓았던 눈물이 폭발했다. 주르르 눈물이 뺨을 타고 흘러내렸다. 무기력함이 온몸을 감쌌다. 서린은 핸들에 고개를 처박고 숨죽여 한참 동안 울었다.

똑똑. 똑똑.

차분하게 차창을 노크하는 소리가 서린의 이성을 심연 속에서 끄집어냈다. 그제야 고개를 든 서린은 창으로 시선을 돌렸다. 노크 주인을 알아본 서린의 세포들이 일순 숨을 죽이고 위축됐다. 거짓말처럼 남편이 나타났다.

서린은 떨리는 손으로 창문을 내렸다.

"괜찮아?"

불안하고 절망했던 가슴이 안도감으로 젖어들었다.

"다친 데는 없어?"

남편의 말을 듣는 순간 서린은 강렬한 허기를 느꼈다.

이 남자를 죽어도 놓치기 싫다! 어느 누구에게도 빼앗기기 싫다! 날 사랑하지 않아도 이 남자를 절대 포기할 수는 없다. 왜냐하면 이 남자만큼은 믿기 때문이다!

귀가하던 지헌은 집을 지척에 두고 사고를 발견했다. 몇몇 사람들이 모여 웅성거리고 있었다. 그냥 지나치려던 그의 눈으로 자동차 번호판이 눈에 들어왔다. 아내의 차였다. 지헌은 즉시 차를 세우고 사람들 무리로 파고들어 갔다.

"누가 경찰 좀 불러줘요. 이 여자 무개념을 완전 뜯어고칠 테니까. 뒤에서 박아놓고 외려 피해자인 척하는 꼴 좀 보라지? 이봐! 아가씨. 얼른 나오지 못해? 네가 이기나 내가 이기나 어디 해보자고! 이래도 안 나올 거야? 엉?"

험악한 표정의 남자는 서린의 차바퀴에 발길질을 해댔다. 서린이 안에서 꼼짝도 하지 않자 더욱 열이 받은 남자는 주먹을 들었다. 차체를 치려는 것 같았다. 단번에 사태를 파악한 지헌은 허공에서 남자의 손목을 낚아챘다.

"당신 뭐야?"

"저와 이야기하시죠."

"당신이 뭔데?"

"남편입니다."

"남편?"

지헌은 품에서 명함을 꺼내 상대방에게 내밀었다. 명함을 읽어보던 남자의 얼굴에 당혹감이 어렸다.

"예현그룹이라고요? 정말입니까?"

"네."

지헌은 건조하게 말하고 서린의 상태를 살폈다. 짙게 선팅된 차창 너머 핸들에 고개를 숙인 아내를 쳐다보았다.

"보험 처리를 해드리죠. 사고로 인한 어떠한 피해도 보상하겠습니다. 아내가 사고가 나서 경황이 없었던 것 같습니다."

"그, 그렇겠지요. 다친 데는 없으신지 걱정이네요."

밖으로 나오라고 길길이 날뛰고 고함치던 조금 전의 모습과는 사뭇 상반된 남자의 태도였다. 지헌은 그를 무시하고 차창을 두드렸다. 혹 서린이 정신을 잃은 것은 아닌가 하는 생각이 들었다. 다행히 그의 노크 소리에 서린이 차창 문을 내렸다.

"괜찮아?"

지헌은 눈살을 찌푸렸다. 선글라스 아래로 흘러내리는 건 눈물이었다. 아내는 많이 놀란 모양이었다.

"다친 데는 없어?"

서린은 고개를 끄떡거렸다.

"여기 정리할 때까지 내 차에 가 있어."

밖으로 나온 서린은 휘청거렸다. 지헌은 다급히 아내의 팔을 붙잡았다. 그는 차가운 온도에 멈칫거렸다. 에어컨이 켜져 있긴 하지만 삼복더위에 이런 체온이라니. 서린이 아픈 게 아닌가 하여 지헌은 아내의 얼굴을 힐긋거렸다. 선글라스 아래의 얼굴이 눈을 맞은 것처럼 하얬다. 몸이 안 좋으냐고 물어보려다가 그만 두었다. 아내는 자기 관리가 철저한 사람이었다. 쓸데없는 관심을 귀찮아했다. 그럴 때마다 지헌도 몸에 밴 자신의 친절과 관심이 짜증스러워졌다.

지헌은 서린에게 조수석의 문을 열어주었다. 그는 곧 보험회사에 연락하고 견인차를 불렀다. 5분도 채 지나지 않아 보험회사 직원이 출동했다.

"들어가십시오. 문제가 생기면 즉시 연락드리겠습니다."

"네. 잘 부탁합니다."

지헌은 차로 돌아왔다. 서린은 반대편 창문으로 고개를 돌린 채 몸을 떨고 있었다. 지헌은 에어컨을 확인했다. 꺼져 있었다. 지헌은 차를 출발시켰다.

"놀란 모양이야."

아내는 대답이 없었다. 익숙한 반응이라 지헌도 집에 도착할 때까지 입을 꾹 다물었다. 차고에 주차가 끝났는데도 서린은 움직이지 않았다.

"도착했어."

지헌은 눈살을 찌푸린 채 아내의 어깨를 두드렸다. 기척이 없자 그는 살짝 흔들었다. 반대편을 보고 있던 서린의 고개가 그의 쪽으로 푹 떨어졌다. 접촉 사고에 놀랐는지 긴장을 푼 아내는 잠에 빠져 있었다.

"여보."

여러 번 흔들어도 서린이 반응이 없자 지헌은 안전벨트를 풀고 밖으로 나갔다. 조수석의 문을 연 지헌은 서린을 가만히 지켜보았다. 잠이 든 아내의 얼굴을 본 것은 오랜만이었다. 지헌은 서린의 몸을 끌어당겼다. 서린이 맥없이 그에게 끌려왔다.

무방비 상태의 서린을 보는 것도 신혼여행 때를 제외하고는 처음 있는 일이었다. 그녀는 지헌을 끌어내리기 위해 항상 준비되어 있었다. 그곳이 회사든 집이든 상관없었다. 그를 무너뜨리겠다는 서린의 집념은 상상을 초월했다. 그녀의 혀는 지헌의 먼지 같은 죄도 단죄할 만큼 날카로웠고, 눈은 지헌을 빙해에 가둔 듯 차가웠다. 어떠한 경우에라도 지헌과 관계된 것이라면 서린은 맹렬히 달려들었고 손톱만큼의 양보도 하지 않았다. 그럴 때마다 지헌은 숨이 막혀 갑갑증이 일어나곤 했다. 그건 사람이 함께 살아가는 것이 아니라 보이지 않는 감옥에 갇혀 감시를 받는 것과 똑같았다.

사람을 질리게 하는 그녀의 태도와 행동에 지헌은 오랫동안 간직한 사랑이 밑 빠진 독에 물 붓기라는 것을 인정하기 시작했다.

"집이야. 일어나."

지헌은 아무리 흔들어도 도무지 깨어나지 않는 서린을 이상하게 여겼다. 툭 하고 선글라스가 바닥으로 떨어졌다. 눈물로 얼룩진 얼굴이 보였다. 한 번도 본 적 없는 아이 같은 얼굴.

지헌은 서린을 안아 들었다. 그녀는 예나 지금이나 종잇장처럼 가벼웠다. 신혼 때의 기억이 뇌리를 스쳤다. 잘 먹지 않는 서린을 먹여보겠다고 직접 요리까지 만들어 그녀 앞에 대령했다. 한두 점 먹는 시늉을 하고 이내 수저를 놓았던 아내에게 서운한 마음도 들지 않았던 그때, 그의 사랑은 마르지 않는 샘물일 것이라 여겼다.

하지만 지헌은 간과한 것이 있었다. 자신이 더운 피가 도는 사람이라는 것을……. 일방적으로 한쪽으로만 흐르는 감정은 사람을 지치게 만들고 얼마 지나지 않아 바닥을 드러내는 법이다. 오만했다. 자신도 그저 평범한 사람일 뿐이었다.

잠에 취한 서린은 본능적으로 그의 목에 팔을 감아왔다. 일순 지헌의 눈이 가늘어졌다. 서린을 안방 침대에 눕히고 난 후 지헌은 평상복으로 갈아입었다. 서린은 침대와 한 몸이 된 듯 축 가라앉아 있었다. 의아했다. 침대까지 옮기는데도 한 번도 깨지 않는 아내라?

지헌은 서린을 지켜보다 이마에 손가락을 대어보았다. 열은 없었다. 아픈 것도 아니었다. 규칙적으로 오르락내리락하는 가슴이 보였다. 서린은 깊은 잠에 빠진 것 같았다. 지헌은 손가락으로 턱을 쓸다 궁금증을 없애 버렸다.

아무려면 어떠한가. 조금만 기다리면 남남이 되는데. 지헌은 자신의 욕심이 만들어낸 세상으로부터 탈출하고 싶었다. 이제 더 이상 자신이 만들어낸 환상에 매몰되는 건 사절이다. 지헌은 서린에 대한 일말의 관심을 털어버리고 방을 나갔다.

문이 무겁게 닫혔다. 그러자 서린은 눈을 떴다. 깊은 눈동자에 눈물이 어렸다. 서린은 눈시울에 맺힌 물기를 손으로 닦아내며 몸을 일으켰다. 남편의 손길이 닿았던 부분들이 여전히 화끈거렸다. 손목과 팔, 그리고 얼굴. 서린은 그 순간 자신이 그의 손길을 갈망했다는 것을 깨달았다.

어떻게 한순간에 이럴 수 있지? 서린은 믿어지지 않았다. 남편에 대한 감정을 깨닫는 순간부터 시작된 떨림, 그의 손길에 엇박자로 뛰던 심장, 그리고 자꾸만 솟아나는 눈물. 이성이 미처 따라오기도 전에 감정은 쏜살같이 저만치 달려갔다.

남편의 곁에 머물고 싶다는 열망. 지헌의 몸에 닿고 싶다는 간절함에 쥐죽은 듯 자는 척했다. 남편이 아무리 깨워도 서린은 깨어나기 싫었다. 지헌이 자신을 품에 안았을 때, 서린은 안락하고 따뜻한 그 품에 취해 잠시도 떨어지고 싶지 않았다. 그가 그녀의 곁을 떠나지 못하도록 그의 목에 팔을 감았다.

남편은 그 팔을 뿌리치지 않았다! 하지만 곧 눈앞이 캄캄해졌다. 남편은 왜 그 여자와 불륜을 저질렀을까. 그 여자를 사랑하고 있는 것일까. 그 생각에 미치자 서린의 얼굴에서 핏기가 모조리 빠졌다.

사랑이라는 단어는 인생에서 중요하지 않은 별 볼 일 없는 단어에 불과했다. 그런데 왜 지금 이토록 그 단어가 서럽고 아프고 중요한 것이 되었을까.

답은 간단했다. 남편의 사랑이 그 여자에게 있기 때문이다. 그렇다면 나에 대한 마음은 한 조각도 남지 않고 사라진 걸까?

사방은 고요했다. 어떠한 것도 서린의 질문에 답을 해주지 않았다. 참을 수 없는 정적에 미칠 것만 같았다. 침대에서 벌떡 일어난 서린은 드레스룸의 옷장을 활짝 열어젖혔다. 몇 달째 잠자리는 함께하지 않았지만 남편의 옷가지들은 여전히 두 사람의 침실 안에 남아 있었다. 널뛰던 맥동이 고요해졌다. 남편은 아직 떠나지 않았다. 그녀의 곁에 있었다.

일순 신경을 마르게 하는 불안과 초조함이 집채만 한 파도처럼 서린을 덮쳤다.

남편은 한 번도 그녀에게 사랑한다고 말한 적이 없었다!

그러나 그 말을 듣지 않아도 서린은 남편이 자신을 사랑하고 있다는 것을 느낄 수 있었다. 그가 보여준 미소와 다정한 말, 언제 어디서든 자신의 이야기에 귀기울여 주던 사려 깊은 행동.

그런데 자신은 어떠했는가. 귀찮다고 피곤하다고 남편에게 핀잔을 주기 일쑤였다. 그럴 때마다 느껴지던 심술궂던 쾌감. 늘 안달 난 사람은 자신이 아니라 남편이었다. 우위에 서 있다는 자신감, 남편에 대한 열등감을 잠시나마 해소해 줬던 그 허영심.

이제 저를 향했던 사랑은 그 여자에게로 이동했다. 그 여자에게 다정하게 웃어주고 손도 잡아주고 그 여자의 블랙커피에 우유도 타주겠지. 눈물이 주르르 흘러내렸다. 싫다. 그건 정말 싫다! 그것들은 모두 그녀의 것이었다. 하지만 그것을 싫다고 내팽개친 건 바로 그녀 자신이었다.

그들의 관계가 소원해지던 때는 올해 초부터였던 것 같다. 프로젝트는 3개월이었지만 비쥬와의 콜라보 기획 단계는 훨씬 이전부터였으니까. 아니, 아니다. 남편과의 대화가 끊긴 건 더 오래되었다. 언제부터였을까? 어느 것 하나도 명확하게 구체적으로 떠오른 것이 없다.

서린은 입술을 아프게 깨물었다. 불륜을 저질렀다는 남편에 대한 질타보다 가정에 충실하지 못한 자신의 무책임감이 더 무겁게 가슴을 짓눌렀다.

모든 것이 나 때문이야. 그렇다고 이대로 남편을 빼앗길 수 없어! 그 사람을 원래대로 돌려놓아야 돼! 무슨 짓을 해서라도!

지헌은 끝인사를 하고 이메일 전송 버튼을 눌렀다. 뉴욕 시절 사업상 중요한 친구였던 데니스에게 개인적인 부탁을 했다. 데니스는 흔쾌하게 지헌이 예전에 살던 집을 알아봐 주겠다고 연락을 했고, 지헌은 한국의 일이 마무리되는 대로 뉴욕으로 돌아가겠다고 답장했다. 데니스는 지헌의 뉴욕행을 반겼다. 또 앞으로 지헌이 뉴욕에서 거주하겠다고 하자 그는 아이처럼 '이제 라이언과 다시 뉴욕 사파리 생활을 할 수 있게 됐어'라고 환호성을 질러댔었다.

가을 즈음에는 뉴욕의 낙엽을 밟을 수 있을 것이다. 법원에 서류를 접수하면 이혼은 기정사실이 된다. 지헌은 서랍에서 이혼 신고서를 꺼냈다. 그가 기입해야 할 부분은 모두 기재되어 있었다. 이제 아내에게 서류를 내밀고 이혼을 합의하면 모든 것이 끝이 난다. 지헌의 질기고 지긋지긋한 사랑도 이제 종지부를 찍을 때가 왔다.

한 달 후에는 한국을 떠날 수 있을 것이다. 그들 사이에는 아이가 없어 합의이혼 시 숙려기간은 한 달에 불과했다. 그 이후 한국에서의 정리는 변호사가 도맡아줄 것이다. 아이러니하게도 아이가 없다는 게 지금은 다행이라는 생각이 들었다. 만약 아이가 있었다면 이혼 과정은 양육권 등의 문제로 절차가 복잡해졌을 것이다.

지헌은 한국에서의 삶은 모두 기억에서 지워 버리고 싶었다. 꿈꾸던 사랑을 손에 쥐게 되었을 때 사람들은 그 행복이 영원할 것이라고 착각한다. 하지만 행복은 그렇게 호락호락하지 않다. 기나긴 겨울을 버티고 봄 햇실에 잠깐 움뎠다 사라지는 이름 모를 들꽃 같은 것. 아름다운 꽃을 피우기 위해서는 거친 바람과 폭우와 차디찬 눈을 이겨내야만 한다. 비단 한 사람만의 노력만으로는 꽃을 피울 수 없다.

서린의 무관심은 점점 참기 어려운 가시로 자라났다. 여유가 사라지고 한계에 다다랐다고 인정한 순간 여태껏 보아 넘기던 아내의 사소한 행동에도 신경이 쓰이고 화가 나고 절망스러웠다.

아내가 어머니의 목걸이를 어디에서 잃어버렸는지 모른다고 했을 때도 참을 수 있었다. 희망의 끈을 부여잡고 사는 사람은 지헌이었으므로. 그는 쉽사리 무너지는 연약한 사람이 아니었다.

그런데 지헌은 서린의 화장대 서랍에서 피임약을 발견하고 말았다.

신혼 초부터 지헌은 아이를 갖고 싶다고 아내를 졸랐다. 부모 형제 없이 살아온 외로움 때문에 서린에게 아이만은 양보할 수 없다고 선언했다. 신혼여행지에서 오고간, 시작은 장난스러웠지만 끝은 공증까지 받은 그 계약서에도 아이에 대한 언급이 있었다.

최소 한 명의 아이를 가지고, 그 아이가 태어나면 육아는 전적으로 지헌이 도맡아 하겠다는 자진 각서. 덧붙여 지헌은 서린의 예현그룹에 대한 어떠한 소유권과 욕심을 부리지 않겠다는 것.

지헌은 한낱 종잇조각에 불과한 그곳에도 진심을 담았다. 아내가 원하는 것이라면 그가 원하는 것이라고 믿으며 최선을 다해 결혼 생활을 했다.

그런데 믿음의 결과는 배신으로 돌아왔다. 지헌은 피임 없는 1년 동안 부부관계에서 아이가 생기지 않아 염려했다. 햇수로 결혼 2년 차가 되었을 때는 저에게 문제가 있나 싶어 남몰래 불임 검사를 받아보기도 했다. 그는 지극히 정상이었다. 불현듯 서린이 난임일지도 모른다는 생각이 들자 지헌은 아이에 대한 욕심을 버렸다. 설사 아내에게 문제가 없다고 하더라도 아이 때문에 서린을 아프게도, 힘들게도 하고 싶지 않았다. 그는 오직 서린만 곁에 있으면 충분하다고 생각했다.

오래오래 행복하게 살자고. 하늘이 내린 인연으로 백발이 될 때까지 오순도순 그렇게 다정하자고. 염원을 담아 날마다 사랑하는 아내의 머리맡에서 속삭였다.

그런 지헌의 태산 같은 사랑도 서린의 무관심에 야금야금 허물어지기 시작했다. 결국 그의 사랑은 소진되었다. 파국의 도화선이 된 것은 서린의 피임이었다. 피임은 서린이 지헌의 아이를 거절한다는 명백한 증거. 지헌은 그제야 미련했던 그의 사랑을 완전히 거둬들였다. 일방적인 사랑은 사랑이 아니다. 상대방은 물론 자신까지 위태롭게 할 맹독일 뿐이다.

지헌은 3년 전 그들의 관계를 공증 받았던 서류 밑에 이혼신고서를 넣어두었다. 노크 소리가 들려 서재 문을 쳐다보았다. 서린이 들어왔다.

"저녁 식사 시간이에요."

지헌은 벽시계를 쳐다보았다. 7시가 넘어가고 있었다.

"몸은 괜찮아?"

"네."

"난 저녁 생각이 없는데. 당신은 뭐라도 챙겨 먹어."

지헌은 언제나처럼 형식적인 말과 미소로 갈무리했다. '그래요, 그럼'이라는 아내의 말을 기다렸다. 지겨울 정도로 들어 귀에 달라붙은 그 말을…….

"같이 먹어요."

지헌은 눈살을 찌푸렸다. 잘못 들었나 싶어 아내를 바라보았다.

"같이 먹자고요."

'왜'라는 말이 혀끝에서 맴돌았지만 지헌은 내뱉지 않았다. 이혼 서류를 내밀기 전까지 착한 남편 노릇을 해주기로 마음먹었으니까. 어차피 이유를 듣는다고 해도 그것이 그리 중요하지는 않았다. 아니, 궁금하지가 않다는 것이 정확한 표현이었다.

서재를 나온 지헌은 식탁에 음식이 차려져 있는 것을 보고 아내를 쳐다보았다.

"밥이 있었어?"

"했어요."

"당신이?"

"네."

지헌은 압력밥솥 사용법은 알고나 밥을 했는지 의문이 들었지만 묻지 않았다. 의자에 앉은 지헌은 수저를 들었다. 금박 테두리를 입은 한 번도 보지 못한 도자기 그릇들 위로 음식들이 담겨 있었다. 화려한 그릇 안에 담긴 음식들은 단출하고 어설프기 그지없었다. 진밥, 바싹 익힌 달걀 프라이, 시큼한 김치, 인스턴트 김, 두어 가지의 밑반찬, 그리고 된장찌개.

"잘 먹을게."

결혼 생활의 끝을 보려는 이때 처음이자 마지막으로 아내의 요리를 맛보게 되었다. 실소가 터져 나오려는 것을 꾹 삼키고 지헌은 된장찌개를 한술 떠먹었다.

"쿨럭."

"왜 그래요?"

"아냐, 아무것도."

지헌은 매운맛에 터지는 기침을 재빨리 수습했다. 그는 매운음식을 잘 먹지 못했다. 된장찌개에는 청양고추가 들어 있었다. 아내가 그에 대해 아는 건 아무것도 없었다. 입매가 저절로 비틀렸다. 그래도 지헌은 묵묵히 밥을 먹었다. 이런 일은 늘 있는 일상일 뿐이다.

서린은 아무 말 없이 식사를 하고 있는 남편을 바라보았다. 무엇이든 해야 한다고 생각한 것이 바로 요리였다. 주방은 서린에게 낯선 장소였지만 남편과의 시간을 함께할 수 있는 건 식사밖에 없다고 생각했다. 압력밥솥의 사용법은 어렵지 않았다.

하지만 밥물을 잘못 맞춰 밥은 죽이 되었고 할 줄 아는 반찬이 없어 조미 김과 달걀 프라이, 고 집사가 두고 간 밑반찬과 김만 꺼내놓았다. 부지불식간에 낮에 먹었던 그 여자의 음식이 떠올랐다. 초라했다. 쥐구멍이 있다면 찾아 들어가고 싶을 정도였다.

그래도 후회하지는 않는다. 이렇게 해서라도 남편의 얼굴을 보고 싶었다. 음식을 준비하는 내내 지헌에게 일한다는 핑계로 한번도 제 손으로 밥을 지어준 적이 없다는 생각에 마음이 무거웠다. 아내로서 아무것도 할 줄 모르는 자신을 남편은 그간 왜 참아왔던 걸까. 그리고 이제는 더 이상 참을 수 없어져 다른 여자와 불륜을 저질렀다. 그 사실에 분노하는 것보다 자책감이 먼저

드는 것도 정말 아이러니했다.

"오늘 무슨 일이 있었어요? 일찍 들어왔잖아요."

"휴가야."

"휴가라고요? 언제부터요?"

"지난주부터. 바쁜 일도 얼추 정리돼서 좀 쉬려고."

"얼마나요?"

"곧 끝날 거야. 당신은 웬일로 일찍 들어왔어?"

"일이 있어서요."

"그렇군."

대화가 더 이상 오고 가지 않았다. 지헌은 먹는 데 집중했다. 뭘 물어볼까 고민하다 서린은 된장찌개를 한술 떠먹고는 다급히 물을 삼켰다. 그러고는 남편을 쳐다보았다.

왜?

"먹지 마요."

남편은 그녀의 말에 아랑곳없이 수저를 놀렸다.

"먹지 말라니까요!"

서린의 음성이 고요한 대기를 찢어놓자 지헌은 그제야 그녀를 바라보았다.

"알았어."

서린의 눈이 수저를 놓고 자리에서 일어나는 지헌을 따라갔다.

"잘 먹었어. 피곤해서 먼저 들어갈게."

서린의 낯빛이 어두워졌다. 뭔가 잘못돼도 단단히 잘못되어 있다. 그는 감정이 없는 로봇처럼 행동했다. 그녀와는 어떠한 말도 섞기 싫다는 듯 철저한 무관심을 친절로 포장하고 있었다. 서린은 아득해졌다. 그들의 관계가 이렇게까지 엉망이 된 줄은 정말 몰랐다. 대체 어디에서부터 잘못된 것일까. 봉인이 풀린 감정은 시시각각 눈물샘을 자극했다. 이런 건 내가 아니야. 난 이렇게 약하지 않아. 그러니까 얼마든지 할 수 있어.

"지헌 씨."

남편은 걸음을 멈추었다.

"오늘 밤부터는 침실에서 자요."

"왜?"

"우린 부부잖아요. 싸운 일도 없는데 각방을 쓰는 거 웃기잖아요?"

서린은 언제나처럼 도도하고 당당한 자신을 연출했다. 비록 손은 떨리고 있을지언정 비쥬와의 콜라보를 추진할 때처럼 과감하게 베팅했다.

그러자 무표정한 남편의 가면이 벗겨졌다. 지헌의 눈동자에 뚜렷한 비웃음이 서렸다.

"우리가 부부였나?"

서린의 얼굴이 굳어졌다.

"근데 난 두 번 다시 당신의 침실로 들어가고 싶지 않아."

서린은 그제야 지헌의 진짜 얼굴과 마주했다.

9

서린은 지헌이 손도 대지 않은 아침 식사를 내려다보았다. 일찍 일어나 수선을 피우며 준비한 음식이었다. 토스트를 굽고 스크램블 에그와 베이컨을 만들었다. 그리고 남편이 좋아하는 라떼도 뽑아 곁에 놓아두었다. 하지만 지헌은 그냥 나가 버리고 없었다. 아침을 거르지 않는 남편이 말이다.

남편의 입장에서 보자면 지금 이러한 자신의 행동은 모두 황당 그 자체일 것이다. 그러나 왜 이러는지 그 이유를 조금이라도 생각해 준다면 관계의 개선은 있지 않을까? 서린은 작은 가능성도 포기하고 싶지 않았다.

식어버린 라떼를 한 모금 마셔보았다. 밍밍한 맛이라고 생각했던 커피가 고소하게 혀에 착 달라붙었다. 손에 쥐고 있는 것을 놓치게 되면 그것들이 새삼 크고 중요하게 보이는 건 세상 이치였다. 서린도 그 기준에서 한 치도 벗어나지 못했다. 씁쓸했다.

어젯밤 그들은 또 각자의 방으로 들어가 버렸다. 큰 용기를 냈지만 일언지하에 거절당했다. 왜 우리가 부부가 아니냐고 되물을 법도 하건만 서린은 묻지 않았다. 남편의 입으로 그 이유를 듣는 것이 두려웠기 때문이다. 그러다 그 여자를 사랑한다는 말을 듣는다면? 그건 죽기보다 더 싫은 일이었다.

하지만 넋 놓고 가만히 앉아 있다 남편을 놓치고 싶지는 않았다. 서린은 우리가 부부였냐는 남편의 물음을 찬찬히 되짚어보았다. 과연 남편과 진정한 부부였던 적은 있었는지. 답은 뻔했다. 한 번도 없었다. 그녀는 지헌을 예현그룹을 침범할 위협적인 적으로만 간주했다.

그들은 평범함 부부처럼 친밀한 적이 없었다. 남편은 그녀에 대해 속속 알고 있었지만 서린은 지헌에 대해 전혀 몰랐다. 고아라는 것과 미국에서 공부하고 큰 성공을 거둔 정도만 빼면 남편의 친구 관계도, 취미 생활도, 습관과 버릇들도 제대로 아는 게 하나 없었다.

서린은 자괴감에 빠져들었다. 이제야 손에 쥔 원석이 보석이라는 것을 알게 되었는데, 그리고 자신의 감정도 알아버렸는데, 할 수 있는 것이 없었다. 자존심을 세우다 또다시 남편이 저 멀리 달아날까 불안했다. 하지만 평상시 그녀의 냉정한 모습이 아니라면 지헌의 친절한 미소를 벗겨 버리고 진짜 얼굴을 볼 수조차 없다. 진퇴양난이었다.

이제 어쩌면 좋지? 백지가 되어버린 듯 아무 생각도 나지 않았나. 머리에 과부하가 설렸을 땐 봄을 혹사하는 것이 죄고였다.

서린은 집 안 구석구석을 청소하기 시작했다. 주부란 타이틀은 그녀에게 어울리지 않았다. 살림은 고 집사와 도우미 아줌마가 도맡아 했다. 그러다보니 내 집 같지가 않았다. 어디에 뭐가 있는지 도무지 알지 못했다. 어젯밤에도 상차림에 어울리는 식기를 찾기 위해 싱크대 찬장을 여러 번 들여다보아야만 했다.

주방을 대충 정리하고 침실을 청소했다. 깔끔한 고 집사 덕에 정리정돈 안 된 것들이 없었지만 서린은 옷장을 열고 남편의 옷가지도 다시 꺼내 정리했다.

한 번도 지헌의 재킷을 받아주고 넥타이 매듭을 고쳐 준 적이 없다는 생각이 들었다. 얼굴이 화끈거렸다. 결혼이 서린에게 협상에 불과했다는 것을 다시 한 번 깨달았다. 어쩌면 지금까지 진짜 결혼이 아니라고 생각했을지도 모른다.

옷장을 정리하던 서린은 보석함을 발견했다. 열어보니 결혼 반지가 쓸쓸하게 나뒹굴고 있었다. 1년 전쯤 일하는 데 거추장스럽다고 빼놓았던 것이다. 남편은 왜 결혼 반지를 끼지 않느냐고 묻지 않았다. 그때부터 그녀에 대한 마음이 차츰차츰 사라진 걸까.

서린은 다시 결혼 반지를 왼쪽 약지에 끼웠다. 오늘부터 이 반지가 그녀의 마음을 다독여 줄 마법의 도구가 될 것이다. 결혼 때 받은 패물들과 생일 때마다 남편이 선물해 준 액세서리를 보석함에 깔끔히 정리하고 제자리에 가져다 두었다.

그런데 보석함 바닥에 거치적거리는 느낌이 있어 살펴보니 미처 정리하지 못한 목걸이가 보였다. 손에 들고 유심히 살펴보던 서린의 눈이 어두워졌다. 시어머니의 유품이었다.

"여보, 요즘 목걸이가 보이지 않네."

"어머님 목걸이요?"

"어, 그거."

"일전에 벗어두었는데 아직 찾지 못했어요."

"그래?"

"집 안 어딘가에 놔두었으니까 언젠가는 찾아지겠죠. 지헌 씨,
오늘 회사에 급한 일 있어 늦어요. 기다리지 말고 먼저 자요."

처박아놓았던 기억이 불쑥 떠올라 서린을 괴롭게 했다. 참으
로 매정하고 무신경한 말이었다. 어머니의 유품을 아내에게서 매
일 보고자 했던 남편의 소원은 이루어지기는커녕, 지헌은 서린으
로부터 되레 잃어버렸다는 말만 들었을 뿐이다.

내가 왜 그랬을까. 부끄러움이 몰려들었다. 한참 동안 두 손에
얼굴을 묻고 자책했다. 남편에 대한 감정을 깨닫고 난 다음 서린
의 마음은 유리벽에 불과할 뿐이다. 애써 아닌 척하고 있었지만
조그마한 충격에도 단번에 부서질 것만 같았다.

서린은 이를 악물고 집안일에 매진했다. 깨끗한 바닥을 오물
제거하듯이 박박 문지르고 침대 시트와 이불도 새것으로 교환했
다. 몸을 힘들게 하니 그녀를 괴롭히던 수치심도 자연스럽게 사
라졌다.

서재로 건너갔다. 남편의 서재는 깔끔했다. 책상 위를 닦으면
서 미안한 마음을 전했다. 아내인 적이 없어 미안하다고. 탁상시
계와 스탠드도 먼지 하나 없이 닦아냈다.

책상 서랍장을 열었다. 노란 봉투가 보였다. 그것은 신혼 초 그

들이 작성했던 문건이었다. 서린의 환심을 사기 위해 지헌이 먼저 제의한 계약. 그때 남편의 얼굴에는 기쁨이 가득했다. 그때의 추억이 떠올라 살포시 미소를 띠우던 서린의 눈으로 낯선 글자가 보였다.

이혼신고서?

서린의 눈이 충격을 받은 듯 흔들렸다. 다급히 서류를 다시 확인했다. 아무리 확인하고 확인해도 이혼신고서가 맞았다. 남편의 이름이 기입되어 있고 날인까지 되어 있었다.

숨을 쉴 수가 없었다. 어지러움이 엄습하자 서린은 의자에 털썩 주저앉았다. 오한이 들린 듯 손이 달달 떨렸다. 수도꼭지가 터진 것처럼 눈물이 펑펑 쏟아져 나왔다. 남편이 자신과의 이혼을 생각하고 있다는 것을 알게 된 순간 모든 것들이 의미가 없어졌다.

"흐흑."

서린은 소리 내어 울었다. 그녀를 지탱하는 또 다른 세계가 와르르 무너지는 것 같았다. 오래 전 아버지의 딸이 아니라는 말을 들었을 때처럼…… 남편의 불륜도 모른 척 넘어가고 아내로서 노력을 해보겠다는 결심을 한 지 하루도 채 지나지 않아서 청천벽력과도 같은 지헌의 진심을 알게 되었다. 더 이상 인생을 나누고 싶지 않으니 그의 세계에서 나가라는 명백한 통보.

"꼬마야. 이거 먹어. 따뜻하지? 이거 먹을 줄 몰라? 붕어빵이라는 거야. 이것 먹고 기운내서 더 울어. 그래야 어른들이 뭘 잘못했는지 알지. 우린 아이니까 울어도 돼. 마음껏 울어. 그리고 약속해. 우는 건 오늘까지 만이야. 계속 울면 가슴이 너무 아파서 살 수가 없으니까. 스스로를 지킬 수 있을 때까지만 우는 거야. 알았지?"

오래전 토끼 인형을 들고 가출했을 때가 떠올랐다. 아홉 살짜리 꼬맹이가 동네를 벗어나 한참 동안 걷다 한 번도 와본 적이 없는 공원에서 길을 잃었다. 그때 다가온 한 아이는 배고프고, 울다 지친 서린에게 붕어빵을 주며 다독여 주었다.

붕어빵을 다 먹고 힘이 난 서린은 아이와 함께 집으로 돌아왔다. 서린이 가출한지도 모르고 잠잠하던 집 앞에서 아이는 얼른 안으로 들어가라고 했다. 이름도 얼굴도 모르는 아이가 사라진 후 서린은 집에서 다시 나와 토끼 인형을 버렸다. 아이의 말이 맞았다.

스스로를 지키려면 나약한 것들은 모두 버려야 된다. 그래서 서린은 애지중지한 인형을 버렸다. 그 인형은 아버지가 선물해 준 것이었다.

문득 그때의 시린 기억이 떠오른 서린은 아랫입술을 아프게 깨물었다. 지금 스스로를 지킬 수 있는 방법은 우는 것이 아니었다. 이제는 아이가 아니라서 그때처럼 누군가의 도움을 받을 수조차 없다. 그녀의 것을 지키기 위해서 힘을 내야 할 사람은 바로 그녀 자신이다.

서린은 왼쪽 약지에서 반짝이는 결혼 반지를 쳐다보았다. 지켜내야 할 것은 어떠한 대가를 치르더라도 지켜낼 것이다. 그 대가가 예현이라는 이름이라 하더라도.

핸드폰 불빛이 반짝었다. 현주었다. 몸이 안 좋아 연차를 낸다

211

고 연락한 후 아무래도 걱정이 된 모양이었다.

"응. 현주야."

[이사님, 컨디션 괜찮으세요?]

"괜찮아."

[근데 목소리가 더 안 좋으신 것 같은데요? 지금이라도 모시러 갈까요? 진 박사님께 연락해 놓겠습니다.]

"아니야. 피곤한 것뿐이야."

[정말 괜찮으세요?]

"응. 정말 괜찮아. 근데 무슨 일이야?"

[이사님, 사장님 휴가 중인 것 아세요?]

"알고 있어."

[회사에 나와 보니 사장님에 대한 이상한 소문이 들려서요. 혹시 이번 휴가와 연관이 있나 하고요.]

"이상한 소문이라니?"

[박 전무님 비서실에서 흘러나온 말인데, 사장님께서 회사에 사직서를 제출하셨다고 합니다. 회사 안에 소문이 파다하게 퍼져 있어요.]

"사직서? 그게 무슨 소리야?"

[휴가 전에 제출하신 것이라 지금 수리 중에 있다고 하나 봐요. 박 전무님 걱정이 이만저만이 아닌가 봅니다. 사장님께서 갑작스럽게 사임한다고 하셔서 정기 인사 시즌도 아닌데 후임자 문제도 그렇고, 당장 다음 달 대만 홈쇼핑과의 제휴 사업에도 차질이 갈까 염려되신다고…….]

"대만 홈쇼핑 사업이 왜? 그 사업은 박 전무님이 추진하신 거잖아."

[그게 알고 보니 박 전무님이 아니라 사장님이 직접 진두지휘하신 거라고 합니다.]

"그이였다고?"

[네.]

올해 회사에서 내세운 글로벌 전략의 일환으로 제일 먼저 성공의 포문을 연 것은 대만 홈쇼핑 사업이었다. 한국보다 홈쇼핑 사업에서 뒤떨어져 있는 대만에 기술 및 영업적인 제휴를 바탕으로 YH 홈쇼핑의 대만 진출은 물론, 한국 중소기업의 수출 증대를 꾀하겠다는 참신한 기획이었다. 실제로 대만과의 홈쇼핑 사업 제휴가 이루어지자 회사 주가는 껑충 뛰어올랐다. 괄목할 만한 성과에 회사는 고무되었고 이를 발판으로 서린의 명품 브랜드와의 콜라보 프로젝트도 지원받을 수 있게 되었다.

서린은 맥이 풀렸다. 아무리 해도 남편의 대적이 되지 못했다. 서린이 화르륵 타오르는 불이라면 지헌은 조용하고 강한 물이었다. 마냥 고여 있는 줄 알았는데 확실한 목적지를 향해 고요히 흘러가고 있었다. 허탈한 탄식이 입에서 새어 나왔다. 되지도 않는 깜냥으로 거대한 바위산을 오르려고 하다 정작 몸에 지닌 황금을 놓치게 된 꼴이다.

이제 어쩌면 좋지?

서린은 현주와의 통화를 서둘러 끝내고 아버지에게 전화를 넣었다. 아버지, 최 회장이 지헌의 사임을 모를 리 없었다. 아니, 아버지의 허락 없이 남편은 회사를 떠날 수가 없다. 소문이 사실이라면 남편의 사직을 아버지가 허락했다는 뜻이었다.

[어쩐 일이냐?]

"아버지, 사실이에요? 류 서방 사임한다는 소문이요."

[어떻게 알았니? 아직 정식 발표하기 전인데.]

"아버지! 이렇게 중요한 일을 왜 제게 일언반구도 하지 않으셨어요?"

[넌 류 서방이 물러나길 바라던 애잖아.]

아버지의 말에 서린은 말문이 막혔다.

"그래도 전 그 사람 안사람이에요! 당장 반려해 주세요."

[그게 무슨 소리냐?]

"류 서방 사직서 반려해 달라고요!"

[어째서?]

"아버지! 그 사람 제 남편이에요. 그이가 회사에서 물러난다고 하면 호사가들이 가만히 있겠어요? 아니 당장 경쟁업체인 JS 홈쇼핑만 생각해 봐도 예현의 데릴사위가 회사에서 쫓겨났다는 찌라시를 퍼뜨릴지도 모른다고요. 그렇게 되면 회사의 주가는 형편없이……."

[서린아, 아비는 그런 소문 따위 두려워하지 않는다. 아비는 류 서방이 원하는 대로 해주고 싶어.]

"네? 그게 무슨 말씀이세요?"

[넌 류 서방이 왜 사임하려고 하는지 알고 있니?]

"그건……."

[류 서방은 미국으로 돌아가겠다고 했다.]

"네? 왜요?"

[지쳤다고 말했어.]

서린의 눈이 아득해졌다. 지친다는 말이 목구멍의 가시처럼 그녀를 괴롭혔다. 누구에게 지쳤느냐고 물을 필요가 없었다. 당연히 자신이었으니까. 미국으로 돌아간다면 그 여자와의 불륜 관계도 청산하겠다는 말인가. 의문이 들었다. 그 여자는 이제 겨우 자리를 잡고 자기 장사를 하려고 하는데 남편은 떠난다고 한다. 앞뒤가 맞지 않았다. 그렇다면 남편의 미국행은 오직 서린만이 연관된 것일까.

[서린아, 너는 어떠냐? 류 서방과 헤어지고 싶으냐?]

서린은 아버지가 남편의 이혼 결심을 미리 알고 있었다는 것을 깨달았다.

"아버지, 그이 사직서 반려해 주세요. 아버지가 안 된다고 강하게 말씀해 주시면 그 사람, 아버지 뜻에 반하면서까지 고집부릴 사람 아니에요."

[그래서?]

"아버지가 원하시는 게 아이라고 하셨죠?"

[아이를 조건으로 나와 거래를 하자는 거냐?]

"싫으세요?"

[류 서방을 붙잡는 이유가 뭐냐? 넌 류 서방을 걸림돌이라고 생각하잖니?]

"아이를 가지려면 류 서방이 있어야 돼요."

[딴에는 그렇구나. 넌 예현을 결코 포기하지 않을 아이지. 어찌됐든 류 서방을 만류할 테니 넌 내게 한 약속이나 지켜.]

"네. 대신 제게 한 달간만 휴가를 주세요."

[알았다. 그것도 지시해 놓으마. 당분간 홈쇼핑의 결재는 아비

가 처리하마.]

"지헌 씨는 어쩌고요?"

[휴가까지 반납하라고 하면 류 서방은 폭발할 거야. 사장이 자리를 잠깐 비운다고 회사에 큰일 날 것도 아니고. 돌아오고 싶을 때 돌아오는 게 류 서방에게도 좋을 거다.]

"잘 알았습니다. 이만 들어가세요."

통화는 끊겼다. 서린은 아버지에게 본심을 털어놓고 싶지 않았다. 예현을 미끼로 하여 서린을 상대로 그간 수없이 잔인한 낚시질을 한 사람이 아버지였다. 그런 아버지에게 지헌에 대한 마음이 변했다고 시시콜콜 말하기 싫었다. 아버지를 믿을 수 없기 때문이다. 그것은 친딸이 아니라서 아버지가 자신을 못 믿는 것과 같은 이치였다.

모순되게도 지헌과의 결혼도, 아이를 가지라는 압력도 모두 아버지의 강요로 시작되었다. 그런데 지나고 보니 그 선택들이 모두 서린에게 옳은 결정이 된 꼴이었다. 그렇다고 아버지에게 마음을 열고 싶지 않았다. 여는 그 순간 아버지는 또 다른 상처를 입힐지 몰랐다.

아버지가 자신이 남편을 붙잡으려는 이유를 회사에서 찾아도 상관없었다. 이제 서린에게 중요한 것은 류지헌이라는 남자밖에 없다. 승부사 기질이 다분한 서린은 목표가 정해지면 미친 듯이 질주한다. 한번 움켜쥔 먹잇감은 놓치지 않는 승냥이처럼 남편에게 다가갈 것이다.

처음에는 말도 안 된다고 생각했던 아버지의 제안이 타당하고 합당한 패로 서린의 손에 쥐어졌다. 어쩌면 아이는 남편을 되돌아오게 만들 동아줄이 되어줄지도 모른다.

서린은 현주에게 전화를 걸었다.

"현주야. 부탁할 게 있어. 내 책상 첫 번째 서랍에 보면 명함이 하나 있을 거야. 그쪽으로 연락해서 어제 내가 부탁한 계약 서류, 사진 모두 받아서 내게 가져다줘."

전쟁에서 이기려면 알량한 자존심과 체면 따윈 버려야 한다. 강한 대적을 이기기 위해서는 동원할 수 있는 모든 방법과 지혜를 사용해야 한다. 편법과 모략이 통하지 않는다면 때론 정공법이 위기를 타개할 대책이 된다.

지헌은 느지막한 오후 즈음 집으로 돌아왔다. 한국을 떠나기 위해 처분하고 준비해야 할 것들이 많았다. 그가 국내에 보유하고 있는 자잘한 재산들을 처분해 뉴욕의 거처를 마련하고 그 외의 것들은 아내의 위자료로 준비해 놓았다. 다행히 회사 지분은 가진 게 별로 없어 아내에게 양도하기 쉬울 것이다. 그리고 그들이 살고 있는 집도 서린의 몫이었다. 자신에게는 짧은 추억이 깃든 집이었지만 과연 아내에게는 그 추억이라도 있을까 싶었다. 차라리 처분하는 게 낫지 않을까 생각하며 현관문을 열었다. 두통이 일었다. 약을 먹어야 한다.

그는 거실 소파에 앉아 있는 서린을 발견하고 걸음을 멈췄다. 이 시간에 아내가 집에 있다니. 의문이 들었다. 어제를 제외하고 주중 낮 시간에 아내를 보는 건 처음이었다. 어제오늘 지헌에게 자꾸 낯선 일이 일어난다.

인기척에도 서린은 그를 돌아보지 않았다. 집에서 기르는 개도

217

주인이 돌아오면 눈을 맞추는 법인데. 지헌은 빈정거림이 묻어나지 않도록 대수롭지 않게 말했다.

"일찍 들어왔네."

"출근 안 했어요."

"그랬어? 들어가 쉴게."

"왜, 라고 물어야 되는 거 아니에요? 당신하고 사는 지난 3년 동안 내가 출근을 안 한 적은 단 한 번도 없었잖아요."

"없었지. 아파서 쓰러질 것 같아도 기어이 출근한 당신이니까."

"그런데 왜 오늘은 묻지 않는 거예요?"

"그럴 만한 사정이 있었을 거라 생각해."

"그럴 만한 사정?"

지헌은 그제야 아내의 눈과 마주하였다. 냉정한 눈동자에 분노가 어리어 있었다. 평상시의 그를 경계하고 차갑게 조롱하던 것보다는 훨씬 인간적인 감정. 아내는 그에게 화를 내는 것도 지는 것이라고 생각하고 있었다.

"무슨 일 있었어?"

"하나도 궁금하지 않으면서……. 내가 화를 내니까 마지못해 물어보는 거잖아요."

지헌은 지근지근하던 머리가 갑자기 명료해지는 것 같은 기분이 들었다.

이 여자가 알고 있었나? 아니다. 그럴 리가 없다. 이 여자는 자기 자신이 가장 소중하고 자신만 상처받고 있다고 생각하고 있으니까. 불필요한 소모전을 할 필요는 없었다. 자제력을 발휘한 지헌은 조용히 물었다.

"그럼, 들어가서 쉬어도 돼?"

"지헌 씨!"

"나보고 어쩌라는 거야?"

지헌은 욱여넣었던 짜증이 치밀어 오르는 것을 느꼈다. 서린의 얼굴에 퍼져 가는 충격의 빛을 알아보며 지헌은 어금니를 사리물었다. 실수했다. 평소대로 넘기면 될 것을 섣불리 감정을 드러냈다. 갑작스러운 아내의 태도에 적응하지 못한 것이 원인이었다.

아내는 갑자기 왜 이러는 것일까?

"미안, 내가 피곤해서 그래. 할 말 있으면 하고 아니면 들어갈게."

"이혼, 못 해요."

아내의 서늘한 말이 귓가로 날아들었다.

"아니, 안 해요!"

지헌은 등을 돌려 서린을 마주 보았다. 서린의 손에는 지헌이 숨겨놓았던 이혼신고서가 들려 있었다. 서린의 표정은 스산하고 비장했다. 아내의 눈동자에서 이채가 발한다고 생각하는 순간 이혼신고서가 갈가리 찢겨 허공으로 뿌려졌다.

생경한 아내의 분노가 지헌의 심장을 가격했다. 침착하고자 애써 마음을 다잡고 있는데, 이혼을 안 해주겠다며 이혼 서류를 찢는 퍼포먼스를 보여주다니. 본래의 아내라면 '그 말이 나오길 너무 오래 기다렸어요, 먼저 이혼하자고 해서 고마워요'라고 해야 정상이 아닌가?

예상과 다른 아내의 반응에 지헌은 인내심의 한계를 느꼈다. 깜짝쇼를 즐기는 깃인지, 오늘따라 종잡을 수 없는 서린의 태도에 슬슬 분기가 올라왔다. 그동안 아내가 하고 싶은 대로 다 맞춰주며 살아왔는데 이혼을 못 해준다고? 평생 동안 자신을 종 부리듯 부리며 살고 싶단 말인가? 사랑이 없는 아내의 껍데기를 잡고 사는 시간 동안 그의 사랑은 처참하게 고사되었다.

그런데 아내는 이혼을 못 해주겠다고 한다. 자신도 그녀처럼 무생물처럼 살아가란 말인가! 뼛속까지 이기적인 여자.

지헌의 마음은 차가운 불꽃으로 일렁거렸다.

"왜?"

"난 당신과의 이혼, 생각해 본 적 없어요."

"난 당신과 이혼하고 싶어. 동의해 줬으면 좋겠어. 어제 사고 때문에 이성적인 판단을 하지 못한다는 건 알아. 타이밍이 좋았다면 평소의 이성적인 당신답게 충분히 납득하고 동의했을 거야. 적당한 때에 협의하지 못한 건 아쉽지만 이왕 이렇게 됐으니까, 우리 이쯤에서 정리하자. 서류는 내가 다시 준비할게."

서린은 남편의 쌀쌀맞지만 설득하는 어조에 적잖이 당황했다. 저 모습은 격렬히 업무를 추진할 때 나오는 남편의 모습이었다. 지극히 감정이 배제된 사무적인 어투로 상대방의 머리 꼭대기에 서서 달래듯 어르듯 하다 결국 소기의 목적을 달성하는 위협적인 어투.

남처럼 말하는 지헌의 모습에 서린은 겨우 가두어놓았던 눈물이 터질 것만 같았다. 그녀는 박살 난 용기를 간신히 끌어모아 지헌에게 대항했다.

"얼마든지 가져와 봐요! 당신 눈앞에서 몇 번이고 찢어줄 테니까."

"대체 왜 이러는 거야? 이런 문제로 시간을 허비할 필요는 없
잖아?"

"이런 문제요? 이혼이 당신에게 이렇게 쉬운 일이었어요?"

"우리가 지나온 시간을 돌아봐. 3년을 버틴 것도 많이 버틴 거
야."

서린은 냉소적인 남편의 태도에 머뭇거렸다. 진심으로 그의 얼
굴에는 권태가 묻어 있었다.

"우리에겐 미래가 없어. 사랑도 없지."

"당신은 날 사랑했잖아요?"

처음으로 지헌의 얼굴이 감정으로 일그러졌다. 어린아이를 훈
계하는 그런 어조가 아닌, 상처받은 남자의 얼굴이다. 서린의 심
장이 바닥으로 쿵, 떨어졌다. 남편의 진심을 엿본 느낌이었다.

"그래. 그래서 미안하게 생각해. 내가 당신을 사랑하지 않았더
라면 우리가 결혼할 일도 없었을 테지. 내 손으로 결혼하기 싫다
는 당신을 우겨서 결혼식장으로 데려갔으니까. 한 번도 날 사랑
한 적 없는 당신과 결혼한 건 전적으로 내 잘못이고 실수였어."

"정말 사랑이 없는 거예요?"

"없어."

"평생 동안 내 곁에 있겠다면서요? 영원히 같이 웃고 울고 아
파하겠다면서요?"

"내가 오만했어. 세상에 영원한 것이 없는데 영원을 입에 올렸
으니까. 고작 3년밖에 견딜 수 없었으면서. 그런 말을 해서 진심
으로 미안해. 그러니까 이제 제발 날 좀 놔줘. 난 정말 지쳤어."

남편의 말이 비수가 되어 서린이 가슴에 꽂혔다. 아픔과 마마

함에 몸은 떨리기 시작했다. 서린은 두 손을 움켜잡았다. 지면에
발을 디디고 서 있는 것도 기적이었다. 지헌을 저렇게 만든 사람
은 바로 그녀 자신이었다.

"이혼녀라는 딱지가 신경 쓰여서 이러는 거라면 당분간 비밀에
부치자. 당신의 자존심을 염두에 두지 못한 것도 내 불찰이야.
이런 식이 아니라 서로가 이성적일 때였다면 계약 해지하듯 받아
들이기 편했을 거야."

"아뇨. 그렇지 않아요. 적절한 때라는 건 지금도, 앞으로도 없
을 테니까요."

"그래서 이혼을 못 해주겠다는 거야?"

"네! 난 당신과 이혼할 수 없어요. 절대 안 해요!"

"그럼 소송이 답이겠군."

"소송이라고요?"

"당신과 끝낼 방법, 그 방법밖에 없잖아?"

"그, 그렇게 내가 싫어요?"

서린은 지헌의 무감한 눈에 절망했다. 어쩌다가 남편의 눈빛이
저렇게 변했을까. 그녀가 아무리 남편을 힘들게 했다고 해도 같
이 살아온 시간이 3년이었다. 이렇게 덧없이 한 톨도 남기지 않
고 사라지는 게 사랑이라는 감정일까? 정말 그 사랑은 어디로 갔
냐고 묻고 싶었다.

하지만 서린은 묻지 않아도 잘 알았다. 그를 힘들게 하는 자신
과 달리 그 여자는 지친 남편을 쉬게 하는 포근한 품이 되었겠
지. 사랑은 그 여자에게로 다 갔다. 서린은 미칠 것 같았다.

"오늘 짐 싸서 나갈게. 내가 여기 있으면 당신도 냉정하게 생각

하기 어려울 거야. 지금은 감정적이라 내가 무슨 말을 해도 귀에 들어오지 않을 거야. 떨어져서 차분히 생각하다 보면 당신도 정리할 수 있을 거야."

"기회를 줘요!"

"무슨 기회?"

"당신을 놓치지 않을 기회요."

지헌은 얼음장 같은 눈으로 서린을 주시하다 천천히 입을 떼었다.

"당신은 이미 마지막 기회까지 놓쳤어."

"기회를 놓쳤다고요? 언제 내게 기회를 주기라도 했어요?"

"난 안중에도 없고 회사에만 신경 썼잖아!"

서린은 갑작스러운 지헌의 분노에 당혹감을 느꼈다. 그는 고통스러워 보였다.

"아니, 그런 건 문제가 되지 않지. 당신은 처음부터 그랬고 난 당신에게 미쳐 있었으니까. 하지만 시간이 지날수록 난 당신과 함께할 수 없었어. 당신이 없는 이 집에서 홀로 보내는 시간만 더 많아졌다고. 그 기분이 얼마나 엿 같은지 알아? 가족이 옆에 있는데도 외로웠어. 아무리 사람들을 만나고 일을 해도 외로움의 허기는 채워지지 않았어. 왜 그럴까 생각해 보니 한 번도 날 봐주지 않는 당신 때문이더라고."

"그러니까 이제라도……."

"당신이 말하는 기회 따윈 없어. 타이밍이라는 건 정말 절묘하거든. 생각해 봐. 당신이 언제라도 결혼기념일, 내 생일, 우리 엄마, 우리 이모 기일을 먼저 챙긴 적이 있는지!"

지헌의 눈동자가 활화산처럼 활활 불타올랐다.

"아니, 그것도 얼마든지 참을 수 있었어! 당신이 나를 귀찮게 여겨도, 짐짝 취급하던 그때도 참을 수 있었다고. 빌어먹을!"

한 번도 본 적 없는 남편의 사나운 모습에 서린은 앞이 막막해졌다. 저런 분노를 삭이고 또 삭였단 말인가.

"지헌 씨!"

"내 어머니 유품은 찾긴 찾았어? 어디에 뒀는지 모른다는 그 목걸이 말이야? 집 안에서 잃어버렸으니 언젠가는 찾겠지 하면서 찾지 않았잖아. 그게 벌써 1년 전 일이야."

서린은 말문이 막혔다. 시어머니의 목걸이를 찾았다고 말할 수는 없었다. 남편에 대한 감정을 깨달았다고 해서, 이 순간을 모면하고자 목걸이를 입에 올리는 건 왠지 부끄럽게 느껴졌다. 지헌에게 고통을 준 그 시간들이 무겁게 서린을 짓눌렀다.

그렇게 소중한 목걸이였는데, 그녀는 남편의 사랑을 가볍게 치부했었다. 시어머니의 목걸이에는 자식으로서 함께하지 못한 남편의 그리움과 애틋함이 담겨져 있었다. 그녀 자신이 얼마나 큰 잘못을 저질렀는지 이제야 실감이 났다. 그리고 그때, 이토록 남편에게 많은 상처를 주었는지 정말 알지 못했다.

"넌 날 한 번도 사랑한 적 없잖아. 아니 사랑은커녕 남편이라고 생각만 했더라도 도저히 그런 짓은 않았을 거야! 내가 그토록 원한 아……."

'아이'라는 말이 지헌의 입속에서 꿀꺽 삼켜졌다. 그때의 모멸감이 되살아나 소름이 끼쳤다. 남자로서의 마지막 자존심까지 짓밟혔던 그 순간만큼은 정말 입에 올리고 싶지 않았다. 피임약을 3년이나 복용해 왔으면서 일언반구도 하지 않았던 그녀. 그의 자식을 임신하고 싶지 않은 여자는 아내라는 이름을 달 수가 없다. 그런데도 그는 3년간 서린에 대한 사랑에 속아 그녀를 아내라고 불렀다. 역겨웠다.

"내가 우스워 보였지? 그동안 네게 절절매던 내가?"

"지헌 씨! 아니, 아니에요! 내 말 좀!"

서린은 남편의 눈빛이 기묘하고도 무섭게 변하자 전신의 털이 쭈뼛 일어서는 것 같았다.

"네게 눈이 멀었던 그날을 저주해! 나를 이 지경까지 몰고 가는 네 잔인함도 저주해!"

지헌은 고함을 치며 주먹으로 벽을 쳤다. 그가 뿜어낸 분노는 상상을 초월했다. 난폭한 행동에 서린은 몸을 떨었지만 다부진 이성이 겨우 그녀를 붙들고 있었다. 남편이 진정하기를 기다렸다.

"변호사를 통해 정식으로 통보하지. 당신이 원하는 게 소송이라면."

"내가 어리석었던 거 인정해요. 미안해요. 여보! 제발 이번 한 번만, 한 번만 더 기회를 줘요."

여보? 아내의 입에서 부부의 호칭이 나오다니? 천지가 개벽할 일이었다. 이름 아니면 '저기'라고 부르던 그녀였다. 지헌은 손으로 얼굴을 가리며 허탈한 웃음을 흘렸다.

"역시 최서린이네. 여태까지 내 말은 뭐로 들은 거야? 미안하다고 말하면 모든 일들이 없던 것들이 되는 거야? 왜 이래? 도대체 속셈이 뭐야? 당신, 순진한 여자 아니잖아? 근데 눈 하나 깜짝하지 않고 기회를 달라고? 정말 바다까지 가보겠다는 거야?"

225

"당신과 살고 싶어요. 진짜로 살고 싶다고요!"

"난 두 번 다시 그러고 싶지 않아!"

"이번에는 다를 거예요. 당신은 비록 끝을 냈지만 난 시작도 못 했으니까, 그러니까 기회를 달라고요."

"인생에는 타이밍이 중요하다고 했잖아. 이미 지나간 기회도 시간도 되돌릴 수 없어."

"지헌 씨!"

비상구가 보이지 않았다. 비상구가 없다면 스스로 뚫어야 한다. 이 남자를 절대 포기할 수 없다는 것을 깨달은 이상 후퇴는 없다. 그 여자에게서라도 그를 되찾으려면 초강수를 둬야 한다.

"당신은 소송으로 결코 날 이길 수 없어요."

"뭐라고?"

"유책배우자의 이혼청구 소송은 어차피 기각될 테니까요."

"유책배우자라니?"

"당신과 그 여자와의 관계, 다 알고 있어요."

"그 여자……?"

"이해원 그 여자 말이에요. 두 사람 불륜 관계잖아요."

이건 또 무슨 코미디란 말인가? 지헌은 어이가 없었다. 갑작스럽게 돌변한 아내의 행동에 이성을 잃고 화를 냈었다. 그런데 아내는 점입가경이었다. 그를 유책배우자라고 불렀다. 실소가 터져 나왔다.

서린은 남편의 웃음에 얼굴을 찡그렸다. 여자로서 남편의 내연 녀를 입에 올리는 건 수치였다. 속이 쓰리고 자존심이 상했지만 남편을 붙잡을 수만 있다면, 얼마든지 그깟 실수쯤은 눈 한 번

질끈 감아줄 수 있었다. 남편을 이렇게 만든 장본인은 바로 자신이었으니까.

"내가 바람을 피웠다고?"

"아니라고 해도 이미 발뺌할 수 없는 증거가 내 손안에 있어요."

"증거?"

문득 지헌은 궁금해졌다. 첫 번째는 그가 바람피웠다는 사실에 아내가 보일 반응과 두 번째로는 다른 여자와 불륜을 저질렀다고 철석같이 믿는 아내가 그에게 왜 자꾸 기회를 달라고 하는지에 대한⋯⋯.

"그래서 기분이 어땠어? 내가 바람을 피웠잖아."

"실수였을 거예요. 내가 당신에게 큰 상처를 줬으니까. 사람은 누구나 실수를 하잖아요."

"실수 아니야."

서린의 얼굴에서 핏기가 가셨다. 순간 지헌은 그제야 볼만하다고 생각했다. 그의 앞에서 언제나 도도하고 당당한 아내의 얼굴이 당혹함으로 물들어가는 게 재미있었다. 가학적인 취미가 있는지는 몰랐는데, 언제부터인가 아내를 미칠 듯이 괴롭히고 싶어졌다. 그에게 반응을 보이라고 뒤흔들고 싶었다. 하지만 사람의 마음은 강요로 얻어낼 수 있는 게 아니었다.

아내는 괴롭힌다고 해서 달라질 여자가 아니었다. 쓸모없는 소모전을 하는 것보다 관심을 끊어버리는 것이 훨씬 효율적이다. 근데 지금은 왜 이렇게 심술궂은 마음이 드는 것일까?

"그 여자를 사랑한다는 뜻이에요?"

"여자로서 마지막 자존심은 지켜주고 싶었는데, 미안하게 됐어."

서린의 눈에 어리는 날카로운 빛은 무슨 뜻일까. 지헌은 판도라의 상자를 열어보고픈 충동에 휩싸였다. 아내는 언제까지 참아낼 수 있을까. 어리석다. 서로를 참아내는 관계에 염증이 나 종지부를 찍으려는 사람이 바로 그 자신이지 않은가.

치기 어린 마음은 버려야 한다. 지헌은 마음을 추스르며 진실을 말하고자 했다. 그러나 서린이 더 빨랐다.

"사랑해도 그 여자와 함께할 수는 없을 거예요. 내가 당신을 놓아주지 않을 테니까."

"내가 바람을 피웠는데도 나와 살고 싶다는 뜻이야?"

"네."

"당신, 여자 아니야? 자존심도 없어? 싫다는 남편 바짓가랑이 붙들 이유 없잖아?"

"당신이 필요하니까요."

"내가 달면 삼키고 쓰면 뱉는 껌 같은 존재인지는 꿈에도 몰랐군."

최서린은 언제나 최서린인 것을. 잠깐이라도 호기심을 가진 지헌은 스스로를 조롱했다.

"재미있게 돼가네. 법원에서 만나면 더욱 재미있겠어?"

"소송은 의미가 없다고 했잖아요."

"길고 짧은 건 대봐야 알지. 당신도 잘 알잖아? 나 무모한 거. 하긴 내가 무모하지 않았다면 우리가 결혼할 일도 없었을 테지. 따지고 보면 모두 내 잘못이야."

서린은 약점을 틀어쥐고 위협하는데도 눈 하나 깜짝하지 않는 남편을 참담한 심정으로 쳐다보았다. 자존심도 버렸고 애원도 해 보았지만 아무 소용이 없었다. 원래 이런 사람이었는가 싶게 남편은 냉소적이고 완강했다. 이런 모습이 낯설었다.

그래도 이 남자를 놓을 수 없다. 그녀는 언제나 이기적이었다. 정나미가 뚝 떨어지는 한이 있더라도 그에게서 기회를 얻고 싶었다. '자신이 있나'라는 물음표가 생겼지만 약해지는 생각은 쓸모없는 것들이다. 서린은 마음을 다스리며 입을 뗐다.

"당신이 내 곁을 떠나는 순간, 그 여자는 고통스럽게 될 거예요."

"뭐?"

"내가 그 여자를 박살 낼 테니까요."

"지금 무슨 소릴 하는 거야?"

서린은 탁자 위에 있는 또 다른 서류를 가져다 지헌에게 내밀었다.

"그 여자, 이번에 개업했다죠?"

지헌은 봉투에 든 등기부등본을 확인하고 눈을 크게 떴다. 해원의 가게 건물주가 서린으로 되어 있었다.

"이게 무슨 짓이야?"

"당신이 내게 기회를 주지 않는다면, 그 여자에게 이 건물에서 나가라고 할 거예요."

"내가 그걸 가만히 두고볼 것만 같아?"

"당신이 전면으로 나서게 되면 우리의 불화는 물론, 당신과 이 여자의 불륜까지 만천하에 까발리게 되는 셈이죠. 예현그룹 시장의 내연녀가 이 여자라는 게 밝혀지면 언론이 가만히 있을까요? 그 여자를 물고 뜯으려고 안달하겠죠. 그렇게 되면 어떻게 될 것 같아요?"

"최서린!"

지헌의 눈에 핏발이 섰다. 강렬한 증오가 그 눈에 매달려 있었다. 남편의 눈에 서린의 심장이 선득하게 베였다. 정말 이해원을 사랑하는 건가? 그때 날 사랑했던 것처럼? 눈물이 쏟아질 것 같았다. 그러나 서린은 호락호락 물러서지 않았다. 그녀가 연약했다면 이 상황을 만들지조차 않았을 것이다. 서린은 마음을 다잡았다.

"그 여자의 힘만으로는 생계를 이어나갈 수 없을 거예요. 아니, 생계는 당신이 책임진다 해도 그 여자가 지루한 소송 공방을 감당해 낼 수 있을까요? 결과는 보지 않아도 뻔할 거예요. 권리금도 건지지 못하고 쫓겨나게 될 테니까. 냉정하게 생각해요. 당신과 나의 싸움에 누가 진짜 피해를 보게 되는지……."

지헌은 믿어지지 않았다. 그를 상대로 게임을 벌이는 이 여자는 한때 심장을 줘도 아깝지 않을 만큼 사랑한 여자였다. 서린의 야비함에 뒤통수를 얻어맞은 지헌은 관절이 하얗게 드러나도록 주먹을 쥐었다. 그렇다고 이제 와서 해원과 아무런 사이도 아니라고 말할 수는 없었다. 아니, 말해도 아내는 믿지 않을 것이다. 서린의 말이 모두 맞았다. 아무리 생각해도 아내에게서 해원을 지킬 방법이 없었다. 해원은 그의 친여동생이나 다름없었다.

"대단하군."

그의 빈정거림에 서린은 가슴이 아팠다.

"정말 철벽이야. 어떤 공격을 해도 잘도 막아내는군. 빠져나갈 구멍도 마련해 놓고 말이야. 내가 당신을 과소평가했어. 그래, 내가 졌어. 당신 뜻대로 하지."

승리를 거뒀는데도 서린의 마음은 무거웠다. 이런 식으로 시작해서 진정으로 용서를 구할 수 있을까? 다시 예전으로 돌아갈 수 있을까?

회의감이 들었다. 한편으론 남편의 그 여자에 대한 마음을 확인하는 셈이라 고통스러웠다. 울고 싶었다. 이렇게는 아니라고 소리치고 싶었다. 다시 날 사랑해 달라고 조르고 싶었다. 전신의 기운이 쫙 빠져나갔다. 남편을 굴복시켰지만 개운치 않았다. 용서를 빌어야 했다. 그러지 않는다면 서린이 잡고자 하는 남편의 마음엔 오늘의 생채기가 더해져 결코 회복되지 않으리라.

"지헌 씨."

서린은 천천히 무릎을 꿇었다. 분노가 풀리지 않은 주먹을 쥐고 있던 지헌의 눈이 크게 떠졌다. 잡혀온 포로처럼 힘없이 고개를 떨어뜨린 여자가 조금 전까지 살벌한 그 여자 맞는 것인가. 아내가 왜 자신에게 무릎을 꿇는단 말인가!

"지금 뭐 하는 거야?"

"미안해요. 이렇게밖에 잡을 수가 없어서."

"지금 병 주고 약 주겠다는 거야? 아니면 또 다른 꿍꿍이가 있어서 이러는 거야?"

"그런 것 없어요. 난 당신에게 용서를 구하고 싶을 뿐이에요."

"용서?"

"내가 또 당신을 아프게 했으니까요."

"그게 어디 한 두 번이었어야지."

"내가 당신에게 상처를 줬다는 거 알아요. 그 전에는 정말 몰랐어요. 이런 내가 소름 끼치겠지만 3개월만 참아줘요. 당신이 그 기간 동안에도 여전히 나와 사는 게 끔찍하다면 그땐, 순순히 이혼해 줄게요. 당신이 내게 기회를 줬으니까 나, 최선을 다해볼게요. 그래도 당신의 마음이 지금과 같다면 그때 가요. 그땐 내가 보내줄게요."

지헌의 심장에서 미세한 균열이 일어났다. 하지만 그는 곧 무시했다. 목적을 위해서라면 무슨 일도 서슴지 않는 능수능란한 여자라는 걸 조금 전에도 경험하지 않았는가.

"한 달."

"네?"

"한 달이야. 그 시간만 당신에게 유효해. 대신 당신이 하라는 건 다 하지."

"알았어요."

"약속해. 한 달 후에는 날 놓아주겠다고."

"약속해요."

이것으로 된 것이다. 그녀가 그에게 입힌 상처를 봉합하는 기회를 얻은 것만으로도. 그런데 왜 이렇게 눈물이 나지? 서린의 눈에서 한 방울의 눈물이 툭 떨어졌다. 그 눈물이 지헌의 메마른 심장에도 툭 떨어졌다.

10

　지헌은 안경을 벗고 미간을 지압했다. 눈이 피로했다. 침대에 앉아 독서를 하는데 머릿속으로 활자가 박히지 않았다. 어젯밤부터 지헌은 안방에서 지내고 있었다. 서린의 요구였다. 지헌은 군말 없이 아내의 뜻대로 침실로 돌아왔다. 기한을 줄이는 대신 그녀의 뜻대로 하겠다고 말한 사람은 바로 그였다.

　각방을 쓰다 몇 달 만에 돌아온 부부 침실은 낯설고 어색했다. 그의 옷가지들이 침실 안, 드레스룸에 있어 간간이 들어오기는 했지만 잠을 자는 것은 실로 오랜만이었다. 신혼 때조차 느끼지 못했던 이질감이 불과 서너 달 만에 생겨 버렸다.

　서린의 프로젝트가 시동을 걸면서부터 혼자 잠자리에 드는 일이 부쩍 많아졌다. 침대에 홀로 누워 있다 보면 서린을 향한 원망만 곱씹을 뿐이었다. 침실에서 느꼈던 좌절감마저 지헌을 괴롭혔다. 그 시간 동안 그는 피해망상증 환자처럼 굴고 있었다. 녹내장 진단을 받고도 마음 둘 곳 없는 스스로가 한심스러워 침실을 박차고 나왔었다. 그제야 냉철한 사고를 할 수 있었다.

지헌은 침대의 옆자리를 힐긋 바라보았다. 아내가 누웠던 흔적은 깨끗이 사라졌다. 하지만 그의 기민한 감각은 어젯밤 늦게 아내가 침대로 들어온 것을 놓치지 않았다. 아내의 달콤한 향기가 그의 콧속을 파고들었다. 한때는 취한 것처럼 아찔하게 만들었던 향취는 이제 영향력을 발휘하지 못했다. 그는 등을 돌리고 잠을 청했다.

더 이상의 독서는 힘들 것 같다. 지헌은 침대에서 몸을 일으켰다. 늦은 아침 시간, 아내는 출근을 하고 없을 것이다. 불현듯 지헌은 자신이 아내를 상당히 의식하고 있다는 것을 발견했다. 그는 서린을 피하고 있었다. 서로의 맨얼굴을 본 이상 가식적인 남편을 연기할 필요가 없는데도 심중에 껄끄러움이 묘하게 남았다.

그것은 서린을 사랑하였을 때처럼 편하고 자연스러운 그의 모습으로 돌아갈 수 없다는 것. 그녀 앞에서는 이제 예전의 스스럼없던 자신이 낯설고 어색했다. 상처가 겹겹이 쌓여져 봉합조차 하지 못하던 근래가 외려 편하게 느껴질 만큼 두 사람의 간극은 벌어져 있었다.

같은 공간에 살고 있으면서도 같은 시간을 함께하지 않았기에.

처음부터 마음과 마음이 닿지 않았기에.

지헌은 앞으로의 한 달이 목을 옥죄는 것 같았다. 게다가 그 시간 동안 아내가 원하는 대로 움직인다고 말한 사람은 바로 자신이었다. 서린의 사과에도 꿈쩍도 하지 않던 마음이 그녀의 눈물 한 방울에 돌연 바뀌었다. 지금 생각해 보면 어처구니가 없는 결정이었다. 스스로가 아내에게 기회를 준 셈이다. 어떻게든 합의하에 결혼 관계를 조용히 끝냈어야 했는데…….

미련이 남아 있다는 건가. 지헌은 얼굴을 잔뜩 찌푸렸다. 골치 아프게 생각할 필요가 없다. 결정은 번복되지 않을 테니까. 지금까지처럼 적당한 선에서 친절한 남편 흉내만 내면 된다. 한 달이 괴상할지라도 동요하지 않고 사업상 파트너를 대하듯 가식적인 미소만 입에 걸면 된다. 전혀 달라질 것이 없었다.

계획대로 일이 풀리지 않는다 해서 서린을 미워할 필요는 더더욱 없었다. 지헌과 서린은 잘못 만난 인연일 뿐이니까. 결혼 생활의 염증까지 지워 버렸다고 여긴 건 결코 허언이 아니다. 한 달만 지나면 남남이 된다.

한데 서린은 왜 내가 필요하다는 걸까? 지헌은 부지불식간에 머릿속을 침범한 질문에 머리를 흔들었다. 쓸데없는 질문은 사절이다.

지헌은 집요한 의문을 떨쳐 버리고 방을 나왔다. 그가 주방으로 들어서자 앞치마를 걸친 서린이 땀을 뻘뻘 흘리며 그를 맞았다. 어안이 벙벙해진 지헌은 눈앞의 광경에 입을 벌렸다.

"일어났어요?"

"뭐 하는 거야?"

"고기 삶고 있는데요."

"왜?"

"수육 해먹으려고요."

"아니, 내 말은 왜 아직 출근을 안 하고 있냐고?"

"휴가니까요."

"휴가?"

"7월 말은 직장인들의 휴가 기간이잖아요."

"당신이 휴가를 냈다고?"

"네. 그렇게 이상하게 보지 말아요. 나도 변하려고 노력 중이니까. 아! 뜨거!"

돼지고기를 젓가락으로 들어보던 서린은 그만 고기를 떨어뜨렸다. 그 바람에 뜨거운 물이 손에 튀었다. 서린은 즉각 싱크대 수도꼭지를 틀었다. 그러고는 따가운지 연방 손가락을 들여다보았다. 보다 못한 지헌이 다가가 서린의 손목을 붙잡고 수도꼭지 아래로 가져갔다.

"흐르는 물에 20분 이상."

"20분이나요?"

"화상이잖아."

"고기 봐야 되는데."

"지금 고기가 문제야? 물집 생겼잖아. 여기 안 보여? 물집은 터지면 안 된다고."

"야들야들하게 먹고 싶은데."

"내가 봐줄 테니까 이러고 있어."

"고마워요."

지헌은 냄비 안에 잠수 중인 돼지고기를 살피다 서린을 슬쩍 쳐다보았다. 아내는 심각한 표정이었다. 물집이 터졌군. 지헌은 가스레인지의 불을 줄인 후 서린의 손가락을 내려다보았다.

"물집이 터져 버렸어요."

"알아. 노력을 왜 하는지 모르겠지만 변하려고 하지 마. 사람은 아무리 해도 변하지 않아."

"내가 어떻게 얻은 기회인데 그래요? 아무것도 안 해보고 날려버리긴 싫어요. 내가 그동안 너무 한결같아서 당신이 그렇게 생각하나 본데. 나도 사람이거든요? 사람이니까 노력하면 변할 수 있는 거라고요. 열심히 해볼 거예요."

"그러시든지."

지헌이 빈정거리자 서린은 심장이 바늘에 콕콕 찔린 것처럼 따가운 느낌이었다. 달라지겠다고 결심한 지 하루밖에 되지 않았는데. 남편의 불륜을 알기 전까지만 해도 아무렇지도 않던 심장이 어느새 남편의 말 한마디에 일희일비하고 있었다.

서린은 수도꼭지를 잠그고 키친타월로 대충 손을 닦은 후 냄비 뚜껑을 열었다. 젓가락으로 찔러보니 쑥 들어갔다. 서린이 냄비를 옮기려는 순간 지헌이 불쑥 치고 들어왔다.

"내가 할게."

'왜요?'라고 물으려다 서린은 입을 다물었다. 천성이 다정다감한 남자니까. 그들의 관계가 악화됐을 때도 친절은 그의 트레이드마크였다. 언제부터 말을 얄밉게 해서 속을 후벼 파는지는 모르겠지만. 그런 그를 변하게 한 건 자신이었다. 씁쓸해졌다. 자업자득이다.

"쓰려."

서린의 혼잣말에 지헌은 미간을 찌푸렸다. 수포 터진 손가락에 아무런 처치도 하지 않으니 쓰린 건 당연했다. 지헌은 싱크대 한쪽에 보관되어 있던 구급상자를 꺼냈다. 화상밴드를 서린이 손가락에 붙여주었다.

"더운데 웬 수육이야?"

서린은 멍하니 남편을 올려다보았다. 구급상자가 집에 있는지
도 몰랐다. 세심하게 어디에 무엇이 있는지 알고 있는 이 사람만
이 그들의 가정을 지켜왔다는 생각이 들었다. '내가 정말 이 가정
을 망쳤구나' 하는 자책감이 들었다.

"고기 먹고 힘내려고요."

"에어컨이라도 좀 틀고 하지. 삼복더위에 불 앞에서 찜질할 일
있어?"

지헌은 에어컨을 켰다. 시원한 바람이 실내에 가득 찼다.

"아직 11시밖에 안돼서."

"오늘 기온이 35도까지 오른대. 오전부터 더울 거야."

"정말로요?"

"응."

지헌은 냉장고에서 얼음을 꺼내 컵에 넣었다. 서린은 김이 나
는 수육을 썰면서 물었다.

"당신도 먹을래요? 많이 삶았는데."

"야박하게 혼자 먹으려고 그랬어? 나 아침밥 안 거르는 거 몰
라?"

"알아요. 내가 어떻게 그걸 모르겠어요?"

"나 보지 말고 고기 보고 좀 썰지? 이번엔 손가락을 잘라먹고
싶어?"

서린은 퉁명스럽게 대꾸를 해주는 남편의 얼굴에서 그간의 친
절한 가면이 벗겨진 기분이었다. 왠지 싫지 않았다. 변하려고 노

력하는 자신에게는 가면보다 가시 같은 속내가 더 나았다. 서린은 고기와 쌈장, 된장찌개, 김치로 이루어진 식탁 위를 뿌듯하게 바라보았다. 수육은 제법 윤기가 흘렀고 무엇보다 식감이 야들야들했다. 입안에서 살살 녹았다.

"지난 저녁보다 낫죠?"

지헌은 대꾸하지 않고 식사를 하며 신문에 집중했다.

"이번에 된장찌개에 청양고추 안 넣었어요. 당신 매운 거 잘 못 먹는데, 잊고 있었어요."

"그저께도 변하겠다는 마음으로 차린 거였어?"

"생각해 보니 내가 당신에게 저녁을 차려준 기억이 별로 없더라고요. 항상 당신이 먼저 들어와 있었잖아요. 정말 엉망진창이었죠?"

"당신은 요리하는 것을 좋아하지 않으니까."

"그래도 한 달 동안은 내가 해준 밥만 먹어요. 그 여자와 비교되더라도 절대 그 여자를 만나러 찾아가서는 안 돼요."

지헌은 신문을 내려놓고 서린을 주시했다.

"지금 해원이 얘기가 왜 나오지?"

서린은 남편의 입에서 나오는 '해원'이라는 이름에 움찔거렸다. 그 여자 얼굴이 떠오르자 뱃속이 뒤틀렸다.

"한 달은 우리가 약속한 시간이에요. 우리 두 사람만의 시간에 그 여자가 끼어드는 건 반칙이에요. 당신이 그 여자를 사……."

서린은 뒷말을 이으려다 입술을 강하게 깨물었다. 생각만으로도 명치가 누구에게 맞은 듯 아프다. 남편을 잡고자 한 사람은 자신이었으니까. 어떻게든 최선을 다할 것이다. 이대로 끝을 맞았다면 평생 동안 지우지 못할 멍을 안고 살아야 될 테니까.

"알았어. 기한을 줄이는 대신 당신 하라는 건 다 한다고 내가 약속했으니까."

"고마워요."

서린은 애써 명랑한 척 수육 한 점을 입에 넣고 삼켰다. 얹히는 것 같았지만 아무렇지 않은 미소를 지으며 수육 한 접시를 비워냈다.

지헌은 그런 아내를 의아하게 쳐다보았다.

지헌은 데니스와의 통화를 마치고 서재 밖으로 나왔다. 집 안은 고요했다. 머리카락 한 올 떨어지는 소리도 들릴 만큼. 그는 오전부터 부산을 떨던 아내가 집 안에 없다는 것도 곧 알아차렸다. 어느새 벽시계의 긴 바늘은 다섯 시를 향해 달려가고 있었다. 아침 겸 점심으로 먹은 수육이 소화가 덜 되었는지 아직도 속이 그득 찬 느낌이었다.

커피머신에 캡슐 커피를 넣고 에스프레소를 뽑아 우유와 섞었다. 근사한 라떼가 만들어졌다. 현관문이 닫히는 소리가 들렸다. 지헌은 저절로 미간을 모았다. 이제 조용한 시간은 물러가겠지? 변하겠다는 아내의 모습이 살짝 궁금하기는 했다. 불과 한 달, 아니 이틀 전만 하더라도 상상도 할 수 없는 모습이었다.

지헌은 거실로 들어오는 서린을 보고 사레가 들릴 만큼 놀랐다.

"머리에 무슨 짓을 한 거야?"

"나, 어때요? 이미지 달라 보이죠?"

서린이 꼬마 아이처럼 환하게 웃었다. 지헌은 쇼트커트를 한 서린의 헤어스타일을 물끄러미 응시했다.

"이상해요? 마음에 들지 않는다는 표정인데?"

서린은 손거울을 꺼내 헤어스타일을 비춰보고는 그를 쳐다보았다.

"난 괜찮은데?"

괜찮은 정도가 아니었다. 환상적이었다. 단발일 때의 서린은 깍쟁이처럼 보였지만 세련 그 자체였고 지금은 장난꾸러기 아이처럼 보였다. 지헌은 서린이 좌우로 고개를 움직일 때마다 드러나는 백옥 같은 목덜미를 홀린 듯이 훔쳐보았다. 윤기가 흐른다는 착각이 들 정도로 아름답고 매끈한 목이었다. 그는 서린의 긴 머리카락을 좋아했다. 우아하게 틀어 올리면 열망해 마지않는 목덜미가 드러났으니까. 지헌은 똑똑하게 기억하고 있었다. 그곳에 키스했을 때의 짜릿한 감촉을! 그 후 서린이 어떤 반응을 보였는지 생생하게 떠올라 버렸다.

별안간 떠오른 장면에 몸에 신호가 왔다. 순간 지헌은 당혹감을 느꼈다. 그는 다른 곳으로 시선을 돌리며 무뚝뚝하게 한마디 던졌다.

"별로야."

"정말이에요? 고준희처럼 해달라고 했는데."

"당신은 고준희가 아니잖아?"

"고준희만 이 스타일 할 수 있는 건 아니잖아요? 커트 머리에 특허 있는 것도 아니고!"

기분이 상한 듯 입을 삐쭉거리는 서린의 모습도 신선했다. 사실은 고준희보다 더 예뻤다. 잡아먹고 싶을 만큼. 지헌은 저도 모르게 탄식을 내뱉었다.

색다른 아내의 모습에서 평소 그녀를 짓누르고 있는 무거운 짐으로부터 해방된 느낌이 들었다. 그러고 보니 옷차림도 고준희였다. 핫팬츠에 헐렁한 셔츠, 목에 늘어진 체인 목걸이는……. 지헌의 심장이 아래로 툭 떨어졌다. 그것은 어머니의 목걸이였다. 잃어버린 것이 아니냐고 힐난했던 그 목걸이가 아내의 목에 걸려 있었다. 어떻게?

"새 술은 새 부대에 담아야 된다고 하잖아요. 변하려고 하는 내게 새로운 날 선물해 주고 싶었어요. 그리고 이거."

"이게 뭔데?"

지헌은 서린에게서 만화책을 건네받았다. 원피스였다.

"마트에 가보니까 최신권이 나와 있어서 사왔어요. 맞선 볼 때 이거 읽고 있었잖아요. 나한테 빠지기 싫어서 만화를 안 읽는다고 그랬었잖아요. 이거 최신판 읽어봤어요?"

"아직."

"잘됐다. 난 또 당신이 벌써 읽어버렸으면 어떡하나 그랬어요."

지헌은 서린을 주시했다. 이 여자가 자꾸 이상한 짓을 한다.

"나도 빠져볼까요?"

"당신은 못 빠져. 허무맹랑한 것 못 참아 하잖아."

"원피스 말고요."

"그럼?"

"당신에게 빠져보고 싶다는 말이었어요."

지헌은 누군가가 심장을 꽉 움켜쥐는 것 같은 느낌을 맛보았다. 숨을 쉴 수가 없다. 입술을 달싹할 수조차 없다.

"어디 가요?"

서린은 불쑥 현관으로 걸어가는 지헌을 보고 소리쳤다.

"밖은 더운데? 나가는 거예요? 조금 있으면 저녁 먹어야 한다고요. 까수엘라 해먹으려고 새우랑 바게트 사왔단 말이에요."

지헌은 강아지처럼 쫄레쫄레 따라오는 서린이 신경 쓰여 인상을 찌푸렸다. 도무지 적응이 안 된다. 변하려고 마음먹으니 우수한 재원인 최서린은 예전이 눈곱만큼 생각나지 않도록 180도 확 바뀌어 버렸다.

"정말 어디 가는데요?"

"산책 좀 하려고!"

"그럼 나도 같이 가요."

"까수엘라 만드신다면서요? 새로운 요리 실패하지 않으려면 연구 좀 하셔야 될 텐데."

"지헌 씨!"

지헌은 자신의 비아냥거림에 발끈하는 서린을 두고 현관문을 닫았다. 밖으로 나오니 지열을 품은 더운 공기가 훅 콧속으로 밀려들었다. 그래도 집 안보다 훨씬 편안하게 느껴진다. 이곳에서는 적어도 숨은 쉴 수 있으니까. 지헌은 왼쪽 가슴에 손바닥을 대어보았다. 제대고 뛰고 있었다. 잠깐의 엇박자는…… 남자니까. 그래서 그런 거다.

내게 빠져 보고 싶다고? 아내는 저런 캐릭터가 아니었는데 분명 변하긴 변한 모양이다. 하지만 그 변화는 노력에 의한 것이니까 노력이 끝나면 변화도 사라지게 된다.

사람에게 빠지는 건 사랑에 빠지는 것. 그게 얼마나 아픈 건지 몰라서 저런 말을 함부로 툭툭 내뱉는 거다. 쳐다봐 주지 않는 사람을 해바라기하는 게 얼마나 무모한 짓인지 서린은 절대 모른다. 심장이 시키는 대로 서린에게 빠져 버렸다가 3년간의 외로움도 홀로 감당해야만 했다. 그 시간 동안 탈출을 도모해 봐도 촘촘한 그물에서 벗어나기란 쉽지 않았다. 함부로 사랑한 스스로에 대한 잘못을 인정할 때에만 벗어날 수 있는 그물이다.

지헌은 두 번 다시 그런 경험을 하고 싶지 않았다. 잡념을 몰아내고자 뒷산으로 향했다. 북한산의 어느 줄기와 맞닿아 있는 이 집을 발견하고 기쁨을 주체하지 못했다. 주말마다 서린의 손을 잡고 등산을 가리라 마음먹었지만 그녀와는 단 한 번도 그러지 못했다.

같이 가자는 서린의 말에 발걸음이 머뭇거렸다. 아내의 자취를 모두 지웠다고 생각했는데 완전히는 아닌 모양이었다. 어쩌면 어머니의 유품 때문일지도 모른다. 자신이 제일 찾고 싶어 했던 것이니까. 그렇다고 바뀌는 건 없다. 아내의 그림자에서 어떻게 빠져나왔는데 그깟 미미한 변화에 되돌아가는 건 자폭이었다. 지헌은 스스로 무덤을 파고 싶지는 않았다. 결심을 굳히고 지헌은 산줄기를 바라보며 앞으로 걸어갔다.

하늘이 어둑해졌을 때 지헌은 동네 어귀에 도착했다. '딩동' 하는 문자 소리가 들렸다.

〈멀리까지 간 거예요? 얼른 들어와요. 까수엘라는 성공적! 반할지도 모름.〉

정말 왜 이러는 거야? 언제부터 근황을 일일이 보고했다고. 지헌은 신경질적으로 머리를 흩뜨렸다. 조금 전에는 큰 주먹을 날리더니 이번에는 자잘한 주먹을 날린다. 겨우 수습한 평정심이 얼마나 오래갈지 의문이다. 문자 하나에도 심장은 과거로 회귀하고자 했다.

지헌은 어금니를 사리물었다. 전화벨 소리가 울렸다. 서린인가 싶어 확인했더니 최성호 회장이었다.

"네, 아버님."

통화하던 지헌의 눈이 화등잔만큼 커졌다. '곧 가겠습니다'라고 말한 후 전화를 끊었다. 지헌은 현관문을 벌컥 열어젖혔다.

"왜 이제 와요? 배고팠는데."

"장인어른 쓰러지셨대. 지금 명성대 병원에 입원해 계셔."

"네? 언제요? 왜?"

"자세한 건 가면서 이야기해 줄게. 얼른 준비하고 나와."

"네."

서린은 허둥지둥 침실로 들어가 소지품을 챙겨 나왔다. 지헌의 차가 곧 집 앞을 떠났다.

"큰 걱정은 할 필요 없다는 구나."

명성대 병원 VIP 특실. 최성호 회장은 딸 내외를 앞에 두고 덤덤하게 말했다.

"검사는요?"

"지금 결과를 기다리고 있어."

서린의 물음에 엄마가 대신 대답했다.

"지난번처럼 과로일 거야. 너희 아버지만큼 평소에 건강관리가 철저하신 분도 없잖니?"

말은 그렇게 해도 엄마의 빳빳한 얼굴은 더욱 굳어 있었다. 엄마도 많이 놀란 것 같았다.

"아버님, 괜찮으십니까?"

지헌의 말에 최 회장은 '괜찮다'라고 말하며 서린을 쳐다보았다.

"서린아, 너는 엄마 모시고 가서 저녁 좀 챙겨 드려."

"아뇨. 난 괜찮아요. 당신도 아무것도 못 먹고 있는데."

"어서. 너희 엄마 아무것도 못 드셨다."

"네."

아버지의 말에 서린은 임 여사를 데리고 병실 밖으로 나갔다. 그제야 최 회장은 지헌을 돌아다보았다.

"류 서방."

"네, 아버님."

"자네에게 부탁이 있네. 들어주겠다고 약속하게나."

"네, 말씀하십시오."

"당분간 자네가 회사를 맡아줬으면 좋겠네."

"네? 하지만 전……."

"의사가 안정을 취하라고 하더군. 심장에 과로가 안 좋다고 말이야. 넘어진 김에 쉬어간다고 이참에 쉬었으면 하네. 석 달만 회사를 부탁했으면 하는데."

"아버님, 저보다는 최 이사가 더 적절할 듯싶습니다."

"서린이는 그럴 깜냥이 못 돼. 자네도 알지 않나? 타협 없이 독선적으로 끌고 가다 결국 부러지고 말 거야. 고집이 여간하지 않아. 그 성질머리로는 홈쇼핑은 물론 그룹 전체도 절대 이끌어 가지 못해. 자네는 능력도 있고 경험도 많지 않은가?"

"아버님!"

"내 딸과 헤어지겠다는 자네를 붙잡는 게 아니야. 석 달만 부탁하네. 내가 다시 일선으로 돌아갈 때까지만 사임을 보류해 주게. 내가 자네를 믿듯 자네도 날 믿어봐."

"……알겠습니다, 아버님."

"고맙네, 류 서방. 김 실장 밖에 있으니까 내가 지시한 사항들을 자네에게 알려줄 걸세. 내일 당장 출근해서 처리해야 할 일들이 이만저만이 아니니까 마음 준비 단단히 하라고. 그리고 박 전무에게 임원진들 문병은 필요 없다고 전해주게. 괜히 언론에 노출되었다가 회사에 영향을 미치면 안 될 노릇이지."

"네, 명심하겠습니다."

지헌은 최 회장에 묵례하고 병실 밖으로 나갔다. 최 회장은 핸드폰을 열어 서린의 전화번호를 찾았다. 그의 얼굴에 웃음이 피어났다.

서린은 아버지의 번호를 확인하고 전화를 받았다.

"네, 아버지."

[서린아. 아비는 약속을 지켰다. 류 서방이 석 달간 사임을 보류하기로 했어.]

"이러실 필요까지는 없었어요."

[강수를 두지 않으면 류 서방 고집을 꺾을 수 없다. 그건 너보다 내가 더 잘 알아. 하니 넌 네 약속이나 잘 지켜.]

"네."

[네 엄마는 뭐 좀 드시니?]

"네, 드시고 계세요."

[알았다. 식사 끝나거든 집으로 모셔다 드리고 너도 류 서방과 함께 집으로 돌아가.]

"네."

서린은 전화를 끊고 생각에 잠겼다. 아버지가 이런 방법까지 동원하실 줄은 꿈에도 몰랐다. 일전에도 쓰러지신 적이 있는 아버지여서 걱정스러운 마음으로 병원으로 달려왔는데, 그때와는 전연 딴판인 안색이라 의아해했었다. 지헌 몰래 아버지가 그녀에게 넌지시 보내는 눈빛을 보고는 더욱 수상쩍었다. 설마 했는데 설마가 진짜였다.

"아버지가 뭐라고 하셔?"

"엄마 아무것도 못 드셨다고 뭐 좀 드시냐고요."

"해가 서쪽에서 뜨겠구나. 네 아버지가 내 걱정을 다 하고."

"아버지는 엄마 걱정 많이 하세요. 엄마만 모르실 뿐이죠."

"그건 너희들 보고 있을 때만 그래."

"아니에요, 엄마."

"네 아버지 역성들지 마. 피곤해."

"그래도 아버지가 쓰러지시면 엄마가 제일 걱정하시잖아요."

"그건 어쩔 수 없는 거잖아. 부부로 연을 맺은 지 삼십 년도 넘었어. 그 정도도 안 하면 부부라는 이름이 무색하잖아?"

"그래도 엄마는 아버지 사랑하시잖아요?"

"사랑? 그런 같잖은 감정놀음이 뭐가 대수라고? 네가 예현그룹을 장악하지도 못했는데, 네 아버지 신변에 무슨 일이 일어나기라도 해봐. 그땐 더 골치 아파."

"말씀은 그렇게 하셔도 아닌 걸 알아요."

"그런 시답지 않은 소리는 그만하고, 부적은 몸에 잘 지니고 다니는 거지?"

서린은 엄마에게 받은 그날 침실 어딘가에 처박아둔 붉은 글자를 떠올렸다. 엄마가 그런 서린의 태도를 알면 폭풍 잔소리를 해댈 터였다.

"네."

"피임도 잘 하고 있고?"

"엄마!"

"마음 같아서는 각방을 쓰라고 하고 싶지만, 아직 확실하지가 않으니까."

"뭐가 확실하지 않다는 거예요? 제게 숨기고 있는 거라도 있으세요?"

"난 너희 부부 이혼했으면 한다."

서린은 깜짝 놀란 얼굴로 엄마를 응시했다. 임 여사가 그들의 벌어진 사이를 알 리는 만무하다. 입이 무거운 아버지가 서린의 부부 이야기를 시시콜콜 엄마에게 발설할 일은 더더구나 없었다. 서린은 엄마가 그들의 상황을 알고 있는지 엄마의 눈치를 살폈다.

"처음부터 어울리지 않았어. 부모 없는 천애 고아라니? 돈이 많으면 뭐해? 근본을 알 수가 없잖아. 네 아버지가 유난히 편애

하는 것이 아들 없는 섭섭함이라고 생각했는데, 그게 아니었어. 가만히 보니 네 아버지와 류 서방 둘이 짝짜꿍이 돼서 날 비웃고 있었어. 그리고 너도!"

"엄마, 그게 무슨 소리예요? 아니에요!"

"아니라고? 내 말이 맞아. 우리가 속고 있는 거야. 그 두 사람에게."

비정상적인 엄마의 눈빛. 서린은 섬뜩한 기운과 마주했다.

"찝찔해. 불길해. 액운을 막아주는 부적을 썼으니까 그 정도는 아닐 거야. 그래, 그건 아닐 거야."

홀로 뇌까리는 엄마의 눈에서는 기묘한 빛이 발광했다. 엄마는 현재에 있지 않고 유년시절 서린이 보았던 과거의 어느 지점으로 회귀하고 있었다.

"아직 아무것도 확실한 것은 없으니까. 그때까진 무조건 아이를 갖지 마. 약속해."

"엄마?"

"그런 눈으로 보지 마. 난 정상이야."

단호한 엄마의 말에도 불구하고 서린은 내일 선미에게 엄마의 상태에 대해 알아보리라 결심했다.

서린은 운전을 하고 있는 지헌의 옆모습을 물끄러미 바라보았다. 부득불 아버지의 병실에 있겠다는 엄마를 설득해 청담동 본가로 모셔다 드리고 집으로 돌아가는 길이었다. 예전에는 귀찮기만 했던 남편의 친절과 배려가 오늘 밤은 왜 이리도 든든한지. 엄마의 냉대를 넉살과 웃음으로 잘 참아내 준 남편이 진심으로 고

마웠다. 그들의 관계가 건조할 대로 건조해져 깨어져 버렸는데도 지헌은 몸에 밴 따뜻함을 놓지 않았다. 비록 그것이 진심이 아니라 타인을 향한 의례적인 예의라고 할지라도 말이다.

이 남자를 가지고 싶은 건 욕심일까? 문득 끼어든 물음에 안색이 어두워졌다. 옆자리에 앉아 있어도 남편과의 간극은 달라지지 않았다. 과거에는 그녀가 마음 문을 닫고 있었다면 현재는 그 반대였다.

"고마워요."

"뭐가?"

"아버지 병원도 같이 와주고 엄마 기분도 맞춰줘서요."

"내가 해야 할 일이니까."

"전에는 그런 당신의 행동들이 당연하다고 생각했어요. 근데 그게 얼마나 감사한 건지 오늘에서야 알았네요. 미안해요."

지헌은 서린의 말에 곰곰이 생각하다 담담하게 말했다.

"억지로 변하려고 하지 마. 힘들어 보여."

지헌의 말에 서린은 입술을 깨물었다. 진심이 그의 마음에 닿으려면 많이 부족하다는 건 알고 있지만, 그에게 다가오지 말라고 벽을 치는 지헌의 모습에 마음이 아팠다.

"힘들지 않아요. 그동안 짓누르던 짐으로부터 나도 해방됐는데요, 뭘."

서린은 짐짓 장난스럽게 말했다.

"짐이라니?"

"내가 그동안 얼마나 잘난 척, 고고한 척, 똑똑한 척하며 살아온지 알아요? 오너의 자식이라 무임승차한다는 소리 안 들으려고 제대로 늦잠도 못 자고 밤낮 없이 채찍질하면서 공부하고 또 공부했어요. 사치하고 싶은 것도 안 하고 꾹 참았단 말이에요."

"사치?"

"귀에 목에 손가락에 귀걸이, 목걸이, 반지 주렁주렁 걸고 끼고 백화점 가서 돈지랄 하고 싶은 걸 겨우 참았어요."

"그렇게 하고 싶은 걸 왜 참았어? 예현이 그렇게 갖고 싶었나?"

"네. 가지고 싶었어요. 인정받고 싶었거든요."

"누구에게?"

"아버지한테요."

지헌은 쉽게 납득이 가지 않았다. 장인어른의 단 하나뿐인 혈육인 서린이 실제적인 후계자라는 것은 세상이 다 아는 것이었다. 비록 지헌이 사장으로 취임하긴 했지만 그건 어디까지나 서린의 조력자 역할을 할 뿐이었다. YH 홈쇼핑 사장직 제의를 받았을 때 지헌은 최 회장에게 예현그룹의 후계 구도에는 관심이 없다고 밝혔고 최 회장도 동의했다.

그런데도 서린은 그와의 결혼을 거부했고 어쩔 수 없이 결혼하고 나서도 극도로 그를 경계했다. 그래서 지헌은 그 우스꽝스러운 계약서에 공증까지 받아야만 했다.

"내가 후계자가 되면 아버지도 마지못해 인정할 것 같았어요."

"이해가 안 가는데?"

"이해 가는 것들이 세상에 몇이나 있을 것 같아요? 부모 자식 간에도 이해할 수 없는 일들이 수없이 펼쳐지는데."

"뭘 인정받고 싶다는 뜻이야?"

"어? 영화관이다. 지헌 씨, 우리 영화 봐요!"

"지금?"

"네. 저 액션영화 완전 재미있을 것 같아요."

지헌은 서린이 속내를 털어놓지 않으려고 다른 곳으로 화제를 돌리는 것을 가만히 지켜보았다. 궁금했지만 호기심을 접었다. 가뜩이나 이상한 나라에서 툭 튀어나온 것 같은 서린인데, 더 물어보았다가는 무슨 일을 당할지 알 수 없다. 미지의 것에 불안해하기보다 한 달의 시간 동안 서린의 장단에 딱딱 맞춰주는 것이 더 낫다. 그는 서린의 곁을 조용히 떠나고 싶을 뿐이니까.

서린의 입속에서 달달하고 짭짤한 팝콘이 터졌다. 고소했다.

"지헌 씨, 팝콘도 짬짜면처럼 파나 봐요. 여기 센스 있죠?"

서린은 망고주스를 쪽 빨아먹으면서 아무런 대답 없는 지헌을 쳐다보았다. 그는 스크린의 현란한 영화 광고에 빠져 있었다. 시원하고 달콤한 주스가 밍밍하게 느껴졌다.

"지헌 씨, 팝콘은요?"

"안 먹어."

영화관에 들어와서 그제야 한마디 한 말이 '안 먹어'라니. 서린은 기운이 빠졌지만 내색하지 않았다.

"그러고 보니 우리 영화 처음 보는 것 같네요."

"영화 보는 거 시간 낭비라며?"

"네?"

"첫 데이트 때 당신이 한 말이야."

"내가 그랬어요?"

"그랬어."

"재수 없었네요."

"재수가 없어도 그런 당신이 좋았어. 그땐……."

지헌의 어조가 무척 담담해서 서린은 가슴이 철렁거렸다. 아무렇지도 않은 척, 비틀어지지 않은 척 해봐도 현실은 잔인했다. 지헌의 다음 말은 그의 입으로 듣지 않아도 들렸다. 지금은 아니라는…….

갑자기 달착지근한 팝콘이 쓰게 느껴졌다. 이 처량한 기분에 지면 안 된다. 그렇다면 그를 영영 잃고 말 거야. 서린은 애써 명랑하게 말했다.

"그래도 지금은 싸가지가 있죠? 그럼 희망은 있는 거네요?"

"영화 시작했어. 얌전하게 영화나 봐."

지헌의 무심한 말에 서린은 한숨을 작게 토해냈다.

눈 아프고 시끄럽고 귀가 멍멍한 액션영화에 도무지 집중할 수 없었다. 게다가 옆자리의 연인들은 때와 장소를 가리지 않고 닭살 행각을 벌이고 있었다. 별것도 아닌 장면에 놀라 여자가 남자의 품에 고개를 숨기길 몇 번. 그럴 때마다 남자는 지구를 지키는 히어로처럼 행동했다.

서린은 피식 웃으며 남편에게 고개를 돌렸다. 지헌은 영화에 집중하고 있었다. 때론 진지하게 때론 웃으며 영화에 빠져든 지헌은 자유로워 보였다.

지난 시간을 되짚어보니, 남편이 재미있는 것과 신기한 것을 좋아하는 아이 같은 면모를 지녔다는 걸 떠올렸다. 맞선 보던 날에도 첫눈이라며 강아지처럼 좋아하지 않았던가. 그런 남편이 어느

날부터 무뚝뚝한 얼굴로 단답식의 짧은 말만 내뱉고 있었다. 주변 곳곳의 사연들에 관심이 많고 주절주절 이야기하던 남편의 변화는 눈에 띌 정도였는데, 어떻게 이 지경이 될 때까지도 몰랐을까.

그리고 무엇보다 저 안경. 남편은 언제부터 안경을 착용하게 된 것일까?

서린은 스크린에서 나오는 빛에 퍼렇게 번쩍이는 안경을 한동안 주시했다. 시력이 점점 나빠졌던 걸까? 성인의 시력 변화는 노안이 오기 전까지는 좀처럼 변하지 않는데. 왜? 의아했다. 우울해졌다. 도대체 남편에 대해 어느 한 가지라도 명쾌하게 아는 것이 없었다.

엔딩 크레딧이 다 올라갈 때까지도 그들은 영화관에 앉아 있었다. 서린이 먼저 자리에서 일어나자 지헌도 따라 일어섰다.

"재미있었어요?"

"그럭저럭."

"난 신났는데."

"다행이네."

말 좀 붙이고자 하는 노력이 무색해졌다. 서린은 이맛살을 찌푸리다 헛발을 디뎠다. '앗' 하는 서린을 지헌이 붙잡아주었다.

"조심해."

"고마워요."

남편의 손은 따뜻했다. 눈물이 날 만큼.

"지헌 씨, 시력이 정확히 얼마예요?"

"그건 왜?"

"안경 낀 모습이 색달라서요. 계속 보니까 멋져 보이는 것 같기

255

도 하고."

"6개월 만에 알아차린 말치곤 나쁘진 않네."

농담조로 말했지만 지헌은 무신경한 얼굴이었다.

"반년이나 됐어요? 안경이 너무 잘 어울렸나? 정말 어색하지 않았어요."

"꼈다 안 꼈다 그랬어."

"시력이 많이 나빠요? 얼마나 나오는데요?"

"0.5쯤?"

"갑자기 나빠진 이유는 뭐래요?"

"나도 몰라. 아마 스마트폰 때문이겠지."

심드렁한 그의 말에 서린은 지헌이 이유를 말하고 싶어 하지 않는다는 인상을 받았다.

지하 주차장으로 내려온 그들은 집으로 돌아가기 위해 차에 올라탔다. 지헌은 액셀을 밟으며 영화관을 빠져나왔다.

자동차 안에서는 한동안 침묵만이 맴돌았다. 지헌은 어느새 어색해진 차 안 공기에 조바심이 슬며시 일어났다. 서린이 평소의 그녀답지 않게 조잘조잘 잘도 이야기를 끌어와서 그런가, 아내가 한순간에 입을 다무니 차내는 쥐 죽은 듯이 고요했다. 서린의 부산스러움, 시끄러움에 벌써 적응이 된 것일까.

지헌은 정면을 응시하다 말이 없는 아내를 힐끗 훔쳐보았다. 서린은 차창에 턱을 괸 채 창밖으로 시선을 두고 있었다. 어쩌면 그녀의 한계는 여기까지인지 모른다. 변한다고 해도 천성을 거스를 수는 없는 것이니까. 조금 전까지 아내는 지속적으로 예상치 못한 질문을 해댐으로 그의 단단한 가슴에 돌을 던졌다. 그러더니 곧 그 장난질에도 싫증이 난 듯했다.

그러나 지헌은 무거운 침묵 속에서도 서린의 일거수일투족이 신경 쓰였다. 마음은 서린을 모른 체하라고 속살거리고 있지만 몸은 다른 말을 했다.

그동안 서린과 가까이에서 몸을 마주한 적 없던 터라 러닝타임 내내 곤혹스러웠다. 좁은 영화관 의자에 함께 앉아 닿을 수밖에 없었던 서린의 팔꿈치와 손, 그리고 다리를 굉장히 의식했다. 콧속에 스며드는 아내의 향기도 은은하면서도 강렬했다. 상큼하고 달콤한데 섹시하기까지 한 향취. 그것은 마치 사랑을 나눈 뒤 한껏 들이켜던 아내의 살냄새를 닮았다. 항상 그를 매료시키던 유혹의 향기였다.

그는 조금이라도 빨리 좁은 공간을 탈출하고 싶었지만 외려 함정에 빠졌다. 이제는 두 사람의 숨소리가 들릴 정도의 고요한 차 안에 갇혀 있었기 때문이다. 강북인 집까지 가려면 한 시간 남짓 걸렸다. 켜켜이 쌓인 정적이 서린의 향기와 뒤범벅이 돼 지헌을 괴롭혔다.

그가 이 순간만큼 남자, 아니 수컷이라는 생각이 든 적은 없었다. 말도 안 되는 생각에 지헌은 미간을 모으고 운전에 집중했다.

"서울이 이렇게 예쁜 줄 몰랐네. 곳곳에 별들이 내려앉았나?"

지헌의 긴장감이 한순간에 설탕 녹듯 녹았다. 서린의 향기가 목소리로 옮겨간 모양이다. 그를 자극하는 소리는 색감으로 말하자면 아쿠아마린. 싱그럽게 반짝이는 목소리에는 행복감이 스며들어 있었다.

"그동안 왜 몰랐을까?"

핸들을 움켜쥔 그의 손에 힘이 들어갔다. 귀를 막고 싶었다. 그가 홀로 있을 때마다 텅 빈 공간에서 울렸던 환청들. 낭랑한 아이의 웃음소리 위로 들리는 부드럽고 온유한 아내의 목소리. 지금 서린의 목소리에는 그가 꿈꾸었던 행복이 녹아 있었다.

"지헌 씨?"

그만 좀 해!

"지헌 씨?"

그만 좀 하란 말이야!

"라이언?"

차츰차츰 부풀어 오르던 지헌의 몸이 빵 터졌다. 너덜너덜한 풍선처럼!

"그 이름은 누가 지어줬어요?"

견딜 수 없어진 지헌은 갓길에 차를 급하게 세웠다.

"앗!"

급브레이크에 서린의 몸이 요동쳤다.

"왜?"

깜짝 놀란 서린은 지헌의 서슬 퍼런 눈동자에 흠칫 숨을 멈췄다.

"지헌 씨?"

"그만 좀 불러!"

지헌은 고함치고 차에서 내렸다. 서린도 급히 안전벨트를 풀고 따라 내렸다.

"지헌 씨! 왜 그래요? 어디 가는 거예요?"

성큼성큼 앞으로 걸어가던 지헌이 서린에게로 되돌아와 무시무시한 눈으로 고함쳤다.

"라이언이라는 이름을 누가 지어줬냐고? 내가 지었어! 행복해지고 싶어서. 막막한 미국 땅에서 약한 동양인 애라고 놀림 받기 싫어서! 동물의 제왕인 사자라면 아무도 날 건들지 않을 것이라고 생각했고, 마침내 강해졌어! 모두가 나와 친해지려고 안달이 났었지. 내 성공을 부러워하고 내게 호의적이었지만 나는 행복하지 않았어. 내 행복은 그리 거창한 게 아니야. 그저 소박하고 평범했을 뿐이었다고! 그런 내가……!"

"지헌 씨……."

지헌은 신경질적으로 머리를 흩뜨렸다. 허공을 찢어놓을 것처럼 노려보다 서린을 쳐다보았다.

"네가 다 망쳤어!"

서린의 검은 눈동자는 떨고 있었다. 미친 놈! 지금 무슨 말을 지껄이는 거야?

"빌어먹을."

지헌은 자조하며 서린에게서 돌아서 뚜벅뚜벅 걸어갔다. 모든 게 엉망진창이었다. 최서린이 변하지 않았다면 잠재워 놓았던 원망도 다시 움트지 않았을 텐데. 아니다. 여전히 질기고 질긴 미련을 안고 있는 그 자신 때문이다.

지헌의 분노를 고스란히 흡수하던 서린의 눈동자에서 또르르 눈물이 떨어졌다.

11

푸른 여명이 채 물러가기 전의 새벽이었다.

옆자리에서 부스럭대는 소리가 났다. 잠에서 깬 남편은 한동
안 앉아 있었다. 가만히 숨을 죽이고 있던 서린은 잠든 시늉을
하며 지헌 쪽으로 돌아누웠다. 홑이불 사이로 살짝 그를 훔쳐보
았다. 남편은 미간을 누르다 협탁 서랍에서 무언가를 꺼냈다.

안약이었다. 서린은 남편이 안약을 점안하는 모습을 지켜보았
다. 어떤 약인지 궁금했다. 지헌은 눈을 감았다 뜨고는 침대에서
일어났다. 그러고는 잠시 서린 쪽으로 고개를 돌렸다. 화들짝 놀
란 서린은 눈을 꼭 감고 잠든 척했다.

남편이 욕실 안으로 들어갔다. 곧이어 물소리가 들렸다. 서린
은 협탁 위로 손을 뻗어 남편이 투약하고 이는 안약의 이름을 살
폈다. 티몹틱 엑스이. 무슨 약이지? 약 이름을 재빨리 외우고 제

자리에 놓아두었다.

서린이 침대 시트와 이불을 정리하는 사이 남편이 욕실에서 나왔다. 젖은 머리칼을 수건으로 말리던 지헌이 그녀를 발견했다.

"깼어? 나 때문에 깬 모양이야."

"아뇨. 일어나려고 했어요. 잠도 잘 안 오고."

지헌은 별말 하지 않고 목욕 가운을 벗어 던졌다. 서린은 시선을 피했다가 남몰래 그를 훔쳐보았다. 자잘한 근육이 물결치는 지헌의 몸을 보고 있자니 가슴이 쿵쾅거렸다. 저 품에 안겨 형용할 수 없는 환희를 맛본 적도 있는데, 지금은 도둑고양이처럼 엿보기만 하고 있었다. 틀어진 관계. 믿음과 사랑이 빠진 관계는 조심스러울 수밖에 없다.

류지헌은 그림 속의 남자와 같이 변해 버렸다. 함부로 만질 수 없는, 예전과 달리 손가락만 까딱여도 침대로 불러들일 수 있는 그런 남자가 아니다. 서린에게 염증이 난 지헌은 다른 여자의 품에 안착했다. 그 여자라면 남편을 스스럼없이 만질 수 있을까? 그 여자에게도 자신에게 보여줬던 표정을 보여줄까? 남편의 행복에도 별다른 감흥이 없던 그 시절의 자신이 너무 미웠다. 그리고 그 여자를 마음에 담아둔 남편도 미웠다.

어떻게! 질투가 솟아올라 서린을 괴롭혔다. 가슴이 갑갑해졌다. 눈물이 또 불쑥 솟아오른다. 차가운 얼굴로 타인을 무시하기만 하더니 꼴 좋아, 최서린! 잘난 것도 없으면서 그동안 다른 세계에 사는 사람처럼 굴더니 기어코 제 눈을 제가 찔러 피눈물을 흘리는구나. 스스로에 대한 조소가 끊이지 않았다. 누굴 탓하겠는가. 모두 그녀의 잘못이었다.

서린은 지헌이 셔츠에 팔을 꿰는 것을 지켜보았다.

"어디 나가요?"

"출근하려고."

"휴가라면서요?"

"어제로 끝났어."

서린은 남편이 넥타이 보관함에서 네이비색의 넥타이를 고르자 재빨리 그에게 다가갔다.

"그거 말고 이거 해요. 이게 더 잘 어울려요."

서린의 손에 들린 건 산뜻한 아쿠아마린색의 도트 프린트 넥타이였다. 지헌은 동의한다는 듯 고개를 끄덕이며 목덜미에서 넥타이를 풀어냈다. 지헌이 서린에게 넥타이를 달라는 듯 손을 내밀었다. 서린은 미소를 지었다.

"내가 매주고 싶은데, 그래도 돼요?"

지헌의 눈이 가늘어졌다. 그 눈에는 '왜'라는 질문이 들어 있었다.

"해보고 싶었어요."

"맬 줄은 알고?"

"넥타이 매고 다니는 고등학교를 다녔어요."

"해봐."

지헌은 셔츠의 깃을 바짝 세우고 서린을 기다렸다. 서린은 떨리는 손으로 지헌의 목 뒤로 넥타이를 둘렀다. 조심조심 넥타이를 맸다. 왼쪽으로, 오른쪽으로, 그리고 아래로. 시간이 달팽이처럼 흘렀으면 좋겠다는 생각이 들었다. 남편의 숨소리와 체취를 가까이에서 더욱 느끼고 싶었다. 셔츠 아래에서 꿈틀대는 그의 가슴팍에 손을 대어본다면 남편은 싫어할까?

보기 좋은 매듭이 만들어지고 서린은 남편의 목 위로 매듭을 밀어 올렸다. 그러고는 남편의 셔츠 깃을 내리려다 그의 체온과 마주했다. 짜릿한 전율이 서린의 손을 타고 몸으로 내려갔다. 남편과의 접촉으로 심장이 마구 쿵쾅거리기 시작했다. 지헌의 품에 이대로 안길 수만 있다면 그 누구에게라도 영혼을 내줄 수 있다고 생각했다.

그러나 서린은 늘어뜨려진 넥타이 끈을 손으로 쓰다듬으며 정리했다. 그러자 남편이 움찔하는 게 느껴졌다. 이제 손만 닿아도 싫은 모양이었다. 목구멍까지 올라온 씁쓸함을 삼키며 서린은 애써 미소 지었다.

"다 됐어요."

대답 없는 지헌을 올려다보자 서린은 숨을 멈출 수밖에 없었다. 남편이 뚫어지게 서린을 응시하고 있었다. 서린의 손이 자잘하게 떨렸다. 호흡이 흐트러진다. 서린은 지헌의 눈을 피하지 않았다. 그의 눈동자에 어린 갈망. 그리고 그의 눈동자에 비치는 그녀의 얼굴. 서린은 마른 입술을 혀로 축였다.

그 순간을 놓치지 않고 남편의 시선이 서린의 입술에 머물렀다가 올라왔다. 지헌의 흐트러진 숨소리가 귓가에 울렸다. 활시위처럼 팽팽해진 긴장감. 서린은 지헌이 그 긴장을 끊어주기를 기다렸다. 그에게로 끌어당겨 주기를 간절히 원했다.

"고마워."

남편의 한마디에 아득하게 느껴지던 시공간이 재빠르게 현실

감각을 되찾았다. 서린은 울컥 치밀어 오르는 감정을 겨우 주저 앉혔다.

"아침 준비할게요. 먹고 가요."

서린은 희미한 미소를 입가에 띠우고 방을 나갔다.

아내의 향기가 사라지자마자 지헌은 '끙' 하는 신음을 내며 침 대에 털썩 주저앉았다. 하마터면 아내에게 키스할 뻔했다. 그 짧 은 순간, 이성을 잃고 미친 듯이 끌어안고 물고 빠는 상상을 했 다. 끝 간 데 없이 아내를 밀고 들어가 끝끝내 마지막 한 방울까 지 쏟아내는 그런 말도 안 되는 자극적인 상상. 백옥 같은 하얀 목덜미에 코를 박고 아내의 체취를 들이키고 싶었다. 유혹이 아 닌 다정한 손길에 불과했는데도 지헌은 아내를 탐하고 싶었다. 탐하고 탐해 그의 품에서 영원히 갇혀 있도록! 미쳤다!

지헌이 진정으로 이기고 쓰러뜨려야 할 상대는 최서린이 아니 라 바로 그 자신이었다. 아내에게 또다시 휩쓸리는 그 순간, 두 번 다시 그는 아내의 마수에서 빠져나갈 수 없을 것이다. 차갑고 도 메마른 서린의 성으로 제 발로 걸어 들어가 결박되는 건 한 번 으로 족하다.

지헌은 결심을 굳히고 차가운 표정으로 침실에서 나왔다. 그 는 주방을 쳐다보지도 않고 곧장 현관으로 직진했다.

"지헌 씨, 밥 먹고 가요."

"됐어. 생각 없어."

다급히 지헌을 따라온 서린이 그의 손목을 붙잡고 주방으로 이끌었다.

"이게 무슨 짓이야?"

"밥 먹으라고 하는 짓이죠."

전기를 놓은 것처럼 '찌릿' 하는 감각이 지헌의 손목에서 느껴졌다.

"자, 여기 앉아요."

부지불식간에 지헌은 의자에 앉혀졌다. 그는 멍하니 아내를 바라보았다. 침실에서의 아내는 뇌쇄와 요염을 두르고 있었는데, 어느새 지금은 동화 속의 요정처럼 발랄하기만 하다. 지헌은 어안이 벙벙했지만 내색하지 않았다.

"이건 갓 데운 우유와 빵, 이건 까수엘라. 맛있어 보이죠?"

"어제 만들었다는?"

"물론 어제 만들긴 했지만 제대로 먹는 건 오늘이 처음이란 말이에요. 빵에 얹어 먹어봐요. 촉촉하니 맛있어요."

"먹고 싶지 않아. 생각 없다고 했잖아."

갑자기 지헌의 눈앞으로 새우를 얹은 빵이 나타났다.

"아, 해요."

"그냥 놔둬. 내가 먹을게."

서린의 갑작스러운 행동에 지헌은 깜짝 놀랐다.

"왜 부끄러워해요?"

"내가 언제?"

"지금 그러는데?"

"잘못 봤어."

"그럼 아, 해요."

"싫다니까."

그의 완강한 거부에 서린은 빵을 접시에 내려놓고 짐짓 화를

265

내는 척했다.

"내가 이걸 어떻게 만들었는데! 자기는 먹어주지도 않고, 먹으라고 내민 손도 부끄럽게 만들고."

지헌은 서린의 투정에 심장이 간질거렸다. 애교라고는 담쌓은 아내가 지금 애교라는 걸 부리고 있는 모양이었다. 앵앵거리는 목소리 톤으로. 진심으로 귀여운데 진심으로 안 어울렸다.

"지금 설마?"

"맞아요, 당신 생각."

"그냥 내가 먹을게."

지헌은 입술을 비집고 새어 나오는 웃음을 무마하고자 전투적으로 바게트 빵을 입안으로 밀어 넣었다. 딱딱한 식감의 빵이 소스를 만나 부드럽게 변했다. 아내 말대로 꽤나 성공적인 맛이었다. 결국 웃음을 흘리고 말았다.

"뭐예요? 정말 나랑 안 어울린다고 생각한 거예요?"

"당신도 어색하다고 생각하잖아?"

서린의 표정이 심술이 난 아이처럼 변했다.

"들켜 버렸네. 하지만 신선했죠?"

"심란해."

"여보!"

지헌은 서린의 입에서 나오는 그 말이 더 이상 어색하지가 않았다.

"집으로 돌아와 줘서 고마워요. 난 당신이 외박할 줄 알았어요."

"약속을 했으니까."

"그래도 그 순간 내가 미웠죠? 당신의 행복을 깨버려서."

지헌은 숨이 턱 막히는 것 같았다. 서린의 솔직한 말은 당황스러웠다. 언제나 숨기고 적대시하던 아내의 속마음이 거침없이 질주하게 내버려 둘 수는 없었다. 흔들린 건 어젯밤으로 족했다.

"그렇게 바뀌려고 노력하지 마. 노력해서 얻어지는 거라면 애초에 우리가 이렇게 되지도 않았을 거야."

"아직 한 달간의 시간이 내게 있어요."

지헌은 그의 시선을 회피한 아내를 바라보다 말했다.

"알았어."

"실은 나, 당신 벤치마킹한 거예요."

"날? 뭘……?"

"막상 내가 해보니까 재미있고 짜릿했어요. 당신도 내게 막 들이댔을 때 이런 기분이 들었어요? 당신은 어디로 튈지 모르는 공 같아요. 어디를 어떻게 막을까 생각하니까 흥분이 돼요."

"내가 제멋대로였군. 역지사지로 겪어보니 당신 기분 이제야 알겠어."

"지헌 씨, 난 그런 뜻이 아니라……."

"미안하게 생각해. 내가 당신을 원하지 않았다면 이런 일도 일어나지 않았을 텐데."

서린은 굳은 지헌의 얼굴에서 답답함을 느꼈다. 겨우 말간 얼굴을 드러내 놨더니 남편은 그녀의 얼굴을 보지 않으려고 겹겹이 막을 치고 도망치려고 한다. 어젯밤 그가 토해낸 분노처럼.

하지만 서린은 그의 분노를 고스란히 받아들였고 인정했다. 모든 것이 그녀의 잘못이었다. 남편을 잃고 나서야 깨닫게 된 마음 때문에 스스로를 자책하는 시간만 쌓여 갔다. 그러다보니 희망은 말라비틀어져 간다. 그를 갖기 위해선 이기적인 그녀가 취할 수 있는 최선의 방어는 역공.

"그게 당신이 내게 기회를 줘야 하는 또 다른 이유죠. 당신은 원하지 않을 때 내게 일방적으로 다가왔고, 내가 당신을 원할 때 떠나가니까. 내가 당신의 행복을 망친 것 맞아요. 그래서 진심으로 미안해요. 하지만 당신도 지금 내 진심을 짓밟으려 하고 있다는 생각은 안 드나요?"

지헌은 누군가가 명치를 세게 치는 것 같은 느낌을 맛보았다. 겉으로는 어른인 척, 태평양 바다와 같은 이해심을 가진 척, 모든 일의 시발(始發)은 그라고 떠들었으면서, 실상 그가 져야 할 책임까지 아내에게 떠넘기고 있었다. 부끄러웠다.

"알았어. 당신이 하라는 대로 할게."

지헌은 덤덤하게 말하고 자리에서 일어났다. 힐끗 바라본 서린의 얼굴은 어두웠다. 그러나 지헌은 서린에게 왜 그런 표정이냐고 묻지 않았다. 이제는 그것이 습관이 되어버렸다. 아내와 그의 사이에는 건널 수 없는 강이 흘러가고만 있다.

현관문이 닫히는 소리가 들리자 서린은 그제야 가둬놓았던 울음을 터뜨렸다. 지헌의 목소리에는 아무것도 담겨 있지 않았다. 그저 그녀가 하자는 대로 하겠다는 맹목적인 대답에 지나지 않았다. 텅 빈 공간을 향해 외치고 있다는 절망적인 기운이 서린에게 엄습했다. 이러다가 진짜 울보가 될 것만 같았다.

[언니, 뭐 하세요?]

"청소 중."

[엥? 진짜? 최 이사님이 청소를 다 하셔요? 아랫것들 시키지 아니하시고?]

서린은 걸레질을 멈추고 마치 눈앞에 현영이 있는 것처럼 허공을 향해 째려보았다.

"너 많이 컸다, 심현영."

[헉. 죄송합니다, 선배님!]

"무슨 일이야?"

[우리 현주는 열일하러 출근했는데, 언니는 한 달 휴가 동안 뭘 하시나 궁금해서.]

"어째 좀 쌍둥이 언니는 소처럼 부려먹으면서 넌 왜 놀고 있냐, 라는 뉘앙스 같은데?"

[이 언니, 사람 잡을 언니네? 현주 없이 언니가 얼마나 심심해할까 걱정돼서 전화했단 말이에욧! 같이 놀기 싫으시면 뭐, 할 수 없고요. 그럼, 관리나 받으러 오세요. 고객님, 최상의 서비스, 맛있는 커피를 미모의 여사장이 대접하겠습니다.]

"미모의 여사장님?"

[물론 고객님보다 한 단계 낮은 미모이므로 안심하시고 방문하세용. 대신 점심은 고객님이 쏘셔야 합니다. 히히.]

"훗, 알았어. 갈게. 청소도 끝났으니까."

[빨리 와요, 언니! 기다릴게요.]

서린은 전화를 끊었다. 간단한 준비를 하고 집을 나섰다. 사고로 당분간 렌트한 빨간색 자동차가 서린을 기다렸다. 자극적인 색감을 좋아하지 않았는데, 남편과의 일이 터진 후 그동안 견고히 쌓아온 틀을 깨고 싶었다. 그 첫 번째가 일상적인 것들로부터의 일탈이었다.

현영의 숍이 있는 강남까지 가려면 시간이 제법 걸렸다. 골목길을 빠져나와 대로로 접어들었다. 익숙지 않은 곁길이 나오자 서린은 핸들을 틀었다. 얼마 지나지 않아 소담한 밥집이 나왔다. 서린은 잠시 정차를 하고 가게를 쳐다보았다.

이해원과 그녀의 딸이 활짝 웃으며 가게 앞을 청소하고 있었다. 빗질을 하는 엄마와 술래잡기를 하는 여자애의 낭랑한 웃음소리가 차 안까지 들리는 듯했다. 평화롭고 따뜻한 일상. 남편이 간절히 원하는 소박한 행복의 한 자락이 저와 같을 것이다.

서린은 해원의 얼굴을 뚫어지게 주시했다. 다정한 미소가 아름다운 여자였다. 그녀가 좋은 여자라는 것은 이미 알고 있었다. 그렇다고 자신의 남편은 줄 수가 없다. 좋은 여자라도 남의 남자를 넘보는 것은 죄악이다. 하지만 남편이 한 달이 지나도 저 여자를 원한다면? 상상도 하기 싫었다. 서린은 얼굴을 굳히며 액셀에 올린 발에 힘을 주었다. 아직 한 달은 지나가지 않았다. 자신의 모든 것도 보여주지 않았다.

무엇보다 사랑한다고도 말하지 않았다.

"언니!"

현영의 째지는 듯한 목소리가 고막을 자극했다. 서린은 싱긋 웃었다.

"이게 누구야? 내가 아는 그 언니 맞아요?"

현영은 서린의 뒤를 쫄레쫄레 따라오더니 서린의 주위를 빙빙 돌며 위아래로 훑어보았다.

"언니 아닌 거 같은데? 이봐요, 아가씨. 이름이 뭡니까?"

"장난칠래?"

"후후. 언니 연예인 같아요! 너무 예뻐요. 시기 질투가 팍팍 솟아오를 만큼."

"넣어둬. 그런 건 안 키워도 돼."

"가진 자의 여유가 느껴져요. 음, 향긋하여라."

서린은 현영의 익살에 실긋 웃었다.

"심 사장, 작업이나 해줘."

"네, 고객님."

현영은 네일 케어 후 꼼꼼하게 매니큐어를 발랐다. 강렬한 레드 위에 교차하는 블랙 선으로 이루어진 마름모가 섹시하게 느껴지는 네일아트였다.

"언니, 섹시한 콘셉트 괜찮겠어요? 헤어스타일하곤 너무 잘 어울리는데. 평소 스타일이 아니라서."

"스타일 바꿔보려고."

"진짜 왜 그래요? 휴가 낸 것도 이상하고. 현주에게 물어봐도 그 기집애는 입에 찹쌀떡 붙인 양 아무 말도 안 하고. 진짜 무슨 일이 있었던 거예요?"

서린은 걱정이 담긴 현영의 얼굴을 주시하다 네일을 물끄러미 바라보았다.

"바르고 바르면 예쁜 네일이 완성되잖아. 변하려고 노력하고 또 노력하면 그 사람도 날 바라봐 주지 않을까?"

"그 사람? 언니, 설마 불륜이에요?"

현영이 새하얗게 질린 얼굴로 시선을 내리깔았다가 서린을 쳐다보았다.

"미쳤어, 이 언니! 제정신 아니야. 진짜 제대로 돌았구나, 언니!"

서린의 눈살이 찌푸려졌다. '네 억측'이라고 말할 틈도 없이 현영이 속사포처럼 쏟아냈다.

"아니, 한결같은 형부 놔두고 누구에게 한눈팔아요? 그래, 지난번에도 이상하다 했어! 세상 다 산 얼굴로 나타나서 드라마 보고서 복수를 한다느니, 어쩐다느니! 무척이나 언니답지 않았단 말이에요. 근데 그게 모두 그 남자 때문이었네! 언니 싫다 하는 그 사람에게 차라리 복수나 해요. 같이 드라마 봤잖아요. 근데 왜 언니가 바뀌어요? 그러면 그 남자가 돌아봐 준대요? 진짜 내가 아는 최서린 선배 맞아요? 사람이 일순간에 변하는 거 정말 시간문제네. 아니 사랑 문제네. 불쌍한 우리 형부, 어떡해! 언니 벌 받을 거예요!"

"맞아. 지금 벌 받고 있어."

"형부가 알았구나! 그래서 이렇게 안 하는 짓까지 하는 거죠? 다시 한번 생각해 봐요. 불륜은 절대 안 돼요!"

"불륜 아니야."

"그럼 뭔데요? 로맨스? 남이 하면 불륜이고 내가 하면 로맨스, 그거예요? 그게 바로 불륜이에요! 당사자인 언니 눈에는 안 보이고 제삼자인 내 눈에 보이는 그거!"

"그 남자가 류지헌인데도?"

"류지헌이라고요?"

일장훈계를 늘어놓던 현영의 얼굴에 또 다른 충격이 어리었다.

"형부잖아요! 류지헌 사장님! 정말 형부란 말이에요?"

서린은 천천히 고개를 끄떡였다.

"그럼 언니를 바라봐 주지 않는다고 한 사람도 형부였어요? 아니 왜요? 형부는 한결같이 언니만 바라보고 언니가 항상 엉뚱한 곳을 바라보는데. 그건 공식이잖아요?"

"공식이라? 너도 알고 있었던 거니?"

"그걸 왜 몰라요? 두 사람과 함께 식사할 때마다 우리가 느꼈던 건데!"

"현주도 알고 있었구나."

"언니 빼고 다 알죠. 아니, 언니는 알면서도 모른 척했어요. 아니에요? 그런 느낌이 강하게 들었는데."

"알면서도 모른 척했다고? 일견 맞는 말이기도 한데 틀리기도 해. 네가 그렇게 느낀 이유는 뭐야?"

"언니는 당당했으니까요. 형부 위에서 군림하는 게 우리 눈에 보였어요."

"내가 그랬니? 네 눈에도 그 사람을 무시하고 함부로 대하는 것처럼 보였어?"

"형부의 감정을 무시했었어요. 그건 언니가 형부를 사랑하지 않는다는 걸 뜻했고요."

"내가 그런 여자였구나."

서린은 현영의 객관적인 눈에 비친 자신의 모습이 그려져 마음이 아팠다. 타인의 눈에도 지헌의 상처가 보였다면 지헌에게 결혼 생활은 끔찍한 악몽이었을지도 모른다.

서린의 자조가 쓸쓸하게 들린 현영의 뇌리로 번뜩 섬광이 지나
갔다.

"형부가 언니를 안 바라봐요? 이제야 겨우 언니가 형부를 바라
보게 되었는데."

"타이밍이 어긋났어."

"언니는 노력해서라도 되돌리고 싶고요?"

"근데 방법이 없어. 그 사람 상처가 깊어서 이제는 무디어졌나
봐. 어떻게 해야 할지 모르겠어."

"방법을 모르겠다니요? 지금 언니를 봐요! 어떤 남자라도 탐낼
만큼 아름답잖아요! 가장 강력한 무기를 가지고 있으면서 어떻게
해야 할지 모르겠다는 건 어불성설이에요."

"내가?"

"정신을 똑바로 차리면 호랑이 굴에서도 살아남는다고 했어
요. 상처받은 형부가 밀어내도 언니는 형부를 잡을 수 있다고요.
내가 그 방법을 알려줄게요. 잠깐만요."

현영은 숨 쉴 틈 없이 말하고는 갑자기 사라졌다. 서린은 현영
이 올라간 이 층과 연결된 문을 쳐다보았다. 곧 현영이 한 아름의
책들을 안고 나타났다.

"이거 정독해요."

"이게 뭔데?"

"로맨스 소설."

"로맨스 소설?"

"그런 표정으로 보지 말아요. 이 책들이 언니를 구원해 줄 바
이블이 될 테니까."

현영은 야무진 표정으로 단호하게 말했다.

집으로 돌아온 서린은 책장을 넘겼다. 심각한 표정으로 현영이 시키는 대로 한 자 한 자 눈에 넣었다.

"특히 이 부분들, 포스트잇 붙인 곳 보이죠? 영어 단어 외우듯 봐야 해요. 정말 중요한 부분이거든요. 유혹의 고급 기술이 현란하게 펼쳐져도 당황하지 말고 책을 붙잡아요. 언니가 이 세계에 초보자라서 조금 걱정되긴 하지만 전 언니를 믿어요. 부디 언니의 능력을 보여주세요! 파이팅!"

유혹의 기술이라? 서린은 활자를 읽어나가다 미간을 모았다. '남자는 시각에 약한 동물이다. 유혹은 남자의 눈을 잡아먹는 것에서 시작된다'라는 구절이 눈에 들어왔다. 그리고 그 문구 아래로 남자를 유혹하는 로맨스 소설 여주인공의 웃기고도 야한 해프닝이 시작되었다. 서린은 소설에 집중했다.

여주인공의 사랑이 해피엔딩을 맞이하는 것까지 읽고 시간을 확인하니 7시가 넘어 있었다. 현주가 지현이 퇴근했다는 문자를 보내왔다. 서린은 현주에게 지현의 일거수일투족을 보고하라는 지시를 내린 적이 없다. 이것은 서린을 돕기 위해 현영이 두 팔을 걷어붙였다는 뜻이었다. 하지만 현영은 한 가지만 알고 다른 한 가지는 알지 못했다. 서린이 아니라 남편이 진짜 불륜을 저지르고 있다는 것을. 그저께 서린은 현주에게는 사실을 털어놓았다. 남편을 붙잡기 위한 계획을 세울 때 현주의 도움이 필요했으니까.

서린은 간단하지만 정성스러운 저녁 준비를 끝냈다. 남편에게 저녁은 집에서 먹으라는 문자를 보냈다. 지헌의 답장을 기다리면서 로맨스 소설의 여주인공을 떠올렸다.

정말 그렇게 해볼까? 어지러운 척 남자 옆에서 쓰러지고, 실수인 척 남자 품에 안겨봐?

그룹을 위해 일에만 집중하느라 제대로 된 연애도 못 해보고 결혼했다. 뒤늦게 남편을 사랑한다는 것을 깨닫고 이제라도 가정을 지키려고 하는데 남편은 더 이상은 힘들다며 떠날 준비를 한다. 이때까지의 시간이 후회로 가득하다면 지금부터는 후회할 일을 만들어서는 안 된다.

내가 할 수 있을까? 무슨 짓이라도 해서 남편을 잡겠다고 했는데…….

남자와의 잠자리를 두려워하지 말라는 소설 속의 말이 떠올랐다. 짝사랑하는 남자를 잡기 위해 고군분투하는 여주인공에게 절친한 남자 사람 친구가 해준 말. '관심 가는 여자와 잠자리를 하고 나면 그 여자에게서 관심이 멀어진다'라는 생각은 보편적인 말일 뿐, 자신의 사랑이 보편적일지 특별할지는 경험해 봐야 안다는 것.

특별한 사랑은 여자가 몸을 준 남자를 잊지 못하듯 남자도 그 여자의 몸을 잊지 못한다고 했다. 그런 사랑은 사랑을 나눌 때 몸으로 시작하지만 마음으로 교감한다고. 그래서 책에서는 몸의 힘을 믿으라고 했다. 마음이 다 하지 못한 이야기를 몸이 해줄 수 있다고.

서린은 침실 안, 거울 속의 여자를 응시했다. 짧은 머리, 갸름

한 턱선, 빨강 립스틱. 유혹은 충분히 가능했다. 거울 속의 서린은 허물을 벗어 던진 말간 욕망을 품고 있었다. 그를 붙잡고 싶다는 간절함, 그를 가지고 싶다는 열망, 그리고 그를 영원히 사랑하고자 하는 순수.

서린은 가만히 눈을 감아보았다. 언제일지 모르는 그때를 떠올렸다. 지헌의 품에서 환희의 최고조에 올라 느꼈던 전율을. 어떻게 그 기쁨을 모른 척하고 여태까지 달려왔을까? 그의 단단한 허리를 옥죄었을 때 울부짖던 남편의 목소리도 기억한다. 서린의 뺨에 홍조가 드리워졌다.

일에 지쳐 불면에 시달릴 때에도 본능은 남편의 품을 떠올리게 했다. 그때마다 안기라고 속살거렸지만 기를 쓰고 참아낸 것은 이성의 준열한 꾸짖음 때문이었다. 근데 남편을 적으로 보라는 그 속삭임에 넘어가 남편을 잃게 될 지경에 처했다.

서린은 눈을 떴다. 눈에서 이채가 발했다. 주사위는 던져졌다.

지헌은 현관으로 들어서다 서린을 마주하고 움직임을 멈췄다. 아내가 얼굴 가득 생글생글 미소를 띠우고 그를 맞이하고 있었다.

"지헌 씨, 왔어요?"

귀가 녹아버릴 정도로 달콤한 목소리였다.

"오늘 하루도 고생 많았죠? 힘들지는 않았어요?"

상냥한 서린의 말에 지헌은 어떤 표정을 지어야 할지 알 수 없었다. 오늘 아침, 그를 벤치마킹했다는 아내의 말을 듣고, 그의 책임도 있다는 것을 인정했다. 앞으로 한 달간 그의 손으로 그들

의 관계를 갈무리해야 한다는 것을 되새긴 지헌이었다. 서로에게
더 이상 상처 주지 않도록 서린이 원하는 한 달을 보내자고 마음
을 정리하였다. 한데 어째 분위기가 이상했다.

서린은 담뿍 비를 맞고 살아난 초록의 나무처럼 생기가 넘쳐
흘렀다. 아침과는 전연 딴판인 아내의 표정에 지헌은 정리된 생
각이 흐트러지는 것을 느꼈다. 변하겠다는 서린에게 맞춰주겠노
라고 결심했지만 이렇게 변한 아내에게는 도무지 적응이 되지 않
는다. 서린은 하루 종일 광합성만 했는지 발랄하고 반짝반짝하
고 향긋했다.

"씻고 밥 먹어요."

"응."

지헌은 침실로 건너갔다. 서린이 그의 뒤를 졸졸 따라왔다.

"할 말 있어?"

"아뇨. 재킷 받아주려고요."

"재킷은 왜?"

"아내가 밖에서 수고한 남편 재킷 받아주는 걸 내조라고 하죠.
타이도요."

지헌은 타이를 풀어 서린의 손에 쥐어줬다. 서린은 생긋 웃으
며 재킷과 타이를 옷장에 정리하고 사라졌다. 지헌은 종잡을 수
없는 아내의 태도에 신경이 쓰였다. 서서히 닫힌 그의 마음을 활
짝 열어젖히려는 서린의 노력은 점점 무시할 수 없는 것으로 변해
가고 있었다.

한 달이 이렇게 긴 시간이었나?

지헌은 막막한 눈으로 방문을 쳐다보았다. 그 문 너머 아내가

있었다.

집 안은 적당히 쾌적하고 은은했다.

"지헌 씨, 씻었어요?"

"응."

"그럼 우리 밥 먹어요."

지헌은 자리를 잡고 아기자기한 식탁을 바라보았다. 금방 지은 밥, 콩나물국, 계란말이, 김치볶음, 시금치무침. 서린이 조리가 끝난 불고기 전골냄비를 가운데에 놓았다. 정성을 다한 상차림이었다.

"맛이 있을지 모르겠어요. 근데 불고기는 확실히 맛있을 거예요. 마트에서 양념된 걸 샀거든요. 아참, 물!"

지헌은 모두 맛있어 보인다는 말을 꿀꺽 삼키고 수저를 들고 맛을 보았다. 겨우 이틀을 요리했을 뿐인데, 서린의 음식 솜씨는 일취월장했다. 속성으로 요리 실력을 올려주는 학원을 몰래 다니기라도 한 걸까.

음식에서 눈을 뗀 지헌은 서린을 바라보았다. 아찔한 각선미가 눈으로 들어왔다. 지헌은 서둘러 시선을 떼고 밥을 먹었다. 서린의 밥 같이 먹자는 문자에 '먼저 먹어'라고 하지 않은 것이 실수였다. 피하지 않겠다고 했는데 지금 당장 서린에게서 도망가고 싶었다.

"맛있어요?"

"맛있어."

"그래요? 거기 약 탔는데."

"켁켁. 뭐?"

"이제야 날 좀 보네. 설마 내가 당신을 잡아먹기야 하겠어요?"

서린은 사레가 걸린 지헌에게 물잔을 건네주었다. 지헌은 서린이 건넨 물을 받아 한 모금 마셨다.

"진짜 약 탄 건 이건데."

"그만해. 재미없어."

"난 재밌는데."

"장난 그만 치고 얌전히 밥이나 먹지."

"네."

잠깐 동안의 침묵은 꿀맛이었다. 밥을 먹고 있는지 시간을 먹고 있는지 알 바 없는 지헌은 재빨리 수저를 놀렸다. 서린과의 어색한 식사 시간이 어서 끝나기만을 바랐다.

"더워."

덥다고? 지헌은 뒤를 둘러보았다. 에어컨의 실내 온도는 26도. 널찍한 거실을 지나 주방의 식탁까지 선선한 바람이 불어왔다. 지헌은 의아한 눈으로 서린을 바라보았다. 손부채질을 하던 아내가 걸치고 있던 셔츠를 벗었다. 그러고는 지헌을 마주 보며 개구쟁이처럼 웃었다. 반달처럼 휜 눈웃음이었다.

서린의 차림새를 알아챈 지헌의 눈이 흔들렸다. 민소매 차림이었다. 깨끗하고 하얀 살결이 눈에 박혀들었다. 짧은 머리카락으로 더욱 길어 보이는 목덜미, 동그란 어깨, 가느다란 끈이 툭 끊어질 만큼 볼록한 젖가슴의 계곡. 그 음영의 윤곽을 더듬다 지헌은 숨을 멈췄다.

얇은 블랙 옷감 위로 고개를 쳐든 젖꼭지가 지헌을 유혹하고 있었다. 그것을 빨았을 때 들리던 서린의 신음 소리가 귓가에 젖어들었다. 지헌은 홀린 듯이 서린의 몸을 훑었다. 긴장이 뱃속에서 구불구불 소용돌이쳤다. 이곳에 더 있다가는 무슨 일이 벌어질지 모른다. 지헌은 젓가락을 놓고 자리에서 일어났다.

"잘 먹었어."

"벌써요? 얼마 먹지 않은 것 같은데."

"배불러."

"네."

서린은 셔츠를 걸치며 한숨을 포옥 내쉬었다. 남편을 유혹하기 위해 의도적으로 브래지어도 하지 않았는데. 가슴에 시선이 머물던 남편의 눈빛은 소설 속의 남자주인공처럼 쉽게 변하지 않았다. 유혹의 기술이 맞는지 의심스럽기 시작했다.

지헌은 서린의 따가운 시선을 받으며 서재로 들어갔다. 오랜만의 출근이라 결재할 서류들이 많았다. 함께 식사하자는 서린의 문자만 아니었다면 자정이 넘도록 서류들을 검토할 작정이었다.

컴퓨터에 집중하는 지헌의 미간에 주름이 졌다. 한 자세로 오래 앉아 있다 보니 목이 뻣뻣하고 어깨가 쑤셔왔다. 아무래도 내일을 위해 일을 접어야 할 성싶었다. 시각을 확인하니 11시가 넘어 있었다. 잠자리에 들고 싶은데 지헌은 침실에 들어가는 것이 왠지 껄끄러워졌다.

아내는 확실히 변했다. 그가 어떤 말을 해도 그런 말을 들은 적이 없다는 듯 발딱 일어난다. 오뚝이처럼. 어제의 아내와 오늘의 아내도 달랐다. 어떤 식인지 곰곰이 생각하다 눈살을 찌푸렸다. 서린은 여자라는 것을 과시하고 있었다. 그래서 그것이 어떻다는 말인가. 상처는 오래됐고 깊다. 이성적 매력이 덮을 수 있는 것이 아니었다. 고통스러운 가뭄에 반짝 소나기가 내려도 오랜 기근은 해결되지 않는다.

침실로 들어선 지헌은 아내가 없다는 것을 발견했다. 잠옷으로 갈아입으려는데 욕실에서 서린의 목소리가 들렸다.

"지헌 씨! 거기 있어요?"

"불렀어?"

욕실 문으로 다가가며 지헌이 물었다.

"네. 미안한데요. 여기 수건이 없어요. 파우더룸에서 수건 좀 가져다줘요. 큰 것으로요."

"알았어."

지헌은 붙박이장에서 작은 수건과 큰 수건 두어 개를 꺼내 욕실 앞에 섰다. 노크를 할까 망설이다 스스로가 얼간이처럼 느껴져 문을 벌컥 열었다.

욕실 안으로는 하얀 수증기가 모락모락 피어나고 있었다. 샤워기 아래로 떨어지는 물을 고스란히 받아내는 서린의 육감적인 몸이 보였다. 지헌은 저도 모르게 그녀의 몸을 위에서 아래로 훑어내렸다. 착 달라붙은 검은 머리카락의 물결을 따라 흘러내리는 물방울. 그것이 매끈한 등, 잘록한 허리, 탱탱한 둔부를 지나 늘씬한 종아리 아래로 떨어졌다.

지헌의 심장이 늑골을 파괴하고 튀어나올 것처럼 쿵쾅거렸다. 그의 피가 어느새 뜨겁게 데워졌다. 눈 둘 곳을 찾으며 지헌이 말했다.

"여기에 걸어둘게."

"그냥 줘요, 여보."

샤워기 물소리가 뚝 끊겼다. 지헌은 그를 향해 도는 서린의 눈과, 아니 몸과 마주했다. 양팔에 눌린 풍만한 젖가슴, 납작한 배, 그리고 깊은 그곳. 지헌은 숨결이 거칠어지려는 것을 겨우 막으며 다시 서린의 눈과 마주했다. 그녀의 눈이 생긋 웃고 있는 것처럼 느껴졌다.

뭐지? 뒷덜미를 리드미컬하게 자극하는 전율. 지헌은 기묘하게 조여오는 그 느낌을 떨쳐 버리려 인상을 썼다. 아내는 느릿느릿하게 손을 움직여 수건을 받아갔다. 그러고는 수건을 탁 펼치며 아찔한 나신을 가렸다.

숨이 막히는 건 욕실이 답답해서 그럴 것이다. 작은 수건으로 머리의 물기를 탈탈 털어내는 서린을 뚫어지게 바라보던 지헌이 힘겹게 내린 결론이었다. 사면초가. 젖은 서린의 몸에서 풍기는 도발적인 향취. 이건? 지헌은 힘겹게 뒤돌아서며 욕실을 나갔다.

등을 돌린 남편을 보면서 서린은 물기를 닦아내던 손을 멈추었다. 남편은 강한 적이다. 어느 면에서나. 그래서 그토록 이기고 싶었는지 모른다. 여자와 남자의 싸움에서도 남편을 이기기란 쉽지 않았다. 남편을 유혹하던 서린은 지헌이 아무 반응이 없자 유혹의 스킬이 효과가 없는 것인지 살짝 고민에 빠졌다. 책 속의 남녀주인공들은 이 단계에서 눈으로 교감하며 키스를 나누었다. 그런데 현실에서는 남편이 그녀를 외면하고 사라졌다.

그러나 승부는 원래 세 번째에 보는 법이다. 봉긋한 가슴에 교차한 수건의 매듭 부분을 느슨하게 묶었다. 서린은 젖 먹던 힘까지 끌어모아 욕실 손잡이를 잡았다. 이런 전쟁은 서린에게도 처음이라 떨리기는 마찬가지였다.

남편은 안경을 쓰고 침대 위에 앉아 있었다. 서린은 화장대 앞에 앉아 드라이기를 꺼냈다.

"머리 좀 말릴게요."

지헌은 대답이 없었다. 윙윙거리는 드라이기 소리 너머 서린은 거울 안 남편을 쳐다보았다. 그는 시끄러운 소리에도 찡그림 하나 없이 책장을 넘겼다. 무슨 책일까? 만화책도 아닌데 이 와중에도 저렇게 집중을 하고 있다니. 서린은 입술을 삐쭉거렸다.

얼추 머리카락이 마르자 서린은 용기를 북돋우는 심호흡을 했다. 이것이 마지막 유혹이 될 터였다. 목에 걸린 반짝이는 목걸이, 시어머니의 유품.

"여보, 나 좀 도와줘요."

천연덕스럽게 말했지만 입술이 떨렸다. 거울 속의 남편이 그제야 자신을 마주 보았다. 서린은 입매를 한껏 끌어 올리며 속삭였다.

"풀려고 하는데 손가락이 퉁퉁 부어서 잘 안 돼요."

남편의 표정은 의심에 가득 차 있다. 아마도 세 번의 우연은 우연이 아니라 계략임을 알아차린 모양이었다. 누군가 심장을 휘젓는 것 같았지만 서린은 용기를 버리지 않았다.

"어서요."

지헌은 포기한 듯 안경을 벗어두고 침대에서 일어나 서린에게 걸어왔다. 거울 밖의 지헌은 한동안 서린을 응시했다. '무슨 속셈이냐고' 묻는 그의 질문에 서린은 빙긋 웃을 뿐이다. 그녀가 고개를 숙였다.

아내의 하얀 목이 지헌의 눈앞에 성찬처럼 펼쳐졌다. 지헌은 목걸이 후크를 양손으로 잡아 끌러냈다. 언뜻 스치는 서린의 매끈한 피부는 촉촉했다. 야릇한 기운이 아내가 수건을 두르고 욕실에서 나온 순간부터 단전 아래를 치받고 있었다.

"고마워요."

서린은 거울 속 지헌의 눈을 응시했다. 그의 눈 안에 불꽃이 미약하게 피어올랐다. 맞부딪치는 시선 속에 엉긴 거친 호흡. 누구의 숨소리일까?

궁금해하는 사이 지헌의 손가락이 서린의 어깨를 천천히 쓸었다. 부드럽게, 감미롭게 스치는 그 감촉에 서린의 가슴이 떨렸다. 남편의 눈은 여전히 서린의 눈을 잡아먹고 있었다. 일 초라도 벗어날 수 없는 촘촘한 그물 안에 걸린 느낌.

손가락으로 느껴지는 아내의 감촉은 지헌의 이성을 혼미하게 만들었다. 서린을 만지고 싶다는 욕망에 흐려진 눈이 폭발했다. 지헌은 터질 것만 같은 몸을 견디느라 이를 악물었다. 빨리 이 순간에서 벗어나야 하는데, 서린의 눈을 외면해야 하는데, 지헌은 늪 같은 그녀의 눈에 빨려가기만 했다. 결국 그는 강철 같은 의지로 서린의 어깨에서 손을 뗐다. 눈을 뗐다.

"지헌 씨."

서린은 화장대 의자에서 일어났다. 그녀의 가슴을 가리고 있던 수건이 스르르 풀렸다. 그 바람에 서린의 둥근 젖가슴이 드러났다. 지헌은 거울 안의 서린을 쳐다보았다. 그녀는 당당한 눈빛으로 그를 마주했다. 피가 용솟음쳤다.

한데 지헌의 입가에 비소가 걸렸다.

"유혹하는 거야?"

"유혹하면 넘어올래요?"

"내가 다른 여자와 불륜을 저질렀는데도?"

그의 회심의 일격이 제대로 목표 지점에 꽂혔다. 서린의 당당함이 고통으로 스러졌다.

"한 번은 눈감아줄 수 있다고 했어요. 그게 당신을 잃는 것보다 나으니까."

지헌의 눈이 욕망으로 완전히 검어졌다.

12

지헌은 구름 위에서 하늘을 바라보았다. 쪽빛을 풀어놓은 듯 청명한 하늘 위로 서린의 얼굴이 겹쳐졌다. 지헌은 비행기 창문에 아내의 이름을 써보았다.

최서린. 처음부터 벗어날 수 없는 막강한 힘의 주인.

아무리 발버둥을 쳐봐도 서린을 배제한 인생은 없을 것 같다. 입가에 쓴웃음이 그려졌다. 바보 같으니. 겨우 잘라낸 목줄을 스스로 주인에게 갖다 바쳤다. 어쩔 수가 없다. 그것은 숙명과 다름없었다.

만약 그때, 집 앞에서 울고 있는 서린의 뒤를 따라가지 않았더라면 꿈도 생겨나지 않았을 텐데. 눈물을 닦아주고 함께 웃자는 그런 지킬 수 없는 꿈도 섣불리 꾸지 않았을 텐데.

아니다. 제대 후에 서린을 다시 만나지 않았어야 했다. 그랬다면 지금처럼 지쳐서 포기하지도 않았을 것이다.

아무리 생각해 봐도 서린으로부터 벗어날 길은 보이지 않았다. 그래도 지헌은 탈출을 꿈꾸었다. 그러나 그것조차 뜻대로 되지 않는다는 것을 어젯밤 지독하게 경험했다. 한 발짝도 움직일 수 없는 덫에 빠졌다. 이것밖에 되지 않으면서 행복을 꿈꾸다니!

그는 지금 도망가는 중이었다. 대만행 아침 비행기를 탈 사람은 지헌이 아니라 박 전무여야 했다. 지헌은 이른 새벽 박 전무에게 느닷없이 전화를 걸어 출장을 대신 가겠노라고 통보했다. 인천공항에 도착했을 때 그는 카오스 상태였다. 그리고 몇 시간 후인 지금도 마찬가지였다. 앞으로 어찌해야 하는지 알 수가 없다. 단, 그가 겁쟁이라는 명확한 사실 하나를 빼고는…….

지헌은 괴로웠다. 그는 마른세수를 하고 우두커니 창밖을 바라보았다. 아직도 아름답고 당당한 서린의 목소리가 귓가에 맴돌았다.

"우리가 이래선 안 될 이유, 없잖아요?"

지헌은 가까스로 서린의 도발에서 이성의 한 조각을 찾았다. 서린의 진심 어린 말은 그를 폭풍처럼 뒤흔들어 놓았다. '우리는 이래선 안 된다'라는 지헌의 말에도 서린의 목소리는 뇌쇄적이었다.

"정말 없다고 생각해?"

"우린 부부예요. 아직까지는."

"우리 관계는 달라졌어."

"네. 달라졌죠. 하지만 당신과 나에게는 한 달간의 시간이 있고, 그 시간은 내게 기회예요. 내 노력에 우리의 잠자리가 없었다고 생각해요? 당신이 나와 자고 나서도 이혼하겠다는 결심이 확고하다면 그땐 어쩔 수 없는 거니까 깨끗이 포기할게요. 하지만 자기 전에 도망치는 건 아니죠. 당신이 날 원하면서도 스스로 아니라고 참고 있잖아요."

"내가 당신을 원한다고? 아니야. 당신을 원하지 않아."

"아니라면 증명해 봐요."

"내가 왜 그래야 되지?"

"날 원하면서 참는 건 반칙이니까요. 당신은 지금 우리가 약속한 한 달이라는 시간에서 도망치겠다는 거잖아요."

"반칙이라고?"

"네, 반칙. 두려운 거예요, 당신은……. 나와 자고 나면 생각이 바뀔까 봐."

지헌은 심중을 꿰뚫는 말에 숨이 턱 막혔다.

"또다시 상처를 받게 될까 봐. 그렇지 않다는 걸 믿어봐요. 날 믿어줘요, 지헌 씨."

서린은 애틋한 눈으로 지헌의 뺨을 매만졌다. 지헌은 뜨거운 감촉에 흠칫 몸을 떨었다. 아내의 손가락이 지나간 곳마다 화인이 찍히는 느낌이었다.

"나는 당신을 원해요. 너무 원하고 원해서 눈에 빤히 보이는 이런 짓까지 했어요. 이런 날 외면하지 말아요. 당신에게 안기고 싶어서 몸부림치는 날 바라봐 달라고요. 마음이 담기지 않은 욕망이라 해도 괜찮아요. 내 껍데기를 안고 당신이 살아왔듯 나도 당신의 껍데기라도 좋으니 허락한 시간만큼은 당신 곁에 있게 해 줘요."

"후회할 거야. 너무 아파서."

"아파도 당신이 내 세계에서 사라지는 것보다 나아요."

서린의 간절함이 지헌의 마음 깊은 곳을 건드렸다. 서린의 눈에 어린 것은 눈물이었다. 요 며칠간 지헌은 물기로 젖은 아내의 눈을 너무 많이 봤다. 마음이 아팠다.

"울지 마."

"미안해요. 그냥 눈물이 나요. 나 요즘 너무 자주 울어요. 그렇게 변하게 만든 건 모두 당신 때문이에요."

툭, 지헌의 무장한 철벽이 해제됐다. 그는 서린의 눈가에 키스했다.

서린은 흠칫 몸을 떨었다. 또르르 눈물이 흘렀다. 지헌이 그 눈물을 입술로 빨아 당기자 서린은 눈을 감았다. 남편의 입술이 눈가에서 뺨으로, 뺨에서 다른 뺨으로, 코끝을 스치고 결국 서린이 열망하는 입술에 도달했다. 부드럽게 얼굴을 애무하던 남편의 입술이 서린의 입술에 닿자마자 서린은 입을 열었다.

그 순간부터였다. 서린이 완전한 여자가 된 것은······.

남편은 더 이상 욕망을 숨기려고 하지 않았다. 벌어진 입으로 쏟아 들어온 남편의 혀가 서슴없이 서린을 약탈했다. 주인은 마치 그라는 듯 혀를 잡아채고 빨아 당기고 아랫입술을 깨물었다. 격렬한 키스에 서린은 지헌의 목으로 팔을 둘렀다. 숨을 쉴 수 없어도 좋았다. 서린은 그의 키스에 화답했다. 그의 타액을 생명수라도 되는 듯 삼키고 또 삼켰다. 너무 오랜만이라 키스만으로도 서린의 아랫도리는 촉촉이 젖어들었다.

지헌은 그의 품으로 서린을 강하게 끌어당겼다. 한 손으로 맨살의 아내 등을 쓸면서 다른 한 손은 그를 괴롭히던 젖가슴을 그득 쥐었다. 몽글몽글한 느낌에 지헌의 머릿속이 하얗게 변했다. 지헌은 완벽히 이성을 잃었다. 그의 손이 서린의 젖꼭지를 찾아 비틀었다. 아픈 느낌에 서린의 미간이 찡그려졌지만 남편을 밀어내지 않았다. 지헌에게 안겨 있을 수만 있다면 통증이라도 감사했다.

지헌의 거친 호흡은 감미로운 속삭임이었다. 서린은 그의 허리를 부둥켜안고 바짝 하체를 디밀었다.

"윽."

남편의 신음 소리는 정말 달콤했다. 그의 발기된 몸이 더욱 딱딱하게 커졌다. 포악하게 떠다니는 지헌의 손이 짧지만 강렬한 쾌감을 만들어냈다. 그 상반된 감각에 서린은 완전히 취해 있었다.

지헌은 서린을 번쩍 안아 화장대 위에 앉혔다. 그 바람에 화장대 위의 화장품들이 와르르 쏟아지며 바닥으로 떨어졌다. 요란한 소리에도 그를 방해할 수 없었다. 그의 성난 몸이 서린의 그곳을 마찰시키고 호시탐탐 기회를 노렸다. 남편의 입술이 떨어지려고 하자 서린의 입술이 흡반처럼 붙어 떨어지지 않으려고 몸부림쳤다.

"안 돼요!"

하지만 지헌은 입술을 떼고 서린을 쳐다보았다. 배려라곤 없는 애무였는데도 아내는 적극적으로 응했고 그에게 달려들었다. 가슴이 저며들었다. 그래도 이 순간만큼은 양보할 수 없었다. 지헌은 서린의 두 다리를 활짝 벌리게 하고 그곳을 만졌다. 젖어들긴했지만 충분하지가 않았다. 더 이상의 인내심은 바닥이 났다. 더참다가는 서린의 다리에 쏟아내 버릴 것만 같다.

"날 용서하지 마."

이성을 잃은 지헌은 자신이 무슨 말을 내뱉는지도 모른 채, 한번의 몸짓으로 서린을 완전히 채웠다.

"앗."

아픔에 겨운 서린의 목소리는 지헌의 입안에 먹혀 버렸다. 키스를 퍼부으면서 지헌은 움직임을 멈추지 않았다. 깊이, 깊이 들어가야만 한다. 아무도 자신을 찾을 수 없도록! 지헌은 눈을 감았다. 사납게 허리를 돌리며 아내의 깊은 곳을 찔렀다.

그때마다 서린은 바람에 흔들리는 나뭇잎처럼 흔들렸다. 잔잔하던 바람이 돌연 격풍처럼 변했다. 지헌에게서 떨어지지 않으려고 그의 등을 움켜잡으며 서린은 신음을 내뱉었다.

"아훗…… 웃…… 앗!"

서린은 아무래도 좋았다. 믿을 수 없는 이 시간이 현실감 있게 느껴졌으니까.

"컥!"

폭풍우처럼 휘몰아치던 지헌이 포효하며 사정했다. 그는 서린의 어깨로 고개를 떨어뜨리며 힘껏 서린을 껴안았다. 서린은 자신의 안에서 퍼져 가는 뜨거운 기운을 느끼며 헐떡거렸다. 남편의 거친 숨결이 어깨에서 느껴졌다. 이토록 성급하고 격렬한 섹스는 처음이었다. 그녀의 쾌감이 배제된 짧은 순간. 몸이 쓰리고 아파도 지헌을 위해 그녀도 할 수 있는 게 생겼다는 게 기뻤다.

지헌이 몸을 떼고 서린을 바라보았다. 미안함이 느껴지는 눈빛에 서린은 다정하게 속삭였다.

"난 좋았어요."

그 말에 지헌은 몽롱한 꿈에서 벗어났다. 지헌은 자신과 아내가 결합된 부위를 내려다보았다. 사랑의 체액이 흥건했다. 서린의 눈도 그곳을 향해 있었다. 순간 지헌은 피임을 떠올렸다. 아이가 생기면 어쩌지? 아내의 유혹을 이기지 못한 결과가 아이로 귀결되는 것은 생각만 해도 끔찍했다.

그의 불안이 얼굴에 나타난 모양이었다. 서린이 담담하게 말했다.

"걱정 말아요. 정말 괜찮으니까."

"내가 무슨 생각을 하고 있는지 알아?"

"네."

서린의 단호한 말이 다시 상처가 되었다. 서린이 피임약을 복용하고 있다는 것을 잘 안다. 헤어지려고 한 마당에 가진 관계에서 피임은 당연한 건데, 막상 피임을 하고 있다는 말을 들으니 속이 시렸다. 이해할 수 없는 양가감정에 혼란스러웠다. 자신 안의 악마가 속삭였다. 헷갈릴 필요가 없다. 서린이 피임을 하고 있다면, 유효한 한 달의 시간 동안 거리낌 없이 섹스할 수 있지 않겠냐고. 그러니까 아내의 몸을 마음껏 즐기라고. 그동안 금욕한 시간들이 억울하지도 않느냐고.

지헌은 쑥 몸을 빼고 욕실로 사라졌다. 서린은 남편의 몸이 사라지자 허전함을 느꼈다. 방 안에 홀로 남겨진 기분은 버림받은 기분과 동일했다. 왜 씻으러 들어간 걸까. 유혹을 받아 짐승처럼 욕구를 채웠지만 더 이상은 아니라는 뜻 같아서 침울해졌다. 눈물이 불쑥 솟아올랐다.

욕실에서 나온 지헌의 손에는 젖은 수건이 들려 있었다. 서린의 눈동자가 커졌다. 지헌이 그곳을 정성스럽게 닦아주었다. 남편은 예전으로 돌아간 듯 다정했다.

"지헌 씨, 나는 계속……."

'하고 싶다'라는 말이 차마 나오지 못했다. 아무리 용기를 낸다고 해도 거기까지가 딱 서린의 한계였다. 지헌은 묵묵히 닦아내고 서린을 올려다보았다.

"알아. 천천히 하고 싶어서 그래. 이성을 잃는 건 한 번으로 족하니까."

그의 말은 사실이었다. 서린의 보드랍고 말랑한 몸을 만지는 그 순간 몸 중심부가 뜨거워졌다. 지헌은 양팔로 서린의 몸을 안아 들고 침대에 눕혔다. 그가 시선을 맞추며 속삭였다.

"아무것도 생각하지 말자. 몸이 시키는 대로만 해."

서린은 고개를 끄덕거렸다.

지헌은 고개를 숙여 서린의 입술에 입술을 포갰다. 감미롭고 부드러운 키스였다. 몸 위로 체중을 실어오는 지헌의 온기를 느끼며 서린은 신음했다. 그의 머리카락 속에 손을 집어넣고 간절하게 키스를 받았다.

서린은 지헌의 입안으로 침입해 작은 혀를 빙빙 돌렸다. 오른쪽에서 왼쪽, 위에서 아래로. 고양이가 할짝거리는 것처럼 그의 모든 것을 맛보았다. 단단한 잇몸과 치열, 부드러운 점막과 살아 움직이는 혀까지. 그의 혀가 쭉 감겨들었다. 서린의 타액이 쑥 빨려갔다. 현란하고 아찔한 쾌감에 몸이 들썩였다. 서린의 얼굴을 감싼 지헌의 두 손이 점차 아래로 내려갔다.

지헌은 말랑말랑한 젖가슴을 아래에서 위로 두 손에 가득 차게 만져보았다. 젖가슴을 빙빙 돌리다 유두를 손가락 사이에 끼웠다. 그것을 건드리자마자 움찔하는 아내가 느껴졌다. 서린이 침대에서 허리를 튕기려고 해 지헌은 다른 한 손으로 매끈한 허리를 쓰다듬었다. 아내는 가슴에서 느끼는 것을 좋아했다. 그것을 잊어버릴 지헌이 아니었다.

지헌은 키스를 퍼부으며 고개를 아래로 내렸다. 움푹 파인 쇄골에 혀를 집어넣어 핥았다. 서린의 숨소리가 흐트러졌다. 지헌은 혀로 핥아 내리며 아내의 동산에 올랐다. 아내의 촉감을 입술로 즐기며 유두에 혀를 갖다 댔다.

"읏!"

기대감 어린 아내의 교성이 지헌을 도발했다. 쉽사리 느끼게 하고 싶지 않았다. 안달 나게, 미치게 만들고 싶다. 가학적인 욕심에 그는 유륜 주위를 선회하다 한 번씩 혀로 감았다.

"제발!"

아내가 애원을 한다. 남성적인 자만심이 지헌의 정수리를 치받았다.

"말해. 그래야 줄 거야."

"못됐어요."

"어서."

"빨아줘요!"

지헌은 싱긋 웃으며 열락의 열매를 입안으로 넣었다. 부드럽게 흡입하다 세차게 빨아댔다.

"아웃! 아아."

서린의 신음 소리가 끊이지 않고 귀를 자극했다. 철갑을 벗어 던지고 태곳적 모습으로 밀고 당기는 이 결투가 즐거웠다. 지헌은 그의 입속에서 존재를 드러내는 단단하고 예민한 열매를 놓치지 않았다. 반대쪽의 가슴은 그의 손이 점령했다. 끊임없이 엄지로 문질러댔다.

서린이 쾌감의 무게를 견딜 수 없어 하며 그의 몸 아래에서 버둥거렸다. 쉽게 놔줄 수는 없었다. 그를 유혹한 대가는 밤새도록 치러야 한다. 지헌은 손을 내려 서린의 언덕을 찾아갔다. 도톰하고 부드러운 언덕에 숨어 있는 보물을 찾아야 한다. 울창한 수풀에서 찾아낸 보물 상자에는 작은 진주가 숨어 있었다. 지헌은 그곳을 지그시 누르며 손가락을 움직였다.

"하앗!"

버둥거리는 서린이 두 다리를 닫지 못하도록 쾌락의 스위치를 껐다 켰다를 반복했다. 그의 등에서 날카로운 아픔이 느껴졌다. 서린의 손톱이 등 위에서 스케이팅을 했다.

"지헌 씨!"

아내가 부르는 이름이 너무 듣기 좋았다. 지헌은 엄지로 진주를 누르며 나머지 손가락으로 입구를 매만졌다. 조금 전과는 달리 서린의 샘은 왈칵왈칵 꿀물을 쏟아낸다. 지헌은 맛보고 싶다는 욕심에 꽃잎 속으로 전진했다.

아내의 향기가 그의 콧속으로 스며들었다. 꽃잎으로 겹겹이 숨겨진 붉은 샘으로 혀를 밀어 넣었다.

"안 돼요!"

지헌은 두 손으로 서린의 다리가 움직이지 못하도록 단단히 결박했다. 그리고 마음껏 그곳을 탐험했다. 늪지대는 뜨겁고 깜깜하다. 쾌락이 어떤 모습을 하고 튀어나올지 알 수 없다. 지헌은 꿀물로 목을 적시며 다시 침입했다.

서린은 침대 시트를 움켜잡으며 도리질했다. 사지에 감겨오는 환희의 감각은 그녀를 막다른 곳까지 밀어 넣었다. 날카로운 쾌감과 온몸을 적시는 뭉근한 쾌감이 번갈아 찾아왔다. 전신의 근육에 힘이 들어갔다. 남편이 손가락으로 수풀 속의 진주를 세게 누르자 서린은 더 이상 참지 못하고 절정에 빠져들었다. 정상에 오르락내리락하는 쾌감이 간헐적으로 폭발했다. 더 이상 견딜 수가 없어졌을 때 서린은 비명을 질렀다.

"아악!"

녹신해진 몸이 엿가락처럼 느껴졌다. 서린의 흐릿한 눈으로 지헌의 눈이 들어왔다. 울고 싶어졌다. 한없이 여리고 연약해진 이 기분. 그의 품에 안겨들어 울고만 싶었다.

지헌이 키스했고 서린은 입을 열었다. 서린은 배 위에서 발기된 남편의 욕망을 읽었다. 따뜻한 감촉에 울음이 삼켜졌다. 조금 전은 오직 그녀만의 시간이었다. 하지만 이제는 그의 시간.

서린은 적극적으로 지헌을 초대했다. 그를 잡아먹을 듯 먼저 쳐들어가기도 했다. 숨이 막혀 그가 간간이 입술을 뗄 때면 앙탈을 부렸다. 지헌이 넘겨준 타액을 모조리 삼키고 서린은 단단한 가슴팍을 어루만졌다. 잊고 있던 남편의 몸을 더듬어갔다. 근육 하나하나를 손으로 쓸며 신음하고 몸부림쳤다.

지헌은 서린의 등과 옆구리 엉덩이를 어루만졌다. 쾌락의 불이 또다시 지펴진다. 서린은 예민하게 느끼며 적극적으로 그에게 파고들었다. 지헌은 서린의 귓불을 빨고 목덜미에 한참 동안 키스했다.

서린이 어느새 아랫도리를 위로 쳐들며 비벼댔다. 그를 받아들이고 싶다는 몸짓이었지만 지헌은 쉽사리 주고 싶지 않았다. 그녀를 전희만으로도 미치게 달구고 싶다는 욕망이 팽배했다.

"지헌 씨, 제발요!"

애원해도 못 들은 척했다. 지헌은 서린의 몸 구석구석을 맛보고 싶었다. 아직도 탐험하지 못한 곳들이 많았다. 지헌은 서린을 뒤집었다. 하얀 몸이 그의 시야에 펼쳐졌다. 지헌은 뒷목덜미에서부터 허리 부근까지 키스를 시작했다. 수컷이 영역을 표시하듯 서린의 몸에 타액을 묻혔다. 겨드랑이 밑 여린 살을 공격할 때는 이를 세웠다. 살짝 깨물었는데도 서린은 아픈지 소리를 냈다.

"앗!"

"미안, 미안해."

"괜찮아요."

지헌은 곧 부드러운 키스로 그곳을 달랬다. 그리고 손을 서린의 몸 아래로 집어넣어 젖가슴을 주물렀다. 다시 서린의 교성이 시작되었다.

지헌은 서린으로 하여금 팔과 다리에 힘을 주게 했다. 서린은 단번에 네 발 달린 짐승처럼 침대 위에 엎드린 자세가 되었다. 서린은 부끄러워 힘을 빼려고 했지만 지헌이 속삭였다.

"이렇게 있어줘. 당신을 전부 맛보고 싶어."

서린은 그의 달콤한 애원이 너무 듣기 좋아서 고개를 끄떡였다. 지헌은 서린의 성감대를 찾아 샅샅이 애무했다. 젖가슴을 매만지며 등으로 자잘한 키스의 비를 퍼부었다. 탐스러운 엉덩이를 와락 움켜쥐었다. 지헌은 혀를 날름거리며 서린의 엉덩이, 넓적다리, 종아리, 발끝까지 탐험해 나갔다. 그럴 때마다 서린은 감각을 이기지 못하고 무너졌다.

지헌의 눈으로 서린의 여성이 적나라하게 들어왔다. 붉고 윤기 있는 그곳이 하얀 엉덩이 사이에서 매혹적인 방향을 풍기고 있었다. 지헌은 숨을 멈추었다. 꿀이 뚝뚝 떨어지는 깊은 그곳에 들어가고 싶었다. 들어가고 싶어서 미칠 지경이었다. 하지만 맛보는 게 먼저였다. 지헌은 망설이지 않고 입을 댔다.

"그러지 말아요! 안 돼요."

서린의 애원은 귀에 들어오지 않았다. 지헌은 혀를 능숙하게 놀리며 흡입하는 야한 소리를 냈다. 서린이 없어지도록 빨아 당겼다. 아내는 이제 거의 흐느꼈다. 온몸이 떨려 더 이상 버틸 수가 없었다. 서린의 팔이 무너졌다. 엉덩이만 쳐든 상태에서 지헌에게 모든 것을 허락하고 있었다.

지헌은 서서히 서린의 안으로 들어갔다. 야만적으로 움직이고 싶다는 본능을 가까스로 억눌렀다. 서린이 적응하도록 기다렸다. 깊은 결합감에 힘들어하던 서린이 엉덩이를 움직이기 시작하자 지헌은 고삐를 놓았다.

그는 하얀 엉덩이를 움켜잡고 안으로, 또 안으로 들어갔다. 밀려 나올 때마다 아쉬웠다. 하지만 후퇴하지 않으면 더 큰 쾌감을 얻을 수가 없다. 지헌은 있는 힘껏 허리를 놀렸다. 지헌의 거친 호흡이 서린의 감창 소리를 잡아먹었다. 두 사람이 만들어낸 쾌락의 방향이 침실 안에 퍼졌다.

서린은 남편의 몸짓에 흔들리고 흔들렸다. 지헌이 더 깊이 들어올 수 있도록 스스로 팔에 힘을 줘 일어났다. 온전히 그의 것이 되고 싶었다.

"윽."

지헌의 짧은 탄성이 간헐적으로 입술에서 터져 나왔다.

서린은 여자로서 너무 행복했다. 남편의 사랑을 받는 이 순간이 영원하기를 간절히 바랐다. 지헌에게도 궁극의 쾌감을 주고 싶었다. 그의 얼굴이 너무 보고 싶었다. 서린의 마음을 알아차렸는지 지헌이 체위를 바꾸었다. 침대 위 무릎을 꿇고 서린을 안아 들었다. 서린은 발기된 그의 몸에 눈같이 내렸다. 서로에게 꼭 맞는 몸을 붙들고 아내는 날아올랐다.

지헌은 아내의 허리를 양손으로 붙잡았다. 서린은 지헌의 목에 팔을 감고 엉덩이를 들썩였다.

"키스해 줘요."

서린의 요구에 지헌의 입술이 서린의 입을 막았다. 단단한 그의 혀가 그녀 안에 꽂히는 순간 그의 몸도 그녀 안에 꽂혔다. 다급한 섹스만큼이나 거친 키스가 시작되었다. 지헌은 서린의 젖가슴을 놓치지 않았다. 출렁거리는 가슴을 한 손에 그득 잡고 정점을 괴롭혔다.

"서린아!"

"지헌 씨!"

"서린아!"

"하읏! 읏! 읏!"

지헌은 키스를 멈추고 서린을 아이 들듯 안아 그의 몸에 맞췄다. 광폭한 행위에도 서린은 마다하지 않고 그를 받아들였다. 그가 불러주는 자신의 이름이 이토록 소중하게 느껴진 적이 없었다. 서린은 이대로 죽어도 좋겠다고 생각했다.

그러나 이제는 더 이상 버티지 못했다. 불꽃놀이를 하는 것처럼 쏟아지는 쾌락이 펑펑 폭죽을 터뜨렸다. 서린은 외마디 비명을 지르며 절정을 맞았다.

"아읏!"

"윽!"

동시에 지헌도 궁극의 희락을 맛보았다. 서린은 나른한 쾌감의 바다 속에서 넘실거렸다. 지치고 노곤했다. 하지만 자신의 몸 안에서 줄어드는 그의 몸이 너무 아쉬웠다. 서린은 울고 싶어졌다. 그를 보내고 싶지 않다. 서린은 그를 죄던 다리를 풀지 않았다. 지헌은 서린을 꼭 안은 채로 침대로 쓰러졌다. 누가 먼저랄 것도 없이 잔잔한 키스를 나누었다.

지헌은 입술을 떼고 발그레한 서린의 얼굴을 바라보았다. 심장이 욱신거렸다. 어느 누구에게도 보여주고 싶지 않은 아내의 얼굴. 오직 그만의 여자였다. 소유욕이 활활 불타올랐다.

이 순간이 영원하기를 간절히 빌었다. 이성은 어디 간 데 없는, 오롯이 본능에 의한 염원이었다.

"나와 자고 나면 생각이 바뀔까 봐."

까맣게 잊고 있던 서린의 말이 섬광처럼 떠올랐다. 누군가가 명치를 세게 치는 것 같았다. 끙, 하고 탄식을 내뱉었다. 그랬다. 서린이 그에게 드리운 결계를 간신히 끊고 나왔는데, 결국 돌아 돌아온 길은 제자리였다. 담금질이 끝난 몸은 여전히 서린 안에 감금당해 있었다.

이젠 어떻게 해야 하지. 끝을 낼 수 있을까. 아니 끝을 보고 싶기는 한 걸까?

서린을 믿어도 될까?

"반칙이에요."

"뭐가?"

"생각하는 것."

지헌은 입을 다물었다.

"지금은 우리 몸이 하는 이야기만 들어요. 그리고 싶어요. 너무 행복하니까."

서린의 입에서 회자되는 행복이라는 단어가 인장처럼 박힌다. 지헌은 그녀를 안은 팔에 힘을 주었다.

사랑이 남아 있다는 건가. 그럴 수가 없다. 사랑이 남아 있지 않았다고 확신했다. 지쳐 버린 자신이 할 수 있었던 건 이혼 서류를 내미는 것밖에 없었다. 그런데 서린이 노력한 지 불과 며칠 만에 어떻게 이럴 수가 있는지 도무지 알 길이 없다. 사랑 없는 섹스를 혐오하는 건 바로 그 자신이었다.

지헌은 물끄러미 서린을 바라보았다. 찌꺼기 같은 사랑이라도 남아 있었던 걸까. 서린의 안에 들어가자마자 언제 그랬냐는 듯이 활활 타올랐다. 다시 예전처럼 사랑을 할 수 있을까. 널 믿을 수 있을까.

지헌의 번민을 알아차렸는지 서린이 가만히 다가와 키스했다. 서린의 입술을 느끼자마자 지헌은 평온함을 느꼈다. 이 온기를 놓칠 수가 없다. 혼란스러운 머리와는 달리 몸이 가르쳐 준 길은 담백했다. 지헌은 서린을 꼭 끌어당겼다.

얼마의 시간이 흐른 지 알 수 없다. 어느새 동이 터오는 것이 느껴졌다. 지헌은 침대에서 일어났다. 어젯밤 그가 한 짓이 파노라마처럼 떠올랐다. 지치지 않는 그의 욕망 때문에 서린은 씻으러 들어간 욕실에서도 그에게 안겨야만 했다. 그 이후로 한 번 더 서린을 가지고 나서야 지헌은 몸의 욕심에 귀를 기울이지 않았다.

기진맥진했다. 죽도록 힘이 들었다. 하지만 잠이 들 수 없었다. 지헌은 서린을 바라보았다. 아내는 곤한 잠에 빠져들어 새근새근 숨소리를 냈다. 아름답고 아름다운 그 얼굴에서 가까스로 시선을 떼고 고민에 빠졌다. 영리한 아내는 그를 정확하게 꿰뚫어 보고 있었다. 아내의 말이 맞았다.

자고 나니 견고한 결심이 흔들리고 있었다. 작은 빈틈이 거센 폭풍우에 파괴되었다. 이제는 허허로운 벌판에서 진실과 마주해야 한다. 누군가 목을 조르는 것 같았다. 이러지도 저러지도 못하는 진퇴양난. 생각은 서린의 곁이 아니라 멀찍이 떨어져서 해야 한다.

지헌은 벌떡 몸을 일으켜 재빨리 옷을 주워 입었다. 그가 할 수 있는 것이라곤 지금 이곳을 벗어나는 것. 그것이 제일 중요했다.

지헌이 나간 후 침실의 문이 닫혔다. 서린은 괴괴한 적막에 매몰되었다.

눈을 떴을 때는 햇살이 침실을 완전히 잡아먹은 정오였다. '서린아, 서린아' 하고 부르던 지헌의 목소리가 여전히 달콤하게 메아리쳤다. 너무 좋아서 소리를 지르고 싶었다. 매일매일 불러달라고 해야지.

서린은 남편이 누워 있던 빈자리를 돌아보았다. 손으로 슥슥 쓸어보았다. 진짜 없구나. 벌써 출근을 한 모양이었다. 따뜻한 아침밥을 챙겨주고 싶었는데, 도저히 잠에서 깰 수가 없었다.

오랜만의 섹스에 입매가 하늘로 올라갔다. 예전에도 남편과 몸을 섞을 때마다 짜릿한 쾌감이 폭발하곤 했지만 어제는 그때와 너무 달랐다. 간절히 원하는 마음과 함께하니 몇 번이고 오르가슴에 올랐다. 그들의 결합은 완벽했다. 지헌에게 애원하던 모습이 생각났다. 뺨이 홍조로 물들었다. 자신 안에 그런 대담한 면모가 있었는지 정말 몰랐다. 침대에서 일어나 몸을 움직이니 여기저기 쑤셨지만 개의치 않았다. 외려 남편의 마음을 엿보게 된 것 같아 당당한 느낌이 들었다.

서린은 샤워를 마치고 지난밤 사랑의 흔적이 다분한 시트를 걷어 세탁기를 돌렸다. 배가 아주 고팠다. 토스트를 만들고 에스프레소를 내렸다. 그냥 마실까 하다가 커피에 우유를 탔다. 이제는 지헌이 싫어하는 것은 하기 싫었다.

간단하게 끼니를 때우고 서린은 핸드폰을 만지작거렸다. 지금쯤이면 식사 시간인데. 궁금해졌다.

〈점심 먹었어요?〉

카톡을 보냈는데 읽었다는 표시가 사라지지 않았다. 몇 분쯤 기다리다 초조해지는 스스로를 꾸짖었다. 업무상 중요한 회의를 하고 있을지도 몰랐다. 메시지에 집착하느니 청소라도 하는 게 나을 것 같다고 생각했다.

가정주부의 역할도 꽤 재미있었다. 특히 청소는 마음을 차분하게 해주는 효과가 있었다. 청소기를 들고 거실을 밀다 서재도 청소해야겠다는 생각이 들었다. 남편의 서재는 깔끔했다. 흥얼흥얼 콧노래가 나왔다. 몸도 가볍고 마음도 더할 나위 없이 가벼웠다. 이혼 서류를 발견하던 때와는 영 딴판이었다.

서린은 책장의 먼지를 털어내다 문득 앨범이 없다는 것을 발견했다. 어디 갔을까? 분명 여기에 꽂혀 있었던 것 같은데. 신혼 초 지헌과 함께 넘겨보던 앨범 사진에 서린은 별다른 감흥을 보이지 않았다. 그가 어떤 유년시절을 보내고 어떻게 살아왔는지 관심 없었다. 이리저리 찾아보다가 책장 위 종이상자를 발견했다. 혹시 저기 있을까. 의자를 가져와 책장 위 종이상자를 꺼냈다. 뚜껑을 열었다.

서린은 미소를 지었다. 남편의 앨범이 얌전히 들어 있었다. 금발의 미녀들이 지헌을 향해 입술을 내밀고 있고, 그 모습을 보고 어색하게 웃는 남편. 누가 찍었는지 알 수 없는, 일할 때의 남편의 멋진 모습. 익살맞은 남편의 외국 친구들.

한 장 한 장 앨범을 넘겨보던 서린의 얼굴에 웃음이 함박 피어났다. 생일파티를 했는지 지헌의 얼굴에 케이크 크림이 잔뜩 묻어 있었다. 남편의 생일을 제대로 축하해 본 적이 없다는 것이 떠올랐다.

그런데도 지헌은 꼬박꼬박 결혼기념일과 그녀의 생일을 챙겨주었다. 마음이 시렸다. 남편의 생일은 10월 3일. 하늘이 열리는 날이 그의 생일이라고, 뭔가 하늘의 계시가 있지 않겠느냐고, 장난스럽게 말하던 지헌의 개구쟁이 같은 얼굴이 떠올랐다. 정말 잊기 힘든 날임에도 먼저 챙겨준 적이 없었다. 너무 미안했다. 다행히 지금은 7월이니까 두 달 남짓 기다리면 지헌의 생일을 축하할 수 있었다.

정말 축하할 수 있을까? 그런 기회가 올까? 서린은 우울한 생각을 떨쳐 버리려 도리질을 했다. 아직 한 달의 기간은 지나가지 않았으니까. 앨범으로 다시 시선을 내렸다.

사진 속의 지헌의 얼굴은 점점 앳되게 변해갔다.

이 사람은? 서린의 눈이 휘둥그레졌다. 용맹한 군복을 입고 검게 그을린 빡빡머리의 사내가 잇몸을 드러내고 웃고 있었다.

그때의 그 엉뚱한 남자가 지헌이었단 말이야? 서린은 믿어지지 않는 얼굴로 사진을 내려다보았다. 단 한 번 투란도트의 오페라 극장에서 만났던 군인. 약속을 어긴 아버지가 보낸 이름도 모르던 남자. 그 남자가 지헌이었다고?

"내가 맞선 보자고 졸랐는데."

불현듯 3년 전, 남편의 말이 떠올랐다. 어떻게 지헌과 그 이상한 군인을 연결 짓지 못했을까. 이상한 남자와 맞선을 봤다고 툴툴거리기만 했다.

이때부터 날 좋아했던 거구나. 어떻게 날 좋아할 수 있었지? 갓 스무 살이 되었던 서린은 그때도 잘난 척하는 데는 둘째가라면 서러운 학생이었다. 그렇게 냉기를 풀풀 풍겼는데도 독특한 남자는 오페라를 포기하려던 서린의 손목을 잡아끌며 공연장으로 인도했었다.

서린은 지헌의 마음이 느껴져 마음이 뭉클해졌다. 사진 속, 어린 남편의 얼굴을 매만지며 속삭였다. 이제야 알아보다니. 자신이 지헌의 마음을 받아들였다면 벌써 3년 전에 알고도 남을 일이었다.

"고마워, 지헌 씨. 날 좋아해 주고 먼저 찾아와 줘서."

앨범을 상자에 집어넣다가 노트 몇 권을 발견했다. 휘리릭 넘겨보니 남편의 일기장이었다. 일기는 모두 영어로 적혀 있었다. 그의 고단한 유학 시절을 버티게 해준 글의 힘. 혼자서 얼마나 힘들었을까. 서린은 남편의 과거에 대해 아는 바가 없었다. 부끄러웠다.

상자 안에는 작은 상자가 하나 더 있었다. 호기심 어린 눈으로 상자를 살짝 열어보았다. 또 남편의 어떤 비밀이 불쑥 튀어나올까? 기대가 되었다.

작은 상자를 열었다.

이게 무슨!

서린의 눈이 캄캄한 블랙홀로 빨려 들어가고 있었다.

"가정주부는 할 만해?"

"천직인 것 같아."

"정말?"

"응."

선미는 두 잔의 아이스 커피를 탁자 위에 내려놓았다. 발랄한 소녀 같이 서린이 말했다.

"난 라떼 마실래. 바꿔 마시자."

"웬일로? 커피를 어떤 것으로든 희석시키는 건 용납 못할 짓이라며?"

"남편 때문에."

"지헌 씨가 라떼만 마시라고 했어? 네가 네 남편 말 듣는 건 처음 본다?"

"훗. 나 진짜 이상한 여자였구나."

"응?"

"제멋대로 굴고 지헌 씨를 함부로 무시했어. 마치 없는 사람처럼……. 한마디로 말하자면 나쁜 년."

"뭘 또 그렇게 자학씩이나?"

"선미야. 넌 운명을 믿어?"

"믿고말고. 그래서 내가 결혼을 안 하고 있잖아. 운명의 배필

이 나타날 때까지."

"그렇구나. 나만 바보 같았네."

"윽, 써. 네가 마실 거라고 샷을 3개나 넣었단 말이야."

"별로 많이 넣은 것도 아니네."

"내가 최서린이니? 근데 서린아?"

"응?"

라떼를 쪽쪽 빨던 서린은 선미를 응시했다.

"얼굴 좋아 보여."

"그렇지? 역시 노니까 피부가 제일 먼저 바뀌는 것 같다니까."

"피부도 피부인데, 한결 자유로워 보여. 마치 스노보드를 탈 때처럼."

"응?"

"로즈버드 후배들이 네 스노 실력을 왜 우러러본 줄 아니? 지금까지도 네 실력이 회자되는 건 특별한 기술을 써서 그런 게 아니야. 넌 점프할 때 웃었어. 그것도 활짝! 엄청난 기술을 선보였던 여정이조차도 웃지 못했는데, 넌 자유를 만끽하듯이 웃었어. 그래서 넌 전설이 됐고."

"고릿적 이야기를 하다니? 어깨가 다 으쓱거려. 칭찬 고맙다."

선미는 기분이 좋아 보이는 서린이 정말 보기 좋았다.

"오늘 병원 찾아온 거 어머니 때문이야?"

"겸사겸사."

"넌 잠은 잘 자고?"

"잘 자. 꿀맛이야."

"다행이야. 한 번씩 급성불면증이 찾아오면 처방된 수면제를 먹어도 돼."

"알았어. 우리 엄마는 어떠신 것 같아?"

"상담을 잘 안 오셔. 아버님 입원해 계실 때 잠깐 상담을 했는데 그때 이상한 점을 발견했어."

서린은 눈을 똥그랗게 뜨고 선미를 주시했다.

"약을 꼬박꼬박 드신다고 하는데 그러시지 않은 것 같아. 망상이 생기신 것 같아."

"망상?"

"응. 망상이 나타나면 심각해져. 상담 치료를 펑크 내는 경우도 잦으셔서 그동안 내가 인지를 못 했어. 이번에 이야기해 보니 가볍게 넘길 수준이 아니야. 네가 일을 쉰다니 이참에 어머니 모시고 병원 좀 와. 마음 같아서는 입원 치료를 권하고 싶지만, 자존심이 센 분이라 쉽지도 않아."

"엄마는 당신의 병을 인정하지 않으시니까."

"네 말이 맞아. 그래서 보이지 않게 나빠지는 것 같아. 하지만 내 눈에는 보여. 타인의 눈에는 그저 신경질적인 반응으로 보이겠지만 아니야. 확실히 달라. 일상생활이 가능하다고 해서 질환이 사라진 게 아니거든. 덮어졌을 뿐이지."

"이를테면 어떤 망상이야?"

"혹시 역술인 이야기를 들어본 적 있니?"

서린은 깜짝 놀랐다.

"있어. 그런 곳을 다녀오셨는지 부적을 주셨어. 액운을 막는다고?"

"부적이라고?"

선미의 얼굴에 근심이 어렸다.

"왜? 뭔가 짚이는 게 있어?"

"진짜 부적이 맞다면 내 가설은 틀려. 하지만 부적이 가짜라면 가능해."

"네 가설이 뭔데?"

"난 네 어머니와 그 역술인이 동일인이라고 생각하거든. 즉 실체가 없는 존재가 네 어머니 머릿속에 있다는 뜻이야. 그게 바로 망상이지."

"엄마가? 하지만 어떻게 엄마가 부적을 그릴 수······!"

서린의 말이 뚝 끊겼다. 엄마의 대학교 때 전공은 동양미술이었다. 그런 엄마라면 부적을 흉내 내어 그리는 것은 쉬울 것이다. 이따금 보이는 비정상적 눈빛도 그렇고. 서린은 죄책감을 느꼈다. 엄마의 상태가 심해지고 있었는데, 금방 알아차리지 못하고 일에 미쳐 신경도 쓰지 못했다. 자신에게 의지하는 엄마를 귀찮게 여기고 부담스러워 했다. 아버지의 딸로 살지 못하게 한 엄마가 무척 싫은 적도 있었다. 어린 서린에게 사랑을 주지 않고 당신의 상처에만 빠져 산 엄마를 미워하고 원망한 적도 있다. 그렇다고 엄마가, 엄마가 아닌 것이 아닐진대.

"알았어. 엄마 모시고 올게."

"그래. 진료 날짜 잡아놓을게."

"고마워. 참, 그리고 선미야. '티몹틱 엑스이'라는 약이 무슨 약인지 알고 있어?"

"티몹틱 엑스이? 그건 녹내장 치료 때 쓰는 약인데? 비정상적인 안압을 낮춰주는 약물이야."

"녹내장이라고?"

서린의 얼굴에서 핏기가 서서히 사라졌다. 남편이 쓰고 있던 안약이 녹내장을 치료하는 약이었다니! 어떻게 그걸 모를 수가 있었지? 시력이 저하되어 안경을 쓰게 된 것도 모두 녹내장 때문이었다. 반년 전부터 안경을 썼다고 말했다. 그 시기는 그녀가 한창 비쥬와의 콜라보에 몰두해 있던 시점이었다.

난 대체 어떤 여자였던 걸까. 비정상적인 결혼에 지헌이 신물이 날 만했다. 서린은 두 손으로 얼굴을 가렸다. 심장을 갈기갈기 찢는 자책감이 순식간에 엄습했다. 눈물이 후드득 떨어졌다.

"서린아, 왜 그래? 무슨 일이야?"

서린은 눈물을 훔치며 친구를 절박하게 바라보았다.

"녹내장 증상이 어떻게 돼? 시력이 떨어져? 결국에는 내가 알고 있는 것처럼 실명까지 가는 거야?"

"그건 치료를 받지 않았을 때의 얘기지. 흔히 녹내장 증상은 시력이 떨어질 수도 있고, 두통도 있을 수 있어. 그리고 어떤 경우는 중기가 돼도 무증상일 때가 있고. 네가 말한 실명은 적절한 치료를 받지 않았을 때의 최악의 시나리오야. 하지만 요즘은 약물이 워낙 좋아져서 치료를 꾸준히 받으면 괜찮아. 관리만 잘하면 일상생활 하는 데 문제없어. 만약 약물치료가 안 될 경우에는 수술 요법도 고려해 볼 수도 있고 말이야."

"난 그런 줄도 모르고. 그런 줄도 모르고."

선미는 울고 있는 서린을 심각한 표정으로 바라보았다.

"혹시 누가 녹내장 진단이라도 받은 거야?"

"가봐야겠어! 연락이 되지 않아. 그냥 바빠서 답장이 없는 거라고 생각했는데, 아닐 수도 있을 거야. 목소리를 들어야겠어. 그리고 미안하다고 잘못했다고 용서를 빌 거야."

"서린아? 누굴 말하는 거야? 지헌 씨?"

서린은 일그러진 얼굴로 고개를 끄떡였다.

"난 정말 나쁜 여자야. 그 사람 아내일 자격도 없어. 남편이 아픈데도 알아차리지 못했어. 선미야, 나 갈게. 미안해. 먼저 일어나서."

"진정해. 이런 상태로 어떻게 가? 너 지금 제정신 아니야. 조금만 진정해. 진정하고 아니, 눈물이라도 그치고 가. 이러다 정말 큰일 나."

"아니야! 그 어느 때보다 말짱해! 정말 괜찮아! 괜찮으니까 날 놔줘!"

서린은 힘껏 선미의 팔을 뿌리치고 앞으로 나아갔다. 눈물이 흘러내렸다. 핸드폰을 꺼내 카톡을 확인했다. 지헌으로부터는 아직도 연락이 오지 않았다. 빨리 그 사람에게 가야 하는데. 차에 올라탄 서린은 지헌에게 전화를 걸었다. 당장에라도 남편의 목소리를 들어야만 안심이 될 것 같았다. 통화음이 한참이나 울려도 남편은 전화를 받지 않았다. 두려움이 왈칵 몰려왔다. 설마!

극단적인 생각은 하고 싶지 않았지만 마비된 이성은 제자리를 찾지 못했다. 심호흡을 하고 여러 번 전화를 걸었다. 그래도 전화는 연결되지 않았다. 서린은 재빨리 현주의 단축번호를 눌렀다.

[네, 이사님.]

"사장님 지금 뭐 하고 계셔? 연락이 안 돼서 그래."

[사장님은 부재중이십니다. 대만 출장을 가셨거든요.]

"대만 출장이라고?"

[모르셨어요?]

"응. 서울엔 언제 도착하신대?"

[사흘 후입니다.]

사흘씩이나? 서린은 피가 배어 나올 정도로 입술을 깨물었다.

[근데 갑작스러운 해외 출장이시라 비서실에서도 허둥지둥이
었습니다.]

"예정에 없던 출장이었던 거야?"

[네. 원래는 박 전무님이 가기로 한 출장이었어요.]

서린은 나락으로 꺼지는 기분이었다. 현주와의 통화를 끝내고
멍하니 앞을 주시했다. 갑작스러운 출장이 말해주는 건 남편이
그녀에게서 멀리 도망가고 싶다는 뜻이었다. 어젯밤이 화해의 시
작이라고 생각한 것은 착각이었던 걸까. 남편의 몸이 말해주는
절박함은 그저 육체적 욕망에 불과했던 것인가? 뭐가 뭔지 모르
겠다. 오전 내내 행복했던 마음이 종이 찢겨 나가듯 사라진다.
서린은 눈이 시려 손으로 가만히 눈을 눌렀다.

녹내장이라는 병도 알려주지 않았던 건 자신을 신뢰하지 않는
다는 것. 그것은 또 서린을 가족이라고 여기지 않는다는 뜻도 됐
다. 상관없는 사람처럼 그녀를 대하고, 조용히 떠날 준비를 하고
있던 지헌의 차가운 마음이 느껴졌다.

만약 남편이 신체의 질병을 이야기했다면 그때의 나는 어떤 반
응을 보였을까. 서린의 얼굴이 사색이 되었다. 귀찮은 일이 생겼

다고, 남의 일처럼 치부해 버렸을지도 모른다. 분명 자신은 그랬을 것이다. 누가 뭐라고 하더라도 그때는 일이 더 중요했으니까. 아무리 꺼내고 버려도 기억 속에는 남편에게 함부로 굴었던 모습만이 선연하게 떠올랐다.

진정한 가족이 되지 않았던 모습.

그렇다면 그 여자는 진짜 가족일까? 생각의 끝에 나타난 이해원이라는 여자. 서린의 가슴에 메울 수 없는 허허로운 구멍이 생겼다.

어쩌면 그 여자는 지헌의 병을 알고 있었을지도 모른다. 남편이 지친 결혼 생활에서 안식을 찾았던 여자. 만약 그 여자가 남편의 병을 알고 있었다면 남편은 그녀를 가족으로 여기고 있다는 뜻이다. 지헌이 그렇게 여긴다면 불같은 하룻밤은 그저 본능에 의한 하룻밤에 불과한 것이다. 이름을 불러줬다고 해서 관계가 변한 건 아니다. 남편의 닫힌 마음이 열리기 전까지는…….

불안했다. 자신과의 밤이 아무 의미가 없는 밤이었다는 추측이……. 확인해야만 했다. 이해원이 남편의 병을 알고 있었는지, 그렇지 않은지…….

서린은 기어를 넣고 차를 출발시켰다. 차는 쏜살같이 병원 주차장을 빠져나갔다.

13

해원은 파릇파릇한 시금치 나물에 참기름을 서너 방울 떨어뜨
렸다. 고소한 냄새가 금방 콧속으로 들어왔다. 취나물무침이 떨
어져 급한 대로 시금치를 다듬어 삶고 무치는 데까지 걸린 시간
은 겨우 30분. 요리할 때만큼 마음이 편할 때가 없었다.

해원은 고개를 들어 얌전히 인형과 놀고 있는 딸 지유를 바라보
았다. 유치원이 방학 중이라 하루 종일 가게에 있는데도 칭얼거리
지 않고 혼자 잘 놀았다. 이따금 글자 공부를 봐주고 재미있는 애
니메이션도 틀어주지만 손님이 있을 때는 지유를 돌봐줄 수 없었
다. 그런데 지유는 그런 바쁜 엄마를 돕는다는 듯이 가게 한구석
에서 색칠 공부에 집중했다. 눈에 넣어도 안 아픈 착한 딸이었다.

반찬통을 정리한 후 행주를 삶았다. 저녁 식사 시간 전, 이맘
때가 가장 여유가 있었다. 점심시간 때의 분주함이 사라진 후 마

시는 커피의 맛은 꿀맛이었다. 노곤함을 카페인으로 날려 버리고 저녁 장사를 차분히 준비하는 시간. 해원은 믹스커피를 마시며 힐끗 달력을 쳐다보았다. 그러고는 피식 웃음을 터뜨렸다.

분수에 맞지 않는 욕심이었다. 지헌에게 자신은 보육원 여동생일 뿐인데. 지헌의 친절을 오해하고 싶었다. 그래서 과욕을 부렸다. 그리고 자신의 욕심이 헛된 욕심이었음을 자각했다. 어제가 바로 투란도트의 오페라 공연이 있는 날이었다. 결국 디데이는 아무런 일 없이 지나가 버렸다.

하지만 실망만 남은 건 아니었다. 해원은 지헌을 진짜 친오빠처럼 대할 자신이 있었다. 자신이 할 수 있는 최대한의 노력을 해보았으니 후회도 미련도 없었다. 해원은 다음 주에 잠깐 가게 문을 닫고 경주에 다녀올 생각이었다. 지헌과 함께 찾은 보육원 원장님의 따뜻한 미소가 기억났고, 원의 아이들이 기억났다. 그 아이들에게 맛있는 음식을 해주는 것이 올해의 휴가가 될 것이다.

딸랑딸랑 하는 문 여는 소리가 들렸다. 해원은 손님의 방문에 친절한 미소를 입에 걸었다.

"어서 오세요."

문으로 들어온 여자는 숨이 멎을 만큼 아름다운 여자였다. 해원은 그녀의 미모에 감탄하며 홀로 나갔다.

"이쪽으로 앉으세요. 많이 더우시죠?"

손님은 앉을 생각을 하지 않고 하얗게 질린 얼굴로 해원을 쳐다보고 있었다.

"혹시 몸이 안 좋으세요?"

"어! 연예인 아줌마다!"

지유가 색연필을 내려놓고 쪼르르 엄마 곁으로 달려왔다.

"아줌마! 우리 집에 왜 왔어요? 밥 먹으러 왔어요? 너무 맛있어서."

해원은 지유를 바라보다 언뜻 짚이는 것이 있어 다시 여자를 바라보았다. 얼굴을 반이나 덮는 까만 선글라스를 쓴 손님은 며칠 전 그 손님이었다. 자신에게 가게 경영에 대해 훈수를 두던 여자. 잡지에서 금방 빠져나온 세련미와 당당함을 갑옷처럼 휘둘렀던 그 여자는 해원과는 다른 곳에 사는 사람 같았다.

"이해원 씨."

"어떻게 제 이름을……?"

"지헌 씨, 녹내장이라는 것, 알고 있었어요?"

"네?"

일순 머릿속의 회로가 엉켜들었다. 손님의 입에서 나온 익숙한 이름. 지헌이라는 이름을 내뱉은 여자를 해원은 의아하게 쳐다보았다.

"당신 알고 있었냐고! 당신에게는 그 사람이 녹내장이라고 고백하던가요?"

눈앞의 여자는 얼굴을 일그러뜨리며 자신을 노려보고 있었다. 그녀의 표정에 어린 빛은 고통. 급기야 그녀의 눈에서 눈물이 흘러내리기 시작했다.

"말해봐! 당신은 알고 있었냐고?"

가게 안은 여자의 고함 소리로 떠나갈 듯했다. 지유는 움찔하며 해원의 허리를 붙들었다.

"지유야, 엄마가 알고 있는 분이야. 주방으로 가서 색칠 공부

마저 하고 있어."

"응, 엄마."

지유가 주방으로 사라진 후 해원은 호흡을 가다듬고 여자에게
다시 시선을 주었다.

"지헌 오빠 부인 되시죠? 이쪽으로 앉으세요."

"오빠? 당신은 내 남편을 그렇게 불러요? 당신이 뭔데!"

분노하는 여자의 얼굴에서 해원은 그녀가 왜 화를 내는지 단
박에 알아차렸다. 해원은 주방에서 가져온 차가운 녹찻물 한 컵
을 탁자 위에 올려놓고 의자에 앉았다.

"대답해요, 이해원 씨!"

"무슨 생각을 하시는지 모르겠지만 모두 오해입니다. 지헌 오
빠와 저 그런 관계 아니에요."

서린은 해원의 말이 얼른 귀에 들어오지 않았다. 눈물이 머릿
속으로 들어가 버렸는지 모든 것이 흐리멍덩하기만 했다.

"오해라고요? 거짓말 말아요! 당신이 내 남편과 어떤 사이인 줄
다 알고 왔어요. 남편도 모두 인정했어요. 두 사람 불륜이란 거."

"지난번에도 그런 줄 알고 오셨지만 제 머리채 잡지 않으셨잖
아요. 그러니까 일단 앉으셔서 차근차근 제 말을 들어보세요. 지
헌 오빠가 왜 그런 거짓말을 한지는 모르겠지만 정말 아닙니다.
오해 푸세요, 언니."

해원은 밝게 미소를 지으며 말했다. 서린은 해원이 부른 호칭
에 얼어붙어 멍하니 그녀를 바라보았다.

"언니라고 불러도 되죠? 지헌 오빠의 부인이시니까요."

"왜 지헌 씨를 오빠라고 부르죠?"

"친여동생이나 다름없으니까요."

"친여동생과 다름없다고요?"

"네. 지헌 오빠와 전 20년 전에 한 보육원에서 자랐어요. 오빠가 유학 가기 전까지 전 오빠의 여동생이었고, 우연히 만났을 때도 가족을 만난 것처럼 기뻤어요."

"지헌 씨가 당신의 집을 들락날락거렸어요! 백화점 쇼핑도 함께 갔었고, 당신을 볼 때마다 웃고 있었단 말이에요!"

서린은, '그 웃음은 진정이었다'라는 말은 차마 하지 못했다.

"가족끼리는 서로를 보고 웃으니까요. 20년 만에 만난 여동생이 사별 후 딸 하나 데리고 사는 게 보기에 안쓰러웠겠죠. 아시잖아요? 오빠가 다정다감하고 웃음이 많다는 걸."

서린은 누군가가 뒤통수를 후려갈기는 것 같았다.

"가게를 연다는 걸 알고 오빠가 많이 도와줬어요. 가게 물건 살 때도 거래처를 소개해 줬고, 여기 공사할 때 페인트칠하는 것도 도와줬어요. 백화점에 같이 간 건 보육원 원장님께 드릴 선물을 사러 갔던 거고요."

서린은 할 말을 찾지 못했다. 해원의 말들이 우후죽순 머릿속으로 들어왔다. 명확한 것 한 가지는 그들 사이가 불륜이 아니라는 것. 확인이 필요했다.

"두 사람, 정말 아니에요?"

"네. 아닙니다."

해원의 확신에 찬 말이 서린의 마음에 꽂혔다. 서린은 무너지듯 의자에 주저앉았다.

"시원한 녹차예요. 한결 마음이 가라앉을 거예요. 오늘 흥분하신 이유, 오빠가 녹내장 진단을 받아서 그러신 거죠? 그만큼 걱정되고 마음이 아파서. 그렇죠?"

"네."

"근데 정말 오빠가 녹내장이에요? 혹시 실명될 수 있다는 그 병이죠? 치료는 받고 있어요? 심각한가요?"

"해원 씨는 정말 몰랐어요?"

"네. 오빠는 제게 그런 말을 한 적이 없어요."

서린은 두 손으로 얼굴을 가렸다. 안도감과 함께 수치심이 몰려들었다. 내가 무슨 짓을 한 거지?

"미안해요. 난 두 사람이 그런 관계인 줄 상상도 못 했어요."

"혼자 투병하고 있다는 사실에 죽을 것 같이 걱정되고 마음이 아픈데, 화가 나는 건, 지헌 오빠가 언니에게 병을 말하지 않아서예요. 근데 혹시 불륜을 저지른 여자는 알고 있을까 봐, 그래서 더욱 분노한 거죠. 이런 반응을 보이신 이유, 제가 맞춰 볼까요?"

서린은 해원의 혜안에 머뭇거렸다.

"지헌 오빠를 많이 사랑하시는군요."

해원의 말이 서린의 심장을 강타했다. 타인이 알아볼 정도로 남편을 사랑하고 있었다. 그것은 돌이킬 수 없는 서린의 현재였다. 서린은 격렬하게 고개를 끄떡였다. 해원은 그런 서린을 담담히 쳐다보았다.

지헌을 사랑하고 있다는 이 여자가 바로 그의 아내였다. 지헌은 아내에 대해 이야기하는 것을 좋아하지 않았다. 간간이 보이는 그의 쓸쓸한 얼굴, 해원이 물어볼 때마다 아내에 대해 무심하게 대하는 태도에서 두 사람의 사이가 좋지 않다는 것을 감지했었다. 그때 해원이 느꼈던 것은 지헌이 결혼 생활에 지쳐 있다는 것. 내색은 하지 않았지만 따뜻한 지헌이 감당하기에는 결혼 생활이 삭막할 것이라 추측만 했었다.

지헌이 미국행을 결심한 것을 알고 해원은 지헌의 이혼을 조심스럽게 예견했다. 잔망스럽게도 욕심에 눈에 멀어 얼토당토않은 희망까지 품었으니 부끄럽기 짝이 없었다.

하지만 지헌을 사랑하는 여자를 눈앞에 마주하고 앉아 있으니, 실오라기 같던 미련도 먼지처럼 날아가는 것이 느껴졌다. 해원은 지헌의 얼굴에 행복이 깃들 것이라는 확실한 예감이 들었다. 어렸을 때처럼 지헌이 항상 웃기를 소망했다. 그는 참 고마운 사람이었으니까.

"오빠가 병을 말하지 않은 건, 언니가 이렇게 걱정할까 염려해서 그랬을 거예요. 마음을 차분히 가다듬고 왜 말하지 않았는지 오빠에게 물어보세요. 남김없이 알려줄 거예요. 어렸을 때부터 지헌 오빠는 비밀을 못 담아두는 성격이었어요. 만나는 사람들과 다 가족이 되고 싶어서, 자신을 솔직하게 보여주고 싶어 안달이었으니까요. 그런 오빠를 이용해 먹는 나쁜 애들도 있었지만 지헌 오빠는 개의치 않았어요. 그래서 오빠 별명이 맹한 천사였죠."

"맹한 천사?"

"네. 너무 웃기죠? 가끔 너무 챙겨줘서 귀찮기도 했거든요. 속없이 다 퍼줘서 맹한 천사 아니냐고 아이들이 그랬어요."

"근데 그 사람, 요즘 무서워요."

"지헌 오빠가 무섭다고요? '세상에 이런 일이'에나 나올 법한 소식인데요?"

해원은 자신의 말에 희미하게 웃고 있는 서린을 바라보았다. 해원은 지헌의 미국행 이야기는 하지 않았다. 자신이 알고 있다는 것을 알면 제자리를 찾으려는 그들 부부 관계가 어긋날 수 있었으니까. 그러나 눈앞의 여자가 지헌이 떠나리라고 마음먹은 것을 알고는 있는지 염려되었다. 해원은 두 사람이 행복하길 마음속으로 바랐다.

"실례했어요, 해원 씨. 오해해서 미안해요."

"그럴 수도 있죠. 인생을 살면서 이런 해프닝 겪는 것도 재미있네요."

"정말 미안해요."

"괜찮다니까요. 다음에 지헌 오빠와 꼭 같이 오세요. 따뜻한 밥 한 끼 대접해 드릴게요."

"고마워요, 해원 씨."

"아, 전 언니 이름을 모르는데."

"최서린이라고 해요."

지헌이 사랑한 여자의 이름은 얼굴만큼이나 예쁜 이름이었다.

"지유야, 숙모님 가셔."

"숙모님?"

주방 한쪽에서 얌전히 있던 지유가 쪼르르 달려 나왔다.

"지헌 삼촌 부인이시니까 지유에게는 숙모님이 되시지?"

"와, 정말? 신난다! 숙모님, 다음에는 지헌 삼촌처럼 지유 선물 사가지고 오세요."

아이의 초롱초롱한 눈이 서린을 향했다.

"어허, 공지유? 그런 말 하면 못써. 이건 엄마 얼굴에 침 뱉기야. 배신이라고."

"알았어, 지유야. 숙모가 선물 사올게."

난감해하는 해원을 내버려 두고 서린은 아이의 머리를 가만히 쓰다듬었다. 이런 아이를 갖고 싶다. 지헌과 자신을 닮은 사랑스러운 아이, 그들의 행복이 될 아이를……

서린은 그들 모녀와 작별했다. 남편이 돌아오면 정직하게, 진심을 담아 고백할 것이다.

사랑한다고.

출장에서 돌아온 지헌은 무거운 정적에 의아했다. 사흘 만에 돌아온 그는 문밖에서 머뭇거리다 자신이 한심하다는 것을 깨닫고 벌컥 문을 열어젖혔다. 그런데 지헌을 기다리고 있는 건 고요함뿐이었다.

실망감이 넘실댔다. 강아지처럼 촐랑촐랑 뛰어나와야 하는 게 아닌가. 노력하겠다면서. 그 노력의 유효기간이 겨우 일주일에 불과했던 것인가. 그러나 자세히 들여다보면 그의 주장은 말이 되지 않았다. 몰래 도둑 출장을 떠난 사람도, 서린의 줄기찬 전화와 카톡을 읽지 않은 사람도, 바람처럼 출장에서 돌아온 것도 모두 자신이었다.

쓸쓸함이 파도처럼 밀려왔다. 지금의 느낌은 서린이 일에 몰두해 집으로 들어오지 않았을 때와 같다. 고작 며칠에 불과했던 서린의 변화에 적응되어 버린 것일까. 쥐고 있던 손안의 햇빛들이 부서지는 느낌.

출장지에서 지헌은 한 순간도 빠짐없이 서린을 생각했다. 적극적인 서린의 공세를 받아넘기지 못하고 흔들리는 자신을 발견했다. 그래서 대만까지 도망쳤는데 결론을 내지 못했다. 서린과 이혼해야 하는 수십 가지의 이유들이 하루아침에 날아가 버렸다. 명확한 한 가지만이라도 떠올리려고 애를 썼지만 도무지 생각이 나지 않았다.

생각이 나는 건, 결혼식장에서 눈이 부실 정도로 아름다운 신부였던 서린, 성인이 된 후 맞선에서 보았던 그녀였다. 기억을 좀더 더듬어보면 그들이 어렸을 때 함께 관람하던 오페라, 투란도트에 빠져들던 서린의 모습도 떠올랐다.

그러나 무엇보다 선연한 것은 요 며칠간 보았던 발랄하고 장난스러운 모습과 눈물을 짓던 얼굴이다. 그 얼굴은 지헌을 사랑한다고 말하고 있었다. 지헌의 심장이 세차게 뛰었다. 지헌은 서린에게서 단 한 번도 사랑한다는 말을 들어본 적이 없었다.

지헌이 서린에게 빠져든 것은 어쩔 수 없는 숙명 같은 것이었다. 오래전 서린의 눈물에 마음 아파 어떻게든 웃게 해주겠노라고 다짐해 버렸으니까. 그때부터 지헌은 그의 인생을 서린의 손안에 얌전히 갖다 바쳤다. 그러지 않고서야 사랑하기는커녕 적대시하고 무시하는 서린의 곁에서 3년이나 견딜 수 있었을까.

도저히 참아낼 수 없다고 생각하는 순간 빼어든 칼. 그런데 그 칼이 스르르 무디어져 간다.

띠로리. 현관문 열리는 소리가 들렸다. 지헌은 일순 당황했다. 어떻게 서린의 얼굴을 마주할지 해답을 찾지 못했다. 아니, 앞으로 어떤 길을 걸어갈지 선택하지 못했다.

"지헌 씨, 왔어요?"

사흘 만에 만난 서린의 말은 담백하고 짧았다.

서린은 외출을 다녀왔는지 두 손에는 비닐봉지가 들려 있었다. 웃음기 없는 굳은 얼굴, 예전처럼 단정하게 차려입은 옷, 충동적인 행동을 한 적이 없다는 이성적인 분위기까지. 서린은 마치 그와 상관없는 사람처럼 살아가던 그 시간대로 회귀한 듯했다.

화가 나서 저러는 것일까. 아니면 노력의 인내심이 끊어진 것일까. 하지만 그는 겨우 사흘간 연락을 끊고 도망갔을 뿐이다. 이렇게 살벌한 냉기는 너무하다는 생각이 들자 지헌은 개탄했다. 자신이 초조한 심정으로 서린의 눈치를 보고 있다는 것을 깨달았던 것이다.

언제 주도권이 서린에게 넘어간 것일까? 인정하기 싫었지만 사실이었다. 그래서 지헌은 두려웠다.

"저녁 먹었어요?"

"아직."

"나도 아직인데, 같이 먹어요."

"8시가 다 됐는데, 왜 아직이야?"

"뭐 좀 하느라고요. 초밥 사왔어요."

"초밥?"

"네. 먹고 싶어서요."

"알았어. 씻고 올게."

"아니, 지금 먹어요. 배가 너무 고파요."

지헌은 서린의 말에 씻으려는 것을 포기하고 식탁에 자리를 잡았다. 서린이 비닐봉지에서 초밥 도시락과 된장국을 꺼내 그의 앞에 놓았다. 그녀의 몫도 세팅을 한 후 지헌의 앞에 마주 앉았다.

"갑자기 이 집 초밥이 먹고 싶더라고요."

"응."

"밥하기 귀찮고 해서. 전업주부로 전향한 지 일주일밖에 안 됐는데. 날마다 반찬 걱정하는 주부 마음이 이해가 되더라고요."

지헌은 젓가락으로 초밥을 쿡쿡 찌르는 서린을 의아하게 쳐다보았다. 배가 고프다면서 초밥은 하나도 먹지 않고 있었다. 서린에게 전염되었는지 지헌도 식욕이 뚝 떨어졌다.

"출장은 어땠어요?"

"잘 해결됐어."

"다행이네요. 음식은 입에 맞았고요?"

"응."

"것도 다행이네요."

말을 마친 서린은 그제야 겨우 광어초밥을 입에 넣고 우물거렸다. 지헌도 젓가락을 놀렸다. 한동안 대화 없는 식사가 계속되었다. 왠지 지헌은 편안한 기분이었다. 같이 밥을 먹고, 가벼운 대화를 나누고.

"지헌 씨, 내가 이 말 했던가요?"

"뭘?"

"사랑한다고요."

지헌은 순간 젓가락을 떨어뜨렸다. 그에게 새로운 젓가락을 내미는 아내를 멍하니 바라보았다. 내가 무슨 말을 들은 거지? 지헌은 무표정한 서린이 초밥을 입에 넣는 것을 지켜보았다. 마치 아무 일도 일어나지 않은 것처럼.

"뭐라고?"

"네?"

"방금 뭐라고 말했잖아."

"아, 그거? 초밥 맛있다고요."

지헌은 귀를 의심했다. 무덤덤하게 말하는 서린의 표정을 보니 그가 헛것을 들은 게 분명했다. 갈팡질팡하는 마음이 만들어낸 환청이었나.

지헌은 그의 몫의 도시락을 다 비우고 자리에서 일어났다.

"씻을게."

"네."

아무래도 귀신에 홀린 모양이었다. 침실로 들어가기 전 확인한 서린의 모습은 침착하기 그지없었다. 도시락을 치우고 식탁을 닦고.

지헌은 침실로 들어가 옷장을 열었다. 출장 전처럼 쪼르르 달려와 타이와 재킷을 받아줄 서린을 잠시 기대했다. 하지만 서린은 나타나지 않았다. 습관이란 게 무서운 건데, 그 습관이란 것이 서린에게만은 짧은 시간에 형성되는 것은 왜일까.

재킷을 걸고 옷장을 닫으려고 하는데 눈에 들어오는 포스트잇 한 장. 지헌은 포스트잇을 떼 찬찬히 읽어보았다. 그의 눈에 힘이 들어갔다.

—사랑해요, 지헌 씨.

사랑해요. 지헌 씨. 심장이 '쿵' 하고 바닥으로 떨어졌다. 아니다. 잘못 읽은 것이다. 눈을 비벼보았다. 글씨가 사라지지 않는다. 하지만 이건 잘못 읽은 것이다! 지헌은 떨리는 가슴을 무시하고 옷장을 닫았다. 씻어야 한다. 욕실로 간 지헌은 숨을 멈추었다. 거울에 붙어 있는 포스트잇을 발견했기 때문이다.

─사랑해요, 지헌 씨. 아주 많이요.

지헌은 욕실을 나와 침실 곳곳을 둘러보았다. 분명 다른 포스트잇도 있을 것이다. 어디엔가 숨어 있을지 모르는 서린의 말들. 다급해졌다. 곧 그는 침대 헤드보드에서, 서린의 화장대에서, 침실 문에서 기적을 발견했다.

─사랑합니다, 류지헌 씨. 나와 결혼해 줘서 고맙습니다.
─사랑합니다. 내 남편, 평생 껌 딱지처럼 당신에게 달라붙어 있을 거예요.
─사랑합니다. 정말, 정말 사랑합니다. 생이 끝날 때까지 사랑할 거예요.

포스트잇을 든 손이 덜덜 떨렸다. 서린의 진심이 담긴 그 말에, 꿈쩍 않던 철옹성이 와르르 무너졌다. 지헌은 황급히 방 밖으로 나왔다. 아내를 찾았다. 서린은 주방 싱크대 앞에 등을 보이며 서 있었다. 수돗물 흐르는 소리가 들렸다.

지헌은 천천히 서린에게로 걸어가 등 뒤에 섰다.

"다시 말해봐."

"뭘요?"

"아까 내게 한 말."

"초밥 맛……."

지헌은 서린의 허리로 팔을 둘러 가만히 끌어당겼다. 아내가 그의 품에 쏙 들어왔다.

"그것 말고."

지헌은 서린의 덜덜 떨리는 몸을 느꼈다. 떨고 있는 것은 그만이 아니었다. 지헌은 서린에게 두른 팔에 힘을 주며 그녀의 어깨에 고개를 묻었다. 서린의 얼굴에서 물기가 느껴졌다.

그녀의 눈물이 그의 마음에 톡 떨어졌다.

"서린아?"

숨죽여 우느라 서린은 대답하지 않았다.

"서린아?"

지헌은 가만히 서린을 돌려 세웠다. 서린의 얼굴은 눈물로 범벅이 되어 있었다. 울지 않게, 울리지 않겠노라고 했는데, 서린은 요 며칠 계속해서 울기만 한다. 가슴이 미어졌다. 지헌은 서린을 안아주고 싶었지만 확실히 하고 싶었다.

"말 안 해줄 거야?"

"내 욕심인 것 같아서. 당신을 사랑하는 것도 내 이기적인 사랑인 것 같아서 말을 못 하겠어요."

그 말이면 충분했다. 지헌은 서린을 끌어당겨 품에 꽉 안았다. 숨이 막히도록, 둘이 하나가 되도록, 으스러져라 안았다.

"그럼 나, 갈까?"

"안 돼요! 가지 마요!"

"말해줘. 듣고 싶어."

그러자 서린의 감정이 봇물 터지듯이 지헌에게 밀려들었다.

"사랑해요! 지헌 씨. 사랑해요! 너무너무 사랑해서 죽을 것만 같아. 너무 미안해서, 당신을 너무 아프게 해서, 외롭게 해서. 흐흑."

지헌은 서린이 진정할 수 있도록 가만히 머리를 쓰다듬었다.

"당신이 돌아오면 달려가서 안기려고 했는데, 사랑한다고 말하고 싶었는데! 그것마저 내 욕심인 것 같았어요. 하지만 말하지 않으면 죽을 것만 같았어요."

"무뚝뚝하게 굴었던 것도 무서워서야?"

"응."

서린은 격렬하게 고개를 끄떡였다. 지헌은 그 모습이 귀엽다고 생각했다. 서린이 진정하자 지헌은 담담히 그녀를 주시했다.

"왜 그런 눈으로 봐요?"

"내 눈이 어떤데?"

"네 사랑은 나와 상관없다, 이러는 거 같잖아."

"우리가 한 달 후에 이혼한다는 걸 생각하고 있었어."

그의 말에 서린의 얼굴이 하얘졌다.

"이혼이라고요? 정말 나와 이혼할 거예요?"

지헌은 희미하게 웃기만 했다.

"이해원 씨와 불륜도 아니잖아요. 모두 내 오해였잖아요! 근데 왜 이혼을 하려고 해요? 왜 날 버리려고 해요?"

"해원이를 만났어?"

"네. 좋은 여자더군요. 당신 여동생이라면서요?"

"응. 좋은 애야."

"그런 해원 씨에게 말도 안 되는 오해를 했는데도 바로잡아 주지 않았어요. 그만큼 내게 지쳤구나 생각했어요."

지헌은 고요한 물같이 서린을 바라보기만 했다.

"날 사랑하지 않아서 이러는 거죠? 나만 당신을 사랑하는 거예요. 당신에게는 사랑이 남아 있지 않았는데. 어떡해!"

서린은 서러운 얼굴로 그를 바라보다가 두 손에 얼굴을 묻고 또 울음을 터뜨렸다.

"사랑해."

서린이 고개를 발딱 들었다. 방금 들은 말이 믿어지지 않는다는 표정을 하고서…….

"근데 왜 나와 이혼하려고 해요?"

"미워하고 있던 그 순간에도 사랑하고 있었던 거야. 오래전부터 예정된 것이라 널 사랑하지 않을 수 없었어. 하지만 네가 만약 더 늦게 깨달았다면 난 내 사랑을 부정하고 또 부정해서 화석으로 만들었을 거야. 지치는 건 생명이 스러지는 것과 같으니까."

"날 사랑해요?"

"심장이 다할 때까지, 사랑해."

"그럼, 이혼 생각은 뭐예요? 사랑은 하는데 같이 살 수 없다 그런 뜻이에요? 내가 너무 고약해서?"

"아니."

"그럼 왜 이러는 건데요? 내가 여전히 믿음을 주지 못한 거예요?"

지헌은 초조해하는 서린의 모습이 너무 예뻤다. 서린의 억측이 야기하는 기쁨이 가슴을 간질였다. 잠시만 이대로 둬도 좋을 것 같다. 그가 대단한 사람이 된 것 같은 이 기분. 하늘로 붕 떠오르는 멋진 기분이 마약 같다.

"당신이 그러하다면 어쩔 수 없죠. 이 방법까지는 안 쓰려고 했는데, 우리 이렇게 해요."

그의 품에서 쏙 빠져나간 서린은 잠시 사라졌다가 다시 돌아왔다. 하얀 봉투를 들고서. 지헌의 눈이 가늘어졌다.

서린은 봉투 안에서 서류를 한 장 꺼냈다.

"읽어보고 찍어요."

찍어? 지헌의 얼굴이 단박에 굳어졌다. 이혼을 하겠다는 말인가. 아내의 여왕 같은 고고한 자존심이 발동한 모양이었다. 더이상은 장난이라도 견딜 수 없다는 말. 사랑하지만 고문당하느니 당신의 말처럼 나도 이혼할 수 있다는 의지의 실천력을 보여주는 것 같은.

근데 이혼 서류는 언제 준비한 걸까? 사랑한다고 해놓고서는 달콤함을 맛보기 전 눈앞의 사탕을 빼앗아 버리다니. 하늘에서 땅으로 삽시간에 추락하는 기분은 굉장히 씁쓸했다. 지헌은 서린이 건넨 종이를 확 빼앗아 들고 찢어버리려고 했다. 서린은 깜짝 놀라며 지헌의 행동을 만류했다.

"뭐 하는 거예요? 얼마나 심사숙고한 것들인데?"

"안 찍어."

"네?"

"이혼 안 한다고!"

"정말요? 정말이죠?"

눈에 띄게 활짝 피어난 아내의 얼굴을 바라보고 있자니 왠지

속았다는 기분이 들었다.

"그래."

"그럼, 이건 필요 없겠네요!"

지헌의 눈이 찌그러졌다.

"당연히 필요 없지. 내가 순순히 대답하지 않았다고 해서 이혼 서류를 내미는 건 너무하잖아?"

"네에? 이게 이혼 서류라고요?"

"아니야?"

"당연히 아니죠. 내가 왜 이혼 서류를 내밀어요? 바짓가랑이라도 붙잡고 싶은 심정인데."

"그럼 이건 뭔데?"

"지헌 씨가 거부했으니까 이제 무용지물인 된 우리 각서죠."

"각서?"

지헌이 서린의 손에서 종이를 빼앗아 들려고 하자 서린은 거실로 도망쳤다.

"안 돼요. 무용지물이라니까요!"

"보고 나서 판단할 테니까. 보여줘."

"기회는 지나갔어요! 꺄악!"

지헌에게 잡힌 서린이 바닥으로 쓰러졌다. 그녀 위로 지헌도 쓰러졌다. 지헌은 서린을 짓누르지 않기 위해 팔에 힘을 줬다.

"괜찮아?"

"네."

잠깐 동안의 실랑이로 리듬을 잃은 서린의 숨결이 다디달게 지헌을 괴롭혔다. 지헌은 서린의 입술에 눈을 빼앗겼다가 눈동자를 바라보았다.

"내가 사랑한다고 말했을 때, 이혼 생각을 하고 있었다는 건, '이혼을 하지 않겠다'는 마음이었죠? 그렇죠?"

지헌은 씨익 웃었다.

"못됐어. 나, 정말 조마조마했단 말이에요!"

"한 달 후에 우리의 이혼은 없겠구나, 생각했어."

"지헌 씨!"

"고마워. 사랑한다고 해줘서. 내겐 주문 같은 말이었어. 네가 말하는 순간, 내게 걸렸던 저주가 풀렸던 거야. 널 내 인생에서 몰아내려고 했던 아픈 기억들이 거짓말처럼 아무 일도 아닌 것처럼 느껴졌어. 날 보고 안절부절못하고 초조해하는 모습을 보니까 기분이 너무 좋았어. 내가 사랑받고 있다는 느낌이 들어서."

서린은 지헌의 진솔한 고백에 미소를 지었다.

"나도 고마워요. 당신이 이혼하자고 말해줘서."

"그건 좀 이상한 말인데?"

"지헌 씨가 강한 충격을 주지 않았다면, 나는 여전히 당신의 마음을 몰랐을 테고, 당신을 괴롭히고, 절망하게 만들고, 외롭게 만들었을 거예요. 그래도 두 번 다시 이혼하자고는 하지 마요. 너무 무서웠어요."

지헌은 아이처럼 어리광을 부리는 서린의 눈을 그윽하게 쳐다보았다.

"이제 그런 일 없을 거야. 맹세해."

"사랑해요, 지헌 씨!"

"동감이야."

지헌의 입술이 눈처럼 내렸다. 따뜻하고 다정한 키스에 서린은 취해 있었다. 그녀의 얼굴 구석구석에 키스를 퍼부은 지헌이 얼굴을 들었다. 그의 얼굴에 장난기가 묻어 있었다. 3년 전 맞선에서 처음 만났을 때처럼.

"근데 이건 정말 뭐야?"

서린에게서 빼앗은 종이를 읽어 내려가던 지헌의 눈이 커졌다. 곧이어 파안대소가 터졌다.

"정말 이렇게 하겠다는 거야?"

"네."

3년 전, 서린의 마음을 잡기 위해 지헌이 당근을 내놓았던 것처럼, 서린이 한 자 한 자 써내려 간 진심의 당근이 하얀 여백을 채우고 있었다.

"공증도 해줄게요."

"공증까지?"

"물론이죠. 당신이 내게 주었던 많은 것들처럼, 나도 당신에게 그것들을 주고 싶어요."

지헌의 가슴이 벅차올랐다. 서린의 입에서 나온 말들이 어쩜 이리도 하나같이 보석 같을까?

"기대가 돼. 당신이 내게 준다는 많은 것들이."

"실망시키지 않을 거예요. 나, 뭐든 잘해요. 시켜만 줘요."

"너무 잘해서 탈이지. 회사에서도, 침대에서도."

서린의 얼굴이 붉게 달아올랐다.

"당신 말이 맞았어. 자고 나니까 당신 곁을 못 떠나겠구나, 라는 생각이 들었어. 내 몸이 기억하는 당신에 대한 사랑은 내 의지조차도 꺾을 수 없는 것이었으니까."

"사랑해요."

서린은 속삭이며 지헌의 입술에 키스했다. 아내의 키스를 받아들이며 지헌의 눈앞으로 행복한 일상들이 그림처럼 그려졌다. 서린은 진짜 그의 가족이 되었다.

지헌은 부스스한 얼굴로 침대에서 일어났다. 아내의 텅 빈 공간을 쳐다보았다. 9시가 안 된 시간인데 벌써 일어난 모양이었다. 많이 힘들었을 텐데. 지헌은 어젯밤 그가 저지른 만행을 되짚어 보다 멋쩍은 얼굴이 되었다. 헛기침을 해보았지만 부끄러움은 그의 몫이었다.

어젯밤, 봉인이 풀리며 짐승이 툭 튀어나왔다. 그는 정력적인 한 마리의 야수가 되어 서린을 마음껏 탐했다. 실오라기 하나 남기지 아니한 서린의 육체는 그의 먹잇감이었다.

서린의 안에서 환희에 찬 비명 소리를 들으며 뿜어내길 수차례. 잠이 든 것은 새벽녘이었다. 그러고는 꿈을 꾸었다. 통통하고 사과 같은 빨간 볼의 아이가 그의 품에 안기는 것을. 한데 아이는 하나가 아니었다. 또 하나가 그의 다리에 매달려 있었다.

지헌은 대충 걸쳐 입고 침실을 나와 서린을 찾았다. 흥겨운 콧노래가 들려왔다. 소리의 진원지는 주방이었다. 고소한 기름 냄새에 식욕이 돌았다. 그러나 서린을 보는 순간, 지헌의 숨결은 또다시 흐트러졌다. 짐승이 또 나오려고 한다. 서린은 날마다 변화의 진보를 보여주고 있었다.

서린이 입고 있는 하얀 셔츠는 분명 그의 것이었다. 하의실종의 차림새로 헤드폰을 쓰고 흥얼거리는 모습, 이따금 손으로 리듬을 타는지 손짓도 했다. 유혹적인 모습에 지헌은 유령처럼 스르르 다가가 백허그 했다.

"깼어요?"

"하고 싶어."

지헌은 서린의 헤드폰을 벗겨내며 속삭였다.

"안 돼요."

서린은 가슴으로 올라오는 지헌의 손을 잡고 뒤를 돌았다. 그러고는 입술에 '쪽' 하고 뽀뽀했다.

"아침 준비 중이었어요. 얌전하게 식탁에 앉아서 기다려요."

"뽀뽀로는 안 되는데."

지헌의 부루퉁한 대꾸에 서린이 발돋움해서 짧게 키스했다. 그녀가 입술을 떼려고 하자 지헌은 신음을 지르며 서린의 얼굴을 부여잡고 진한 키스를 퍼부었다. 서린이 지헌을 밀어내고 입술을 떼자 지헌은 아쉽다는 탄식을 내뱉었다.

"밥 먹고 기운내서 합시다, 우리."

"정말?"

"하루 종일 집에 처박혀 있자고요. 누가 불러도 나가지 말고. 대신 밥은 먹고요. 그래야 안 지치지."

지헌은 서린의 귀여운 도발에 뺨을 꼬집어주고는 자리에 앉았다. 서로의 마음을 확인한 후 서린과의 거리가 완전 가까워진 느낌이었다. 친밀감이 순식간에 자라나, 부부였으나 항상 얇은 막이 존재했던 그들 사이에 이제 거리낌도 부끄럼도 사라졌다.

"오늘의 메뉴는 뭐야?"

"고열량, 고단백으로만 준비했어요. 소시지, 베이컨, 달걀 프라이 등등."

"이 식단 마음에 들어. 하루 종일 할 수 있을 것 같아."

"지헌 씨!"

성적인 농담에 서린은 남편을 한번 꼬나보고는 일사불란하게 아침상을 차렸다. 서린이 지헌에게 보라색 주스를 내밀었다.

"이게 뭐야?"

"녹내장에 좋다는 블루베리, 당근, 견과류를 요구르트에 넣고 갈았어요. 이젠 아침마다 이거 먼저 먹는 거예요. 그리고 이건 루테인 영양제예요. 하루에 두 알씩. 알았죠?"

"내가…… 녹내장이라는 건 어떻게 알았어?"

"그건 중요한 게 아니에요. 너무 늦게 알아서 미안해요. 혼자 감당하게 해서 또 미안해요. 이제 혼자 감당하려고 하지 말아요. 난 당신의 아내이고, 가족이니까 이제부터는 내가 당신을 챙겨줄 거예요."

심장에서 뭉클 소리를 낸다. 지헌은 감격에 젖은 목소리로 말했다.

"괜찮아. 약물 효과가 좋아서 조절이 잘 되는 편이야. 의사도 50년은 끄떡없다고 했으니까 너무 염려하지 마."

"그래도 가슴이 덜덜 떨려요. 나 때문에 스트레스 받아 그렇게 된 것 같아서. 당신이 잘못된다는 생각을 하니까 눈앞이 캄캄해졌어요. 내가 당신을 이만큼 사랑하고 믿고 의지하는지 미처 몰랐어요."

지헌은 겁난 아이 같은 서린의 얼굴을 지그시 바라보았다.

"예쁘다, 당신."

"네?"

"마음을 보여줘서."

서린은 지헌에게 다가와 가만히 안겼다. 지헌은 오래오래 서린을 안아주었다.

지헌은 서류를 들여다보고 있는 서린의 목에 입 맞췄다. 귓불을 빨아들이자 서린이 고개를 반대편으로 꺾었다.

"안 돼요. 정신 흐트러져서 생각을 할 수가 없잖아요."

"밥 다 먹고 하기로 했잖아. 이건 약속 위반이야."

"하지만 이것부터 작성해야죠."

"그런 거 없어도 된다고 말했어. 내가 필요한 건 날 원하는 당신이라고."

서린은 지헌의 손이 셔츠 밑으로 파고들어 오는 것을 말렸지만 어느새 가슴은 그의 손에 점령당했다. 남편이 고약하게 유두를 문지르자 서린은 야릇한 쾌감에 신음을 토해냈다. 하지만 서린의 고집도 만만찮았다. 애무를 받으면서도 지헌의 눈앞으로 서류를 내밀었다.

"당신이 내게 해준 것만큼 해주고 싶다고 말했잖아요. 그래서 말인데, 지헌 씨, 아이는 당신 뜻대로 할게요."

"응?"

지헌은 손동작을 멈추고 서린이 내민 서류를 내려다보았다.

"어젯밤 곰곰이 생각해 봤는데, 우리에게 가족이 더 생겼으면 좋겠어요. 지헌 씨는 어때요?"

"난 좋아. 근데 정말 아이가 갖고 싶어?"

"네. 갖고 싶어요. 실은 지헌 씨, 고백할 게 있어요. 화내지 않는다고 약속해 줘요."

"무슨 말이야?"

"약속이 먼저예요. 당신이 또 이혼하자고 할까 봐 조마조마하단 말이에요."

지헌이 서린에게 약속하자 서린은 머뭇거리며 고백했다. 일방적으로 피임을 했었노라고.

"알아. 피임약 보고 알았어."

"알고 있었어요? 그런데도 말하지 않았어요?"

"상처를 받았으니까. 결혼 생활을 정리하려고 했던 이유 중에서 그 이유가 제일 컸어. 아무것도 나와 나누지 않으려는 우리에게는 미래가 없다고 여겼어."

서린의 눈가가 촉촉해졌다.

"미안해요, 지헌 씨. 단지 일 욕심 때문이었는데. 결국에는 당신을 잃을 뻔했어요. 일이 커지고 나서야 난 당신이 내게 어떤 존재인지 알게 되었어요. 정말 사랑한다는 걸요."

"내게 속죄하는 의미로 아이를 갖자고 하는 거라면, 지금이 아니라도 돼. 당신 일하는 거 좋아하니까 몇 년은 더 기다릴 수 있어."

"안 돼요. 싫어요! 당신을 또 아프게 안 한다고 했잖아요. 3년이나 기다린 것도 많이 기다린 거예요. 그리고 아이가 있어야 당신의 발목을 확실히 잡죠."

"뭐?"

"어디 못 도망가게 적어도 세 명은 낳을 거예요. 당신은 선녀니까."

"나무꾼 아니고?"

"우리 관계에서는 당신이 선녀, 난 나무꾼."

"하하하, 하하하."

서린은 웃고 있는 지헌을 보고 미소 짓다 서류의 한 조항을 짚었다.

"여기 괄호 보이죠? 여기에 적어요. 당신이 원하는 아이 수. 힘 닿는 대로 낳아볼게요. 이른바 백지수표라고 하죠?"

"내가 열두 명을 적으면 어쩌려고?"

"설마? 당신이 날 진정으로 사랑한다면 그러지 않을 거라고 믿어요. 하지만 최소 세 명은 낳을 테니까 최대를 적어봐요."

지헌은 킥킥 웃으며 괄호에 3이라고 적었다. 그리고 그 옆에 '당신의 뜻대로'라고도 적어놓았다. 서린은 가슴이 따뜻해져 고양이처럼 그의 품에 안겨들었다.

"근데요, 지헌 씨. 당신도 내 요구 하나는 들어줘야 해요."

"그게 뭔데?"

"무슨 일이 있더라도 단 한 번은 최서린이 하라는 대로 한다. 어때요?"

"알았어. 약속할게."

"그럼, 여기 사인하고 월요일에 공증 받아요."

"그 전에 이것부터."

지헌의 입술이 서린의 입술을 나비처럼 찾아왔다. 서린은 얌전히 입을 벌려주었다. 물컹한 푸딩을 먹는 것처럼 부드럽게 찾아오는 지헌에게 매료되었다. 지헌은 서린의 아랫입술을 미약하게 빨았다. 그러곤 윗입술을 찾아가 쾌감을 심어놓았다.

문을 열어주었는데 선뜻 들어오지 않는 그가 얄미워 서린의 용감한 혀가 지헌의 안으로 쳐들어갔다. 그의 혀를 톡톡 두드렸다. 슬쩍 피하는 혀를 집요하게 따라가다 그만 강한 힘에 눌리고 말았다. 도망치려고 해도 쉽사리 놓아주지 않았다. 서린의 입술이 온전히 그에게 잡아먹혔다.

밀려드는 타액을 어쩌지 못해 모조리 삼켰다. 그러자 지헌이 입술을 떼고 사랑스러운 눈으로 서린을 바라보았다.

"귀여워."

남편의 목소리가 너무 감미로웠다. 서린은 그의 어깨에 가만히 머리를 기댔다.

"사랑해요."

"나도 사랑해. 죽을 만큼."

"죽지 말아요. 이제 겨우 남편의 사랑을 되찾았는데, 과부(寡婦) 되기는 싫단 말이에요."

"뭐?"

"대신 엄마는 되고 싶어요. 지헌 씨, 내게 우리들의 아이를 주세요."

지헌의 가슴이 뭉클해졌다. 서린의 사랑이 사무치도록 그의 뇌리에 맺혔다.

지헌은 서린과 시선을 맞추다 다시 입을 맞추었다. 섹스 같은 키스를 나누다 완전히 흥분되었다. 그는 서린의 셔츠 단추를 끌렀다. 지난밤 서린을 만족스럽게 안았는데도 그녀 앞에 서면 덜덜 떠는 아이가 되는 기분이었다. 성급한 지헌을 격려하듯 서린이 고양이 같이 웃는다.

하얀 살결이 드러날 때마다 지헌은 그곳에 입 맞추었다. 너무 소중해서 경배하듯 서린의 얼굴을 보며 감격에 겨운 표정을 보여 주었다. 서린이 해사하게 웃었다.

완전히 알몸이 된 서린은 거실 소파에 비스듬히 누워 고혹적인 시선으로 지헌을 유혹했다. 팽대해진 그의 몸을 눈으로 애무했다. 지헌은 허리가 빳빳해질 만큼의 강렬한 충동을 받았지만 햇살이 비춘 서린의 몸을 잠시 감상했다

길쭉하고 여린 몸의 곡선, 매끄럽고 풍성한 엉덩이, 알알이 여문 젖가슴. 그녀에게 다가간 지헌은 가만히 몸을 겹쳤다.

서로의 온기를 마주하며 쿵쿵대는 심장 소리를 함께 들었다. 온전한 하나가 된 느낌이 좋았지만 서린이 무거울까 염려되었다.

그가 몸을 일으키려고 하자 서린이 그의 목을 끌어당겼다.

"어디 가요?"

"무거울까 봐."

"지헌 씨, 우리 하는 거 아니었어요?"

"맞는데."

"그럼, 하나도 안 무거워요."

지헌은 껄껄 웃으며 서린의 목덜미에 키스했다. 서린은 눈을 감았다. 어젯밤에도 밀착되어 안겨 있었지만 한시도 떨어지고 싶지 않았다. 남편을 잃을 뻔했던 순간 알게 된 사랑의 크기와 깊이에 가슴이 시렸다. 어떤 것으로도 무게를 잴 수 없고 어떤 것으로도 채울 수 없는 감정.

서린은 지헌의 발기된 욕망에 수줍게 사타구니를 비벼댔다. 자극을 받은 남편의 얼굴이 찡그려지자 가슴이 뿌듯했다. 여자라는 게 이토록 자랑스럽다니. 서린은 남편의 목을 끌어당겨 오래오래 키스했다. 그녀의 간절한 사랑을 느껴보라고.

"느껴져."

"뭐가요?"

입술을 살짝 떼고 지헌은 지그시 서린을 응시하며 속삭였다.

"당신의 사랑이."

서린은 지헌의 말에 눈을 똥그랗게 떴다. 이내 눈시울이 붉어졌다. 촉촉한 눈가에 지헌이 가만히 키스해 주었다. 지헌은 서린의 말에 몸으로 사랑을 표현했다. 서린의 소중한 그곳에 그의 몸을 갖다 대며 애무했다. 서린이 느끼면 느낄수록 쾌감이 그에게도 더욱 진하게 전달되었다.

지헌은 고개를 숙여 젖가슴을 조심스럽게 애무하다 젖꼭지를 입술로 잡아당겼다. 아내의 신음 소리가 한층 고조되자 양손을 허리로 내려 가녀린 곡선을 어루만졌다. 말랑말랑한 엉덩이를 꽉 움켜쥐어 보았다. 촉촉한 액체로 서린의 중심부가 미끈거렸다.

"지헌 씨, 이제 그만 괴롭히고 들어와요."

"아직은 아니야."

"제발요!"

불편한 자세의 서린을 소파에 제대로 앉게 하고 지헌은 몸을 내렸다. 욕망 짙은 눈으로 서린은 남편을 멍하니 바라보았다.

지헌은 서린의 그곳을 활짝 벌리게 하고 응시했다. 부끄러움에 서린이 다리를 모으려 했지만 그가 양팔로 제지했다.

"보고 싶어."

서린은 지헌의 눈빛을 감당하기 힘들었다. 그는 아무런 행동도 하지 않았는데, 전신을 떠돌던 쾌감이 집중적으로 중심부에 모여들었다.

"하!"

허리를 비틀며 신음을 흘리던 그때, 지헌이 여성에 얼굴을 묻었다.

"아흑!"

아내의 깊은 곳에 코를 묻고 슬쩍 혀로 기다란 꽃잎을 핥아 내렸다. 서린의 교성이 귓가를 간질였다. 이번에 지헌은 비밀의 문을 밑에서 위로 혀 전체로 핥아 올리며 혀끝으로 돌기를 자극했다.

서린의 두 손이 지헌의 머리카락 속으로 들어와 잡아당겼다.

"하웃! 여보!"

쾌락에 들뜬 아내의 목소리가 심장을 강타했다. 지헌이 얼굴 전체로 그곳을 장난스럽게 애무하자 서린은 은밀한 눈물을 뚝뚝 흘렸다.

서린의 몸이 충분히 젖었다는 것을 알자 지헌은 오래 참고 있던 남성을 입구에 가져다 댔다. 비밀의 문이 슬쩍 열리고 그는 수월히 안으로 전진했다. 서린이 상체를 일으켜 그의 어깨를 감싸 안았다. 그리고 늘씬한 다리를 지헌의 골반에 걸쳤다.

지헌은 서린을 번쩍 안아 들고 금세 소파 위에 앉았다. 그가 천천히 파고들었다가 천천히 빠져나가자 서린이 불만스러운 듯 엉덩이를 흔들었다.

지헌이 짓궂게 허리를 뒤로 빼자 서린은 앙탈을 부렸다. 얼른 그를 좇아가 남편이 깊게 들어오도록 유도했다. 지헌은 자신에게 안달하는 아내를 보는 것만으로도 금방 절정에 이를 것 같았다.

서둘러 허리를 튕기며 서린의 안을 괴롭히자 서린은 인상을 찡그리며 신음을 흘렸다. 지헌은 움직임을 빨리했다. 그에 맞춰 서린도 남성을 머금은 중심부를 크게 원을 그리며 돌렸다.

"헉!"

지헌의 신음이 짐승의 그것처럼 터졌다.

"좋아요?"

서린의 앙큼한 물음에 지헌은 다급히 그녀의 입을 막았다. 아내는 타고난 승부사였다. 어떤 분야든 지는 것을 굉장히 싫어했다. 사랑을 나누는 것에도 다를 바 없었다. 지헌은 서린의 도발적이고 저돌적인 매력에 흠뻑 빠져들었다.

"좋으냐고 물었더니 키스만 하고."

섹스 중에도 뾰로통하게 물어보는 서린은 순수한 아이 같았다. 이렇게 솔직하고 귀여운 아내가 그간 가면을 쓰고 살았다는 사실에 마음이 시렸다.

"좋아."

지헌은 탁한 목소리로 긍정했다.

"그럼, 이제부터 매일매일 사랑한다고 백 번씩 말하는 거예요?"

"백 번씩이나?"

"응. 1초에 한 번씩만 말해도 2분이면 끝나는걸?"

"사랑해. 사랑해. 사랑해……."

지헌은 아내가 더 느낄 수 있도록 밀착된 치골을 비벼댔다.

"아아! 아핫!"

지헌의 말과 육체가 서린의 쾌락을 최고조로 이끌었다. 돌기에서 전해지는 강렬한 느낌에 서린은 비명을 질렀다.

"아아!"

서린의 안이 옴찔옴찔 움직이며 남성을 꽉 쥐어짜는 것 같았다. 더 버틸 수 없어진 지헌은 힘차게 뿜어댔다.

"여보!"

"지헌 씨!"

격렬한 파도가 두 사람을 덮쳤다. 현란한 감각이 눈앞에서 빙그르르 도는 것 같았다. 땀에 젖은 몸이 너무 좋아 지헌은 서린의 등을 쓸어주었다. 그의 어깨에 얼굴을 묻은 서린이 속삭였다.

"사랑해요."

지헌은 쾌감이 가시지 않은 서린의 몸 안에서 남성을 천천히 움직였다. 여운을 즐기던 서린이 '아흑' 신음을 지르더니 지헌의 목덜미를 깨물었다. 잦아들던 오르가슴이 지헌의 움직임으로 서린을 더욱 떨게 만들었다. 결국 서린은 흐느꼈다.

지헌은 서린의 머리를 쓰다듬으며 부르르 떨고 있는 서린을 꼭 안아주었다.

"사랑한다, 서린아. 내 목숨보다 더!"

서린은 눈물을 흘리며 고개를 끄떡거렸다.

14

임 여사는 치밀어 오르는 분노를 억제할 수 없었다. 가슴속에 답답하고 뜨거운 응어리가 꽉 막혀 질식할 것 같았다. 하물며 밥이라니. 교양이 철철 흘러넘치는 임 여사는 차가운 눈빛으로 서린과 지헌을 노려보았다. 언제부터 저렇게 사이가 좋아졌지? 부적이 효험이 없을 리가 없을 텐데.

임 여사는 깨작거리던 젓가락을 놓았다. 식욕이 훅 떨어졌다.

"그만 드시게요, 어머님?"

지헌의 말에 임 여사는 소름이 끼쳤다. 어머님이라니! 생각만 해도 끔찍했다. 저녁 식사 시간이 끝나면 서린을 불러 다짐을 받아놓을 작정이었다. 이제 명확한 결과가 나왔으니 핵폭탄이 터지는 건 시간문제였다.

"더 드세요, 어머님. 고운 얼굴이 반쪽이 되셨어요."

"됐네. 자네나 많이 먹게."

찬바람이 불 정도로 쌀쌀맞게 대꾸한 임 여사는 자리에서 불쑥 일어났다.

"여보, 애들 식사 끝날 때까지 자리를 지켜주구려."

"내가 그래야 되나?"

최 회장의 말에 임 여사는 지헌에게 공격적으로 물었다. '아닙니다'라는 지헌의 말도 듣지 않은 채 임 여사는 쌩하니 사라졌다. 최 회장이 눈살을 찌푸렸다.

"미안하게 됐네, 류 서방."

"괜찮습니다. 아버님, 어머님께서 또 몸이 안 좋아지신 것 같습니다."

"그런 모양이야. 그나저나 두 사람 부쩍 사이가 좋아 보이는데?"

서린은 아버지의 말에 지헌과 잡고 있던 손을 슬며시 빼려고 했다. 그러자 지헌이 꽉 붙잡았다.

"네. 저희 좋습니다. 행복합니다."

최 회장의 만면에 웃음이 돌았다. 딸과 사위는 확실히 전과 분위기가 달라져 있었다. 사랑이 가득 찬 느낌이었다.

최 회장은 퇴원 후 주말 저녁 식사에 딸아이 부부를 불러들였다. 서린과 지헌의 관계를 회복시켜 주고 싶어 일절 연락하지 않았는데, 아내인 효정이 성화를 부렸다.

그런데 막상 저녁 식사 자리에 서린과 지헌이 도착하자 아내는 신경질적으로 변했다. 급기야 식사 중간에 사라지고 말았다.

"자네 사직서는 없던 걸로 하면 되는 거지?"

"네, 아버님. 대신 이 사람도 곧 복귀할 겁니다."

"아니에요. 지헌 씨! 일 안 한다고 했잖아요. 아버지, 저 휴직할 거예요. 그래도 되죠?"

"네가 휴직을 한다고?"

최 회장은 서린의 말에 눈을 크게 떴다. 서쪽에서 해가 뜰 일이 눈앞에서 벌어지고 있었다. 스스럼없는 사이가 된 서린과 지헌이 보기가 좋아 최 회장은 너털웃음을 터뜨렸다.

"식사가 끝났으면 거실로 나가서 바둑이나 한 판 둠세. 이번에는 내가 자네를 이기려고 잔뜩 벼르고 있으니까 마음 준비 단단히 하라고."

"아버님도요."

"뭐? 허허헛, 허허헛."

서린은 기분 좋게 주방을 먼저 나가는 아버지를 바라보고 있다가 지헌을 붙들었다.

"승부욕 발휘하지 말고 빨리 져드려요."

"왜?"

"집에 안 가고 싶어요? 주말에 아무 데도 가지 말라고 내게 계속 보채더니, 아버지 전화 한 통에 쪼르르 달려왔잖아요."

서린의 말을 오해한 지헌의 얼굴에 순간 음란이 끼어들었다.

"알았어. 빨리 마치고 얼른 집에 가자. 우리 아이 만들러."

"그런 뜻이 아니란 말이에요! 아버지 실력 몰라요? 한 번이라도 이길 때까지 당신을 붙잡고 있을 거예요. 지난밤에도 잘 못 잤잖아요. 오늘은 푹 자야죠."

서린은 지헌을 흘겨보며 말했다.

"내 걱정해 주는 거야? 너무 감격스러워."

환한 미소를 지으며 지헌은 서린을 품에 안았다. 서린은 들킬세라 지헌의 가슴팍을 밀며 속삭였다.

"빨리 져드리고 와요. 아이 만들고 싶다면서요?"

"그런 뜻 아니라며?"

"여자의 마음은 갈대니까. 커피 만들어서 내갈게요."

서린은 지헌의 등을 떠밀었다. 지헌은 아쉽다는 얼굴로 서린을 지켜보다가 거실로 사라졌다. 서린의 마음은 행복으로 충만했다. 고 집사가 주방으로 들어왔다.

"서린 아가씨, 사모님께서 부르십니다. 2층 작업실에 계세요."

"네, 고 집사님. 근데 엄마 오늘 뭐 좀 드셨어요? 저녁도 거의 안 드셨는데."

"요즘 거의 안 드세요. 점심에 과일 몇 점 드신 거 외에는 없습니다."

"전복죽 있죠? 그거라도 데워놔 주세요. 모시고 내려올게요."

"네, 아가씨."

서린은 2층으로 올라갔다. 엄마의 화실은 결혼 전 그녀의 방 맞은편에 있었다. 어린 시절부터 엄마의 집착은 서린을 괴롭게 했다. 하지만 아버지로부터 사랑을 받지 못한 엄마를 측은히 여겨 서린은 웬만해서는 엄마의 뜻을 거역하지 않으려고 노력했다.

화실의 문을 열었다. 오랜만에 들어오는 화실은 달라진 풍경이었다. 엄마의 수묵화가 걸린 벽에는 빨갛고 노랗고 파란, 기기묘묘한 그림들이 널려 있었다. 부적으로 보이는 그림도 숱했다. 서린은 선미가 한 말이 떠올랐다. 엄마의 망상이 작업실에서 현실화되고 있었다. 엄마의 병세가 악화되는 것이 아닌가 염려되었다. 그동안 일에 빠져 남편뿐만 아니라 엄마도 등한시했다는 것을 깨닫고 자책했다.

"서린아?"

갑작스럽게 나타난 엄마에게 깜짝 놀라 서린은 외마디 비명을 질렀다.

"왜 그래?"

"엄마가 갑자기 나타나셔서요. 놀랐잖아요."

"근데 너 무슨 일 있었니? 오늘 류 서방과 무척 달라 보여. 둘이 부쩍 친밀해진 느낌이야."

"부부 사이니 당연히 친밀해야죠."

"아니야. 평소와 달라. 너희 둘은 언제 깨어질지 모르는 관계였는데, 지금은 그런 적이 없다는 듯이 행동하잖아."

"우리 부부가 깨어질 것 같다고요? 왜 그런 생각을 하셨어요?"

"넌 류 서방을 사랑하지 않았으니까. 네가 내게 속엣말을 하지 않아도 엄마는 다 알고 있었어. 한데 오늘은 아니야. 마치 류 서방을 사랑하는 것처럼 굴고 있잖니?"

"네, 엄마. 그 사람 사랑해요. 근데 엄마 말이 이상해요. 제가 류 서방을 사랑하면 안 되는 것처럼 말씀하세요."

"사랑이라니! 안 돼! 너 미쳤니?"

임 여사가 무서운 표정으로 서린의 어깨를 부여잡았다. 엄청난 악력에 서린은 깜짝 놀라 버둥거렸지만 그 힘으로부터 벗어날 수가 없었다.

"거짓말이지? 류 서방을 사랑한다는 말은 모두 꾸며낸 거지?"

"엄마! 대체 왜 이러세요?"

서린은 임 여사의 팔을 뿌리치며 소리쳤다.

"너희들은 당장 이혼을 해야 돼. 이혼할 수밖에 없는 사이인데, 사랑이라고? 이를 어째? 액운이 끼어들었어. 부적! 부적이 막아줬을 텐데. 분명 그러했을 텐데."

임 여사는 미친 듯이 서린의 몸을 뒤지기 시작했다.

"엄마!"

"부적을 몸에 지니고 다니라고 했잖아! 그거 어디에 있어? 설마 버린 거야?"

쩌렁쩌렁 고함치는 엄마의 얼굴은 광인과 다를 바 없었다.

"아, 아니요. 집에 있어요."

"왜 엄마 말을 듣지 않는 거야? 몸에 지니고 다니라고 했잖아. 만약 임신이라도 되면 어쩌려고 그래?"

"그게 임신을 막아주는 부적이란 말이에요?"

"그래. 넌 임신을 하면 안 돼, 절대! 아무리 예현을 갖고 싶어도 그건 안 되는 거야!"

"엄마, 무슨 소리를 하시는 거예요? 난 아이를 갖고 싶어요! 지헌 씨 아이 가질 거란 말이에요."

"내가 모를 줄 알았니? 너, 네 아버지와 거래 때문에 그러는 거잖아? 임신하면 후계자 자리 확실하게 해주겠다고 하니까 그때부터 너 이러는 거, 내가 모를 줄 알았어?"

"엄마가 어떻게 그걸?"

"너희 부녀가 무슨 작당을 하는지 알아야 나도 대처를 할 수 있으니, 몰래 엿들었지."

"엄마!"

"꺄아아악!"

임 여사가 서린의 뒤를 손가락질하며 갑자기 비명을 질렀다.

"여기가 어디라고 신성한 내 작업실로 올라와? 어서 썩 꺼져. 꺼져 버리란 말이야! 악귀의 자식!"

서린은 홱 뒤를 돌아보았다. 열린 문으로 상처받은 지헌의 얼굴이 보였다. 엄마와의 대화를 들었다면 필시 오해할 것이다. 사정을 설명하려는데 남편이 얼굴을 굳히고 사라졌다. 그를 쫓아가려던 서린을 임 여사가 막아섰다.

"지헌 씨!"

"너 못 가! 저놈을 따라가려면 엄마 죽은 다음에 가!"

어떻게 알아본 사랑인데, 이런 오해 때문에 남편을 놓칠 수 없었다. 그러나 엄마는 거의 주저앉다시피 하여 서린의 발걸음을 막았다. 서린은 온 힘을 다해 외쳤다.

"지헌 씨! 가지 말아요! 가면 안 돼요! 그게 아니에요. 내가 다 설명할게요. 제발 한 번만 더 내가 하자는 대로 해줘요! 지헌 씨! 엄마, 이러지 말아요. 지헌 씨가 오해하고 가잖아요. 제발 놔주세요."

"내가 놔주면 넌 저놈에게 갈 거잖아. 절대 못 놔. 널 저놈과 반드시 이혼시켜야 돼. 이 질기고 질긴 악연을 끊어내 버려야 한다고?"

"무슨 악연이요? 대체 왜 이러세요. 엄마는 내가 불행해져야 속 시원하시겠어요?"

"내가 널 어떻게 낳았는데! 어떻게 엄마에게 그런 모진 소리를 해? 세상 천지에 자식의 불행을 바라는 어미가 어디 있다고?"

"지금 엄마가 그러고 계시잖아요!"

서린은 얼음이 뚝뚝 묻어나는 음성으로 쏘아보았다. 임 여사의 표정이 돌연 버림받은 어린아이처럼 간절해졌다.

"아니야. 엄마는 네 행복이 제일 먼저야. 넌 엄마에게 고마워해야 돼."

"아뇨. 엄만 언제나 엄마 상처만 아프다고 하셨어요. 내가 엄마를 필요로 할 때 단 한 번도 진짜 엄마가 돼주신 적 있으세요? 그런 엄마가 내 행복이 먼저라고 말씀하시니 괴상하게 들려요. 지금도 지헌 씨에게 가지 못하게 잡고 계시잖아요. 내가 그 사람을 얼마나 아프게 했는데!"

"서린아, 엄마를 미워하지 마! 난 너한테 그런 말 들을 정도로 잘못하지 않았어! 너와 류 서방은 만나서는 안 될 사이였어. 근데 운명의 장난인지 결혼까지 하고 말았지. 이제라도 알았으니까 끊어야 돼. 그 악연을 끊어내야 한다고!"

"왜요? 왜 그래야 하는데요?"

"너희 둘은 패륜을 저질렀어. 그러니까 더 이상의 패륜은 안돼!"

"패륜이라고요?"

서린은 엄마를 낯선 사람처럼 쳐다보았다. 엄마가 무슨 말을 하는지 전혀 이해가 되지 않았다. 서린이 잠잠하자 임 여사는 승기를 잡은 사람처럼 득의양양하게 말했다.

"그래, 너희 둘은 패륜이야."

"어떤 패륜요? 이해가 안 돼요."

"어떻게 이해가 안 될 수 있어? 너희들은 남매라고!"

서린은 엄마의 말에 가슴이 턱 막혔다. 순간 피의 순환이 멈춘 듯 머리가 핑 돌았다.

남매? 내가 알고 있는 그 남매라는 말이 맞을까? 아니 맞지 않다. 엄마는 지금 망상의 세계에서 홀로 떠다니고 있었다. 엄마의 병은 확실히 심각해졌다. 서린은 분노를 억제하고 이성으로 무장했다.

"지금, 지헌 씨가 아버지의 아들이라는 말씀이세요?"

"그래, 맞아. 류 서방은 네 아버지의 씨였어! 내가 이미 확인했어. 유전자 검사에서 99.9%로 친자 관계가 성립이 됐다고."

"그래서요?"

"그래서라니? 끔찍하지 않니? 아니 살이 떨릴 만큼 혐오스럽지 않아? 넌 그동안 네 오빠와 동침을 했었다고! 한데 임신이라니? 그런 천인공노할 일은 절대 일어나서는 안 돼!"

"하등 문제없잖아요?"

"너 미쳤니? 류 서방은 네 아버지 자식이라고! 그 여자 아들!"

그 여자라면 익히 알고 있다. 아버지가 진심을 다해 사랑한 여자. 이미 죽은 그 여자에게 질투를 느낀 엄마는 서린을 내내 외롭고 슬프게 만들었다. 임 여사는 충격적인 사실에도 눈 하나 깜짝 않는 서린에게 얼이 빠진 모습이었다.

"지헌 씨가 아버지의 아들이면 잘됐네요. 예현그룹의 진정한 후계자가 나타났으니까요."

"서린아! 그놈에게 예현을 줘버리겠다는 거니? 네가 후계자야. 예현은 네 아버지 회사가 아니야. 네 외할아버지께서 밤낮을 잊으시며 작은 가게에서 큰 회사로 일군 회사라고! 그런 회사를 네 아버지는 자기 자식에게 주려고 하고 있잖아? 그동안 싸고돈 이유가 있던 거야! 뭐라고 말 좀 해봐! 그 여자의 아들이라서, 그 여자의 아들에게 회사를 물려주기 위해서! 네 아버지의 미친 욕심 때문에 널 류 서방과 결혼시킨 거라고!"

"엄마가 왜 이렇게 분노하시는지 이해가 가지 않아요. 패륜이라는 말도 적절하지 않고요."

"최서린! 너 머리가 어떻게 된 거 아니니?"

"제 이름 잘 부르셨어요. 진짜 제 성은 어떻게 돼요? 제 친아버지는 누구예요? 어떤 사람이에요? 살아 있기는 한 거예요?"

"무, 무슨 소리를 하는 거니?"

"제가 모를 줄 알았어요? 저, 아버지 친자식 아니잖아요! 우리 두 사람에게는 같은 피가 한 방울도 흐르지 않으니까 패륜이 아니라고요!"

"너!"

임 여사는 가슴을 부여잡고 쓰러졌다. 서린이 바늘 하나 들어갈 틈도 없이 벽을 치자 제 감정을 못 이긴 탓이다.

"아무리 아버지가 사랑을 주지 않아도 엄마는 그래선 안 되었어요. 아버진 결혼 전의 일이었지만 엄마는 엄연한 불륜이었잖아요. 그런데도 엄마는 지헌 씨가 아버지 자식이라서, 엄마의 딸인 저까지 패륜을 저지른다고 몰아세우셨어요. 어떻게 이러실 수 있어요? 엄마가 한 짓은 생각해 보지도 않고 아버지와 지헌 씨에게 어떻게 그런 심한 말을 할 수 있냐 말이에요? 더 이상 저와 류 서방 일에 상관하지 마세요. 전혀 반갑지 않으니까."

"이게 다 무슨 소리야?"

최 회장의 추상같은 음성이 작업실에 울려 퍼졌다. 매서운 최 회장의 눈길이 서린을 거쳐 임 여사에게로 향했다. 임 여사는 덜덜 떨며 '아니야, 아니야. 그런 게 아니야'라고만 되뇌고 있었다.

"서린이 너, 엄마 앞에서 지금 무슨 짓이야? 네 엄마가 아픈 사람이라는 걸 잊었어?"

억울했다. 서린의 침착한 마음에 균열이 생겼다. 언제나 아버지는 서린의 편을 들어준 적이 없다. 애정 어린 눈빛은 고사하고 엄격한 태도로 자신을 꾸짖기만 했다. 엄마의 집착이 생긴 이유는 엄연히 아버지 탓이었다. 아픈 아내를 나 몰라라 하고 남편이 해야 할 역할을 자식에게 떠넘긴 사람이 바로 아버지였다. 그 자식이 당신의 친딸이 아니라는 이유로.

"제가 뭘요? 엄마가 제게 심하셨어요."

최 회장은 날카롭게 대꾸하는 서린을 일별하고, 바닥에 쓰러진 임 여사를 부축해 일으켰다.

"방으로 갑시다."

"여보, 나 머리가 아파요. 서린이가 무서워요. 쟤가 저러는 거 처음 봐요. 눈 똑바로 뜨고 달려드는 거 봤어요? 내가 저를 어떻게 키웠는데. 내가 쟤한테 사랑을 주지 않았대. 어떻게 그렇게 생각할 수가!"

최 회장은 아내를 진정시키며 작업실 밖으로 나갔다. 서린은 분노를 억제하지 못하고 성큼성큼 걸어 앞서 나갔다. 엄한 최 회장의 목소리가 뒤통수에 꽂혔다.

"넌 기다려."

"싫어요! 지헌 씨가 절 오해했어요. 그이를 찾아서 해명해야 해요."

"기다리라고 말했다. 오해는 풀고 가야지."

"무슨 오해요? 내가 아버지 딸이 아니고 지헌 씨가 아버지 아들이라는 것이요?"

"최서린! 아버지 명령이다. 서재에서 기다리고 있어."

서린은 장중한 아버지의 권위를 이기지 못하고 주먹을 쥐었다. 어쩔 수 없다. 자신도 엄마와 다를 바가 없다. 평생을 아버지의 사랑을 갈구한 건 어머니로부터 유전된 것이다.

서재의 침묵은 찰나라도 길기만 했다. 서린은 당장에라도 뛰쳐나가고 싶었지만 꾹 참았다.

"언제부터 그렇게 생각한 거냐?"

"그게 중요한가요?"

"중요하지! 여태껏 그런 말도 안 되는 생각을 하고 살아온 거야?"

서린은 아버지의 항변에 실소가 터져 나오려는 것을 참아냈다. 하늘은 손바닥으로 가려도 다 가려지지 않고, 깨진 항아리는 다시 붙지 않는 법이다.

"말이 안 되지는 않죠. 그동안 전 아버지의 인정은커녕 사랑도 못 받고 살았으니까요. 언제 제게 먼저 다가와 다정한 말 한마디 해주신 적 있으세요? '예현그룹 후계자는 너다'라고 언제 한번 흔쾌히 말씀해 준 적이 있으시냐고요? 엄마와 전 같은 처지지만 다른 게 하나 있다면, 그건 입을 여는 것과 다무는 것의 차이죠."

"서린아, 그게 아니야. 넌 잘못 생각하고 있어."

"아니요. 그렇지 않아요. 비밀이 탄로 난 판국에 친딸로 사랑하며 키웠다는 말은 하지 마세요. 그것만큼 큰 거짓은 없으니까요."

서린의 단호한 말에 최 회장의 얼굴에 경악이 어렸다. 그는 한 번도 보지 못한 딸아이의 완강한 모습에 충격을 받고 있었다.

"거짓이 아니다. 넌 내 딸이야! 내 피를 받았고, 네 어머니에게 태어났어."

"거짓말은 아버지가 하고 계시네요. 그런 말을 제가 믿을 것 같아요?"

"대체 어디서 무슨 말을 들었기에 이러는 거야? 네가 내 딸이 아니라는 증거가 어디 있다고? 누가 그런 극악한 거짓말을 한 거야?"

"이러지 마세요. 이러지 않으셔도 돼요. 정말 괜찮아요, 전!"

"최서린! 아버지 눈을 봐. 아버지가 진짜 거짓말을 하고 있다고 생각하는 거냐?"

절박한 최 회장의 얼굴에 마음이 덜컹거렸다. 그러나 서린의 귀에는 아홉 살 때 엄마의 외침이 메아리치고 있었다.

"네가 그렇게 생각했다면 친자 검사를 해보지 그랬어? 검사를 해보았다면 확실히 알았을 텐데."

아버지의 말에 서린은 머뭇거렸다. 친자 검사? 검사 결과가 친딸이 아니라고 나올 텐데, 그 끔찍한 결과에 두 번 절망하고 아파하라고? 생각 안 해본 것은 아니었지만 엄두가 나지 않았다.

"검사를 해보지 않아도 확실히 알아요. 엄마가 하는 말 들었어요."

"언제 말이냐?"

"제가 아홉 살 때 스키캠프에서 돌아온 날, 두 분이서 싸우셨어요. 제가 집에 돌아온 줄도 모르고 서로를 할퀴고 물어뜯었어요. 아직도 생각나요. 엄마가 내가 아버지 딸이 아니라고 말했을 때, 아버지의 그 무시무시한 눈빛이요."

"설마 그때? 그런데 왜 한마디도 안 했어?"

"말해도 진실은 바뀌지 않으니까요. 울고 고함쳐도 전 아버지의 딸이 될 수 없으니까요!"

최 회장은 저 너머의 괴로운 기억을 더듬는 듯 멍하니 바라보았다. 그러다 서린에게로 눈이 향하자 불꽃이 번뜩였다.

"아니다! 넌 내 딸이 맞아. 서린아! 네 엄마가 그때 한 말은 거짓이었어!"

"아니에요! 그렇지 않아요! 제 두 눈으로 똑똑히 보았단 말이에요!"

서린의 완강한 거부에 최 회장이 딸아이의 손을 덥석 잡고 시선을 맞추었다.

"서린아. 그때 네 엄마는 널 핑계로 내게 화풀이를 했던 거다. 자신을 사랑해 주지 않는 날 벌주기 위해서 거짓말을 한 것이라고! 그걸 진짜로 알고 여태 그렇게 살아왔던 거니?"

최 회장의 목소리에는 서린에 대한 안쓰러움이 진하게 배어 있었다.

"거, 거짓말이라고요?"

서린의 안색이 창백해졌다. 아버지의 말을 믿을 수 없을 것 같은데 기대감이, 설마 진짜일지 모른다는 느낌이 두렵게도 피어오르고 있었다. 어느새 몸이 떨리기 시작했다.

"서린아. 네 엄마 말을 듣고 화를 낸 것은 맞아. 널 내 딸이라고 철석같이 믿고 있었는데, 하루아침에 내 딸이 아니라니! 그 말이 정말 충격적이긴 했다. 그래서 한동안 번민하고 힘들었어. 하지만 너도 알지 않니? 내가 얼마나 냉정한지를. 눈에 넣어도 안 아플 네가 내 딸이 아니라면 모든 상황들이 달라질 수밖에 없었다. 물론 내가 원치 않는 결과가 나오면 어떡하나 하고 전전긍긍했지만 진실을 외면할 수 없었어. 그래서 네 머리카락을 채취해서 검사를 의뢰했다. 결과는 넌 내 유전자와 완벽하게 일치했어. 넌 누가 뭐래도 내 딸이었던 거다!"

"제가 아버지의 딸이라고요? 믿을 수 없어요."

서린은 사색이 된 채 물었다.

"누가 와도 그건 바뀔 수 없는 엄연한 진실이야! 넌 내 딸이야! 그런데도 네 엄마는 거짓말을 했지. 그때서야 난 네 엄마의 상처를 알아보기 시작했다. 그런 경악할 거짓말을 할 만큼 내게 상처를 받아 곪아 터진 것을 알게 된 것도 그때였어."

"어떻게, 어떻게 이러실 수가 있어요? 엄마의 그 한마디 때문에 제가 어떻게 살아왔는지 아세요?"

"우린 네가 듣고 있는지 몰랐어. 꿈에도 몰랐다. 아홉 살짜리가 그런 청천벽력을 맞았는데도 아무런 내색도 하지 않았다니! 우린 너를 차분하고 진중한 아이라고 생각했어. 시키는 건 무엇 하나 빈틈없이 해내고 학업이나 회사 일도 척척 제 몫을 해내고, 걱정 한 번 끼친 적 없는 자식이 바로 너였어. 위험하게 스노보드를 타는 건 내키지 않았지만 아비는 그런 너조차 믿었다."

"엄마처럼 사랑은 안 하셨잖아요. 그건 제가 친딸이라도 변하지 않는 사실이에요."

"사랑하지 않은 게 아니었다. 서린아, 아비는 널 사랑해. 다만 내 욕심이 지나쳤던 게지. 애정을 표현한다면 혹시 일을 그르칠까 봐. 신중하고 신중을 기울였을 뿐이다."

"무슨 일이기에 자식 마음에 생채기를 낼 만큼 냉정하셨어요?"

"본래 아버지 성격이 그런 표현을 잘 못 해. 하지만 널 사랑하지 않은 게 아니다. 이건 정말이야. 누가 뭐래도 넌 아버지의 자랑이었으니까. 하지만 만에 하나 네가 유약하게 자란다면 예현을 이끌어갈 수 있는 인물이 될 수 없을 것이라고 판단했다. 아버지는 죄가 많은 사람이야. 네 엄마에게도 너에게도, 그리고 먼저 떠나보낸 그 사람에게도. 나는 야망이 컸어. 겉으로는 네 엄마가 임신을 미끼로 결혼을 강요한 듯 보였지만, 실상 따져보면 모든 일의 근원지는 나였어. 그때 난 네 엄마를 모른 척할 수 있었어. 하지만 그러지 않았지. 결국 일은 어그러졌고, 일순간의 욕심 때문에 넌 네 엄마 뱃속에 잉태되었어."

"어떤 욕심이었는데요?"

"아버지는 네 외할아버지 회사가 갖고 싶었다. 그 작은 회사를 큰 회사로 키워 천하를 호령하고 싶었어. 아무도 내게 함부로 할 수 없도록. 네 엄마에게 흔들린 것도 내가 속해 있지 못한 세상의 당당함 때문이었어. 그것 때문에 내 주위의 많은 사람들이 상처를 받았지. 난 네가 나 같은 인생을 살면 안 된다고 여겼다. 근데 넌 정말 나와 닮았단다. 나처럼 너도 예현그룹에 오매불망 목을 매고 있는 거야. 내게 그런 과오가 있었기에 너만은 나와 똑같은 실수를 하지 않고 그룹의 주인이 되길 바랐다. 그래서 더 널 혹독하게 대한 거야."

"후계자로 절 생각하고 계셨다고요? 그렇다면 지헌 씨는요? 그 이는 아버지와 대체 어떤 사이예요? 정말 아버지의 아들이에요? 아뇨, 그럴 리가 없겠죠. 설마 아버지가 그걸 알고서도 엄마가 말한 대로 패륜을 방조하셨다고는 생각 안 돼요."

"지헌이는 그 사람 조카야."

"그 사람이라면 아버지가 사랑하신 분이요?"

"그래. 그 사람이 죽은 언니 대신 키운 조카. 그런데 그 사람도 죽고 보육원을 전전하는 것을 알았어. 그게 안쓰러워서 그때부터 후원을 시작했다. 지헌이는 내 피붙이와 다름없는 아이였다. 천성이 밝고 활발했지. 같이 있으면 기분이 좋아졌어. 입 한번 뗄 필요 없이, 손 한번 댈 필요 없이 무엇이든 척척 해내는 아이라 점점 탐이 났어. 어느새 사위를 삼고 싶을 만큼 멋진 남자로 성장했지."

"그래서 제게 결혼을 강요하셨어요?"

"그래. 그만큼 지헌이를 놓치고 싶지 않았다. 지헌이도 마침 네게 마음에 있다고 고백해서 두 사람이 짝을 이루면 더할 나위 없이 좋겠다 싶었다. 비록 네가 지헌이에게 마음이 없다고 하더라도 결혼하고 살다보면 그 아이의 진가를 알게 될 것이라고, 그래서 내 딸이 행복해질 것이라고 그리 여겼다."

아버지의 눈이 정확하다고 동의할 수밖에 없었다. 류지헌은 정말 좋은 남자였다. 회사에 미친 서린이 그의 진가를 알아보는 데 3년이라는 시간이 걸렸지만, 지금은 심장을 내어주어도 아깝지 않을 남편이 되어 있었다.

"그런데 왜 엄마는 그런 말도 안 되는 망상을……."

불현듯 선미의 말이 떠올랐다. 역술인이 바로 당신이라는!

"네 엄마는 며칠 전부터 날 악귀라고 불렀어."

"네?"

"소금까지 뿌리더구나."

"아버지도 알고 계셨던 거예요? 엄마에게 망상이 생겼다는 것을요."

"짐작은 하고 있었다. 네 엄마가 하도 자기는 정상이라고 고집을 피워서. 좀만 더 지켜보자, 지켜보자 하던 것이 지체되고 말았어. 한데 고 집사가 입원 치료를 권하더구나. 약을 아예 끊었다고 하면서 말이야."

"엄마가 했던 유전자 검사도 그럼?"

"네 엄마는 류 서방에게 의심을 품었어. 진짜 사람을 사서 류 서방의 뒷조사를 시작했더구나. 류 서방이 자기를 평생 괴롭힌 여자와 연관되어 있다는 것을 알자마자 망상이 시작된 거야. 고 집사의 말을 듣고 네 어머니의 작업실을 뒤져보았더니 정말 사진과 서류가 있더구나. 하지만 유전자 검사 결과는 있지도 않았어. 네 엄마가 그린 기괴한 그림이 전부였다."

"선미가 엄마에게 망상이 생겼다고 그랬어요."

"나도 그렇게 생각한다. 네 엄마가 싫다고 해도 미리 네 엄마를 설득해서 함께 치료를 시작했어야 했는데."

"아버지는 한 번도 엄마를 사랑한 적 없으시죠? 30여 년을 함께 살았는데 엄마를 너무 아프게 하셨어요."

"서린아, 처음부터 네 엄마를 용서할 수 없었어. 네 엄마만 아니었다면 그 사람에게 그렇게 크나큰 상처를 주지 않아도 되었을 텐데. 어차피 내 실수였으니까 내가 해결할 때까지 기다려줬다면 그 사람도 그렇게 죽지는 않았을 거야."

"그분이 어떻게 돌아가셨는데요?"

"자살했다. 모든 게 내 잘못이었는데도 자책하면서 죽은 건 그 사람이었어."

서린은 그제야 아버지의 상처와 엄마에 대한 분노를 이해했다. 그래서 엄마는 물론 서린의 상처도 돌아보지 못했던 것이다.

"나도 내 상처 싸매기에 급급해서 네게 그런 상처를 준 줄은 꿈에도 생각하지 못했다. 네 엄마가 네가 내 딸이 아니라고 거짓말을 하는 순간 나도 나 자신을 제어하지 못했어. 모든 것들이 무너지고 파괴되는 느낌이었으니까. 그 순간 만큼은 네 엄마를 정말 용서할 수 없었다. 하지만 세월이 지나니 내 분노와 원망도 스러지고, 네 엄마가 가엾게 느껴지기 시작했지. 비뚤어진 사랑에 자신을 파괴하는 네 엄마가 불쌍했어. 결국 이 지경까지 왔구나."

서린은 엄마를 사랑하지 않지만 엄마와 함께 인생을 걸어가는 아버지의 얼굴을 보았다. 시간이 더 흐르면 엄마도 아버지와 함께 편안히 늙어가실지도 모른다.

"아버지를 이해하지만 그래도 엄마가 저렇게 된 건 아버지의 탓이 커요. 저도 그렇고요. 하지만 그만큼 아버지도 상처받으셨으니, 제 상처는 제가 추스를게요. 하지만 엄마는 스스로의 힘만으로는 안 돼요. 아버지가 곁에 계셔야 해요. 엄마를 좀 봐주세요. 사랑하라는 말씀이 아니라 그냥 외롭지 않게만 다정하게 대해주세요. 그건 해주실 수 있죠?"

"안 그래도 네가 회사를 맡게 되면 네 엄마를 돌보려고 마음먹었었다."

"아니요. 전 아까 말씀드린 대로 회사로 돌아가지 않아요. 이제는 저 대신 지헌 씨가 아버지의 후계자가 될 거예요."

"그렇지 않아. 내 뒤를 승계해야 할 사람은 바로 너야!"

"2주 전만 해도 그 말을 들었으면 기뻤을 거예요. 하지만 지금은 아니에요. 회사보다 더 중요한 사람이 있다는 것을 알게 됐거든요. 왜 엄마가 스스로를 망치면서까지 아버지를 사랑했는지, 알 것 같아요. 그 사람이 없어지면 살 수 없는 느낌. 아마 아버지도 아실 거예요. 그분이 돌아가셨을 때 느끼셨을 테니까."

서린은 말을 마치고 고요히 일어났다.

"저, 이제 진짜 가야 해요. 그 사람의 오해를 풀어줘야만 하거든요."

"서린아, 미안하구나. 네가 믿지 못한다 해도 아비는 널 사랑한단다."

서린은 잠시 최 회장을 지켜보다 입을 열었다.

"전 아직까지 아버지에 대한 제 감정을 잘 모르겠어요. 아버지의 그 말이 생소하게 들려요. 사랑보다 원망과 서러움이 더 크기만 해요. 하지만 이것 한 가지는 말씀드리고 싶어요. 감사합니다. 지헌 씨를 제게 보내주셔서요."

서린은 아버지에게 묵례하고 서재를 떠났다. 최 회장은 그런 딸을 안쓰럽게 바라보고 있었다.

서린은 황급히 집을 뛰쳐나왔다. 정원을 가로지르면서도 한 가지 생각밖에 떠오르지 않았다. 지헌이 또 상처를 받았을까 봐 걱정이 되었다. 육중한 대문을 밀고 뛰쳐나가다 뚝 발걸음을 멈추었다. 담벼락에 기대어 하늘을 쳐다보고 있는 지헌을 발견했다. 조금 전까지 자신에게 일어났던 놀라운 비밀들을 알았을 때도 흘리지 않았던 눈물이, 지헌을 보자마자 눈가로 몰려들었다.

"지헌 씨."

지헌은 서린의 부름에 그녀에게로 몸을 틀었다. 지헌의 얼굴은 침울해 보였다.

"가지…… 않았네요."

서린은 천천히 그에게로 걸어갔다.

"네가 가지 말라고 했잖아."

서린은 가슴에 북받치는 뜨거운 기운을 참지 못했다. 주르르 눈물을 흘리며 그에게로 달려갔다. 지헌이 두 팔을 벌려 서린을 맞았다. 서린은 그의 품에 와락 안기며 속사포 같이 외쳤다.

"제발 날 떠나지 말아요. 내가 당신 없이 살 수 없다는 것 잘 알잖아요. 엄마의 말이 모두 진실은 아니에요."

"진실은 뭔데?"

"아버지가 거래를 제안하신 것은 맞아요. 하지만 그때 난 거절했어요. 날 믿지 못하고 아이라는 말도 안 되는 조건으로 예현을 주시겠다니! 자괴감만 들었어요. 아버지는 날 여전히 인정하지 않고 있구나, 그런 생각 때문에 화가 났어요. 하지만 당신이 내게 이혼 서류를 내민 후, 내 생각이 달라졌어요."

"어떻게?"

"당신을 붙잡으려면 아버지의 도움이 필요했어요. 아버지가 날 도와주는 대신 아이를 약속하겠다고."

"정말 그렇게 했어?"

"네. 하지만 그건 회사 때문이 아니었어요. 당신 때문이었어요. 당신이 내 곁을 떠나는 게 너무 무서워서, 지푸라기라도 잡고 싶은 심정이었어요. 아버지는 입원까지 하시며 날 도와주셨어요."

"아버님이 쓰러지신 건 모두……?"

"네. 그렇게 하지 않으면 당신이 날 떠날 테니까."

지헌은 한동안 말이 없었다. 살그머니 그의 품에서 얼굴을 든 서린은 지헌의 눈치를 살폈다. 남편이 말이 없을 때마다 심장이 얼마나 조마조마한지 모르겠다. 마치 절벽 사이에 드리워진 줄에서 줄타기를 하는 것처럼.

"여보! 내가 당신에게 각서를 내밀고 아이를 갖자고 한 건 회사 때문이 아니었어요! 정말이에요! 믿어줘요!"

서린은 간절하게 외쳤다. 눈물이 빗물처럼 흘러내린다.

"맞아요. 그동안 난 회사를 내 생명줄로 여겼어요. 그것만이 내가 아버지에게 인정받는 길이라고 생각했어요. 난 정말 아버지의 딸이 되고 싶었거든요. 왜냐하면 그동안의 난 불안한 껍데기에 불과했으니까요."

"네가 왜 껍데기야?"

"여태껏 난 내가 아버지의 친자식이 아닌 줄 알고 살아왔어요."

"그게 무슨 소리야?"

"어린 시절을 떠올리면 행복한 적이 한 번도 없었어요. 엄마와 아버지는 계속 싸우고, 그 소리를 들으며 난 태어나지 말았어야 한다는 생각만 들었어요. 그런데 내가 아홉 살이 되던 해, 부모님의 싸움의 이유에 대해 알게 됐어요. 내가 아빠의 딸이 아니라는 거예요."

"당신이 아버님의 자식이 아니라고?"

"네. 엄마가 소리 질렀어요. 아버지가, 내 진짜 아버지가 아니라고. 그때 버림받은 느낌이 아직도 생생해요. 상처는 돌이킬 수 없이 커졌고 나는 나 스스로를 지켜야만 했어요. 아무도 날 쫓아낼 수 없게 단단하게 만들었고, 공부도 열심히 했어요. 그래서 그룹의 주인이 되면 비록 아버지의 친딸은 아닐지언정 날 버릴 수는 없겠구나, 그렇게 생각했어요."

지헌은 서린의 절절한 고백에 가슴이 미어졌다. 서린에 비하면 그의 어린 시절은 행복한 편이었다. 부모님이 안 계셔도 버림받았다는 생각은 하지 않았다.

"그토록 회사에 집착한 이유가 아버님 때문이었어? 아버님에게 인정받고 싶어서?"

서린은 고개를 끄떡였다. 지헌은 서린을 끌어당겨 온기를 나눠 주었다. 기억이 난다. 투란도트의 오페라를 함께 관람하고 난 후, 서린의 상처받은 눈이, 사랑만큼 무책임한 것이 없다고 하던 안타까웠던 그 말이, 그래서 그는 무조건 자신이 잘못했다고 이야기했었다. 서린의 눈물이 너무 아팠다.

"근데요. 아버지가 오늘 그랬어요. 내가 아버지의 친딸이라고."

"정말이야?"

"네. 모두가 엄마의 거짓말이었대요. 20년 넘게 가짜 딸이라고 알고 살아왔는데, 갑자기 내가 친딸이라니! 아버지가 미안하다고 하셨어요. 당신의 상처에 급급해서 내가 받은 상처를 미처 알아보지 못하셨다고. 아버지의 그 말을 들어도 난 덤덤했어요. 오직 내 생각은 당신에게만 향했어요. 당신이 날 두고 사라지면 어쩌나 하는……."

"미안해. 내가 못나서."

"아니에요. 그렇지 않아요. 당신에게 상처를 준 사람은 나니까, 믿음을 주지 못한 것도 모두 내 잘못이니까."

"울지 마. 울지 않게 하겠노라고 했는데, 결국 널 울린 사람은 나였어."

지헌은 서린의 눈물을 손으로 닦아주었다.

"기억나? 우리가 처음 만났을 때, 아니, 넌 기억하지 못할 거야. 투란도트 오페라를 함께 관람했다는 것도 기억하지 못했으니까. 서린아, 우리가 처음 만난 건 맞선 때가 아니야."

"이제 알아요, 지헌 씨. 그 군인 아저씨가 당신이었죠?"

"알고 있었어?"

"기억을 하지는 못했어요. 당신 물건을 정리하다가 앨범에서 보고서야 그제야 기억났어요. 그 엉뚱하고 제멋대로인 사람이 당신이었구나, 어쩜 맞선 때와 하나도 변하지 않았구나."

"맞아. 그게 나야. 그때 내가 네게 반한 거 모르지? 고등학교를 갓 졸업한 네게 빠져들었어. 미국으로 돌아간 후에도 계속 생각났어. 그래서 결심했지. 내 평생의 여자는 너 하나뿐일 거라고. 아버님께 네 근황을 알려달라고 매년 졸랐어. 어떤 남자라도 네게 접근하면 당장 한국으로 돌아오려고."

"지헌 씨!"

서린은 지헌의 사랑이 느껴져 더욱 그에게 꼭 안겼다.

"근데 토끼 인형을 왜 가지고 있었어요?"

서린의 말에 지헌의 얼굴에 놀라움이 어렸다.

"당신 비밀상자에서 내가 버린 토끼 인형을 발견했을 때 얼마나 놀랐는지 알아요? 그때 기억은 하나도 놓치지 않고 다 생각나요. 당신이 내게 붕어빵을 사줬어요. 울어서 지쳤고 배도 너무 고팠어요. 그런데 그 온기가 아직도 생생해요. 그날이었어요. 내가 아버지의 딸이 아니라는 사실을 알게 된 게."

"그날이었던 거야?"

"네. 한데 당신이 내게 위로가 되어주었어요. 어떻게 그럴 수가 있죠? 어떻게 그 순간에 그 장소에서 당신과 내가 만날 수 있었던 거예요?"

"운명이라서."

"운명? 당신도 그런 걸 믿어요?"

"믿지 않았지만 널 만나고 나서 믿게 됐어. 그날 난 성호 아저씨를 만나러 아저씨의 집으로 무작정 찾아갔어. 회사로 가야 했지만 보육원에는 회사 주소가 없었거든. 언제든지 전화하면 만나주시는 친절한 아저씨를 깜짝 놀라게 해주고 싶어서. 근데 거기서 깜짝 놀랄 만큼 예쁜 여자애를 보았어. 그 아이는 울고 있었어. 성호 아저씨 집에서 나온 걸로 봐서 아저씨 딸이라고 생각했지. 아저씨가 예쁜 딸이 있다고 일러주신 게 생각났거든. 근데 꼬맹이가 겁도 없이 막 걸어가는 거야? 곧 있음 어두워져서 길도 못 찾을 텐데. 불안한 마음에 따라갔더니 혼자 계속 울고 있었어.”

서린은 믿어지지 않는 눈으로 지헌을 응시하며 울먹거렸다.

“지헌 씨!”

“그 우는 모습이 너무 마음이 아픈 거야. 붕어빵을 사주면 잠시라도 울지 않겠지, 라고 생각했어. 내 생각대로 여자애는 붕어빵을 아주 맛있게 먹고 집에 데려다주겠다는 내 손도 꼭 잡았지. 근데 집으로 들어갔다고 생각한 아이가 다시 나와 놀이터 휴지통에 인형을 버리고 들어가더라. 왜 버렸을까, 궁금했지만 물을 길이 없었어. 근데 난 그 인형이 무척 신경 쓰였어. 외롭게 버려지는 건 인형이라도 싫을 것 같아서, 인형을 주워들었지. 슬퍼하지 말라고, 내가 사랑해 줄 테니까 걱정하지 말라고.”

서린은 더 이상 참을 수 없었다. 발돋움을 하고 지헌의 목을 끌어당겨 촉촉한 입술로 키스했다. 키스를 멈추고 서린이 속삭였다.

“지헌 씨, 난 혼자가 아니었어요. 버림받았다고 생각한 그 시간조차 당신과 함께였어요. 토끼 인형은 아버지에게 받은 선물이었어요. 너무 기뻤어요. 평생 사랑하겠다고 약속했어요. 하지만 너무 많이 사랑하면 약해질까, 사랑하지 않겠다고 결심했어요. 토끼 인형을 버린 건 그것 때문이었어요. 아무도 날 지켜주지 않으니까 스스로를 지키려면 나약함은 버려야 하니까."

"내가 지켜줄게. 누가 뭐래도 넌 내 사람이니까 내가 지킬 거야."

"네. 꼭 지켜줘요. 무조건 당신에게 기댈래. 사소한 것도 막 물어보고 귀찮다고 할 때까지 붙어 있을 거야. 각오해요."

"얼마든지. 언제나 네 곁에 있을 거야. 사랑해."

"이제 우리 집에 가요. 당신한테 안기고 싶어."

지헌의 얼굴에 환한 미소가 떠올랐다.

"엄마, 그럼 토끼 인형이 서윤이도 지켜주겠네요?"

서윤이는 여전히 눈동자가 초롱초롱했다. 잠에 취해 이미 꿈나라를 여행 중인 지호와는 달리, 서윤은 엄마와 아빠의 이야기에 취해 있었다. 서린은 딸아이의 머리를 쓰다듬어 주며 속삭였다.

"그렇지. 이제 토끼 인형은 서윤이 것이니까 우리 딸을 지켜줄 거야. 서윤이가 지켜줘야 할 사람은 누구?"

"지호!"

"그리고?"

"엄마!"

"아빠는?"

"아빠는 우리를 지켜줘야 하잖아요."

"그러네. 이제 잘 시간이야. 9시가 넘었어."

"네."

착한 딸은 잠이 오지 않는데도 눈을 꼭 감았다. 서린은 너무 귀여워서 깨물어주고 싶었지만 간신히 참고 뽀뽀했다. 천방지축인 지호는 벌써 침대 여기저기를 쏘다니고 있었다. 어떻게 이 천사들이 그녀를 찾아온 줄 모르겠다. 서린은 지호에게 얌전히 이불을 덮어주었다.

"잘 자. 내 천사들."

불을 끄고 방을 나온 서린은 시계를 쳐다보았다. 지헌은 아직 퇴근 전이었다. 아버지를 대신해 그룹의 일을 처리하느라 남편의 퇴근 시간은 대중이 없었다. 서린은 오늘 한의원에서 지은 보약을 냉장고에 넣어놓고 남편을 기다렸다. 소파에 앉아 요즘 인기 있는 드라마에 몰두하다 깜빡 잠이 들었다.

서린은 목덜미에서 느껴지는 간지러운 느낌에 눈을 떴다. 남편이었다. 지헌의 지분거리는 입술에 웃음이 새어 나왔다.

"밥 먹었어요?"

"배고파."

"안 먹었어요?"

"아니, 당신이 고프다고."

"칫."

지헌은 서린의 반응에 골난 표정을 지어 보였다.

"오늘도 안 되는 거야?"

"배고프면 밥 먹고, 아니면 약 먹고."

"약?"

"잊었어요? 오늘부터 보약 먹기로 했잖아요."

약 이야기에 지헌의 표정이 약 먹기 싫어하는 꼬마처럼 변했다.

"꼭 먹어야 돼?"

"네. 지호처럼 보채도 안 돼요. 요즘 회사 일로 눈코 뜰 새 없이 바빴잖아요. 당신 몸 축난 것 같아서 걱정이란 말이에요."

"요즘 잘 안 해서 그래. 하면 괜찮을 거야."

"그런 논리가 어디 있어요? 하면 할수록 축나는 게 몸인데."

아내가 흘겨보자 지헌은 머쓱해 하며 아이들 방으로 향했다.

"애들 깨우면 안 돼요. 서윤이 겨우 잠들었어요."

"알았어. 얼굴만 살짝 볼게."

"밥 안 먹어도 돼요?"

"먹을래."

서린은 부담되지 않도록 누룽지를 끓였다. 누룽지를 예쁜 그릇에 담고 간단한 반찬 몇 가지를 꺼내놓았다. 어느새 샤워까지 마친 지헌이 식탁 앞에 앉았다.

"장조림 맛있다."

"해원 씨 가게에서 얻어왔어요."

"해원인 요즘 어때?"

"2호점 내고 난 뒤부터는 너무 바빠졌어요. 요리 수업도 일주일에 한 번밖에 안 해서 슬퍼요."

"어째 해원이와 수다 떠는 시간이 줄어들어서 슬픈 것 같은데?"

"해원 씨와는 대화도 잘 통하고 취향도 비슷하니까. 참, 여보?"

"응?"

"해원 씨에게 조만간 좋은 소식이 들릴 것 같아요."

"어떤?"

"얼마 전에 프러포즈 받았대요."

"정말?"

"네. 지유 담임선생님, 보기보다 용기 있는 남자인 것 같아요."

"진짜 잘됐네."

"네. 혼자 열심히 사는 모습도 좋지만 든든한 남편이 울타리가 돼주면 얼마나 행복한데."

"당신은 행복해?"

"그걸 말이라고 해요?"

서린은 지헌의 밥숟가락 위에 얇게 찢은 김치 한 조각을 올려주었다. 지헌은 탐스럽게 누룽지를 먹어치웠다. 서린은 남편이 식사를 마쳐가자 한약 한 봉지를 꺼내 데웠다.

지헌은 한약을 앞에 두고 비장한 표정을 보였다.

"진짜 먹어야 돼? 난 정말 적응 안 되는데. 너무 써."

"지호가 누굴 닮았나 했더니, 딱 당신 판박이야. 어서 마셔요. 힘이 불끈 날 거예요."

"그럼, 오늘 할 수 있는 거야?"

"안 돼요! 꿈도 꾸지 말아요."

지헌은 한 달간 의도치 않게 금욕 생활을 하고 있었다. 회사 일이 바빠지면서 그에 대한 배려로 서린이 잠자리를 피했기 때문이다. 잠자리는 힘든 것이 아니라 활력이라고 아무리 설명해도 서린은 들은 체 만 체했다. 이유는 한 달 전 격렬한 섹스 후 코피

를 흘린 지헌 때문이었다. 그 이후로 서린은 그의 치근덕거림에
도 일절 반응하지 않았다.

서린도 하루 종일 두 쌍둥이를 돌보느라 체력이 방전이었다.
올해 다섯 살이 된 두 녀석은 서린과 지헌을 정말 반반 닮았다.
유전자의 힘은 위대했다. 지헌은 아무리 피곤하고 힘들어도 집에
서 기다리고 있을 아내와 아이들을 떠올리면 힘이 불쑥 솟아났
다. 지헌은 주방 정리를 하는 서린을 바라보았다.

"여보, 당신 직무유기야."

"무슨 직무유기? 설마?"

서린의 눈이 가늘어졌다. 음흉한 그의 생각을 알아차렸다는
듯 책망하는 눈빛이었다.

"그거 말고."

"내가 직무유기 한 게 어디 있다고? 지헌 씨 내조 잘하고 아이
들 잘 키우고. 현모양처잖아."

"일 안 하고 싶어? 난 당신이 내 옆에 있었으면 좋겠어. 안에서
나 밖에서나."

"아직 준비가 안 됐어요."

"당신은 능력 있는 여자야."

"그건 맞지만, 아직 목표 달성을 이루지 못했어요."

"그 목표는 안 된다고 했어."

"왜요?"

"서윤이와 지호만으로 당신 충분히 힘들어."

"애들은 내게 에너지와 다름없단 말이에요. 밥을 먹지 않아도
얼마나 배가 부른데. 그리고 하나만 더 낳으면 완벽한 트라이앵

글. 꿈은 이루어진다!"

"무슨 꿈?"

"지헌 씨 발목을 확실히 잡는 꿈."

"그건 이미 이뤘잖아. 난 당신에게 잡혔다고. 어디 도망 못 가. 아니 안 가."

"사람 일은 아무도 장담 못 해. 내게 셋째를 주지 않았으니까 아직 아니에요. 나무꾼이 실수한 게 뭔지 알아요? 셋째를 안 낳고 날개옷을 줘버린 것."

"난 날개옷도 없다고!"

"내 눈엔 보이는데? 당신 등에 붙은 날개."

"뭐? 진짜? 어쩐지 어제부터 간지럽더라."

서린은 지헌의 능청에 실소를 터뜨렸다.

"당신도 동화책 그만 봐야겠다. 전래동화가 당신을 망치고 있어."

"서윤이 앞에서 그런 말 하지 말아요. 아직 달에 토끼가 살고 있다고 믿고 있으니까."

"달에 토끼가 없다는 걸 알면 얼마나 슬퍼할까? 그래도 당신이 전래동화 사상에 물드는 건 참을 수 없어! 난 두 번 다시 그런 끔찍한 경험 못 해! 절대 안 해!"

"애는 내가 낳았다고요!"

"차라리 내가 낳아줄 수 있으면 좋겠어. 그렇게도 못 하고 옆에서 지켜보는 게 얼마나 피 마르는 일인지 알아?"

지헌은 서린의 출산 당시 힘들었던 시간이 떠올랐다. 18시간의 산통 끝에 서린은 쌍둥이를 출산했다. 수술을 하자고 지헌이 눈물로 호소했지만 서린은 이를 악물고 버텼다. 그의 아이들을 직접 안아보고 싶다는 욕심 때문이었다.

"그럼, 지헌 씨의 바람도 없어요."

"그것과 이건 엄연히 다른 문제야."

"다르지 않아요. 사랑의 결과는 아이니까요."

"사람들이 사랑을 나누는 건 아이 때문만이 아니라고! 서로를 느끼는 것이 얼마나 중요한데?"

"꼬셔도 안 넘어가요. 사랑의 행위는 모두 생명 창조를 기본으로 한다. 누구 말씀? 최서린 말씀."

말발로는 도저히 지헌은 서린을 당해내지 못했다. 아이를 주지 않으려면 사랑도 하지 말라니! 그에게는 너무 가혹한 처사였다. 지헌은 머리를 쥐어뜯었다.

서린은 그런 남편을 사랑스럽게 쳐다보다가 지헌의 얼굴을 부여잡고 쪽 소리 나게 뽀뽀했다. 지헌이 깊게 키스하려고 하자 얄밉게도 내뺐다.

"서린아."

"얼른 자요. 내일도 일이 많을 거잖아요. 다 당신을 위한 거니까 수긍해요."

아내는 감미로운 목소리로 잘도 약을 올리고 있었다.

서린은 익숙한 느낌에 미간을 찌푸렸다. 야릇한 쾌감이다. 하지만 눈을 뜨기는 싫었다. 하루 종일 아이들과 씨름하느라 피곤했다. 몸은 침대 속에 푹 파묻혀 안락한 잠을 누리고자 했다. 그러나 잠의 언저리를 뒤흔드는 날카로운 전율이 서린의 뇌를 자극했다.

"하!"

그만 교성을 흘리고 말았다. 축축한 열기가 어깨와 가슴에서 끊임없이 느껴졌다. 조심스럽게 빠는 힘에 서린은 저도 모르게 허리를 비틀었다. 단단한 손이 옆구리와 등, 가슴을 매만지며 존재감을 드러냈다.

도저히 눈을 뜨지 않을 수 없었다. 어두운 침실. 서린은 시선을 내려 불룩한 이불을 바라보았다. 꿈틀꿈틀. 생물처럼 움직이는 이불. 그럴 때마다 조용한 침실 안으로 부스럭거리는 소리가 퍼졌다. 서린은 저도 모르게 흥분되었다. 느끼지 않으려고 해도 느껴지는 쾌락의 파도.

서린은 협탁 위로 손을 뻗어 스탠드를 켜고 이불을 들췄다. 미미한 불빛에 드러난 광경은 관능적이었다. 서린의 잠옷을 말아 올리고 탐욕스럽게 젖가슴을 쥐고 있는 남편. 그 야하고 음란한 모습에 가슴이 덜덜 떨렸다. 지헌은 서린의 눈을 마주하자마자 잡아먹을 듯이 입술을 향해 달려들었다.

서린은 포획물처럼 지헌에게 얌전히 입술을 내주었다. 폭풍 같은 키스가 시작되고 비가 내렸다. 서린이 도망가고자 할 때마다 나타나 방해하는 혀와 사납게 먹어치우는 입술.

지헌은 희열로 요동치는 서린을 몸으로 단단하게 결박했다. 입술로 고문했다. 서린이 눈을 감고 오롯이 쾌락에만 집중하자 지헌은 입술을 아래로 내려 부드러운 젖가슴을 괴롭혔다. 예민하게 느끼는 젖꼭지를 입안에 넣고 휘감아 빨고 치아로 간질이고 혀로 핥았다.

"지헌 씨!"

서린의 목소리는 최음제였다. 지헌은 터질 것 같은 자신을 서린의 안으로 밀어 넣고 싶었지만 꾹 참았다. 아내가 열락에 몸부림칠 때마다 자부심이 커졌다.

"얼른요."

지헌은 서린의 속옷을 벗기고 여성을 확인했다. 깊고 보드라운 계곡에 샘물이 흐르고 있었다. 지헌은 미끈거리는 샘물을 매만지다 살에 파묻혀 알아봐 주길 원하는 도톰한 둔덕 아래의 돌기를 문질렀다. 검지와 중지 사이에 끼우고 비벼댔다.

"아!"

서린은 베개를 부여잡고 도리질했다. 지헌은 손가락으로 끊임없이 서린을 괴롭혔다. 비밀의 습지를 탐험하며 숨겨놓은 쾌락을 찾았다. 아내를 비명 지르게 하고 그의 머리를 쥐어뜯게 만드는 광란의 감각. 서린의 허벅지에 부쩍 힘이 들어가자 지헌은 마른 입술을 혀로 축였다. 저 강한 힘에 조여지고 싶었다. 그래서 그의 모든 사랑을 토해낼 수만 있다면!

심장이 귓가에서 쿵쾅거리는 것 같다. 지헌은 서린의 두 다리 사이에 자리를 잡고 아내의 어깨를 붙들었다. 그러고는 단 한 번의 동작으로 파고들었다. 뜨겁고 촉촉한 그곳은 안식처와 다름없었다. 그를 받아들이자마자 서린은 그에게로 더욱 하체를 밀어붙였다. 조르기 한판을 당하는 것처럼 아내는 막강한 매혹을 자랑했다.

쾌감으로 더욱 내달리고자 하는 아내의 욕망에 지헌은 슬며시 웃음 지었다. 여유를 부리는 것도 잠시 지헌은 뜨겁고 좁은 그곳에서 눈앞이 흐려졌다. 아내는 농염하고 뇌쇄적인 미소를 짓고 있었다. 그 아름다운 얼굴에 팔려 있다, 헉 하고 숨을 내뱉었다.

어느새 서린이 엉덩이를 흔들었던 것이다. 이러다간 금방 끝내 버릴 것 같았다.

"이런 장난은 사절이야."

"자기가 날 더 애태우게 해놓고선."

"너무 오랫동안 못 해서 내가 먼저 당신을 맛보고 싶으니까, 제발 이번 한 번만은 져주지."

"알았어요. 그렇게까지 부탁하는데. 쿡."

서린은 슬며시 웃고 말았다. 상기되고 잔뜩 굳은 남편의 얼굴이, 꼭 지호 같았기 때문이다. 세상에서 딸기 케이크가 제일 맛있다고 손가락을 치켜세우는 아들이 눈앞의 딸기 케이크에 영혼을 빼앗긴 것처럼. 더 이상 생각할 여유가 없었다. 남편이 움직이기 시작했기 때문이다.

지헌은 양팔로 서린의 다리를 넓게 벌리게 하고, 그 사이에서 힘껏 자유롭게 달려 나갔다. 전진과 후퇴가 반복되는 사랑의 행위에 어둠을 깨우는 야한 소리가 실내에 질척거렸다.

"윽! 서린아!"

"지헌 씨!"

지헌은 서린이 힘들까 봐 양팔로 침대를 지지하고 역동적으로 허리를 움직였다. 그는 환상적으로 반응하는 서린의 사랑스러운 얼굴에서 시선을 떼지 않았다.

언제나 가지고 가져도 모자랐다. 지헌은 어느새 자신의 허리에 감긴 아내의 다리를 미친 듯이 애무했다. 결합된 그곳에서 흘러

나오는 사랑의 액체로 시트는 흥건해질 대로 흥건해져 있었다. 지헌은 마지막 고지를 향해 이를 악물었다. 그가 찔러 들어갈 때마다 서린의 표정은 시시각각으로 변했다.

환희에 젖은 얼굴, 너무 아름다웠다. 아내를 맛보고 싶다는 충동으로 젖무덤에 얼굴을 묻는 순간 서린의 자잘한 절정이 느껴졌다. 지헌은 서린이 더 느낄 수 있도록 유두를 잘근잘근 깨물었다.

"아앗!"

서린은 쾌감에 진저리를 치며 지헌의 등을 꼭 껴안았다. 지헌도 이제 더 이상 버틸 수가 없었다. 서린의 그곳이 강하게 그를 조르고 있었다. 지헌은 사정하기 위해 서둘러 몸을 빼려고 했다. 그러자 서린의 두 다리가 그의 허리를 더욱 옥죄었다.

"헉!"

놀란 지헌은 버둥거렸지만 눈을 뜬 아내가 악동같이 웃고 있었다.

"안 돼!"

"돼요!"

서린은 다리에 더욱 힘을 주며 엉덩이를 흔들었다. 지헌은 거친 신음 소리를 내뱉으며 보드라운 속살에 사정하고 말았다. 뜨거운 남편의 액체가 깊은 곳에서 폭발한 것을 알자마자 서린은 다리의 힘을 풀었다.

지헌은 패배자처럼 풀썩 서린에게 쓰러졌다. 격렬한 심장 두 개가 맞붙었다. 서린은 지헌의 머리를 쓰다듬으며 속삭였다.

"선물, 고마워요!"

"이럴 수는 없는 거야!"

"이럴 수 있는 거예요."

지헌은 그를 충동질한 욕망을 자제하지 못한 것을 후회했다. 준비된 관계였다면 콘돔을 끼고 주도면밀하게 시작하였을 텐데. 잠에서 깬 후 육욕에 허덕이다 그만 아내에게 아무런 준비도 없이 덤비고 말았다.

"우리 이제 셋째 보는 걸로 타협해요."

지헌은 서린의 체향을 한껏 들이켰다. 아내의 부드러운 몸에 파묻힌 이 시간은 천국의 시간이었다.

"그럼, 날마다 마음껏 즐길 수 있을 텐데?"

"정말?"

서린은 혹 동하는 지헌의 눈을 보고 쿡쿡 웃음을 터뜨렸다. 그러자 지헌은 몸을 빼면서 안 된다고 단호하게 말했다.

"어차피 오늘부터 배란기였어요."

"뭐?"

"셋째가 이미 생겼을지도 몰라요."

황망한 표정을 짓던 지헌은 금세 눈을 빛내며 속삭였다.

"그럼, 더 이상 참지 않아도 되는 거잖아?"

지헌의 몸이 다시 부풀어 오르기 시작했다. 서린은 예고된 쾌락에 몸을 떨었다. 한참 동안 침실 안에는 그들의 비명과 신음 소리, 침대 매트리스의 격렬한 소리만 난자했다. 두어 번의 관계를 더 가진 후 나른해진 지헌은 서린을 품에 안고 어깨를 쓰다듬었다.

"당신 피곤하겠어요. 내일도 강행군해야 하잖아요."

"아니, 외려 피로가 풀린 느낌이야."

"그래요?"

"최서린은 나의 자양강장제."

"뭐, 웃기는 표현이기는 하지만 기분 나쁘지는 않네요."

"당신은 어땠어?"

"나도 오랜만이라 너무 좋았어요."

"내일 나가지 말고 당신이랑 하루 종일 침대에서 뒹굴까?"

"당신이 나가지 않아도 난 약속이 많아서 나갈 건데요?"

"무슨 약속?"

"서윤이, 지호 어린이집에 데려다주고 엄마와 쇼핑하기로 했어
요."

"어머님이 서윤이, 지호 예뻐하시잖아. 데리고 가는 건 어때?"

"엄마는 서윤이, 지호도 예뻐하시지만 쇼핑할 때는 냉정하세
요."

"정말?"

"내일은 오직 쇼핑에 집중하자고 하세요. 아버지 겨울 코트 보
신다고. 엄마에겐 아버지가 1순위예요."

"그럼, 아버님도 함께 동행하셔야지."

"지헌 씨도 알잖아요? 아버지는 쇼핑을 할 바엔 엄마의 잔소리
를 견디는 게 더 낫다고 생각하세요."

"쇼핑이 얼마나 재미있는데? 사랑하는 아내의 시종이 되는 기
분도 그만이고."

"당신은 너무 좋아해서 탈이고."

"그런가? 하여튼 두 분 사이가 좋아지셔서 무척 보기 좋아."

"맞아요. 엄마의 행복한 얼굴을 보고 있노라면 저까지도 행복한 기분이 들어요."

서린은 지헌의 품에 더욱 파고들며 사랑스럽게 말했다.

"서린아. 회사를 언제까지 내가 맡을 수는 없어. 당신은 능력 있는 여잔데, 계속 집에만 있기에 답답하지 않아?"

"답답하지 않아요. 진심이에요. 아직은 그러고 싶지 않을 뿐이에요. 이 시간이, 당신이, 아이들이 너무 소중해서. 만약에 일하고 싶으면 그때 말할게요. 대신 내게 홈쇼핑 사장 자리는 약속해 줘야 해요. 난 항상 사장님은 한 번 돼보고 싶었어요."

"사장이 아니라 회장 자리도 내놓을게. 당신이 회장이 되면 난 집에서 육아만 할 거야."

"엥? 실은 내 자리를 노리고 있었구나! 좋은 거 어찌 알고?"

"이런, 들켜 버렸네?"

지헌은 개구쟁이처럼 웃었다.

"사랑해요, 지헌 씨."

"나도 아주 많이 사랑해."

지헌은 서린에게 진한 키스를 퍼부었다. 달콤한 사랑의 향기가 무럭무럭 피어났다.

'아빠?'

지헌은 낯선 아이의 부름에 아래를 내려다보았다. 볼이 빨간 아이가 왕방울 같은 눈을 하고 자신을 올려다보고 있었다.

'아빠?'

지헌은 아이에게 되물었다. 아이가 배시시 웃으며 고개를 끄떡였다. 지헌은 작은 아이를 양팔로 들어 올렸다. 작은 생명체가 그의 품에서 꼬물거렸다.

'넌 이름이 뭐야?'

'아빠가 지어주세요.'

'네가 우리 천사들 중 막내구나.'

아이는 말하지 않고 웃기만 했다.

'뭐가 좋을까? 서윤이, 지호, 지윤이?'

통통한 아이가 지헌의 목을 감싸 안았다. 그 이름이 마음에 드는 것 같았다.

그런데 지윤이면 딸일까, 아들일까?

이제야 비로소 온전히 서린에게 발목이 잡혔다. 원하는 바였다.

서린은 잠꼬대를 하는 지헌을 쳐다보았다. 분명 지윤이라고 그랬다. 셋째는 안 된다고 그러더니 벌써 이름까지 지은 모양이었다. 일찍 깬 서린은 침대 밖으로 나가려다 마음을 고쳐먹었다. 한 번쯤 게으름을 부려보는 것도 좋을 것이다.

서린은 지헌의 허리에 팔을 두르며 속삭였다.

"내 남편, 류지헌 씨. 사랑합니다. 정말 사랑합니다."

그 말을 알아들었는지 지헌은 서린을 꼭 껴안았다.

〈끝〉

작가 후기

또 하나의 사랑 이야기를 끝맺습니다.

투란도트의 이야기를 읽다 문득 사랑을 믿지 않는 여자의 사랑 이야기를 써보면 어떨까, 라는 생각이 들어 구상하다 보니 이혼 위기에 직면한 부부 이야기가 떠올랐어요. 투란도트의 남편은 이렇게 시작된 글입니다.

이야기를 쓰면서 서린의 상처가 이해가 되기도 했지만, 그런 서린을 사랑하는 지헌에게 조금 더 마음이 쓰인 글입니다. 아무리 사랑한다고 해도 혼자만의 노력으로는 사랑도, 가정도 지킬 수 없는 법이니까요.

로맨스 소설을 쓰고 있는 게 다행이라는 생각이 들었어요(웃음).

만약 진짜 현실적인 부부의 이야기였다면 화해하고 용서하고 다시 사랑하는 과정을 쉽게 쓸 수 있었을까요? 사소한 일로 오해의 골이 깊이 파여 봉합되지 못하는 경우를 뉴스나 인터넷에서 많이 봐왔기에, 서린과 지헌의 행복한 귀결이 독자님들에게도 아름답게 다가가길 소망합니다.

마음과 마음이 닿는 것은 서로의 노력이 꼭 필요한 일인 것 같습니다.

한동안은 로맨스 소설 쓰기에 마음이 닿을 수 있도록 노력할 예정입니다. 새로운 사랑 이야기를 하이에나처럼 찾아다니며 재미나게 쓸 수 있기를 바라봅니다. 읽어주셔서 감사합니다.

무더운 여름, 건강히 보내세요.

2016. 7. 이수진